KNAUR

Von Annette Dutton sind bereits folgende Titel erschienen:
Der geheimnisvolle Garten
Die verbotene Geschichte
Das geheime Versprechen
Das Geheimnis jenes Tages

Über die Autorin:
Annette Dutton, 1965 in Deutschland geboren, studierte Geisteswissen-
schaften in Mainz. Seither arbeitet sie als Fernsehproducerin und Autorin, zuletzt für ein Australien-Special der Wissenschaftsserie »Galileo«
sowie die zweiteilige Australien-Reportage »Der Zug der Träume«. Ihre
Romane wurden von Presse und Leserinnen begeistert aufgenommen,
»Die verbotene Geschichte« war ein SPIEGEL-Bestseller, für »Das geheime Versprechen« wurde sie 2015 mit der DELIA ausgezeichnet, dem
Preis für den besten deutschsprachigen Liebesroman. Annette Dutton
lebt mit ihrem Mann John und Sohn Oscar in Australien.
Folgen Sie dem Blog der Autorin unter www.annettedutton.net.au

ANNETTE DUTTON

Das verbotene Haus

Roman

Besuchen Sie uns im Internet:
www.knaur.de

Wenn Ihnen dieser Roman gefallen hat und Sie auf der Suche sind nach ähnlichen Büchern, schreiben Sie uns unter Angabe des Titels »Das verbotene Haus« an: frauen@droemer-knaur.de

Originalausgabe Dezember 2016
Knaur Taschenbuch
© 2016 Knaur Verlag
Ein Imprint der Verlagsgruppe
Droemer Knaur GmbH & Co. KG, München
Alle Rechte vorbehalten. Das Werk darf – auch teilweise –
nur mit Genehmigung des Verlags wiedergegeben werden.
Redaktion: Franz Leipold
Umschlaggestaltung: bürosüd°, München
Umschlagabbildung: buerosued.de; Trevillion Images
Illustration: Panya Kuanun/Shutterstock.com
Satz: Adobe InDesign im Verlag
Druck und Bindung: CPI books GmbH, Leck
ISBN 978-3-426-52006-2

2 4 5 3 1

Melbourne, 24. Juni 1871

Mit einem knappen Kopfschütteln lehnte Caroline Hodgson die dargebotene Hand ihres Mannes ab. Stattdessen raffte sie ihren schmutzigen Rock und verließ das Schiff ohne Hilfe über die gefährlich schwankenden Planken. Auf dem Railway Pier angekommen, vermochte sich das Paar nur unter Einsatz seiner Ellbogen einen Weg durch das wirre Getümmel aus Mitreisenden, Dockarbeitern und Lastkränen zu bahnen, während ein heftiger Regensturm ihre Kleidung durchnässte und ein eisiger Wind ihnen das Haar ins Gesicht peitschte. Sie folgten den Trägern, die das Gepäck am Rand des Piers abstellten. Mit zitternder Hand fasste Caroline ihr Cape enger, während Stud ihre Koffer holte. Der Boden unter ihren Füßen schien noch immer zu schwanken, als sie endlich ein halbwegs trockenes Plätzchen unter dem Vordach eines Lagerschuppens gefunden hatten. Stud legte schützend einen Arm um die Schultern seiner vor Kälte schlotternden Frau. Caroline ließ es geschehen, doch ihr Oberkörper versteifte sich unter seiner Berührung. Schweigend stand sie am Rande des Hafentrubels und sah sich um: Am anderen Ende des Piers, nahe den Schienenwegen, kämpften sich Lasttiere durch knöcheltiefen Schlamm. Passanten bewegten sich mit äußerster Vorsicht über schmale Fußgängerbrücken, unter deren wackligen Bohlen ein Strom übelriechenden Abwassers hindurchfloss. Etwas oberhalb, halb versteckt zwischen dichten Wäldern, reihte sich Villa an Villa. Auf den Hügeln erhoben sich zahlreiche Kirchtürme, hohe Dächer zeugten von einem Reichtum an öffentlichen Gebäuden.

Das also ist Melbourne, dachte Caroline und stieß einen leisen Seufzer aus.

»Na, was sagst du, Liebes?«, fragte Stud, und die Begeisterung in seiner Stimme war nicht zu überhören. Er drückte seine Frau fester an sich. »*Australia felix*, ein Land wie gesponnen aus Gold und Wolle. Freust du dich auf unser neues Leben?«

Caroline nickte kaum merklich und bemühte sich um ein Lächeln. Während sie auf Studs Bruder John warteten, fragte sie sich im Stillen, wie dieses neue Leben am anderen Ende der Welt wohl aussehen mochte.

Ein verlockender Duft nach frischem Gebäck, der von der Keksfabrik Swallow & Ariel aus der nahe gelegenen Rouse Street herüberwehte, ließ die junge Frau für einen Moment genießerisch die Augen schließen. Das musste einfach ein verheißungsvolles Zeichen sein.

Ein halbzerlumpter Kerl stieß Stud an und ließ sie aufschrecken.

»Suchen Sie eine Unterkunft? Sechzig Schilling die Woche im herrlichen St. Kilda. Oder vierzig Schilling in East Melbourne, South Fitzroy und Carlton, wenn's etwas günstiger, aber sauber sein soll.«

Studholme schüttelte den Kopf. »Kein Interesse.«

Der Schlepper musterte das Paar von Kopf bis Fuß. Caroline sah beschämt zu Boden.

»Ah, ich verstehe. Wie wär's mit einer Unterkunft für Neuankömmlinge mit begrenzten Mitteln? In Collingwood, South Melbourne oder West Melbourne für nicht mehr als zwanzig Schilling. Ein besseres Angebot kriegen Sie nicht.« Unaufgefordert griff er nach einem der Koffer, die zwischen Caroline und Stud standen. »Kommen Sie, ich bringe Sie gleich hin.« Stud schlug ihm ungehalten auf die Hand.

»Was unterstehen Sie sich? Lassen Sie sofort mein Gepäck los, und machen Sie, dass Sie wegkommen! Wir werden abgeholt.«

Der junge Mann sah sich betont auffällig um. Ein breites Grinsen zeichnete sich auf seinem schmutzigen Gesicht ab. »Abgeholt? Soso. Wenn ich Sie wäre, würde ich nicht warten, bis meine Lady zum Eiszapfen gefroren ist.«

»Unverschämter Lümmel!«, rief Stud erbost aus und hob drohend die Faust, doch da war der junge Mann schon lachend davongelaufen.

»Ihr Pech, wenn Sie zu lange warten. Die billigen Häuser sind schnell weg«, rief er ihnen über die Schulter hinweg zu.

»Was bildet dieser Rüpel sich ein? Sehen wir etwa aus, als könnten wir uns kein ordentliches Gasthaus leisten?« Eine steile Zornesfalte bildete sich auf Studs Stirn.

»Ach, lass ihn doch reden, wie er will«, versuchte Caroline, ihn zu beschwichtigen. »Er ist doch nur ein armer Lump.« Unwillkürlich blickte sie erneut an sich hinunter. Hässliche Salzflecken und öliger Schmutz vom Schiff hatten ihre teuren Reisekleider vollkommen verdorben. In der feuchten Luft waren sie nie richtig trocken geworden, und nun rochen sie streng nach Moder und Essig, mit dem sie auf dem Schiff versucht hatte, die gröbsten Flecken zu entfernen. Der abschätzende Blick des armen Teufels und sein abwertendes Urteil über ihr Äußeres hatten sie tief getroffen. Aber sie sah tatsächlich kaum aus wie die Tochter eines Ehrenmannes aus Potsdam und schon gar nicht wie die Ehefrau eines englischen Landadligen.

Studholme George Hodgson war zweiunddreißig Jahre alt, elf Jahre älter als Caroline. Von mittelgroßer, schlanker Statur, mit hellem Teint, dunklem Haar und blassgrauen Augen, stammte er aus einer geachteten Soldatenfamilie; er war der älteste Sohn eines adligen Landbesitzers aus Hampshire. Seine schöne deutsche Frau mit ihrem hellblonden Haar und den wasserblauen Augen hatte er erst im Februar in London geheiratet. Keine drei Wochen später waren sie nach Melbourne aufgebrochen. In London und Hampshire grassierte seither das Gerücht, Studholme würde in den Kolonien von Geldsendungen aus der Heimat leben, er sei ein schwarzes Schaf, von seiner Familie zu einem neuen Leben überredet, indem man ihm für die Unannehmlichkeit der Übersiedlung einen moderaten Obolus in Aussicht stellte.

Mittlerweile hatten sie eine geschlagene Stunde im eisigen Wind ausgeharrt, doch John war nicht erschienen.
»Es muss ihm etwas dazwischengekommen sein«, verteidigte Stud seinen Bruder schwach.
Caroline zitterte am ganzen Leib, ihre Zähne klapperten. »Du hast doch seine Adresse. Lass uns eine Droschke nehmen und zu ihm fahren«, bat sie und warf ihrem Mann einen flehentlichen Blick zu. »Ich ertrage diese Kälte nicht länger.«
»Du hast recht, Liebes«, antwortete Stud und winkte einen der Jungen heran, die am Pier herumlümmelten. »Geh und hol uns einen Wagen!« Stud klimperte mit ein paar Münzen in

seiner Hosentasche. Der Junge sprang auf und tat, wie ihm geheißen, kam dann gleich wieder zurück, um seine Belohnung in Empfang zu nehmen. Der Kutscher machte ein unzufriedenes Gesicht. Die Fahrt zur angegebenen Adresse war kurz, dafür gab es reichlich Gepäck zu verstauen. Missmutig lud er die Habseligkeiten der beiden auf, zurrte die Ladung fest und fuhr seine Fahrgäste auf einem längeren Umweg durch die Innenstadt zu Johns Haus, das zwischen Pier und Keksfabrik lag.

Haus und Garten war noch vage anzusehen, wie gepflegt sie einst gewesen sein mussten. Das schmiedeeiserne Tor stand offen und quietschte in den Angeln, als der starke Südwind es erfasste. Der Kies schien seit längerer Zeit nicht mehr gerecht worden zu sein. Unkraut wuchs auf dem schmalen Pfad, der zum Hauseingang führte. Die heruntergelassenen Jalousien verwandelten die Fenster des eigentlich schmucken Häuschens in leblose Augen.

Studs Klopfen blieb ohne Antwort. Er versuchte es ein zweites Mal, und endlich öffnete eine zierliche Frau die Tür. Stud erkannte seine Schwägerin kaum wieder. Die elegante und lebhafte junge Dame aus London war nur noch ein Schatten ihrer selbst. Ihr Haarknoten löste sich auf, das Kleid war schmutzig und zerknittert.

»Stud! Dich schickt der Himmel!«, rief sie aus und fiel ihm schluchzend um den Hals. Erschrocken von diesem unerwarteten Gefühlsausbruch trat Caroline einen Schritt zurück. Nach einer Weile befreite sich Stud aus der merkwürdigen Umarmung.

»Ja, habt ihr uns denn nicht erwartet? Ich dachte, du und John, ihr wolltet uns am Pier …« Weiter kam er nicht.

»Ach, John«, unterbrach ihn Liz, schlug sich die Hände vors Gesicht und fing an, hemmungslos zu weinen. Stud warf seiner Frau einen entschuldigenden Blick zu.

»Liz, das ist Caroline.« Er legte den Arm um seine Frau. Peinlich berührt standen sie da, bis Liz endlich die Hände senkte, um Caroline zu begrüßen.

»Caroline, ja. Ich habe schon so viel von dir gehört. Entschuldigt, ich …« Wieder fing sie an, erbärmlich zu schluchzen. Da fasste Stud seine Schwägerin bei den Schultern und drängte sie sacht in den Flur zurück.

»Gehen wir doch erst einmal hinein, und dann erzählst du uns in Ruhe, was los ist.« Liz ließ sich willig führen, noch im Flur brach aus ihr heraus, was sie in solchen Aufruhr versetzte. Ein hysterischer Unterton schwang in ihrer Stimme mit. Ihr Mann John, Studs Bruder, hatte sich seit gestern mit einem geladenen Revolver in seinem Büro eingeschlossen und drohte, sich oder jemand anderen zu erschießen, sollte man sich gewaltsam Zugang zu ihm verschaffen. Die Diener waren daraufhin in Panik aus dem Haus geflohen. Das Kindermädchen, das Liz vor einigen Stunden zum Einkaufen in die Stadt geschickt hatte, war seither nicht mehr zurückgekehrt.

Im gleichen Moment hörten sie die Kleinen schreien. Stud zögerte keine Sekunde. Er schob seine Schwägerin zur Seite.

»Mach uns etwas zu essen!«, befahl er brüsk.

»Ich sehe so lange nach Suzanne und Blair«, sagte Caroline sanft zu Liz und legte ihr beruhigend die Hand auf den Arm.

»Danke«, antwortete Liz gepresst.

Stud schritt den Flur entlang, bis er vor Johns Tür stand, und klopfte dreimal an, jedes Mal ein wenig lauter. Als sich drinnen noch immer nichts regte, hämmerte er mit der Faust gegen die Tür.

»John, ich bin's! Dein Bruder! Mach auf! Sofort!«

Ein Moment spannungsgeladener Stille folgte. Dann hörte er schwere Schritte, und die Tür flog auf. Studs Augen nahmen ein eingefallenes Gesicht wahr, das sich gegen den düsteren Raum fast weiß abzeichnete.

»Du!«, brummte John erstaunt und blinzelte benommen gegen das Licht. Doch schon im nächsten Atemzug platzte es aus ihm heraus: »Wo ist meine Frau, dieses törichte Frauenzimmer? Ich will sie nicht sehen! Ich will sie nicht in meiner Nähe haben!«

»Falls du Liz meinst, sie ist gerade nicht im Haus«, behauptete Stud, während er gleichzeitig über die Schwelle trat und die Tür hinter sich schloss.

Die beiden Männer sahen einander an.

»Was willst du?«, fragte John mit heiserer Stimme. »Bist du gekommen, um mir eine Predigt zu halten wie all die anderen? Falls dem so ist, kannst du gleich wieder gehen.«

»Nein, nein. Ich weiß doch gar nicht, was los ist. Caroline und ich – wir sind soeben erst aus England angekommen. Erinnerst du dich nicht?«

»Ach, ja. Herrgott, das auch noch!« John fuhr sich hastig durch das wild zerzauste Haar.

Stud zog eine der Jalousien hoch und öffnete das Fenster. Die frische Luft roch nach Meer. Er drehte sich um, und der Muff des Zimmers umfing ihn wieder wie eine Gruft.

John ließ sich auf den Stuhl vor seinem Sekretär fallen. Auf dem Tisch lag neben einer heruntergebrannten Kerze die Pistole, daneben waren ein Dutzend oder mehr Daguerreotypien verschiedener Größen aufgereiht: alles Bilder von seiner Frau und den Kindern. Stud legte seine Hand auf die Schulter seines Bruders, um ihn zu beruhigen. Doch John sprang auf. Sein lautes Lamentieren füllte den Raum.

»Zum Teufel mit den Kindern«, schrie er, »zum Teufel, sag ich! Ich hab nie Kinder gewollt. Sie haben sich zwischen uns gedrängt, und jetzt kann ich es mir nicht mehr leisten, sie zu füttern. Schaff sie mir vom Hals, Stud!« Seine Schultern hoben und senkten sich unter verzweifelten Schluchzern.

»Sag doch so etwas nicht. Und erzähle mir endlich, was passiert ist. Du bist ja nicht mehr du selbst! Aber zuerst gibst du mir die Pistole.«

»Nimm sie, nimm sie, und erschieß mich! Ach, was hab ich nur getan? All meine Ersparnisse – weg! Nur wegen dieses verdammten Geredes von Gold und Reichtum, den man nur vom Boden aufheben müsse.« Er vergrub das Gesicht in den Händen, während ein stilles Beben durch seinen Körper lief. Stud nutzte die Gelegenheit und nahm die Waffe an sich. Er ließ sich nicht anmerken, wie sehr ihn der Gefühlsausbruch seines Bruders bestürzte. Nicht zuletzt, weil all seine eigenen Hoffnungen auf ein unabhängiges Leben in den Kolonien einzig und allein auf Johns enthusiastischen Berichten gründeten. In seinen Briefen hatte sich der Bruder als glücklichen Mann dargestellt, der es in Melbourne zu Wohlstand und Ansehen gebracht hatte. Und nun sollte nichts davon der Wahrheit entsprechen?

»Welches Gold?«, fragte Stud nach. »Ich dachte, mit dem Goldrausch in Victoria wäre es längst schon aus und vorbei.«

»Richtig, in den Goldfeldern um Ballarat ist seit Jahren nichts mehr zu holen. Trotzdem hab ich mich von Liz breitschlagen lassen, dort mein Glück zu versuchen.« John schüttelte den Kopf, als könne er selbst nicht fassen, zu welchem Trottel er sich hatte machen lassen. »Das kommt davon, wenn Frauen ihre Nasen in die Zeitung stecken, anstatt den Haushalt zu führen.«

Stud hörte seinem Bruder schweigend zu, der offenbar ein drängendes Bedürfnis verspürte, seinem Herzen Luft zu machen.

»*Goldfund bei Bendigo. Ein Nugget so groß wie ein Kinderkopf!* Eine ganze Woche lang hat sie mir täglich die Schlagzeile hingehalten. *John, hat sie gesagt, willst du nicht auch dein Glück versuchen? Denk doch nur, wie reich wir sein könnten. Wir könnten mit den Kindern nach London reisen. Was für eine Genugtuung!*«

Stud erblasste. Vor gut zwei Jahren war John – ein Marineinfanterist – mit seiner Familie nach Melbourne ausgewandert, weil er sich mit dem Vater zerstritten hatte. Wie sehr hatte John ihm anschließend von den unendlichen Möglichkeiten der jungen Stadt vorgeschwärmt. Davon, wie sich Melbourne in weniger als vierzig Jahren von einem primitiven Dorf aus Lehmhütten zu einer geschäftigen Stadt mit mehr als zweihunderttausend Einwohnern gemausert hatte. Wiederholt hatte er vorgeschlagen, Stud solle doch nachkommen. Mit etwas Mumm in den Knochen könne es an diesem Ort jeder zu etwas bringen.

Und jetzt?

Nur mit halbem Ohr hörte Stud dem fortwährenden Lamentieren seines Bruders noch zu, das derart durcheinanderging, dass es kaum Sinn ergab. Viel zu sehr war er mit seiner eigenen Lage beschäftigt, die sich von einem Moment auf den anderen völlig verkehrt hatte. Aus Hoffnung war Verzweiflung geworden. Studs Hände begannen zu zittern. Um sie unter Kontrolle zu halten, umschloss er fest den kalten Lauf der Pistole. Mit einem Mal hatte er nicht übel Lust, der Aufforderung seines Bruders nachzukommen und ihm eine Kugel mitten in seine schweißtriefende Stirn zu jagen.

Für all die falschen Hoffnungen, die er in den letzten Monaten in ihm geweckt hatte.

Für all die Pläne, die er für sich und Caroline geschmiedet hatte und die innerhalb kürzester Zeit zum Teufel gegangen waren.

Plötzlich fühlte er Hass in sich aufsteigen. Er hasste John. Hasste Liz. Doch am meisten hasste er sich selbst.

Stud versank so tief in seinen düsteren Gedanken, dass er fast vergessen hätte, wo er war.

»… und Liz so lange an mir herumnörgelte, bis ich schließlich …« John hielt inne. »Hörst du mir überhaupt zu?«

Stud hob das Kinn. Er nickte und sah seinem Bruder ins vom Weinen verquollene Gesicht. »Natürlich, red nur weiter!« Was für ein Narr er gewesen war zu glauben, sein kleiner Bruder könnte ihm aus der Patsche helfen! Er musste Zeit gewinnen, um seine Gedanken neu zu ordnen, um einen Plan zu schmieden.

John räusperte sich und holte tief Luft. »Also gut. Ich bin schließlich nach Bendigo aufgebrochen. Natürlich war ich nicht der Einzige. Dieser unselige Artikel hat halb Melbourne Beine gemacht. O Gott, hätte ich nur nicht dieses unverschämte Anfängerglück gehabt! Ein winziges Klümpchen nur, aber ich war vom eigenen Erfolg so berauscht, dass ich gleich drei Arbeiter anheuerte, um die Stelle zu beackern, bevor es andere taten. Ich blieb zwei Monate, und als mir das Geld ausging, nahm ich eine Hypothek aufs Haus auf. Am Ende konnte ich meine Leute nicht mehr bezahlen. Gefunden habe ich nichts mehr, nicht ein einziges Körnchen. Ich bin ruiniert.« Mit einer kräftigen Bewegung stieß er seinen Stuhl zurück, stand auf, schritt im Raum auf und ab und sprach weiter vom Goldrausch, der die Phantasie der Menschen allzu übermäßig genährt hatte.

Stud erwiderte darauf nichts. Was hätte er auch sagen sollen? Immerhin schien es ihm, als wäre John etwas ruhiger geworden. Daher stand er auf und schlug vor: »Du kennst meine Caroline ja noch gar nicht. Komm, Bruder, gehen wir in die Küche. Liz wollte uns etwas zu essen machen.« Er legte den Arm um Johns Schulter, und gemeinsam gingen sie zu den Frauen.

Liz stand hustend am Herd, eingehüllt in eine Wolke aus schwarzem Qualm. Am Tisch saß Caroline und spielte mit den beiden Kindern.
»Caroline, darf ich dir meinen Bruder vorstellen?«
Sie stand auf, als die beiden Männer herantraten, wischte sich die Hände an ihrem schmutzigen Kleid ab und reichte John verschämt die Hand.
»Ich muss mich entschuldigen. Ich hatte noch keine Gelegenheit, mich frisch zu machen.«
John ergriff ihre Hand und gab ihr einen angedeuteten Kuss auf die Wange. »Setz dich doch, liebe Schwägerin.« Alle drei nahmen am Tisch Platz und wechselten ein paar höfliche Floskeln, bis Liz das Mahl auftrug. Das Kochen hatte sie sichtlich überfordert. Ihre Wangen hatten sich vor Anstrengung blutrot verfärbt, Schweiß war auf ihre Stirn getreten. Sie setzte sich zu den anderen und atmete hörbar aus. Das Mahl bestand nur aus ein paar mageren Koteletts. Kein Kohl, keine Kartoffeln. Das Fleisch war außen verbrannt, innen roh, doch Stud und Caroline sagten kein Wort. John bemerkte es gar nicht erst. Er stürzte sich darauf wie ein Verhungernder und spülte das ungenießbare Essen mit zwei oder drei Gläsern Portwein hinunter. Die Farbe kehrte in sein Gesicht zurück.

Die Kinder rannten um den Tisch und spielten Fangen; niemand hielt sie zur Ruhe an. Liz schien sichtlich erleichtert. Ihr Mann sprach zwar nicht, doch er aß und trank und tobte nicht. Nach dem Essen räumte Caroline die Teller ab und machte den Abwasch, während Liz die Kinder zu Bett brachte. Stud warf seiner Frau einen bewundernden Blick zu. Zu Hause in London hatten sie Personal gehabt, das diese Aufgaben übernahm. Er wunderte sich, mit welcher Geschicklichkeit sie die Aufgaben eines Küchenmädchens versah. Als sie fertig war, entschuldigte sie sich und zog sich zurück, um sich frisch zu machen und ihre Kleider zu wechseln. Später, als die Kinder schliefen, saßen die Erwachsenen im Wohnzimmer vor dem brennenden Kamin bei Portwein und Käse. Die Stimmung zwischen John und seiner Frau blieb spürbar angespannt, doch Erschöpfung und Wein sorgten dafür, dass dennoch ein Gespräch in Gang kam. John entschuldigte sich mehrfach bei Stud und Caroline für seinen Auftritt und dafür, dass er es versäumt hatte, sie am Pier abzuholen. Stud winkte ab, als wäre es nicht der Rede wert. Er hegte zwar noch immer einen tiefen Groll gegen den Bruder, doch um Carolines willen riss er sich zusammen. Schlimm genug, wie sie ihre Ankunft in Melbourne erlebt hatte, da wollte er ihr nicht auch noch den Mut nehmen, was ihre gemeinsame Zukunft betraf. So schlug er einen unverbindlichen, versöhnlichen Ton an.

»John, magst du Caroline und mir etwas über Melbourne erzählen?«

Caroline beugte sich interessiert nach vorn. »Ach bitte, das würd' ich gern hören!«

John kratzte sich im Nacken. »Nun ja, es ist wahrlich kein schlechter Ort, wenn jemand Ehrgeiz und die entsprechenden Fähigkeiten mitbringt.« Er schlug die Beine übereinander und bemühte sich um eine Haltung, die Selbstbewusstsein ausstrahlte. »Wer eine unternehmerische Ader hat, der findet hier, in der neuen Welt, immer irgendeine Gelegenheit, sich auf eigene Füße zu stellen.«

»Ach, ja? Welcher Art denn?«, fragte Caroline, die Johns Ausführungen gespannt gelauscht hatte. John hob die Schultern.

»Alles Mögliche. Die Stadt ist in einem regelrechten Bauwahn. Jeder, der einen Stein heben kann, wird gebraucht. Dann ist da der Handel, von edlem Schmuck für die Dame bis zu Bratwürsten, die in einem Wägelchen auf dem Bürgersteig angeboten werden. Nichts ist undenkbar.« An dieser Stelle warf ihm seine Frau Liz einen verächtlichen Blick zu, den John nicht zu bemerken schien oder den er bewusst ignorierte. Caroline lehnte sich in ihrem Sessel zurück. Die Vorstellung, Studholme würde in Hemdsärmeln Ziegelsteine schleppen oder sie selbst ihr Glück mit dem Verkauf von Würsten versuchen, war einfach lächerlich. Ihre Mittel waren zwar begrenzt, und Studs Eltern hatten sich nicht allzu großzügig darin gezeigt, den Sohn zu unterstützen. Doch sie beide waren vernünftig; Caroline mehr als ihr Mann – dies war ihr bewusst. Sie war diejenige gewesen, die gegen Studs Widerspruch auf eine Passage in der zweiten Klasse bestanden hatte, um Geld zu sparen. Sie setzte auf John. Er hatte seinem Bruder versprochen, ihn in Kreise einzuführen, die Stud über kurz oder lang zu einem hübschen Auskommen verhelfen würden. Zusammen mit dem Obolus der Eltern sollte das ihnen beiden einen guten Start in der neuen Welt ermöglichen. Der Empfang, den ihr die Schwägerin bereitet hatte, weckte allerdings Zweifel in ihr. Was hatte es zu bedeuten, dass die

Dienstboten das Paar verlassen hatten? Konnten sie ihre Leute nicht mehr bezahlen?

Trotz der Fragen, die sich ihr aufdrängten, war Caroline entschlossen, sich keine allzu großen Sorgen zu machen. Sagte John nicht, dass es nur auf den eigenen Ehrgeiz und die persönlichen Fähigkeiten ankam, um einen Platz in den Kolonien zu finden? Nun, Ehrgeiz hatte sie genug für sie beide, und sicherlich verfügte sie über eine Reihe von Kenntnissen, die sie im Geschäft ihres Vaters erlernt hatte. Seit ihrem sechzehnten Geburtstag durfte sie ihren Vater nach Brüssel begleiten, um dort nicht nur die berühmte Spitze, sondern auch andere wertvolle Materialien einzukaufen. Im elterlichen Großhandel hatte sie Buchhaltung und Verkauf gelernt, weil ihr Vater sich immer erhofft hatte, dass sie einmal das Geschäft übernehmen würde. Schon ihre Mutter hatte hin und wieder im Laden ausgeholfen. Was Studs Fähigkeiten anbelangte – ach, darüber wollte sie sich nicht den Kopf zerbrechen. Sie liebte ihn, bewunderte seine weltgewandte und gewinnende Art. Wenn er in der rechten Stimmung war, unterhielt er mit seinem Witz und Charme eine ganze Abendgesellschaft. Stets fand er schmeichelnde Komplimente für die Damen und anregende Worte für die Konversation unter den Herren. Wie sehr hatte sich ihr gesellschaftliches Leben verändert, seit sie mit Stud zusammen war. Anders als in Potsdam, wo ihre Familie ein eher zurückgezogenes Leben führte, war in London keine einzige Woche ohne Einladung zu einem Ball oder einem hochrangigen Dinner vergangen. Stud war allseits beliebt, ein Garant für unterhaltsame Stunden. Wo er auftauchte, verbreitete er eine heitere Atmosphäre. Wen wunderte es da, dass sich kein Gastgeber der oberen Kreise Studs Anwesenheit entgehen lassen wollte? Wie stolz sie gewesen war, die Frau an seiner Seite zu sein.

Das Knistern des Kaminfeuers, Johns lange Erzählung und der Wein ließen Caroline schläfrig werden. Sie sah Stud an. Auch ihm fielen fast die Augen zu.

»Seid ihr müde?«, unterbrach Liz, die Carolines Blick bemerkt hatte, den endlosen Monolog ihres Mannes. Die beiden nickten. »Oh, dann muss ich sehen, wie ich ohne Hilfe der Dienstboten ein Lager für euch zaubere.«

Caroline stand auf. »Zeig mir nur, wo alles ist. Wir kommen dann schon zurecht.«

Am nächsten Morgen bot Caroline an, sich um den Haushalt zu kümmern. Liz erhob keine Einwände und zog sich nach einem kargen Frühstück, das aus Tee, einem Stück alten Brot und etwas Käse bestanden hatte, für den Rest des Vormittags mit Kopfschmerzen auf ihr Zimmer zurück. Die Männer fuhren in die Stadt, wo Stud sich einen Eindruck vom Geschäftsleben verschaffen wollte. Da Caroline die Kinder nicht sich selbst überlassen konnte, nahm sie die Kleinen mit zum Markt, um für das Abendessen einzukaufen. Sie hatte alle Hände voll zu tun, sich in der neuen Umgebung zu orientieren und gleichzeitig darauf zu achten, dass ihr die Kleinen, die sich recht wild gebärdeten, im Markttrubel nicht verloren gingen. Wieder zurück, bereitete sie das Mittagessen zu. Anschließend wusch sie ihre Reisegarderobe und legte sie zum Trocknen über zwei Stühle vor dem Kamin, den sie mit einiger Mühe in Gang gebracht hatte. Am frühen Nachmittag erschien ihre Schwägerin im Türrahmen. Caroline servierte ihr ein Sandwich, bevor Liz zurück auf ihr Zimmer ging, weil sie sich immer noch nicht besser fühlte. Caroline machte die Betten und fegte den Flur. Gerne hätte sie einen Brief an ihre Eltern geschrieben, doch die Kinder sprangen so laut um sie herum, dass sie stattdessen mit ihnen Kreisel spielte. Sobald die beiden mit vom Toben erhitzten Gesichtern friedlich auf dem Sofa saßen, kochte Caroline das Abendessen. Als dann das Rindfleisch und die Kartoffeln auf dem Herd standen, wischte sie mit dem Handrücken den Schweiß von ihrer Stirn, nahm die Küchenschürze ab und setzte sich erschöpft an den Ecktisch neben der Spüle. Wie sollte es mit ihnen allen bloß weitergehen?

Als die Kinder nach dem Abendessen endlich eingeschlafen waren und Liz und John sich zurückgezogen hatten, saß Caroline neben Stud in der Küche. Er wartete darauf, dass sein Badewasser zu kochen begann. Sie warf einen besorgten Blick auf ihren Gatten, der sich unablässig die Hände rieb. Ein sicheres Zeichen, dass er über etwas nachgrübelte.

»Was ist?«

Er gestand ihr, dass seine ursprüngliche Idee, fürs Erste bei Liz und John Unterschlupf zu finden, nicht so sehr auf der Geschwisterliebe gründete, die ihn mit dem Bruder verband, sondern vielmehr mit seinen monetären Kalamitäten zusammenhing. Doch angesichts der desolaten Lage bereute er seinen impulsiv gefassten Plan. Er schaute sie von der Seite an.

»Und nun, da ich sehe, wie gut du dich in dieser unerträglichen Situation zurechtfindest … Du bist so eine liebe, kluge Frau!«

Caroline schloss für einen Moment die Augen. Also doch! Ihre düsteren Ahnungen hatten sie nicht getrogen. Verzweiflung wallte in ihr auf, aber sie riss sich zusammen. Unter der gesenkten Stirn warf sie ihrem Mann einen Blick zu. »Was hättest du sonst tun sollen?«

»Das ist wohl wahr! Ich wusste, dass Liz keine Verwandten in Melbourne hat. Und mit wem John dieser Tage Umgang pflegt, darüber weiß wahrscheinlich der Mann im Mond besser Bescheid als ich. Wie es aussieht, hat er keine Freunde.«

»Was Liz anbelangt …«, sagte Caroline, die sich heimlich eine Träne aus den Augen wischte, »… verzeih mir meine Offenheit, aber ich halte sie für die dümmste Gans, die mir jemals über den Weg gelaufen ist. Die armen Kinder!«

»Ach, du kennst sie doch noch gar nicht«, erwiderte Stud und lächelte halb amüsiert über das Urteil seiner Frau. Was er nicht erwähnte, war, dass er bereits in London gezwungen gewesen war, Geld für ihre Reise zu leihen. Zwar ahnte seine Frau wahrscheinlich, mit wie wenig Geld sie sich auf den Weg gemacht hatten – schließlich waren sie auf ihr Drängen hin zweiter Klasse gereist –, doch *wie* prekär ihre Lage wirklich war, das hatte er ihr bis jetzt verschwiegen. Sie stellte keine Fragen – noch nicht. Doch Caroline war schlau, sie würde bald eins und eins zusammenzählen. Was für eine Schande! Immerhin konnte er Johns Verfassung zum Teil als Ausrede heranziehen, bis er sich eine bessere ausgedacht hatte.

Caroline ließ ihre Hand in seine gleiten, und für eine Weile saßen sie schweigend nebeneinander.

Die kommenden Tage brachten keine Klarheit. Weder John noch Stud äußerten sich darüber, wie es mit ihnen allen weitergehen sollte. Ihre gute Stimmung schien verflogen, doch niemand wagte eine reinigende Aussprache. Die Kinder, Suzanne und Blair, waren dickköpfig und schlecht erzogen. Wenn sie für jemanden zärtliche Gefühle hegten, dann für Caroline, Herrscherin über einen Schatz von Zuckerstangen, die sie aus England mitgebracht hatte. Überhaupt schien sich nur noch Caroline um die beiden zu kümmern. Sie wusch und kleidete sie, bereitete ihnen die Mahlzeiten zu und spielte mit ihnen. Liz zog sich nach den Mahlzeiten wegen ihrer Migräne meist aufs Zimmer zurück. Sie schalt ihre Kinder oft, wenn sie ihrer Meinung nach nicht genug Rücksicht auf das Leiden ihrer Mutter nahmen, und manchmal schlug sie die beiden auch. Caroline musste dann an sich halten, um nicht dazwischenzugehen, denn dazu hatte sie kein Recht. In gewisser Weise erwies sich Liz als schwieriger als die Kinder. Immer wieder fing sie damit an, wie übel ihr das Leben mitgespielt hätte. Nie versäumte sie dabei, sich über Stud zu beschweren; sein despektierliches Auftreten während ihrer ersten Begegnung in Melbourne konnte sie ihm einfach nicht verzeihen.

»Wie er mit mir geredet hat! Als wäre ich eine unserer Dienstmägde!«

Caroline verteidigte ihren Mann, obwohl sie wusste, dass es falsch war, wie er Liz behandelt hatte. Schließlich waren sie Gäste unter ihrem Dach. Insgeheim hegte Caroline selbst Zweifel an Stud. Kam er nicht aus einer viel besseren Familie als sie selbst? Wieso benahm er sich mitunter so gewöhnlich? Als ältestem Sohn hätte Studholme vermutlich der Großteil des väterlichen Vermögens als Erbe zugestanden; ans andere Ende der Welt zu ziehen kam der Verbannung gleich. Caroline fragte sich, was zum Teufel Stud angestellt haben mochte, dass seine Familie ihn unbedingt loswerden wollte.

Es war deutlich zu spüren, dass Liz sie nicht im Haus haben wollte, und es überraschte Caroline nur wenig, dass die Schwägerin Stud in der zweiten Woche nach ihrer Ankunft bat zu gehen. Caroline wurde schwer ums Herz. Wie würde Liz nur ohne sie mit den Kindern zurechtkommen? Diese Frau konnte weder kochen noch einen Haushalt führen.

Kurze Zeit später erfuhr sie, welche Lösung Liz gefunden hatte: Sie wollte Suzanne und Blair in ein Waisenhaus geben, ihr eigen Fleisch und Blut!

Berlin, Juni 2014

Florian Wertheim trommelte mit den Handflächen auf den Tisch, um das Ende der Redaktionskonferenz zu signalisieren.
»Okay, also: Jan bleibt, wie gehabt, an der Flughafen-Geschichte dran. Wenn das so weiterläuft, kannst du mit Berlin-Brandenburg in Rente gehen.« Der Chefredakteur blickte in die Runde. Die meisten der rund dreißig Journalisten lachten kurz auf.
»Meike, Holger – ihr kümmert euch um das Verschwinden dieser Dreizehnjährigen. Ich will wissen, über welche Quellen die russischen Medien erfahren haben, dass sie von Arabern missbraucht wurde. Und verfolgt unbedingt, was auf den Social-Media-Kanälen abgeht.«
Meike und Holger nickten, machten sich Notizen.
»Die Berlin Fashion Week steht an. Rochelle?«
Eine schlanke Frau mit langen braunen Locken und auffallend blauen Augen lächelte ihm zu. »Promis, Locations, Trends, das Mode-Ressort ist schon dran«, bestätigte sie mit ihrer tiefen, rauchigen Stimme, die nicht wenige Kollegen äußerst sexy fanden.
»Gut«, sagte Wertheim. »Dann steht die morgige Ausgabe.«

Die Anwesenden begannen, miteinander zu plaudern, während sie ihre Papiere zusammenschoben. Einige waren schon aufgestanden, um an ihren Arbeitsplatz zurückzukehren.

Florian Wertheim hob die Hand.

»Einen Moment noch.« Er kratzte sich unterhalb des Kinns, wo ein Dreitagebart spross. Die Kollegen hielten inne. »Es gibt noch eine Personalie. Die meisten wissen es ja bereits, aber hiermit ist es nun offiziell: Nina Neubacher wird nächste Woche für ein halbes Jahr nach Melbourne gehen, um von dort aus unsere Online-Nachtschicht zu unterstützen.« Murmeln erhob sich im Raum, einige der Anwesenden klopften mit den Knöcheln anerkennend auf die Tischplatte und sahen dabei Nina an, die am kurzen Tischende neben dem Fenster saß und sich ein Lächeln auf die Lippen zwang.

»Woohoo, Australien!«, rief Jan Körber. »Würde mir auch gefallen. Gibt es in Down Under auch eine Besucher-Couch für besonders liebe Kollegen?«

Lachen erhob sich. Nina zuckte die Schultern. »Da musst du diejenigen fragen, die schon dort waren.« Sie stand auf, und mehrere Redakteurskollegen kamen auf sie zu, um ihr für die neue Aufgabe alles Gute zu wünschen. Verlegen wuschelte sie sich durch ihr raspelkurzes dunkles Haar. »Danke«, sagte sie, während sie Körbers Hand ergriff.

»Ich wünsche viel Erfolg und werde aus der Ferne neidvoll beobachten, was du so treibst.« Der Leiter des Ressorts Innenpolitik seufzte und fügte hinzu: »Ah, noch einmal so jung sein … Aber mit Frau und Kindern – was will man machen? Wobei eine Familie ja noch lange nicht jeden hemmt, wenn es darum geht, sich auszuleben.« Er schlug ihr jovial auf die Schulter und wandte sich ab. Nina schluckte und nahm Notizbuch und Kuli vom Tisch, als Rochelle hinter sie trat. In ihren High Heels war sie einen halben Kopf größer als Nina.

»Freut mich für dich. Mach was draus!«

Nina drehte sich zu ihr um.

»Ich versuch's. Ich hoffe, du bist nicht sauer auf mich.«

In gespieltem Erstaunen hob Rochelle die Brauen.

»Ich und sauer? Jetzt bist du es, und das nächste Mal bin ich dran. Ich hab sowieso noch ein paar Dinge auf dem Zettel, die ich erledigen muss, bevor ich in Berlin die Segel streichen kann. Mach dir um mich mal keine Gedanken.« Sie zwinkerte Nina zu und stolzierte davon.

Nina atmete laut aus. Der Konferenzraum hatte sich geleert, nur der Chef saß noch am Tisch und telefonierte. Als sie an ihm vorbeiging, hielt er sie mit einer Handbewegung zurück.

»Hast du zwei Minuten?« Nina blieb stehen. »In meinem Büro, bin sofort bei dir.« Sie nickte und ging zunächst in die Küche, um sich einen Kaffee zu holen. Melanie, Rechercheurin in der Dokumentation und Ninas Freundin, beugte sich über den Vollautomaten und entnahm ihm unter leisem Fluchen den leeren Wassertank.

»Warum immer ich? Dabei trinke ich nur eine einzige Tasse an meinem Arbeitsplatz, und jeden Tag bin ich es, die von diesem verdammten Ding rumgescheucht wird.«

Nina lachte und nahm ihr den Behälter ab. »Lass gut sein, ich mach das.«

Seufzend richtete sich Melanie auf. »Danke. Ohne dich wird dieser Ort noch ein wenig unmenschlicher.« Sie lehnte sich gegen die Küchenbar und nippte an ihrem Espresso.

Nina hielt den Tank unter den Wasserhahn. »Wie kannst du so etwas sagen! Wir haben uns doch alle ganz furchtbar lieb beim *Morgen*.« Sie setzte den gefüllten Tank wieder ein und machte sich einen Macchiato. Melanie kicherte.

»Wenn du es sagst. Ach, Nina. In ein paar Tagen bist du weg. Ich bin schon jetzt todtraurig.«

Nina schenkte der quirligen Blondine ein warmes Lächeln.

»Zeit für einen Drink nach der Arbeit?«

»Liebend gern!«

Florian Wertheim saß bereits hinter seinem Schreibtisch, als Nina das Büro des Chefredakteurs betrat. Sie schloss die Tür hinter sich und nahm auf einem der Besucherstühle Platz.

»Jetzt ist es also offiziell, nicht wahr?« Wertheim kratzte sich nervös mit der Hand im Nacken und verzog das Gesicht zu einem gequälten Lächeln.

»Ja, am Freitag fliege ich.«

Eine angespannte Stille breitete sich zwischen ihnen aus.

»Was gibt's, Florian?« Wie ertappt, zog er seine Hand zurück und legte sie auf die Tischkante. Sein Blick wanderte zur Tür, um sicherzugehen, dass sie unter sich waren.

»Nina, es tut mir so leid. Ich … Wenn es nach mir ginge, sähe das nächste halbe Jahr ganz anders aus. Ich hasse es, dass du gehst. Willst du es dir nicht noch mal überlegen?«

»Bitte, hör auf, Florian. Wir haben doch alles gründlich besprochen. Fang jetzt nicht wieder von vorne an.«

»Du hast diese Entscheidung getroffen. Mich hast du gar nicht erst gefragt.« Er klang verletzt.

Nina schüttelte resigniert den Kopf und stand auf. »Es war längst an der Zeit, einen Schlussstrich zu ziehen. Bekommst du denn die Anspielungen der Kollegen nicht mit? Wie lange würde es noch dauern, bis jemand seine Vermutung, dass wir eine Affäre haben, offen ausspricht?«

»Affäre? Mag sein, dass es zwischen uns so begonnen hat, aber du und ich, das ist doch viel mehr.« Angespannt fuhr er sich mit beiden Händen durch sein dunkelblondes Haar. Dann setzte er die Brille ab und rieb sich mit den Mittelfingern die Nasenwurzel. Seine grünen Augen sahen Nina durchdringend an. »Wie kannst du nur so kalt sein? Nach allem, was wir …« Er schüttelte resigniert den Kopf: »Ich verstehe dich nicht.«

Nina wich seinem Blick aus und versuchte, den Knoten in ihrem Bauch zu ignorieren. »Ich will wirklich nicht mehr darüber reden. Punkt, aus. Es gibt auch so schon genug Misstrauen in der Redaktion. Meine Güte! Hast du die Gesichter von Rochelle und Färber gesehen? Färber sägt an deinem Stuhl, und Rochelle hat alle Antennen ausgefahren. Du solltest dich in Acht nehmen.«

Das Telefon klingelte, und Wertheim ging widerwillig ran. Er warf Nina einen kurzen, schuldbewussten Blick zu. »Ja, ist schon gut, Schatz. Ich kann sie aber nicht vor halb sechs abholen. Okay, mach ich. Bis dann.« Nina stand auf und ging zur Tür. Wertheim legte auf. »Geh noch nicht. Können wir uns heute Abend sehen? Bitte!«

Nina verließ wortlos das Büro und zog leise die Tür hinter sich zu.

Nina und Melanie saßen an der Thekenecke der Gastrokneipe »Gottlob« und tranken Riesling.

»Ich kann es noch gar nicht glauben, dass du bald weg bist. Ich werd dich schrecklich vermissen.« Ninas Augen schimmerten feucht, doch dann verzog sie den Mund in gespieltem Mitleid.

»Oh, du Arme! Meine Recherche-Anfragen werden dir natürlich wahnsinnig fehlen. All die Dossiers, die du für mich unter Zeitdruck zusammenstellen durftest … für immer vorbei!« Sie legte den Arm um Melanie und drückte die Freundin an sich. Doch Melanie rückte von ihr ab und sah Nina erschrocken an.

»Für immer vorbei? Soll das etwa heißen, du kündigst nach dem halben Jahr in Australien? Das ist nicht dein Ernst, oder?« Nina ließ den Arm von Melanies Schulter sinken, presste die Lippen zusammen und drehte nachdenklich den Stiel ihres Glases zwischen den Fingern.

»Ist das so?«, setzte Melanie nach. »Du willst aufhören?«

Nina sah sie ernst an. »Bitte behalte das für dich, ja? Ich will nicht, dass man mich in Melbourne kaltstellt.«

Melanie schnalzte mit der Zunge. »Oh mein Gott, das schreit nach einer Krisen-Zigarette.«

Nina lachte auf. »So viele Krisen wie du kann doch gar kein Mensch haben.« Melanie fischte in ihrer Handtasche nach Schachtel und Feuerzeug.

»Willst du auch eine?«

Nina schüttelte den Kopf. Melanie steckte sich eine Zigarette an, inhalierte tief und blies den Rauch wie einen Stoßseufzer zur Decke.

»Ich weiß, was du denkst«, sagte Nina. »Aber es geht nicht anders. Ich muss einen Schnitt machen.«

Melanie hob aufgebracht die Hände. »Sag mal, wie blöd bist du eigentlich? Du bist seit drei Jahren Redakteurin in leitender Funktion mit glänzenden Aufstiegschancen, und nun willst du das Handtuch werfen, weil du eine Affäre mit dem Chef hattest? Glaubst du, ein Mann würde deshalb einfach so abhauen und seine Karriere aufs Spiel setzen? Ich bitte dich!« Melanie klang ehrlich entrüstet und beruhigte sich mit einem weiteren tiefen Zug aus ihrem Glimmstengel.

»Dazu müsste dein Phantasie-Mann erst einmal in meiner Situation sein. Wie viele Chefredakteurinnen überregionaler Zeitungen fallen dir denn auf Anhieb so ein?«

Melanie verdrehte die Augen und schüttelte den Kopf. »Null natürlich, aber das spielt doch jetzt gar keine Rolle. Es geht um dein Selbstverständnis als Frau. Du machst dich zum Opfer, ziehst den nicht vorhandenen Schwanz ein und alles nur, um für den lieben Florian bloß nicht zum Problem zu werden. Fünfziger Jahre pur!«

»Stimmt alles, was du sagst. Aber Florian und ich haben nicht einfach nur mal so gebumst, sondern führen seit einem Jahr eine heimliche Beziehung. Alle Klischees inklusive, von der täglichen Schauspielerei am Arbeitsplatz mal ganz zu schweigen. Ich habe es so satt. Deswegen ist jetzt Schluss. Ich kann einfach nicht mehr. Diese Schuldgefühle bringen mich um.«

»Du hast Schuldgefühle? Florian hat dich doch permanent angebaggert, bis du in einem schwachen Moment nachgegeben hast.«

»Er ist verheiratet und hat zwei kleine Kinder.«

»Ja, alles richtig, und außerdem ist er ein verdammt attraktiver Mann. Da kann frau schon mal schwach werden. Sei nicht so hart mit dir selbst.«

Nina zog die Nase hoch und schob ihr Glas neben das von Melanie. »Hier, nimm! Ich mag nicht mehr.«

Melanie zog die Brauen zusammen. »Du hast doch nur dran genippt.« Nina sah auf die Uhr.

»Bist du böse, wenn ich gehe? Ich bin müde und hab noch eine Menge zu erledigen.« Sie deutete mit dem Kinn über ihre Schulter. »In der Ecke steht das halbe Feuilleton, kulturell wertvoller Anschluss garantiert.« Sie stand auf, zog ihre Jacke

an und drückte der Freundin einen Kuss auf die Wange. Als sie sich zum Gehen wandte, fasste Melanie sie am Arm. »Du liebst ihn immer noch, oder?«
Nina senkte den Blick. »Schönen Abend. Ich seh dich morgen.«
Melanie blickte Nina nachdenklich hinterher, bis die Tür hinter ihr zugefallen war.

Nina fuhr mit der U7 bis zum Bayerischen Platz. Um sich gegen den Luftzug im U-Bahn-Schacht zu schützen, hielt sie ihr Notebook, das in einer schwarzen Schutzhülle steckte, fest gegen den Oberkörper gepresst. Auf der Hauptstraße bemerkte sie ein Grummeln in der Magengegend, und weil sie sich an die gähnende Leere in ihrem Kühlschrank erinnerte, beschloss sie, bei ihrem Stammitaliener eine Pizza zu essen.
Sie setzte sich in ihre Lieblingsecke, bestellte eine Calzone und ein Mineralwasser, packte das Notebook aus und fuhr es hoch. Aus Gewohnheit überflog sie zunächst die neuen Schlagzeilen der Konkurrenzblätter, bevor sie sich in ihren Facebook-Account einloggte.
»Prego, Signora!« Der Kellner servierte ihr mit einer angedeuteten Verbeugung die Calzone. »Wie immer mit einer Extraportion Büffelmozzarella für Sie!«
Nina blickte auf und lächelte.
»Danke, Gianni.« Sie klappte das Notebook zu, griff nach dem Besteck, teilte die Calzone in zwei Hälften und schob sich wenig später genussvoll den ersten Bissen in den Mund. Ihr Handy summte, und sie angelte in ihrer Jackentasche, die über der Stuhllehne hing, nach dem Smartphone.
Florian.

Sie stöhnte leise auf. Ihr erster Impuls war, ihn wegzudrücken, doch dann besann sie sich eines Besseren und nahm den Anruf an.

»Ich steh vor deiner Haustür. Wo bist du?« Sie zögerte einen Moment lang, fuhr sich mit der Hand nervös über die Stirn.

»Beim Italiener um die Ecke.«

»Bin gleich da.« Bevor sie widersprechen konnte, hatte er aufgelegt.

Erschöpft legte sie das Handy auf den Tisch. Wieso konnte er sie nicht einfach gehen lassen? Was versprach er sich davon? Die Sache zwischen ihnen war beendet. Sie hatten es mehrfach besprochen, und am Ende schien er es auch eingesehen zu haben. Er setzte seine Familie und seine Karriere aufs Spiel. Jedes weitere Treffen war nichts als Quälerei. Für ihn, für sie. Zumindest konnte er ihr beim Italiener schlecht eine Szene machen.

Sie zog den Teller zu sich heran und säbelte lustlos an der Calzone herum; wenige Minuten später stand Florian außer Atem vor ihr.

»Gott sei Dank! Du bist noch da.« Er ließ sich auf der anderen Seite des Tisches auf den Stuhl fallen. Sofort tauchte Gianni auf. Florian bestellte einen Pinot Grigio, ohne die Speisekarte in die Hand zu nehmen. Nina schob ihren Teller von sich. Er griff nach ihrer Hand, doch sie entzog sie ihm.

»Nina, bitte gib uns eine Chance!«

»Du hast eine Familie, und es war nie unsere Absicht, sie auseinanderzureißen.«

»Natürlich nicht, aber es ist eben passiert. Ich habe mich in dich verliebt. Diese Dinge passieren. Mit Christine und mir ist es schon lange nicht mehr so, wie es sein sollte. Es ist nur eine Frage der Zeit, bis wir uns trennen. Es wird passieren, hörst du?«

»Dann ohne mich. Wenn du deine Familie zerstören willst, ist das deine Entscheidung. Ich kann das nicht.«

Der Kellner brachte den Wein, und Florian nahm einen tüchtigen Schluck. In seine Stirn hatten sich tiefe Furchen eingegraben. Unvermittelt richtete er seinen Blick auf sie. »Ich trenne mich von Christine.«

»Nicht wegen mir«, entgegnete sie mit scharfer Stimme.

»Nein, nicht wegen dir. Wegen uns.«

Nina sah ihn besorgt an. Die grässliche Stille, die sich zwischen sie legte, lastete bleischwer auf ihr.

»Du bist schwanger, stimmt's?«, fragte Florian endlich.

Nina wurde es mit einem Mal heiß und kalt zugleich. Ihre Hände begannen zu zittern, und sie legte sie, zu Fäusten geballt, in den Schoß, damit Florian es nicht bemerkte. Er lächelte, seine Augen strahlten. »Hab ich also richtig vermutet.« Völlig überrumpelt, wusste Nina nicht, was sie erwidern sollte. Wie zum Teufel hatte er das erraten? Sah man es ihr an? Unwillkürlich öffnete sie eine Faust und strich mit der flachen Hand über ihren Bauch. Wenn überhaupt, war er nur leicht gewölbt. Ihre Jeans passten noch einwandfrei. Florian schlug mit der flachen Hand auf den Tisch. »Ha! Ich wusste es, ich wusste es!«, wiederholte er triumphierend und schnellte von seinem Platz hoch, um sich neben sie zu setzen. »Ein Kind. *Unser* Kind. Das ist so wunderbar! Warum hast du es mir nicht schon eher gesagt? Wie weit bist du? Dritter Monat, vierter?«

Damit hatte sie nicht gerechnet. Dass er sie nur ansehen musste, um es zu wissen. Dass er dieses Kind wollte.

Als er den Arm um sie legte, schüttelte sie ihn ab und stand auf. »Ich muss gehen.« Florian zog sie am Arm zu sich.

»Nein, bleib. Bleib bei mir. Bei mir und unserem Kind.« Nina ertrug die Situation nicht länger. Sie machte sich los, schnappte Jacke und Laptop und stürzte zum Ausgang. Florian lief ihr hinterher, holte sie beim Ausgang ein.

»Wovor läufst du davon? Alles ist gut. Ich will dieses Kind. Ich will dich.«

»Aber ich will das alles nicht. Weder dich noch das Kind. Lass mich in Ruhe.« Nina liefen die Tränen über die Wangen.

»Warum kapierst du es nicht, Nina? Ich werde Christine verlassen. Wenn nicht jetzt wegen dir und unserem Kind, dann irgendwann später wegen einer anderen.«

Sein letzter Satz fuhr ihr wie eine Faust in die Magengrube.

»Dann nimm dir in Gottes Namen eine andere. Ich will nicht diejenige sein, die dir einen Vorwand liefert, um deine Familie hinter dir zu lassen. Ich will dieses Kind nicht. Ich will dich nicht. Und übermorgen wird es dieses Kind auch gar nicht mehr geben.«

Florian stand wie unter Schock neben ihr. Seine Arme hingen schlaff herunter. Sie wusste nicht, weshalb sie das gesagt hatte. Es war ganz sicher nicht ihre Absicht gewesen, aber nun war es zu spät, und sie konnte die Worte, die ihr im Affekt herausgerutscht waren, nicht mehr zurücknehmen.

Bevor Florian reagieren konnte, stürzte Nina aus der Tür und lief über den Platz, über die Kreuzung und die rote Ampel. Nur weg von Florian, weg von allem!

Melbourne, 1871

Früh am Morgen packte Liz ein paar Sachen für ihre Kinder zusammen, drückte ihnen zur Bestechung etwas Malzzucker in die Händchen und hob sie auf den Karren, der sie wegbringen sollte. Caroline sah vom Fenster aus zu, wie der Gaul anzog und sich die kostbare Ladung langsam entfernte. Die Kinder begannen zu weinen, als ihnen dämmerte, dass sie ohne Begleitung der Eltern unterwegs waren, und riefen nach ihrer Mutter. Der kleine Blair stand auf und versuchte, aus dem Wagen zu klettern, doch seine Schwester hielt ihn in letzter Sekunde fest, damit er nicht herausfiel.
Stud legte seiner Frau den Arm um die Schultern.
»Für uns wird es auch Zeit«, meinte er, zog den Vorhang zu und wischte ihr mit dem Daumen die Tränen vom Gesicht. Caroline nickte. Sie hatte vor zwei Tagen mit dem Packen begonnen und war bereit.
»Alles Gute, Stud«, sagte John kühl.
»Dir auch«, antwortete Stud und klopfte dem Bruder auf die Schulter. »Ein rollender Stein setzt kein Moos an«, scherzte er. Dann machten er und Caroline sich auf den Weg.
Sie entschieden sich gegen ein Hotel in einer guten Gegend und wählten eine günstige Pension am abgelegenen Ende der

Victoria Parade, die für Handwerker, Büroangestellte und Verkäufer gedacht war. Nicht wenige, die sich dort einquartiert hatten, erschienen dem Paar zwielichtig. Da war zum Beispiel ein junger Mann, der bei der Eisenbahn arbeitete. Er behauptete, demnächst ein Vermögen mit dem Patent auf eine Medizin zu machen, die er erst noch zusammenbrauen wollte. Oder die ältliche Buchhändlerin mit Brille, die vorgab, ihr Mann könne nicht bei ihr sein, weil ihm das Klima in der Stadt nicht zuträglich sei. Die Handwerksburschen waren allesamt unangenehm laut, wenn sie von ihrer Arbeit in die Pension zurückkehrten. Meist hatten sie unterwegs in einem Pub haltgemacht, um sich die trockenen Kehlen zu befeuchten.

Das Haus lag inmitten einer zweistöckigen Häuserzeile; es war nur ein Zimmer und einen Gang breit, an dessen Ende sich die Küche befand, wo die Inhaberin Mrs. Kelly schlief – falls sie überhaupt jemals schlief. Mrs. Kelly war eine kleine, nicht mehr ganz junge Irin. Man sah sie stets in ihrem abgetragenen schwarzen Kleid und mit einer Haube, die aussah wie ein verstaubtes Spinnennetz. Ihr runzliges Gesicht glich einem winzigen Apfel, der zu lange auf einem sonnigen Fensterbrett gelegen hatte.

Studs außergewöhnlich feine Kleidung entging seiner Vermieterin nicht, und bei jedem Frühstück machte sie eine Bemerkung, die Stud nach einigen Tagen nicht länger kommentierte. Sie sprach mit durchdringender Stimme, einer Grille nicht unähnlich.

»Mr. Studholme, was für ein feiner Stoff, so fein, so fein!«, zirpte sie, während sie den Stoff an seinem Ellbogen zwischen Daumen und Zeigefinger rieb.

Stud machte Pläne. Seine Tage glichen einem verschwomme-
nen Alptraum, in dem er von einem schäbigen Büro zum
nächsten hastete, wo er sich durch Bewerbungsgespräche mit
Bankiers und Anwälten quälte – erniedrigende Gespräche, in
deren Verlauf seine Unfähigkeit für beide Geschäfte gnaden-
los ans Licht gezerrt wurde.

Jeder Tag verschlang Geld, ohne dass neues hereinkam. Alles
in allem blieb ihnen nur eine erbärmliche Summe für ihren
Neubeginn in Australien. Sie benötigten ein Haus, mussten
ihren Lebensunterhalt bestreiten. Caroline machte ihm Vor-
schläge, doch Stud verbat sich jede Einmischung. Er hatte sie
in diese Krise hineinmanövriert, und er würde sie auch wieder
herausführen. Er durchstreifte die City und die Vororte, lief
sich die Hacken ab, bis er nur noch ein Schatten seiner selbst
war, um ein Haus zu finden, das sie sich leisten konnten.

Voller Wehmut kehrte er den gepflegten Seeorten St. Kilda
und Elsternwick den Rücken zu. Um die grünen Gärten von
Toorak machte er einen weiten Bogen – viel zu kostspielig!
Seinen Widerwillen erstickend, erkundete er stattdessen die
dunklen Vororte Footscray, Essendon und Moonee Ponds.
Am Ende seiner Geduld und seiner Kräfte, fand er, was er
suchte. In Hawthorn nahe der Stadtmitte mietete er ein winziges Häuschen. Von außen betrachtet, sah das schmale Back-
steingebäude mit Balkon und Veranda sogar recht behaglich
und geräumig aus. Von innen jedoch …

Insgeheim fürchtete Stud, Caroline würde ihm den gesellschaftlichen Abstieg niemals verzeihen. Und aus ebendiesem
Grund würde er ihr nicht erzählen, wie schlecht es wirklich
um ihre Finanzen stand. Er war überzeugt, dass er das Richtige tat.

Sobald der Mietvertrag unterzeichnet war, zogen sie in ihr neues Heim. Stud hatte es ihr in den rosigsten Farben beschrieben, so dass Caroline es kaum abwarten konnte, ihren Fuß über die Schwelle zu setzen. Und dann diese Enttäuschung.

Insgeheim hatte sie gehofft, das Haus wäre groß genug, um die Kinder zu sich holen zu können. Seit dem Abschied von ihrem Schwager und seiner Frau war kein Tag vergangen, an dem sie nicht über Suzanne und Blair nachdachte; darüber wurde sie jedes Mal so traurig, dass sie sogar in Tränen ausbrach. Sie konnte noch immer nicht fassen, was Liz ihren Kindern angetan hatte. Und alles nur deshalb, weil sie als Mutter unfähig war, sich in ein Leben ohne Dienstboten zu fügen. Warum bemühte diese Frau sich erst gar nicht, die Dinge zu lernen, an denen es ihr mangelte? Liebte sie ihre Kinder denn nicht? Carolines Angebot, ihr einige Grundregeln des Kochens zu zeigen, hatte sie beleidigt abgelehnt.

Caroline vermied es, mit Stud über seine Nichte und seinen Neffen zu sprechen, seit er ihr zuletzt rüde über den Mund gefahren war.

»Zum letzten Mal: Es ist nicht unsere Verantwortung. Abgesehen davon, verfügen wir gar nicht über die Mittel, um auch nur darüber nachzudenken. Also Schluss mit dieser Diskussion.« Sein Ton hatte keinen Widerspruch geduldet, deshalb schluckte sie ihren Unmut hinunter. So war Stud nun einmal, wenn er mit sich und der Welt uneins war. Empfindlich und reizbar, verletzt von der kleinsten Bagatelle. Doch meistens wusste sie ihn zu nehmen. In solchen Momenten erinnerte sie sich ganz bewusst an seine guten Seiten; seine mitunter überbordende Lebensfreude, die sie mitriss; seine überschwengliche Liebe zu ihr, die er ihr stets auf überraschende, originelle Weise zu zeigen wusste. Sie musste schmunzeln, als sie daran dachte, wie er sie in London eines schönen Mittwochmorgens ohne Ankündigung mit der Kutsche in den Park entführt hatte, wo ein Picknick für sie vorbereitet war. Die Decke war übersät mit Rosenblättern, und ein Geiger, den Stud für diese Gelegenheit engagiert hatte, spielte romantische Weisen, während sie unter der Bewunderung der vorbeispazierenden Paare Champagner tranken und Entenleberpastete aßen. Als sie Stud gefragt hatte, was denn der Anlass für dieses besondere Ereignis sei, hatte er sie bei den Schultern gefasst und ihr tief in die Augen gesehen. »Schönheit, Liebe und Lebensfreude. Mit einem Wort, du.«

Niemals sah ihr kleines Häuschen in Hawthorn trostloser aus als am frühen Morgen, bevor die Jalousien hochgezogen wurden und das erste Tageslicht weiche, versöhnliche Schatten auf die kahlen Wände werfen konnte. Die Aufgabe, diesen trostlosen Ort in ein gemütliches Heim zu verwandeln, stellte selbst Caroline vor eine unlösbare Aufgabe. Bis hin zum Besteck hätte sie jedes einzelne Stück der Einrichtung neu kaufen müssen, was sie sich nicht leisten konnten. Caroline behalf sich mit dem Notwendigsten; viel mehr als Bett, Tisch und Stühle lag jenseits ihrer Möglichkeiten.

Sie lebten seit fast vier Wochen in Hawthorn, ohne dass sich an ihrer Situation etwas Wesentliches geändert hätte. Stud war noch immer ohne Einkommen, und diese fürchterliche Unsicherheit nagte hässlicher an ihrer beider Nerven als Rattenzähne an einem stinkenden Kadaver. Mehr noch als ums Geld sorgte sich Caroline jedoch um ihren Mann. Die Ungeselligkeit, die er seit Wochen an den Tag legte, schien dieses Mal einen tieferen Grund zu haben als die gelegentliche Unlust, sich unter Menschen zu begeben, die Stud schon in London hin und wieder befallen hatte. Jetzt war es anders. Stud vegetierte in seiner selbstgewählten Einsamkeit dahin wie ein Tier, das seinen Käfig nicht verlassen wollte. Seit sie in dieser Stadt lebten, war er nicht mehr derselbe.

Caroline sprach sich Mut zu. Es war nicht das erste Mal, dass sie Stud in diesem Zustand sah. Früher oder später würde er aus seinem Loch herauskriechen und wieder der charmante Mann sein, in den sie sich verliebt hatte.

Doch dieses Mal beschlichen sie Zweifel. Er verharrte schon so lange in diesem merkwürdigen Zustand. Stud musste sich in Melbourne einen Namen machen, Verbindungen knüpfen, wenn sie überleben wollten. Doch statt jede Hand zu schütteln, die man ihm darbot, wies er die wenigen Einladungen, die sie erhielten, auch noch zurück. Caroline gab ihr Bestes, um ihn aufzumuntern, und ermutigte ihn in immer resoluterem Ton, endlich am gesellschaftlichen Leben teilzunehmen. Doch ebenso gut hätte sie mit der Wand reden können. Sie lebten wie die Einsiedlerkrebse. Ihre Verzweiflung wuchs, denn sie ahnte, dass der überschaubaren besseren Gesellschaft Melbournes nichts verborgen blieb, was selbst dem geringsten ihrer Mitglieder widerfuhr.

Es wurde Sommer. Ein halbes Jahr war vergangen, seit sie nach Melbourne gekommen waren. Stud arbeitete als schlecht bezahlte Aushilfe in dem einen oder anderen Anwaltsbüro und beklagte sich täglich bei seiner Frau darüber, wie hart sein Leben war. Von ihren Familien konnten sie keine Hilfe erwarten. Sie hätten das auch beide nicht gewollt – nicht solange sie noch einen Funken Stolz in sich trugen. Sinnend beobachtete Stud seine Frau, die ihm gegenübersaß und an einer Stickerei arbeitete. Ein kaum hörbarer Seufzer entrang sich seiner Brust und ließ Caroline aufblicken. Abwesend lächelte er ihr zu, und sie vertiefte sich erneut in ihre Arbeit. Während er sich in seinem Sessel zurücklehnte, dachte er zunächst ohne Bitterkeit an seine Eltern. Das Leben in Australien hatte einige seiner Ecken und Kanten abgeschliffen. Doch je länger er dasaß und vor sich hin grübelte, desto mehr verdunkelte sich sein Gemüt. Beinahe all seine Ressourcen waren mittlerweile aufgebraucht, und er schauderte bei dem Gedanken an die Entbehrungen, die ihnen bevorstanden, wenn sich das Blatt nicht bald wendete. Bis jetzt hatten sie in einer Art schlichtem Komfort gelebt. Weitere unvorhergesehene Kosten oder eine Krankheit, und sie würden unweigerlich in die Armut abdriften. Nur noch ein weiterer Monat, dann konnten sie sich die Miete nicht mehr leisten. Wie sollte er Rechnungen bezahlen, wenn er kein ordentliches Einkommen hatte? Studs unveränderte Antwort, wann immer Caroline etwas in dieser Richtung äußerte, lautete, sie solle ihren hübschen Kopf nicht mit solchen Fragen belasten. Auch jetzt beugte er sich vor und fasste seine Frau am Kinn.

»Während ich hier in meinem Sessel sitze, machst du dir mal wieder Sorgen um unsere Zukunft, hab ich recht?«

Wie ertappt, überzogen sich ihre hellen Wangen mit einer zarten Röte. Als sie etwas erwidern wollte, legte er ihr seinen Finger auf die Lippen.

»Ich hab nicht geheiratet, damit sich mein Mädchen den Kopf darüber zerbricht, wo das nächste Abendessen herkommt. Alles wird sich zum Guten wenden, vertrau mir!«

In der Nacht erwachte Stud aus einem unruhigen Schlaf und starrte auf das monderleuchtete Viereck des kleinen Fensters. Was sollte er nur tun? Alles hatte sich gegen ihn verbündet, zwängte ihn in ein Korsett, das ihm zu eng war. Er musste sich befreien, musste atmen!

Seine Angst spornte ihn schließlich zu einem neuen Vorhaben an. Ja, wenn er es klug und mit Umsicht anstellte, könnte dies die Rettung sein. Lange betrachtete er Caroline, die neben ihm lag. Wie wunderschön sie war! Sachte strich er ihr mit den Knöcheln über die bleiche Wange. Als sie sich im Schlaf bewegte, zog er die Hand zurück und bettete sich so, dass er ihrem Gesicht nahe war.

Der Tag brach an, ohne dass Stud Schlaf gefunden hätte. Der Mond, noch vor einer Stunde eine Kugel aus poliertem Silber, warf nur mehr ein schwaches Licht, prangte wie ein Geist am bleiernen Himmel. Dann färbte sich das Firmament mit purpurroten Streifen. Wolken teilten sich, getränkt in Orange und Rosa, und erste Strahlen reflektierten grell im Fensterglas. Der Rand der Sonne schob sich über den Horizont, wuchs zu einem feurigen Viertel, zur Halbkugel, bis der Ball sich befreite und seinen Aufstieg begann.

Studs Plan war gefasst, und noch heute würde er ihn in die Tat umsetzen!

In ihrer Stube konnte Caroline das dumpfe Geräusch von Studs Stiefeln hören, wie er immerfort in der Küche auf und ab wanderte, bevor er schließlich das Haus verließ. Sie verlor sich in Gedanken. Wenn Stud nicht bald eine regelmäßige Beschäftigung fand, fürchtete sie nicht nur um ihre Existenz, sondern auch um seinen Verstand. Entschlossen warf sie die Decke zurück und stand auf. Sie wollte früh zum Markt, um Gemüse fürs Abendessen einzukaufen. Auf dem Nachhauseweg würde sie am Zeitungsstand haltmachen, um die Tageszeitungen zu holen. Stud brauchte nicht zu wissen, dass sie sich vorgenommen hatte, selbst Arbeit zu suchen. Ganz Melbourne suchte fähige Arbeitskräfte – und keineswegs nur männliche.

Am Abend stand das Essen wie immer auf dem Herd. Caroline saß am Küchentisch und studierte die Stellenanzeigen in den Zeitungen, die sie vor sich ausgebreitet hatte. Mit einer Schere schnitt sie diejenigen aus, die sie in Betracht zog, und legte sie zwischen die aufgeschlagenen Seiten ihres Notizbuchs. Sie sah auf die Uhr. Schon nach sieben! Erschrocken packte sie die Zeitungen zusammen und stand auf, um sie in den Korb mit dem Ofenholz zu legen. Sie schloss ihr Büchlein und ließ es in ihre Küchenschürze gleiten. Stud sollte nichts von ihrer Suche nach Arbeit erfahren – noch nicht. Er würde sich nur unnötig aufregen. Wenn sie erst eine geeignete Stelle gefunden hätte, konnten sie sich immer noch darüber streiten, ob sie arbeiten sollte oder nicht.

Erneut blickte sie zur Wanduhr. Seltsam, wo blieb Stud nur? Eigentlich müsste er längst aus der Kanzlei zurück sein. Vielleicht trank er noch ein Bier mit einem Kollegen oder hatte jemanden getroffen, den er kannte. Sie legte die Schere in die Schublade zurück und sah nach dem Gemüseeintopf.

Als Stud eine halbe Stunde später noch immer nicht zurückgekehrt war, nahm sie den Topf vom Feuer und setzte sich an den Tisch. Sie zog ihr Büchlein aus der Schürze und blätterte darin, bis sie die ausgeschnittenen Anzeigen gefunden hatte; insgesamt waren es drei, von denen es ihr eine besonders angetan hatte. Verkäuferin für einen Stoffladen. Ja, das wäre der rechte Einstieg, denn mit Stoffen kannte sie sich als Tochter eines Tuchhändlers nun wahrlich aus. Ein- und Verkauf, der Umgang mit den Kunden – all dies hatte sie in Potsdam im

Geschäft ihrer Eltern von der Pike auf gelernt. Sicherlich, die Stellung lag unter ihrem Niveau, doch sie war in einem fremden Land und haderte noch immer mit der englischen Sprache. Als Einstand wäre die Position also geradezu ideal. Wenn sie nur Stud davon überzeugen könnte …

In den anderen beiden Anzeigen wurde nach einem Kindermädchen für eine vornehme Familie in St. Kilda und nach einer Köchin in einer Gastwirtschaft in der Innenstadt gesucht. Darauf wollte sie erst antworten, falls sich die Offerte im Tuchhandel zerschlagen sollte. Als allerletzte Möglichkeit zog sie die Annonce für eine Näherin in der Tuchfabrik in Betracht, doch die hatte sie gar nicht erst ausgeschnitten. So tief würde sie nicht sinken!

Gleich morgen, wenn Stud sich auf den Weg zur Arbeit gemacht hätte, wollte sie sich als Verkäuferin vorstellen. Der Gedanke an den morgigen Tag erregte Caroline, und sie überlegte, was sie wohl anziehen sollte. Sie hatte einige teure Kleider aus Deutschland mitgebracht, aber die wären vielleicht nicht angebracht. Ob sie das taubenblaue Seidenkleid, das sie sich in Potsdam hatte nähen lassen, tragen sollte? Dazu besaß sie eine passende Haube und einen Sonnenschirm. Hastig sprang sie vom Stuhl auf, um nachzusehen, in welchem Zustand sich das Kleid befand. Sie eilte auf ihr Zimmer und öffnete den Schrank. Da war es! Zärtlich strich sie mit den Fingern über den schimmernden Stoff. Wann hatte sie es zuletzt getragen? Letzten Sommer in England? Ja, Stud hatte sie zum High Tea ausgeführt. Es kam ihr vor wie eine Ewigkeit.

»Und du bist die Schönste von allen«, hatte er ihr zugeflüstert, als er bemerkte, wie unsicher sie sich in der fremden Gesellschaft fühlte. Wie fern diese Szene nun war!

Die Seide knisterte, als Caroline das Kleid aufs Bett legte. Sie suchte gründlich nach Falten und Flecken, doch es wies keine Mängel auf, und so hing sie es wieder in den Schrank zurück. Als Stud um neun immer noch nicht da war, schöpfte sie eine Kelle vom lauwarmen Eintopf in einen Teller. Gedankenverloren löffelte sie ihr Essen, wusch das Geschirr ab und ging ins Wohnzimmer, um sich mit einem Buch vom Warten abzulenken. Gegen zehn erfasste sie leise Panik. Sie legte das Buch auf dem Kaminsims ab und begann, unruhig den Raum zu durchschreiten. Sollte sie zur Kanzlei gehen? Draußen herrschte stockdunkle Nacht, und der Weg war für eine Frau nicht ungefährlich, andererseits wollte sie für eine Kutsche nicht ihr Geld verschwenden. Und wo sollte sie nach ihm suchen, wenn er das Büro längst verlassen hatte? Nervös knabberte sie an ihrem Daumennagel. Was, wenn ihm etwas zugestoßen war und er ihre Hilfe brauchte? Vielleicht hatte ihn jemand auf dem Heimweg überfallen, und jetzt lag er irgendwo hilflos in der Gosse? Wenn sie doch nur einen Freund hätte, den sie um Rat fragen könnte, aber wen außer Studs Bruder könnte sie schon fragen? John! Er wohnte nicht weit von ihnen, wenn auch in einer besseren Gegend. Doch seit ihrem Auszug aus seinem Hause hatten sie einander nicht mehr gesprochen.

Ach, sie war albern, übertrieb alles! Keine zehn Minuten, und Stud würde auftauchen.

Doch um Mitternacht war er noch immer nicht zurück. Das hatte sie davon, dass sie so lange gezögert hatte! Jetzt war es zu spät, um den Schwager aufzusuchen oder sich eine Kutsche zu nehmen. Sie warf den Stickrahmen auf den Couchtisch und beschloss, zu Bett zu gehen. Das Licht in der Wohnstube ließ sie brennen. In dieser Nacht machte sie kein Auge zu.

Das Tor zu Johns Haus quietschte, als Caroline es am nächsten Morgen hastig aufdrückte, und der Kies knirschte unter ihren Füßen, als sie den Weg zur Haustür entlangrannte. Verschwitzt riss sie sich die Haube vom Kopf und strich sich fahrig das Haar aus dem Gesicht, das ihr an den Schläfen klebte. Keuchend vor Anstrengung, klopfte sie an die Tür, doch nichts rührte sich. Sie ging die Stufen zurück, sah zum Schlafzimmerfenster hoch und rief nach John und Liz. Schließlich sammelte sie ein paar Kieselsteine auf und warf sie gegen die Scheiben.

»John, Liz!«, rief sie. »Lasst mich bitte rein!« Endlich erschien John am Fenster und schob den Rahmen hoch.

»Schrei doch nicht so! Du weckst ja die gesamte Nachbarschaft! Was ist denn los?«

»Stud ist verschwunden. Er ist gestern nicht nach Hause gekommen. Du musst mir helfen. Wir müssen ihn suchen!«

»Warte, ich komme runter.« Er schloss das Fenster und öffnete ihr kurz darauf die Haustür. Liz stand hinter ihm.

»Komm rein, es muss ja nicht jeder mit anhören, wie's um unsere Familie bestellt ist.« Caroline folgte den beiden in die Küche, wo Liz den Wasserkessel aufsetzte.

»Also, mein Bruder ist mal wieder verschwunden, ja?«, fragte John und ließ sich, noch halb schlaftrunken, auf einen Stuhl fallen.

»Was heißt *mal wieder*? Es ist das erste Mal.« Caroline sah ihren Schwager verstört an, der verächtlich schnaubte. Liz goss das kochende Wasser in die Teekanne und stellte Tassen auf den Tisch. Caroline bemerkte, wie sie lächelnd den Kopf schüttelte.

»Was ist? Verheimlicht ihr mir etwas?«

Die beiden tauschten einen vielsagenden Blick, während Liz sich einen Stuhl heranzog. Sie schenkte Tee ein und reichte Caroline den Zucker.

»Du weißt es also nicht?« Ein süffisantes Lächeln umspielte Liz' Mundwinkel, als sie die Tasse mit abgespreiztem Finger anhob. Wieder blickte sie zu ihrem Mann, der sich nun räusperte.

»Hast du dich nie gefragt, wieso der Alte euch zum Teufel geschickt hat?«, fragte er.

Caroline zog die Brauen zusammen. »Doch, natürlich. Stud hatte eigene Ideen, wie das Gut zu führen sei. Darüber haben sie sich zerstritten. Aber das weißt du längst. Du hast dich doch selbst nicht mit deinem Vater vertragen.«

John machte eine abschätzige Handbewegung.

»Das ist eine ganz andere Geschichte. Im Gegensatz zu Stud habe ich ihn nie interessiert. Stud war der Schlaue von uns beiden. Vaters Hoffnungen ruhten allein auf ihm.«

»Nur um unsäglich enttäuscht zu werden. Hätte er sich mal besser an dich gehalten«, wandte Liz ein und klang verbittert.

Caroline sah sie irritiert an.

»Was hat das mit Studs Verschwinden zu tun?«

Liz begann zu kichern. »Er hat es dir also tatsächlich nicht erzählt.«

Caroline sprang von ihrem Stuhl auf. »Wovon redet ihr? Was soll er mir nicht erzählt haben?«

John zog sie am Arm auf ihren Platz zurück.

»Stud spielt. Wusstest du das nicht?«

Caroline sah ihn ungläubig an. »Wie, er spielt?«

»Karten, Roulette, Pferdewetten – was auch immer. Seit er siebzehn ist. Eine Zeitlang kann er die Finger davon lassen, aber dann packt es ihn wieder, und er hört nicht auf, bis er den letzten Penny verloren hat. Es ist wie ein Fieber, das immer wieder aufflackert.« Eine spannungsgeladene Stille breitete sich im Raum aus. Caroline griff nach ihrer Tasse, doch ihre

Hand zitterte so stark, dass der Tee überschwappte. Rasch setzte sie die Tasse wieder ab, ohne einen Schluck zu trinken. »Haben dir meine Eltern nichts davon erzählt? Das ist doch der Grund, weshalb er hier ist. Er hat zum Spielen Anleihen auf sein Erbe aufgenommen, und Vater musste ihn aus dem Schuldgefängnis auslösen. Da hatte der Alte schließlich genug und hat ihn vor die Tür gesetzt.«

»Oder, besser gesagt, aufs nächste Schiff nach Übersee«, warf Liz hämisch ein, »zusammen mit dir.«

»Jetzt ist es aber genug. Wie redet ihr denn über Stud? Wenn ihr so schlecht über ihn denkt, wozu dann all die Briefe?« Sie blickte John direkt in die Augen. »Wieso wolltest du, dass er nach Melbourne kommt?«

John hob abwehrend beide Hände in die Luft. »Was sind denn das für Anschuldigungen? Ich liebe meinen Bruder.«

Liz, die im Begriff war, einen Schluck Tee zu nehmen, prustete in ihre Tasse und verschluckte sich. Caroline stand auf.

»Wenn das so ist, wenn du ihn liebst, dann hilf mir, ihn zu finden«, sagte sie kühl. »Jetzt.«

Mainz, Januar 1994

Katharina Braumeisters Traum wurde vom Schrillen der Türklingel jäh unterbrochen. Mühselig bahnte sich ihr Bewusstsein einen Weg durch den Schlaf. Als es erneut klingelte, richtete sie den Oberkörper auf und rieb sich mit den Handballen über die Augen. Der Raum war dunkel, kein Licht drang durch die Jalousien. Sie sah zum Nachttisch auf die rot leuchtenden Ziffern der Digitalanzeige ihres Weckers. 8.45 Uhr. In einer halben Stunde wäre sie ohnehin aufgestanden. Wieder klingelte es, und ein ärgerliches »Was denn, was denn. Ich komme ja schon«, entfuhr ihr, während sie sich aus dem Bett stemmte und die Füße auf die kalten Holzdielen stellte. Dann klopfte es hart an der Wohnungstür, und der Schreck fuhr ihr durch alle Glieder. Wer wollte sie so dringend sprechen, dass er offenbar bei einem Nachbarn geklingelt hatte, damit er ihn ins Haus ließ? Mit einem Ruck stand sie auf, warf sich den Bademantel über die Schultern und eilte mit nackten Füßen durch den Flur, dessen eisiger Boden unter ihren Schritten knarzte. Sie knipste das Licht an. Bevor sie die Tür öffnete, fuhren ihre Finger wie ein grobzinkiger Kamm hastig durch das vom Schlaf zerzauste Haar. Gleichzeitig warf sie einen Blick durch den Spion. Sie sah zwei Polizisten in Uniform, einen Mann und eine Frau, die mit auf dem Rücken verschränkten Händen darauf warteten, dass sie ihnen öffnete. Ihr Magen zog sich zusammen. Polizei? Was wollte die von ihr? Am ganzen Leibe zitternd, holte sie Luft, löste die Türkette und machte den Beamten auf.

»Frau Braumeister?«, fragte der Mann mit ernstem Blick.

Und da wusste sie es. Sie sah es in seinen Augen, die ihrem vor Schreck starren Blick nicht standhielten. Sie erkannte es an der Art und Weise, wie er ihren Namen gesagt hatte. Gepresst, schnell, so, als wolle er es möglichst rasch hinter sich bringen. Sie wich einen Schritt zurück, griff sich ans Herz und knickte leicht vornüber. Die beiden reagierten sofort und packten sie auf jeder Seite am Ellbogen, um sie zu stützen, doch sie wehrte sie ab. Die Polizisten sahen einander besorgt an, ließen sie dann aber los. Sie versuchte, sich wieder aufzurichten, aber es gelang ihr nicht ganz.

»Sagen Sie es mir!«, forderte sie die beiden auf.

»Ihre Tochter und Ihr Schwiegersohn sind heute Morgen verunglückt.«

Katharina Braumeister hielt sich eine Hand vor den Mund.

Die Polizistin räusperte sich. »Es ist auf dem Weg zu ihrem Arbeitsplatz passiert. Ein Lastwagen, dessen Bremsen versagten, ist an einem Stauende in den Wagen Ihrer Tochter gerast. Es tut mir sehr leid, Frau Braumeister. Ihre Tochter und Ihr Schwiegersohn waren sofort tot.«

Katharina sah die beiden unbewegt an.

»Sind Sie sicher, dass es sich um meine Tochter und meinen Schwiegersohn handelt?«

»Bedauerlicherweise ja.« Die Polizistin blickte beiseite, sah sie dann wieder an. »Wir haben die Personalausweise im Wrack gefunden.«

Der Polizist fing Katharina Braumeister an den Schultern auf, als ihr die Beine versagten. Behutsam half er ihr zu Boden und setzte sich neben sie. Sie senkte das Gesicht auf ihre Knie, die Arme hingen an den Seiten schlaff herunter. Sie hörte das Blut in ihren Ohren rauschen und verstand nicht, was die Polizistin sagte, die neben ihr in die Hocke gegangen war und auf sie einredete. Sie hob den Kopf und holte so stark Luft, dass sie husten musste. Die Frau strich ihr sachte über den Rücken.

»Ich hole einen Stuhl«, schlug sie vor. Als sie mit einem Küchenhocker zurückkehrte, schob der Mann Katharina Braumeister von hinten seine Arme unter die Achseln und zog sie hoch. Sie wehrte seine Hände ab, wollte auch die Polizistin loswerden.

Sie würde einfach vom Stuhl gleiten und zwischen den Dielen im Nichts versickern.

Der Polizist hielt sie ungeschickt am Rücken fest, und für einen Moment sah Katharina den besorgten Blick, den er seiner Kollegin zuwarf. »Ich hole Ihnen ein Glas Wasser«, sagte die und ging, ohne eine Antwort abzuwarten, zurück in die Küche. Wie durch eine Nebelwand bekam Katharina mit, wie die Polizistin mehrere Schränke öffnete, den Wasserhahn aufdrehte und Wasser ins Becken laufen ließ. Schließlich kehrte sie mit raschen Schritten zurück. Sie hielt ihr das Glas an die Lippen, und Katharina trank einen Schluck.

»Sie stehen unter Schock«, befand der Mann.

Sie nickte abwesend, schien ganz in sich versunken. Ihr Mund fühlte sich staubtrocken an, und sie hob die zitternde Hand, um stumm nach dem Wasserglas zu verlangen, das ihr die Polizistin behutsam anreichte.

»Danke«, sagte Katharina Braumeister mit rauher Stimme und nahm einen weiteren Schluck.

»Was ist mit Nina? War sie auch im Wagen?«

»Nina?«, fragte die Polizistin.

»Meine Enkelin. Meine Tochter setzt sie auf dem Weg zur Arbeit immer an der Schule ab. Wo, sagten Sie, ist der Unfall passiert?«

Der Polizist griff in seine Brusttasche und zog einen winzigen Notizblock hervor, blätterte darin, bis er den Eintrag gefunden hatte.

»Auf der Biebricher Allee, kurz vor der Abfahrt nach …«

Weiter kam er nicht. Katharina Braumeister fiel ihm aufgeregt ins Wort.

»Auf der Biebricher Allee? Mein Gott, dann muss sie noch im Wagen gewesen sein. Das Reifferscheidt-Gymnasium ist von dort aus fünf Minuten entfernt. Um Himmels willen! Wo ist Nina? Was ist mit meinem Enkelkind?«

Die Polizisten tauschten verstörte Blicke miteinander. Die Frau legte den Arm um Katharina Braumeisters Schultern. »Beruhigen Sie sich. Wir klären das.« Mit einer Kinnbewegung bedeutete sie ihrem Kollegen, sich genau darum zu kümmern.

»Entschuldigen Sie mich bitte für einen Moment.« Der Polizist trat in den Flur und zog die Tür hinter sich zu. Sie hörte das Knacken eines Funkgerätes, das sich zusammen mit dem Geräusch von Schritten auf der Treppe entfernte.

Nach wenigen Minuten, die ihr wie eine Ewigkeit vorgekommen waren, klopfte es an der Haustür. Der Polizist stand im Türrahmen, bleicher als zuvor, wie es ihr vorkam. Bestimmt war er zurückgekommen, um sich zu entschuldigen. Er und seine Kollegin hatten sich getäuscht, und die Leute, Vorgesetzte wahrscheinlich, mit denen er gerade über sein Funkgerät gesprochen hatte, hatten ihm deswegen die Hölle heißgemacht. Die letzte halbe Stunde, der alptraumhafte Morgen, dies alles war ein schreckliches Missverständnis. Es konnte ja gar nicht sein, dass ihre Familie tot war. Zuerst war doch sie an der Reihe. Der Lauf der Dinge war, dass Großmütter vor ihren Töchtern und Enkeln starben. Niemals umgekehrt. Es war nicht richtig, es war falsch.

Der Polizist trat zu den Frauen in den Flur. »Es ist momentan nicht ganz klar, ob Ihre Enkelin zur Zeit des Aufpralls im Wagen war«, sagte er ausweichend. »Meine Kollegen melden sich unverzüglich, wenn sie mehr wissen.«

»Gibt es jemanden, den wir für Sie anrufen können, der sich um Sie kümmern kann?«, fragte die Polizistin und strich ihr mit der Hand über den Rücken.

Katharina Braumeister bemühte sich, die Tragweite des Satzes zu begreifen. Sie biss sich in die Innenhaut ihrer Wange, um die Taubheit abzuschütteln, die sie erfasst hatte.

»Nein«, sagte sie dann. »Nein, das können Sie nicht. Die drei sind alles, was ich habe.«

Melbourne, 1871

Gemeinsam gingen Caroline und John zu Studs Kanzlei, um sich nach seinem Verbleib zu erkundigen. Zu Carolines Schrecken erfuhren sie vom Bürovorsteher, dass er dort seit gestern nicht mehr erschienen war und dass er sich auch gar nicht erst wieder blicken lassen müsse, sofern er nicht innerhalb der nächsten zwei Stunden mit einer guten Entschuldigung auftauchte. Caroline wurde zunehmend unruhiger. Sie klapperten die Pubs der Umgebung ab, beschrieben den Gästen Studs Aussehen, doch weder gestern noch heute wollte ihn irgendwer gesehen haben. Am frühen Nachmittag schickte John Caroline nach Hause. Sie sträubte sich, doch John bestand darauf.
»Die Orte, an denen ich nun nach ihm suchen werde, sind nicht ganz ungefährlich. Sobald ich etwas herausgefunden habe, komme ich zu dir.« Nach einigem Hin und Her gehorchte sie widerwillig.
Gegen fünf Uhr klopfte jemand an ihre Haustür. Es war John.
»Ich glaube, ich weiß, wo er ist.«
»Wo? Was ist mit ihm?«
John seufzte. »Es wird dir nicht gefallen. Ich bin nur zurückgekommen, weil ich es dir versprochen habe.«

»Nun sag schon!« Am liebsten hätte sie ihn bei den Schultern gepackt und die Worte aus ihm herausgeschüttelt. »Hast du ihn gesehen? Wie geht es ihm?«

John wich ihr aus. »Nein, ich hab nicht mit ihm gesprochen, ich wollte zuerst mit dir reden.«

Caroline wurde ungeduldig. »Das hast du ja nun. Lass uns zu ihm gehen.« Sie stürzte aus der Tür und wollte sie schon hinter sich schließen, als John sie am Ärmel zurückhielt.

»Nicht so schnell. Dieser Ort …« Er rang nach den richtigen Worten. »Das ist kein Ort für eine Dame. Am besten wäre es, du bleibst hier. Allerdings brauche ich Geld, um ihn auszulösen.«

»Geld? Wie viel?« John nannte ihr eine Summe, die Caroline für einen Augenblick die Luft abschnürte. Sie atmete tief durch.

»Warte einen Moment.« Sie lief ins Schlafzimmer. Unter der Matratze hütete sie einen Notgroschen, den sie von ihren Eltern bekommen hatte und von dem Stud nichts wusste. Es war nicht so viel wie die Summe, die der Schwager ihr genannt hatte, deshalb eilte sie in die Küche, wo sie das wenige, was sie an Ersparnissen hatten, im Mehltopf aufbewahrte. Ihr Atem ging schnell, als sie hastig die Scheine zählte. Sie atmete auf. Es reichte gerade. Sie griff nach ihrem Schal und trat zu John auf die Veranda.

»Gehen wir«, sagte sie entschlossen.

Bourke Street war eine belebte Durchgangsstraße im inneren Stadtbezirk, die besonders bei Nacht überlaufen war. Die Theater dort fassten eine riesige, größtenteils schäbig gekleidete Menschenmenge. Vor den Türen der Lokale lungerten stets Gruppen halbzerlumpter Männer herum, die darauf war-

teten, einen Bekannten zu treffen, der sie hereinbat, um ihnen
ein Bier auszugeben. Hier und dort sah man arabische Stra-
ßenhändler, die Streichhölzer und Zeitungen verkauften. Gegen den Verandapfosten gelehnt, im Lichtkegel der Straßenlaterne, hielt eine erschöpft und ärmlich wirkende junge Frau
ein Baby an ihre Brust gedrückt. Mit der freien Hand umfasste sie ein schmales Bündel Zeitungen, das sie mit heiserer
Stimme feilbot. »Der Herald, dritte Ausgabe, einen Penny!«
Zahlreiche Droschken klapperten die Straße entlang. Weiter
oben, am Rande des Bürgersteigs, spielten drei Violinen und
eine Harfe, um die sich eine größere Gruppe andächtig Lau-
schender versammelt hatte, einen deutschen Walzer.
Sosehr Caroline ansonsten die Musik liebte: Im Augenblick
stand ihr der Sinn weder nach Offenbachs rhythmischen
Klängen noch nach den sprühenden Melodien eines Johann
Strauss. Im Gewühl der Straße mühte sie sich, mit John Schritt
zu halten. Immer wieder wurde sie von Fremden angerem-
pelt, die sie beschimpften, weil sie sich nicht darum scherte,
ihnen aus dem Weg zu gehen.
John wies sie plötzlich an, in die Little Bourke Street einzu-
biegen, deren Enge aufgrund der hohen Gebäude rechts und
links sie sofort als bedrückend empfand. Das trübe Licht der
vereinzelten Gaslaternen und die wenigen, Misstrauen erwe-
ckenden Gestalten, die sich an den Häuserwänden entlang-
drückten, als hätten sie etwas zu verbergen, bildeten einen
starken Kontrast zu der hellen, bevölkerten Szene, die sie gerade verlassen hatten. Die Hitze des Tages staute sich im
Mauerwerk und verwandelte die Umgebung in einen unerträglichen Ofen.
»Bleib dicht hinter mir«, flüsterte John und berührte sie am
Arm.

Es war noch nicht ganz dunkel. Die Luft hatte jenen seltsam leuchtenden Glanzschleier, der für das australische Zwielicht so typisch war. Sie hielten sich in der Mitte der Gasse. Auf der einen Seite sahen sie den Umriss eines Mannes, der bewegungslos im schwarzen Schatten eines Hauseingangs kauerte; auf der anderen Seite lehnte sich eine Frau mit offenem Haar und halbnacktem Busen aus dem Fenster. Ein paar Kinder spielten in der Gosse, und ihre schrillen Stimmen vermischten sich auf bedrückende Weise mit dem Zechlied, das ein Mann lauthals sang, während er über das Kopfsteinpflaster torkelte. Hin und wieder kamen sie an Chinesen in faden blauen Gewändern vorbei, die entweder wie die Papageien in ihrer fremden Sprache miteinander schwatzten oder sich lautlos durch die Gasse bewegten.

John wandte sich nach links in eine noch schmalere Gasse. Endlich machten sie an einer Tür halt, die John öffnete. Er trat zur Seite, bat Caroline herein. Sie fand sich in einem niedrigen, übel riechenden Durchgang. John lotste sie vorsichtig den Gang entlang. Gerade als sie am Ende dieses Tunnels angekommen waren – anders konnte man den Flur nicht bezeichnen –, ging das Licht aus, und es herrschte völlige Dunkelheit. Da! Ein Schlurfen in der Stille, ein Murmeln, und jemand zündete eine Kerze an.

Das Licht wurde von einem Kind gehalten, das in der Ecke kauerte. Strähnen von schwarzem Haar hingen dem Mädchen übers finster dreinblickende Gesicht.

John stieß sie mit dem Fuß an. »Ist Mutter O'Brian da?«, fragte er unwirsch.

»Red doch nicht so mit dem armen Kind!«, entrüstete sich Caroline. John antwortete nicht.

»Oben«, antwortete das Mädchen. Sie ging vor ihnen die schmale Stiege hinauf bis zu einer Tür, durch deren Ritzen schwaches Licht fiel. Das Mädchen ließ einen schrillen Pfiff ertönen, und kurz darauf wurde die Tür geöffnet. Alle drei traten in ein kleines niedriges Zimmer, dessen vermoderte Tapete in Fetzen von den Wänden hing. In der Mitte des Zimmers stand ein Tisch mit einer Talgkerze, die den Raum in ein dämmeriges Licht tauchte. Daneben lagen eine zur Hälfte geleerte Schnapsflasche und ein Glas, dessen Fuß zerbrochen war. Vor dem Tisch saß ein grauhaariges Weib, damit beschäftigt, Spielkarten vor sich auszubreiten. Die dürre Alte hatte etwas Raubvogelartiges an sich. Ihre buschigen Brauen über den stechenden Augen zogen sich zusammen, als sie die Fremden eintreten sah.

»Was wollt ihr?«, fragte sie argwöhnisch.

»Dich wegsperren«, antwortete das Mädchen frech und lief sogleich davon, als die Alte Anstalten machte, ihr die Flasche an den Kopf zu werfen.

»Ihr wollt, dass ich euch die Karten lege?«

»Nein, O'Brian«, erwiderte John kalt. »Wo ist Mr. Hodgson? Heute Nachmittag lag er doch noch hier und hat geschlafen.« Seine Hand deutete auf die verschmutzte Matratze in der Ecke, auf der nichts weiter zu sehen war als ein zerknülltes Laken und eine leere Gin-Flasche. Caroline schlug sich die Hand vor den Mund.

»Oh, mein Gott! Er war hier?« Sie drehte sich zu der Alten um. »Wo ist er? Was hatte er hier zu suchen?«

John bedeutete ihr zu schweigen.

»Bei mir gibt's nichts zu suchen«, sagte das Weib, ohne sich von ihrem Platz zu rühren. »Macht, dass ihr fortkommt, und lasst mich in Ruh'.«

John trat bedrohlich nah an sie heran. »Wo ist er?«

»Woher soll ich das wissen?«, brummte sie verdrießlich und wich ein Stück zurück.

»Kannst oder willst du dich nicht erinnern?«, setzte John nach und rückte noch näher auf sie zu.

»Ihr tut ja gerade so, als hätt ich ihn umgebracht, dabei hab ich ihn hier aufgenommen, so voll wie der Kerl war. Und was er hier rumgeheult hat. Dass er nichts mehr hat und sich nicht nach Hause traut«, schrie sie erregt. Wieder wollte Caroline etwas einwerfen, doch John hielt sie ein weiteres Mal zurück.

»Was weißt du?«, forschte er, unbeeindruckt vom Gezeter der Alten, weiter.

»Nichts, bei meiner Seele, ich hab heute meinen Tag …« Sie brach in ein wüstes Lachen aus, das Caroline zusammenzucken ließ. Diese Frau ist wahnsinnig, dachte sie schaudernd. Was in Gottes Namen hatte Stud hierher verschlagen? Ihr grauste es. John wühlte in seiner Hosentasche und reichte der Frau einige Silbermünzen. Das unerwartete Geschenk versetzte sie offenbar in gute Laune. Sie hielt die Münzen in das Kerzenlicht und ließ sie dann in ihre verdreckte Schürze gleiten.

»Ihr habt den Herrn also nicht weggehen sehen?«, fragte er ruhig weiter.

»Nein, ich muss wohl eingedöst sein. Und dauernd hat er so wirres Zeug geredet, dass ich nichts verstanden hab. Aber das Kind hat mir erzählt, dass er am Nachmittag fort ist.«

»Ja, zum Kuckuck, wohin denn, Alte?«, fragte John ungehalten.

»Was weiß denn ich? Mir sagt ja keiner was, aber der wäre wohl wirklich am besten im Yarra Bend aufgehoben«, krächzte sie und brach erneut in ihr irres Gelächter aus. »Da geb ich dem Bullen ausnahmsweise mal recht.«

»Welchem Bullen?«, fragte John und schüttelte die Alte so heftig, dass sie beinahe zu Boden fiel. »Du lügst doch schon die ganze Zeit. Jetzt sag endlich die Wahrheit!«

»Ihr kennt die O'Brian nicht«, erwiderte sie, »die lügt nicht. Aber wenn ihr mir nicht glaubt, dann fragt doch das Kind. Die Kleine hat mit dem Bullen gesprochen. Ich hab doch mein Nickerchen gemacht und weiß nur, was die Göre mir erzählt hat. Wenn ihr mir nicht glaubt, fragt doch meine Enkelin!« Sie rief so laut nach dem Mädchen, dass Caroline sich die Ohren zuhielt.

»Schon gut, schon gut. Wir glauben dir ja. Er ist also im Yarra Bend, ja?«

»Das will ich wohl meinen, so verrückt, wie der sich hier aufgeführt hat. An eurer Stelle würd ich mich sputen. Die Leute, denen er Geld schuldet, werden auch schon wissen, dass er in der Irrenanstalt ist.«

»Irrenanstalt?«, rief Caroline aus.

»Ja, wo denn sonst?«, fragte O'Brian und schien sich diebisch über den Schock zu freuen, den sie der feinen Dame versetzt hatte. Sie streckte die Hand aus. »So viel guter Rat ist nicht umsonst, mein lieber Herr!«

Widerwillig reichte John der Alten ein paar weitere Silbermünzen. Sie schickten sich zum Gehen an. Zufrieden geleitete die Alte sie mit ihrer Lampe bis zur Haustür. Ihre Enkelin war verschwunden.

Auf der Straße angekommen, atmete Caroline tief ein.

»John, wie ist Stud nur bei diesem schrecklichen Weibsbild gelandet?« Ihr Atem ging rasch, und ihr wurde schwindlig. John sah sie beunruhigt an und hielt ihre Hand.

»Gut, ich erzähle dir, was ich weiß. Mein Bruder hat bei den Chinesen gespielt, die ihn erst betrunken gemacht haben, um ihn dann ordentlich auszunehmen. Als bei ihm nichts mehr zu holen war, hat er einen Schuldschein unterschrieben. Dann haben sie ihn für ein paar Münzen bei der Alten abgegeben. Das ist so eine Art Geschäft, das sie mit dem Gossenweib haben.

Damit sie wissen, wo sie ihre Beute am nächsten Tag finden. Am Morgen statten sie ihren Besuch ab, wenn ihr Opfer nüchtern genug ist, um es einzuschüchtern und ihm notfalls mit Gewalt klarzumachen, dass sie noch eine Rechnung offen haben.«

Caroline griff sich ans Herz. »Das ist ja fürchterlich! Und nun sind diese Chinesen hinter ihm her?«

John sog scharf die Luft ein. »Das müssen wir leider annehmen. Ehe sie ihr Geld nicht haben, werden sie ihm auf den Fersen bleiben.«

»Und was können wir tun?«

John seufzte. »Du gibst mir das Geld, und ich kümmere mich darum.«

»Das willst du für uns tun?« Dankbar sah sie ihn an.

»Sagte ich nicht, dass ich meinen Bruder liebe?«

»Nun lass uns aber rasch zum nächsten Droschkenplatz laufen. Das Geld gebe ich dir in der Kutsche«, sagte sie und klang gehetzt. John zog erstaunt die Brauen hoch.

»Du willst doch nicht etwa mit zum Irrenhaus fahren?«

Sie sah ihn verständnislos an. »Ja, was denn sonst?« John kratzte sich am Kopf.

»Es ist schon spät, und ich denke nicht, dass wir heute noch etwas ausrichten können. Vielleicht, wenn du mir das Geld gibst und wir zuerst zur Polizeistation gehen …«

»Auf keinen Fall.« Ihr Ton war bestimmt. »Das kostet uns nur unnötig Zeit. Ich kann meinen Mann doch nicht über Nacht im Asyl lassen. John, egal, was zwischen euch beiden steht, Stud ist dein Bruder. Ich flehe dich an! Lass uns sofort losfahren und Stud holen! Danach kümmerst du dich um die Chinesen, ja?«

John dachte für einen Moment nach. »Also gut, wie du wünschst.«

Mainz, März 2014

Wie immer, wenn Nina ihre Großmutter besuchte, nahm sie die Straßenbahn, die durch einen Teil der Altstadt zum oberen Ende der Gaustraße fuhr. Nach wenigen Minuten ließ die Bahn die hässlichen Nachkriegsbauten um den Hauptbahnhof hinter sich und bog in die Mainzer Altstadt ein, bis sie schließlich am Schillerplatz hielt. Die Nachmittagssonne zeichnete weiche Schatten auf die barocken Adelshöfe jenseits des Schillerdenkmals und den Fastnachtsbrunnen. Eine wohlvertraute Kulisse, die Nina seit Kindertagen kannte und die ihr jedes Mal, wenn sie in Mainz zu Besuch war, unwillkürlich das Herz weitete.

Am oberen Ende angekommen, stieg Nina aus. Sie musste nicht erst überlegen, wie sie zur Kirche gelangte. Unzählige Male war sie schon hier gewesen. Die neun leuchtend blauen Glasfenster mit Geschichten aus der Bibel zogen sie magisch an, seit sie hier als Jugendliche zum ersten Mal den Gottesdienst besucht hatte. Als Nina die Kirche betrat, erfasste sie ein diffuses Glücksgefühl. Durch die Buntverglasung fiel blaues Licht in den Kirchenraum, und in diesem unwirklichen Leuchten, dessen Intensität sich mit der Kraft der Sonnenstrahlen stetig wandelte, schwebten schwerelos die Engel von Marc Chagall. Das bewegte Bild, in deren Mitte sie stand, schien vor Lebensfreude und Hoffnung zu tanzen. Nina schloss die Augen, und für einen kurzen Moment fühlte sie sich eins mit sich selbst, der Welt und dem, was jenseits menschlicher Erfahrung lag. Nina drehte sich langsam um die eigene Achse, um nur ja kein Detail dieses ungewöhnlich schönen Schauspiels zu verpassen. Am Ende wusste sie nicht mehr, wie lange sie wie in Trance das Lichtspiel betrachtet hatte, als sie auf einmal bemerkte, dass ihre Wangen feucht waren. Verstohlen schaute sie sich um, doch zum Glück war sie noch immer allein. Bei diesem herrlichen Wetter hatten die meisten Leute anderes zu tun, als sich in Kirchen herumzutreiben. Sie wischte sich die Tränen ab und ging zum Altar, um eine Kerze anzuzünden. Sie war nicht gläubig, aber dankbar für diesen tiefen, lebensbejahenden Moment der Spiritualität.

»Ich hatte dich eigentlich schon eher erwartet. Sagtest du nicht, dein Zug kommt um 14.32 Uhr an?« Nina umarmte die kleine Frau innig und küsste sie wie ein Kind auf den Schopf. »Entschuldige Großmutter, ich hätte dich anrufen sollen. Ich habe dem Meister einen kleinen Besuch abgestattet. Das Licht ist so unglaublich herrlich, da konnte ich nicht widerstehen.«
»Ich hab's mir schon gedacht. Du hättest mich ruhig mitnehmen können.«
»Sei mir nicht böse. Ich brauchte ein kleines Zwiegespräch mit der höheren Macht.«
Katharina Braumeister löste sich aus der Umarmung und schob ihre Enkelin in den Flur. »Diese Art von Gesprächen führe ich mittlerweile täglich. Das bringt das Alter so mit sich.« Nina lachte und folgte ihrer Großmutter ins geräumige

Wohnzimmer, das geschmackvoll mit antiken Möbeln aus dunklen Hölzern und wertvollen Teppichen eingerichtet war. Die alte Dame nahm in einem mit grünem Samt bezogenen Sessel Platz, Nina setzte sich aufs Sofa. Auf dem Couchtisch vor ihnen standen eine Porzellankanne auf einem Stövchen sowie passende Teller und Tassen mit einem feinen goldenen Rand. Eine Kuchenplatte bot eine Auswahl an Törtchen und Kleingebäck.

Die Wohnung der Großmutter hatte sich kein bisschen verändert. Die Möbel, das Kaffeeservice und selbst die feinen Silberlöffel, alles war so, wie sie es seit jeher kannte.

»Der Kaffee ist bestimmt nicht mehr so heiß, wie er sein sollte«, sagte ihre Großmutter mit einem leisen Vorwurf in der Stimme und umfasste die Kanne prüfend mit beiden Händen. »Komm, schenk uns ein!«

Nina tat, wie ihr geheißen, und reichte ihrer Großmutter Zucker und Milch.

»Ah, Marzipannusskuchen aus dem Maldaner. Dafür bist du aber nicht extra mit der Bahn nach Wiesbaden gefahren, oder?«, rief Nina freudig und ungläubig zugleich aus, als sie ihr Lieblingsgebäck auf einen der Teller legte.

»Keine Sorge, ich habe so meine Quellen«, antwortete ihre Großmutter geheimnisvoll mit einem Leuchten in den Augen.

»Möchtest du auch vom Kuchen?«, fragte Nina. Katharina Braumeister nickte, nahm dann einen Schluck von ihrem Kaffee und verzog angewidert das Gesicht. »Pah, wusste ich's doch. Nur noch lauwarm.«

»Mach dir nichts draus. Ich mag ihn so, wie er ist.« Nina betrachtete das Gesicht ihrer Großmutter. Für ihre 81 Jahre hatte sie eine erstaunlich straffe Haut. Ihre großen braunen Augen waren noch immer so lebendig wie die einer jungen Frau. Allein die Altersflecken, die wie Sommersprossen ihre Wangen und ihre Stirn sprenkelten, erinnerten daran, dass sie älter war, als der erste Eindruck glauben machte. Sie trug schwere silberne Ohrclips und ein schlicht geschnittenes, hellgraues Kaschmir-Ensemble, das ihre schlanke Figur außerordentlich gut zur Geltung brachte. Der schicke Kurzhaarschnitt umrahmte ihr schmales Gesicht vorteilhaft und ließ Nina beinahe vergessen, wie weiß das Haar ihrer Großmutter in den letzten Jahren geworden war.

Sie aßen ein wenig vom Kuchen, bis Katharina Braumeister ihren Teller abstellte und sich mit der Stoffserviette den Mund abtupfte.

»Also, warum bist du heute hier? Hattest du einen beruflichen Termin in der Nähe?«

Nina stellte ihren Teller ebenfalls ab. »Nein, dieses Mal nicht. Ich wollte mich verabschieden. Ich gehe für ein halbes Jahr nach Australien.« Ninas Großmutter sah sie mit großen Augen an.

»Das nenne ich mal eine Überraschung. Nach Australien? Wieso das denn?« Nina legte ihre Hand auf die der Großmutter.

»Aus beruflichen Gründen. Die Zeitung hat dort ein Büro. Es wird bestimmt eine interessante Erfahrung und macht sich außerdem gut in meinem Lebenslauf.«

»Aha. Was ihr jungen Leute so alles erlebt – beneidenswert.«

»Da hast du wohl recht. Andererseits erwarten Arbeitgeber das heutzutage von ihren Angestellten – neue Erfahrungen machen, flexibel sein. Ob es einem gefällt oder nicht.«

»Hört sich anstrengend an. Darf ich dir trotzdem gratulieren, oder gehst du nur ungern?«

»Du darfst, danke. Es ist eine Herausforderung, und die kommt mir gerade recht.«

»Wieso? Ist etwas passiert?« Ninas Großmutter klang besorgt.

»Nein, nein. Es ist nur so … Ich langweile mich ein wenig in meinem Job, und das tut mir nicht gut.«

»Und das ist alles?«, hakte Katharina Braumeister skeptisch nach.

»Was meinst du mit *Und das ist alles?*«

»Privat alles in Ordnung bei dir?«

»Ja, alles bestens. Musst du immer nachfragen?«, erwiderte Nina leicht genervt.

»Ja, das muss ich. Ich fühle mich nun mal verantwortlich für dich. Du bist alles, was ich habe.«

Nina seufzte hörbar. »Ich weiß. Und du bist alles für mich.« Es stimmte: Seit ihre Eltern bei einem Unfall ums Leben gekommen waren, war ihre Großmutter Ninas einzige Verwandte. Gemeinsam schwiegen sie eine Weile. Nina begann als Erste wieder zu reden. »Ich bin aber doch kein Kind mehr, und der Unfall …«, sie strich über die alte Hand, »… der ist schon so lange her. Du musst dich nicht mehr um mich sorgen. Ich kann mittlerweile ganz gut auf mich selbst aufpassen.«

»Ich tu's aber trotzdem, egal, ob du es magst. Außerdem habe ich das Gefühl, dass es dir im Moment nicht sonderlich gutgeht. Hab ich recht?«

»Du und deine seltsamen Ahnungen. Also gut, ich habe ein wenig Liebeskummer. Reicht dir das als Erklärung?«

»Eigentlich nicht, aber ich nehme es mal so hin.« Sie drückte die Hand ihrer Enkelin. »Tut mir leid, mein Kind. Kann ich irgendetwas für dich tun?«

»Nein, geht schon. Jetzt nach Australien zu fliegen hilft enorm.«

Ihre Großmutter nickte, entzog der Enkelin die Hand und tätschelte ihr das Knie.

»Und außerdem?«

»Was *außerdem*?«

»Nina, mir brauchst du doch nichts vorzumachen. Ich weiß, du liebst mich, ich weiß aber auch, dass du nicht ohne Grund hier bist. Also schieß los!«

Nina schlug die Beine übereinander und umfasste ihre Knie.

»Also gut. Da es mich nun ausgerechnet nach Melbourne verschlägt, dachte ich mir, ich betreibe dort ein wenig Ahnenforschung.«

»Ich bin so froh, dass du das sagst. Ich komme seit Jahren hier mit meiner Familien-Recherche nicht weiter, aber in Australien hast du bestimmt andere Möglichkeiten ... Wer weiß, was du über unsere Familie noch herausfinden kannst. Das war gleich mein Gedanke, als du Australien erwähnt hast. Dein Urururgroßvater! Vor Ort nach seinen Spuren zu suchen, das wäre natürlich ein Traum.« Katharina Braumeisters Wangen glühten vor Aufregung wie die eines Mädchens.

»Hast du noch dieses kleine Schatzkästchen mit Briefen und alten Zeitungsartikeln?«, fragte Nina. »Könnten wir darin vielleicht noch mal ein wenig stöbern?«

»Du kennst den alten Kram doch längst.«

»Schon, aber es kann ja nicht schaden, meine Erinnerung aufzufrischen. Das letzte Mal, dass ich einen Blick hineingeworfen habe, ist schon etliche Jahre her. Und ohne dich verletzen zu wollen: Damals war ich ein Teenager, und es hat mich eigentlich kaum interessiert. Ich habe nur dir zuliebe so getan.«

»Soso. Du schlimmes Mädchen.« Ihre Großmutter klang überhaupt nicht böse, und Nina lächelte sie an.

»Na, dann lass uns mal schauen.« Katharina Braumeister stand rasch auf.

»Räum schon mal das abscheuliche Gebräu ab, ich hole inzwischen den Wein, Gläser und meine berühmte Schatulle.«

Fünf Minuten später saßen sie bei Wein und den selbstgebackenen hauchdünnen Käsecrackern ihrer Großmutter. Nina hatte auf der Sessellehne Platz genommen, während Katharina Braumeister die intarsiengeschmückte Schatulle auf den Knien hielt. In der linken Hand balancierte Nina ein fein geschliffenes Kristallglas, die rechte hatte sie um die Schultern ihrer Großmutter gelegt. Diese strich zärtlich über ihren Familienschatz, bevor sie ihn öffnete.

»Suchst du nach etwas Bestimmtem?«

Nina schüttelte den Kopf. »Nein, ich möchte nur wissen, wo ich bei meiner Recherche in Melbourne ansetzen könnte.«

»Also schön. Dann lass uns mal in meine kleine Zauberkiste schauen.« Die Hände ihrer Großmutter tauchten in die Schatulle ein.

»Alfred Plumpton«, sagte sie versonnen, mehr zu sich selbst als zu ihrer Enkelin. »Komponist, Direktor, Pianist, Musikkritiker und vor allem Bohemien. 1848 in England geboren, 1902 im Alter von 54 Jahren in London gestorben.«

Nina sah sie erstaunt an. »Du hast die Daten im Kopf?«

»Na ja, diese Eckdaten sind mehr oder weniger alles, was wir von ihm wissen. Wieso sollte ich die nicht im Kopf haben?«

»Und zwischendurch lebte er in Melbourne, ja?«

»Richtig. Wie lange genau, kann ich dir nicht sagen. Alles, was ich habe, sind ein paar alte Zeitungsartikel aus Melbourne.

Dieser hier scheint mir der aufschlussreichste. Darin schreibt er über seine Zeit als armer Student in Melbourne. Als er den Artikel schrieb, lebte er bereits in London und hatte erste Erfolge als Komponist. Damals in Melbourne war er ein ziemliches Bürschchen, wenn du mich fragst. Aber lies selbst.« Sie reichte Nina die Fotokopie des Artikels.

»Besitzt du auch das Original?«

»Ja, aber das ist schon fast zerfallen. Ich bewahre es zusammen mit den anderen Zeitungsausschnitten in meinem Schreibtisch auf.«

Nina entfaltete das Blatt und begann laut zu lesen:

Ein Bohemien in Melbourne
Von Alfred Plumpton

Er schüttelte die Fesseln seiner strengen Erziehung ab, um eine schludrige Existenz als Kunststudent in der Metropole zu führen. In Melbourne las er zum ersten Mal Rabelais und Nietzsche, entdeckte das Leben der Boheme. Im obersten Stockwerk des St. James Building auf der Collins Street behaupteten er und seine Freunde ihre neu gefundene Unabhängigkeit, indem sie die Nächte durchmachten. Ihre Welt drehte sich um Hoffmans billiges Restaurant am oberen Ende der Bourke Street, Kitz' Weinladen und das Tivoli Theater. Die Innenstadt bot ihm und seinen Künstlerfreunden einen Zufluchtsort vor den Anstandsregeln der biederen Vororte.

1889 befand er sich in schlimmer finanzieller Not – sein einziges Einkommen bestand aus sechs Schillingen pro Woche, die er mit Musikunterricht verdiente. Er war gezwungen, entweder im Freien in den Fitzroy Gardens oder in Pensionen der untersten Kategorie zu übernachten. Manchmal zog er die ganze Nacht durch die Straßen, wobei er mehrmals als Vagabund verhaftet wurde. Dennoch war er entzückt vom Leben der Boheme, von der freundlichen Kameraderie. Man wusste nie, wen man am Abend traf oder was der nächste Tag brachte.

Nina drehte das Blatt um, suchte nach weiterem Text. »Das ist alles?«

Ihre Großmutter zuckte mit den Schultern. »Ja. Vielleicht war es Teil einer Serie. Ich weiß es nicht.«

»Wie merkwürdig. Er schreibt über sich selbst in der dritten Person.«

»Wahrscheinlich hatte er zu dem Zeitpunkt, als er diesen Artikel verfasst hat, eine hohe Meinung von sich selbst. Oder er hatte im Gegenteil ein sehr geringes Selbstverständnis und nutzte diese Form, nachdem er zu Ansehen gekommen war, um von seinem früheren Selbst Abstand zu nehmen«, gab Ninas Großmutter zu bedenken.

»Du meinst, er kokettiert hier nur mit seinen ärmlichen Anfängen?«

»Ja, so denke ich es mir. Was meinst du?«

»Du hast wahrscheinlich recht. Ein junges Künstlerleben anno dazumal, arm, romantisch, berauschend.«

»Nur, wenn du alles glaubst, was er da über sich erzählt.«

»Stimmt auch wieder.« Nina stieß mit ihrer Großmutter an und trank einen Schluck. »Er hat später tatsächlich Karriere gemacht, nicht wahr?«

»Es sieht so aus. Er hat Musikkritiken geschrieben, wohl mit einigem Erfolg komponiert und sich in illustren Kreisen bewegt. Noch in Melbourne war er beispielsweise mit einer gewissen Madame Brussels bekannt, einer erfolgreichen Bor-

dellbesitzerin. Vor allem aber hat er sich in England gut verheiratet, und dort feierte er auch erstmals größere Erfolge.«
Nina hing in Gedanken jenem fernen Leben nach, das ihre Phantasie anregte.

»Ein schillernder Charakter. Aber wir wissen nicht, ob er wirklich zu unserer Familie gehört hat, richtig?«

»Nein. Es gibt keinen Beweis dafür. Er könnte allerdings der Vater deiner Ururgroßmutter Irene sein. Sie hat eine Frau namens Jenny aus Australien nach Mainz gebracht.«

»Aber wenn es keine Beweise gibt, keine Geburtsurkunde, die Plumpton mit Irene in Verbindung bringt, wieso glauben wir dann, dass ausgerechnet er der Kindsvater ist?«

»Die wenigen Hinweise stammen alle von dieser Jenny. Sie hat die Mutter gekannt, so viel ist sicher. Verraten hat sie ihre Identität allerdings nicht. Aber sie hat kein Geheimnis daraus gemacht, dass Plumpton der Vater von Irene gewesen sein soll. Wer kann das heute schon noch so genau sagen? Sie ist jedenfalls die einzige Quelle unserer Familiengerüchteküche. Eine unzuverlässige zwar, aber wir müssen nehmen, was wir kriegen können. Nichts davon ist dokumentiert, leider. Es gibt keine Briefe, nichts. Sicher ist, dass Plumptons englische Frau nicht die Mutter von Irene ist. Vor ungefähr dreißig Jahren habe ich das über eine englische Agentur nachprüfen lassen. Es gibt keinen Geburtseintrag, der sie als Mutter ausweisen würde. Davon abgesehen, finden sich überhaupt keine offiziellen Einträge zu Irene. Offensichtlich sollte die Identität ihrer Eltern verheimlicht werden. Aus welchen Gründen auch immer. Da gab es im prüden Viktorianischen Zeitalter sicherlich viele solcher Fälle.«

»Und was ist nun mit dieser Jenny?«

»Jenny hat das Kind nach Mainz gebracht, wo Irene im Magdalenenstift untergebracht wurde und die beste Ausbildung erhielt, die es zur damaligen Zeit für ein Mädchen gab. Jenny, unsere Gerüchteköchin, muss in jeder Hinsicht eine auffällige Frau gewesen sein.«

»Welche Gerüchte stammen denn noch von ihr?«

»Die Mutter von Irene soll verboten haben, dass Plumpton zur gemeinsamen Tochter Kontakt aufnehmen darf.«

»Und den Grund dafür kennen wir nicht?«

Katharina Braumeister schüttelte den Kopf. »Uneheliches Kind, verratene Liebe, oder vielleicht war die Mutter verheiratet und hatte mit Plumpton eine Affäre? Alles denkbar.«

»Worüber hat sich Jenny sonst noch ausgelassen?«

»Die Gelder für Irenes teure Erziehung kamen angeblich von der katholischen Kirche und sollen von der australischen Nonne Mary MacKillop verwaltet worden sein.«

»Moment mal. Mary MacKillop. Den Namen hab ich schon mal irgendwo gehört.«

»Sie wurde 2010 als erste Australierin von Papst Benedikt heiliggesprochen.«

»Wow. Wenn diese Verbindung stimmt, das wäre tatsächlich einen Eintrag im Familienalbum wert.«

»Ja, nur dass wir absolut nichts haben, was das belegen würde. Jedenfalls sollen diese Gelder irgendwann versiegt sein, und unsere Jenny, die zwischenzeitlich in Deutschland eine Familie gegründet hatte, schickte ihren Sohn nach Australien, um herauszufinden, weshalb.«

»Und? Was ist dabei herausgekommen?«

»Gar nichts. Ihr Sohn ist nie wieder zurückgekehrt. Und mehr wissen wir nicht.«

Nina stieß einen leisen Pfiff aus. »Wahnsinn, wenn an dieser Geschichte etwas dran sein sollte, habe ich eine aufregende Zeit in Melbourne vor mir.«

»Wie meinst du das?«

»Wer weiß, was damals passiert ist? Vielleicht gibt es diesen Fond noch, der für Irene bestimmt war, und die Kirche hat die Hand drauf?«

Katharina hob irritiert die Schultern. »Wovon redest du?«

»Vielleicht gibt es Gelder, die sich die Kirche illegal einverleibt hat und die rechtlich unserer Familie zustehen.«

»Daran habe ich nie gedacht.«

»Ich finde es heraus.«

Gedankenverloren griff Nina in die Schatulle ihrer Großmutter und bekam einen Ohrring zu fassen. »Oh, der ist aber hübsch!« Sie hielt das altmodische Schmuckstück am oberen Ende und drehte es zwischen Daumen und Zeigefinger, um es von allen Seiten zu betrachten. Der eingefasste Stein, der wie ein Tropfen an einem silbernen Faden hing, leuchtete blau im Licht der Nachmittagssonne, das durch die hohen Altbaufenster in den Raum fiel. »Wo hast du den bloß her?«, fragte sie neugierig, während sie mit der anderen Hand vorsichtig im Kästchen stöberte. »Und wo ist denn der zweite?«

»Es gibt keinen zweiten. Ich habe nur diesen einen. Woher, kann ich dir nicht sagen. Ich habe ihn geerbt. Ich weiß nicht einmal, wem er ursprünglich gehörte.«

»Hast du dich nie gefragt, was mit dem Gegenstück passiert ist?«

Katharina hob die Hände. »Natürlich, aber wenn du niemanden fragen kannst, der die Antwort kennt? Ich nehme an, er ist in einem der Kriege verlorengegangen. Wie so vieles.«

»Schade«, sagte Nina mit Bedauern in der Stimme und legte den Ohrring in die Schatulle zurück.

Melbourne, 1871

Das Asyl lag am Ufer einer weitläufigen Biegung des Yarra Rivers in Kew, einem Vorort nahe Hawthorn, wo Caroline lebte. Das Gebäude wirkte in seiner schieren Größe einschüchternd, und sie war dankbar, John an ihrer Seite zu haben. Am Eingang meldete er ihren Besuch an. Eine Frau mittleren Alters mit verhärmten Gesichtszügen schob ihm ein Formular durch das mit Eisenstäben vergitterte Fenster zu, hinter dem sich ein kleines Büro befand. Nachdem er das Papier ausgefüllt hatte, deutete sie mit dem Zeigefinger in Richtung Flur.
»Zum Warteraum den Gang hinunter, zweites Zimmer links.«
»Kann ich meinen Mann denn nicht gleich mit nach Hause nehmen? Er ist doch gar nicht verrückt. Das Ganze ist ein furchtbares Missverständnis«, bat Caroline flehend. Die Frau hob gleichgültig die Schultern und drückte einen Stempel auf das Formular, ohne Caroline anzusehen.
»Bei uns hat alles seine Ordnung. Sie müssen schon warten, bis der diensthabende Arzt Zeit für Sie findet.«
»Aber mein Mann ...«, warf Caroline ein, doch die Frau schüttelte energisch den Kopf.

»Kein Aber. Sie werden sich wie alle anderen gedulden müssen.« Caroline warf John einen verzweifelten Blick zu. Der schob sie energisch zur Seite.

»Meine Schwägerin hat vollkommen recht«, sagte er scharf, das Gesicht ganz dicht an den Gitterstäben, »Mein Bruder hat hier nichts verloren. Warum sollen wir da mit einem Arzt sprechen?«

»Entweder Sie setzen sich und warten, bis Sie an der Reihe sind, oder Sie können unverrichteter Dinge wieder gehen. Ihre Entscheidung. Und jetzt entschuldigen Sie mich bitte.« Mit diesen Worten zog sie eine Jalousie herunter, die das Gespräch abrupt beendete. John und Caroline sahen einander verblüfft an.

»Unverschämt!«, sagte John. »Ich werde mich beschweren!«

»Ich glaube nicht, dass das etwas bringt«, antwortete Caroline mit Blick auf das geschlossene Fenster und zog John in Richtung Wartezimmer. Es war ein kleiner Raum, ausgestattet mit einer Reihe von einfachen Stühlen, die gegen die Wand gerückt standen. In einem wartete eine Frau mit einem Baby im Arm. Zwei Kinder, die offenbar ebenfalls zu ihr gehörten und auf dem Boden saßen, spielten Murmeln und stritten sich lautstark. Der Junge zog seine Schwester an den Haaren. Das Mädchen schrie wie am Spieß und wollte sich gar nicht mehr beruhigen. Die Frau verhielt sich so unbeteiligt und abwesend, als ginge sie dies alles nichts an. Doch als Caroline sah, wie sich die ärmlich gekleidete Frau die Augen mit dem Schürzenzipfel trocknete und dann das Kind auf ihrem Arm streichelte, überkam sie Mitleid, und sie dachte, dass ihr wohl einfach die Kraft fehlte. Caroline wollte schon ihre Hilfe anbieten, da trat ein gut gekleideter älterer Herr mit grauem Haar und Bart ein.

»Henderson?«, las er von einem Notizblock, ohne den Blick zu heben. Hinter ihm stand ein kräftiger Kerl.

»Ja, hier.« Sofort stand die junge Frau auf und strich sich mit der freien Hand den Rock glatt.

»Der Pfleger führt Sie zu Ihrem Mann.«

»Danke.« Dann wandte sie sich an ihre Kinder. »Kommt! Vater wird sich freuen, euch zu sehen.« Der Mann im Dreiteiler hob den Blick und sah sie unter seinen buschigen Augenbrauen an. »Die Kinder müssen hierbleiben.«

Der Frau liefen die Tränen übers Gesicht. »Wieso denn? Letzte Woche durften sie doch auch mitkommen?«

»Der Zustand Ihres Mannes hat sich bedauerlicherweise verschlechtert. Der Saal, in dem er jetzt liegt, ist für Kinder verboten.«

Der Junge, der dem Gespräch gefolgt war, fing nun zu weinen an. Er war aufgestanden und fasste seine Mutter am Rockzipfel.

»Ich kann nicht zum Vater?«, fragte er seine Mutter mit einem herzerweichenden Blick, der Caroline tief berührte. Seine Mutter strich ihm mit der Hand über den Kopf.

»Warte hier, und pass auf deine Schwestern auf. Ich bin bald wieder da.« Caroline erhob sich von ihrem Stuhl.

»Geben Sie mir das Kleine. Ich kümmere mich um Ihre Kinder.« Die Frau zögerte nicht lange und legte Caroline das Baby in den Arm. »Danke.«

Dann folgte sie dem Pfleger.

John war ebenfalls aufgestanden.

»Sind Sie der Arzt?«

Der Mann nickte. »Dr. Roberts.« Er schaute wieder auf seine Notizen. »Sie sind der Bruder des Patienten?«

»Ja, und dies ist seine Frau. Können wir ihn sehen?«

»Wenn Sie erlauben, würde ich Ihnen zunächst gerne ein paar Worte zu seinem Gemütszustand sagen.« Caroline war mit dem Baby näher getreten. Die Kinder saßen wieder auf dem Boden und lauschten den Erwachsenen.

»Mein Mann ist nicht verrückt, Herr Doktor. Ich will, dass er noch heute mit uns diese Anstalt verlässt.«

»Setzen Sie sich, gute Frau. Und Sie auch«, wies er John an. Die beiden nahmen Platz, der Doktor selbst blieb stehen. »Ihr Mann leidet an einer Störung des Gemüts, eine Folge nervöser Störungen des Organismus.«

»Was bedeutet das?«, fragte Caroline ängstlich. Der Arzt fuhr in seinem Bericht fort, als wäre er nicht unterbrochen worden. »Diese Störungen bringen menschliche Freuden und Leiden in Unordnung, verwirren ihr Verhältnis zueinander und heben ihr Gleichgewicht auf. So kommt es unter Einfluss eines solchermaßen gestörten Gemüts mitunter zu maßlosen Ausschreitungen.« Der Blick des Arztes wanderte von John zu Caroline, die einander verständnislos ansahen. »Ist Ihnen in letzter Zeit ein, sagen wir, ungewöhnliches oder gar sonderbares Verhalten an Ihrem Mann aufgefallen?«

»Wie meinen Sie das?«, fragte Caroline ängstlich, obwohl sie eine Ahnung beschlich, wovon der Arzt sprach.

»War er ohne ersichtlichen Grund euphorisch oder im Gegenteil zu Tode betrübt oder vielleicht sehr wütend?«

Caroline atmete flach und schluckte. »Ja, jetzt, da Sie es sagen ... Es ist manchmal – wie soll ich es ausdrücken? – schwer zu verstehen, wie er sich fühlt.«

»Können Sie mir ein Beispiel nennen?«

Caroline überlegte. »Also, manchmal wacht er mit einer prächtigen Laune auf. Dann besteht er darauf, mit mir in den Park zu gehen, um den Tag zu genießen, statt unsere alltägli-

77

chen Dinge zu verrichten. Er grüßt jeden, zieht vor wildfremden Menschen den Hut und beginnt ein charmantes Gespräch mit ihnen. Dann wieder ...« Sie verfiel ins Grübeln.

»Dann wieder?«, half der Arzt nach.

»Dann kommt es vor – sehr selten allerdings, das müssen Sie mir glauben –, dass ihn von einem Moment zum nächsten die schlechteste Laune überfällt. Dann will er das Haus nicht verlassen, schließt sich in seinem Zimmer ein und möchte tagelang keine Menschenseele sehen. Auch zu mir ist er dann ungehalten, ja fast böse. Aber glauben Sie mir, er hat sich noch jedes Mal entschuldigt, wenn es ihm wieder bessergeht.« John sah sie erstaunt von der Seite an. Der Arzt räusperte sich und machte sich einige Notizen. »So in etwa habe ich mir das gedacht«, murmelte er in seinen Bart.

»Ja, aber das heißt doch nicht, dass er verrückt ist, oder?«, rief sie so laut aus, dass das Baby aufwachte und zu schreien begann.

»Nein, nein, das heißt es nicht, Frau ...«, er sah auf seinen Block, um dort ihren Namen zu finden.

»Hodgson«, kam sie ihm zuvor. Er sah wieder auf.

»Frau Hodgson, wir werden Ihren Gatten eine Zeitlang zur Beobachtung hier behalten. Wir hatten ähnliche Fälle, in denen ...«

»Er kommt nicht nach Hause?«

»Hören Sie, Ihr Mann ist augenblicklich in einem gewissen Zustand. Unter den gegebenen Umständen ist es nicht auszuschließen, dass er sich etwas antut.«

»Stud könnte sich etwas antun?« Carolines Unterlippe bebte. John legte den Arm um sie und sah sie an. »Es ist wohl das Beste, wir folgen dem Rat des Doktors.« Er wandte sich an den Arzt. »Was denken Sie, wie lange muss er hierbleiben?«

»Das hängt ganz von seiner Entwicklung ab. Kommen Sie in vier Wochen wieder. Dann wissen wir mehr.«

»Vier Wochen? Kann ich ihn denn nicht besuchen? Ich will ihn sehen, sofort!«, schrie Caroline.

»Liebes, beruhige dich doch. Der Arzt will doch nur Studs Bestes.«

»Das geht leider nicht, Frau Hodgson. Wir mussten Ihren Mann ruhigstellen. Er ist zurzeit nicht ansprechbar.«

»Lassen Sie mich zu ihm!«

Der Pfleger von vorhin erschien mit der jungen Frau im Türrahmen und sah den Arzt fragend an. Der winkte ab.

»Ihr Bitten ist zwecklos. Gehen Sie nun bitte, und kommen Sie in vier Wochen wieder.« Der Arzt verschwand in den Tiefen des mächtigen Gebäudes. Erst wollte Caroline ihm nach, doch John hielt sie zurück.

»Lass es sein. Es hat keinen Sinn.«

Die verhärmte Frau war, von beiden unbemerkt, wieder in das Wartezimmer zurückgekehrt, trat nun auf Caroline zu und nahm ihr das Baby ab. Caroline bemerkte, dass ihr Gesicht vom Weinen ganz verquollen war. Die Kinder standen vom Boden auf und schmiegten sich quengelnd an ihre Mutter.

»Sie wollen da nicht rein«, flüsterte sie Caroline zu, »glauben Sie mir. Da wollen Sie nicht rein.«

Carolines Augen weiteten sich vor Schreck. »Wieso nicht?«

Doch die junge Frau schüttelte nur den Kopf, nahm ihre Kinder an die Hand und verließ eilig den Warteraum. Besorgt schaute Caroline ihnen hinterher.

Wie betäubt saß Caroline in der Droschke und starrte aus dem Fenster. »Wir hätten uns nicht abweisen lassen dürfen«, sagte sie zu John, ohne sich ihm zuzuwenden.

John seufzte. »Es gibt nichts, was wir hätten tun können. Das Recht ist auf der Seite des Arztes.«

»Mir gehen die Worte dieser jungen Mutter nicht aus dem Sinn. Was sie gesehen hat, muss abscheulich gewesen sein, und nun frage ich mich fortwährend, was es war. Hat man ihn in Ketten gelegt, um ihn ruhig zu halten? Haben sie ihm ein Betäubungsmittel gegeben? Liegt er im eigenen Schmutz, und keiner kümmert sich um ihn?«

Ihre letzten Worte wurden von Tränen erstickt. Sie knüllte ihr schmuddeliges Taschentuch zu einem Ball zusammen, betupfte damit ihre rotgeränderten Augen. John schwieg, bis die Kutsche vor ihrem Haus hielt. Caroline drückte ihm das Geld in die Hand.

»Du kümmerst dich auch wirklich um die Chinesen?«, fragte sie, als sie schon halb ausgestiegen war.

»Ja, doch«, antwortete er gereizt. »Wenn es dir in den nächsten vier Wochen zu einsam wird, komm uns besuchen. Liz würde sich freuen.«

»Ja, sicher.« Sie konnte nicht verhindern, dass ein bitterer Unterton in ihrer Antwort mitschwang.

»So oder so. Ich melde mich bei dir, sobald sich irgendetwas ergibt.«

»Danke.« Sie nickte müde, schloss die Wagentür hinter sich und ging ins Haus.

Am nächsten Morgen drückten ihre Sorgen Caroline so sehr, dass es sie nicht lange im Haus hielt. Collins Street war den Bewohnern Melbournes, was Bond Street und Row für London oder die Boulevards für Paris waren. Hier stellte man am Samstag seine neuesten Kleider zur Schau, zog den Hut vor Freunden und Bekannten, machte einen Bogen um seine

Feinde und plauderte Unverbindliches. Kutschen rollten vorbei; ihre Insassen lächelten und verneigten sich, wenn sie vorbeispazierende Freunde erkannten. Alles in allem bot die Szene einen angenehmen Anblick, der jeden entzückt hätte, der nicht wie Caroline von der größten Verzweiflung befallen war. Zufällig kam sie an »Moubray, Rowan and Hicks« vorbei, dem feinen Tuchladen, bei dem sie sich eigentlich schon gestern als Verkäuferin hatte vorstellen wollen. Sie blieb stehen und schaute durchs Fenster. Eine vornehme Dame wühlte ungeniert in Bändern und Spitzen. Einmal schaute sie nach draußen, und Caroline blickte schnell zur Seite, weil sie sich ertappt fühlte, doch dann hob ein Herr, der neben Caroline stand – mit hellem Schnurrbart und einem Hündchen an der Leine –, grüßend seine Hand. Gleich darauf wandte er sein Interesse wieder dem Treiben auf dem Boulevard zu. Caroline sank das Herz. Im Geschäft ihres Vaters gab es keine feinen Kunden wie diese Dame oder jenen Herrn. In ihrem Lagerhaus in Potsdam hatten sie es mit Händlern zu tun gehabt, mit Männern, die aus demselben Holz geschnitzt waren wie ihr Vater und bei denen es mitunter recht rauhbeinig zuging. Würde sie mit Damen der besseren Gesellschaft zurechtkommen, ihren Ton und ihren Geschmack treffen? Noch dazu in ihrem holprigen Englisch? Sie kannte ja nicht einmal die richtigen Wörter für all die Stoffe und Raffinessen, die sie der erlesenen Kundschaft anpreisen müsste.

Im gleichen Moment schalt sie sich. Was sollte das Zaudern? Sie musste fortan stark sein, wenn sie in dieser Stadt ohne Studs Einkommen überleben wollten. Von John und Liz erhoffte sie sich keine Hilfe. Der Notgroschen ihrer Eltern war nun auch verloren. Dass sie sich nach Arbeit umsehen musste, stand damit völlig außer Frage. Und ganz sicher war sie keine

Gans wie ihre Schwägerin Liz, die noch nicht mal einen Topf Wasser zum Kochen bringen konnte, ohne darüber ins Lamentieren zu geraten.

Aus dem Augenwinkel beobachtete Caroline verstohlen den piekfeinen Herrn, wie er genüsslich den hübschen Damen hinterhersah, die an ihnen vorbeigingen, während seine Frau im Laden nach einem Schnäppchen Ausschau hielt. Sie wischte die trüben Gedanken beiseite, atmete tief ein und aus und schöpfte neuen Mut. So ein paar englische Vokabeln ließen sich doch wohl schnell lernen. Sie war keineswegs dumm, und wenn sie etwas nicht verstand, würde sie eben fragen. Kaum eine Verkäuferin konnte mehr über Stoffe wissen als sie. Mutiger geworden, reckte sie ihr Kinn, löste sich langsam vom Schaufenster und setzte mit selbstsicherem Schritt ihren Weg fort.

Am nächsten Tag fasste sie sich ein Herz und suchte den Tuchhändler auf. Obwohl er sich so fein wie seine Kundschaft gab, erkannte Caroline gleich, dass er ihrem Vater sehr ähnlich war: Er vereinte die lebhafte Redseligkeit des Handlungsreisenden mit der nüchternen Verschlagenheit eines Kaufmanns. Er beklagte als Erstes, dass er noch immer nicht ausreichend Kundschaft gewonnen habe und seinen Tuchhandel daher um »alles, was die elegante Dame wünscht«, zu erweitern gedenke.

»Hier kämen Sie ins Spiel. Kurzwaren, Wäsche, Strümpfe, Modewaren – diesen Teil des Sortiments müssten Sie an die Frau bringen.« Dabei nahm er ein halbes Dutzend bestickter Halskragen aus einem Kasten und breitete sie auf dem Tisch vor ihr aus. »Was halten Sie davon? Oder dies hier?« Er kramte behutsam drei chinesische Seidentücher hervor. Dabei beugte er sich vor und beobachtete Caroline, die die Ware optisch prüfte. Mit dem Fingernagel strich er über die hingebreiteten Tücher, als wolle er unsichtbare Staubkörnchen entfernen. Die Seide knisterte leise, und das Dämmerlicht brachte die Goldfäden des Gewebes zum Glitzern. »Nun sagen Sie schon, was denken Sie?«

»Sehr schöne Ware«, sagte sie anerkennend, »aber ich bin doch eher mit Stoffen vertraut als mit Modewaren.« Sein Lächeln erstarb, und im gleichen Moment hätte sie sich selbst ohrfeigen mögen. Sie wusste sofort, dass sie das Spiel verloren hatte.

»Na ja, dann vielleicht ein anderes Mal! Ich habe mich bisher mit allen Damen vertragen, nur mit meiner nicht.« Sein Blick glitt über ihre schlanke Gestalt und ihr blaues Seidenkleid. »Sagen Sie, woher haben Sie die Seide für Ihr herrliches Kleid?«

»Von meinem Vater. Er ist Tuchhändler in Potsdam. Die Seide haben wir in Brüssel gekauft.« Stolz strich sie über das glänzende Material, bis ihr bewusst wurde, dass der Händler sie begehrlich anstarrte. Ihn zu ihrer Anstellung zu überreden schien ihr mit einem Mal nicht mehr so erstrebenswert.

»Ja, vielleicht ein anderes Mal«, antwortete sie daher, reichte ihm die Hand und verließ das vornehme Geschäft.

Noch am selben Tag stellte sie sich als Kinderfrau bei der herrschaftlichen Familie in St. Kilda vor, doch schon zu Beginn des Gesprächs ließ die Hausherrin sie wissen, dass man ein englisches Mädchen für die Kinder suche. Zutiefst bedrückt machte sich Caroline auf den Weg zurück in die Stadt. Wieder sah sie die Stellenanzeigen durch und bewarb sich innerhalb der nächsten drei Tage in der Buchhaltung eines englischen Handelskontors und als Verkäuferin in einer großen Buchhandlung in der Innenstadt. Doch beide Gespräche blieben erfolglos. Danach versuchte sie ihr Glück als Schreibgehilfin im Büro des Großmarkts, wurde aber wieder nicht eingestellt.

Am Ende der Woche ließ Caroline sich müde auf den Küchenstuhl sinken und überdachte ihre Möglichkeiten. Was blieb ihr noch? Wo konnte sie eine Anstellung finden? Sie schenkte sich eine Tasse kalten Tee ein, der vom Morgen übrig geblieben war. Hatte John ihnen nicht erzählt, dass ganz Melbourne auf der Suche nach Arbeitswilligen war? Nun, willig war sie. Und verfügte sie nicht über zahlreiche Fähigkeiten? Sie seufzte laut auf. Wenn sie Engländerin wäre, dann hätte sie längst eine gute Stelle bekommen. Aber als Deutsche, die noch nicht lange hier lebte, hatte sie offensichtlich keine guten Karten. Ihr Wissen und ihre Kenntnisse, die sie sich im väterlichen Tuchhandel angeeignet hatte, interessierten hier offenbar niemanden.

Sie zog ihr Notizbuch aus der Tischschublade. Als sie es aufschlug, fiel ihr die letzte der ausgeschnittenen Annoncen in den Schoß. Seufzend griff sie danach. Küchengehilfin! Müde schloss sie die Augen und legte den Kopf in den Nacken. Einen Vorteil hatte diese Position im Vergleich zu den anderen, an denen sie gescheitert war. Gemüse putzen und Fleisch braten verlangten nicht gerade nach perfekten Englischkenntnissen. Dieser Gedanke erheiterte sie so sehr, dass sie laut auflachte.

Der »Black Swan« war eine geräumige Gaststätte in der Innenstadt, in der hauptsächlich Angestellte aus den nahe liegenden Büros und Geschäften zu Mittag speisten. Schon vor zwölf Uhr brummte der Laden vor Geschäftigkeit. Sobald ein Tisch frei wurde, drängten neue Gäste in die Wirtsstube und ließen sich auf den schlichten Holzstühlen nieder, die von der täglichen Last wackelig geworden waren. Die Stammgäste kümmerte dies wenig, war die Kost doch anständig, reichlich und vor allem günstig.

Caroline vermochte nicht zu sagen, wie sehr sie unter dem Koch und den unverschämten Kellnern litt. Den ganzen Tag musste sie die zweideutigen Witze, Foppereien und Bosheiten dieser Männer ertragen, die froh waren, in der ihnen sprachlich unterlegenen Frau ein fast wehrloses Opfer gefunden zu haben. Sie machten sich über ihren deutschen Akzent lustig, zogen sie auf, überhäuften sie mit anstrengender Arbeit und brachten sie absichtlich zum Erröten, indem sie ihr schamlose Dinge erzählten, um sich darüber totzulachen. Je müder sie wurde, desto mehr Freiheiten nahmen sich die Männer ihr gegenüber heraus. Obwohl alle wussten, dass sie verheiratet war, erlaubten sie sich Vertraulichkeiten und Annäherungen, denen sie sich zwar entzog, die jedoch ein schales Gefühl in ihr hinterließen.

Unter ihren Kollegen befand sich ein Kellner namens Harry, der Bruder des Wirtes, der sie vor den anderen in Schutz nahm und allzu freie Gespräche, wenn sie zugegen war, aus einer väterlichen Anteilnahme heraus unterband. Trotzdem wurde der Abscheu Carolines vor diesem Hause täglich größer. An ihrem zehnten Arbeitstag hatten Kellner und Köche für eine Stunde frei, weil vor der Haustür eine große Parade stattfand. Nur Caroline und Harry waren in der Wirtschaft geblieben. Harry war damit beschäftigt, schmutzige Tischtücher zu sortieren. Er forderte Caroline auf, ihm zu helfen. Sobald sie eintrat, fiel er über sie her. Sie schrie auf, bat ihn inständig, er möge von ihr lassen, und als er es nicht tat, begann sie verzweifelt, um Hilfe zu schreien, doch das leere Haus blieb taub. Am Boden liegend, trat sie in ihrer Verzweiflung Harry mit voller Wucht zwischen die Schenkel. Der Alte jaulte mit schmerzverzerrtem Gesicht auf und krümmte sich zusammen. Sie nutzte die Gelegenheit, rappelte sich auf, stürzte an ihm vorbei und eilte in die Vorratskammer, wo sie sich einschloss und so lange ausharrte, bis sie hörte, dass Harry gegangen war. Weinend lief sie heim und schwor sich, nie wieder einen Fuß in diese unselige Gastwirtschaft zu setzen.

Zu Hause schrubbte sie ihren Körper mit einer Bürste so fest, dass ihre Haut feuerrot leuchtete. Anschließend leerte sie ein halbes Wasserglas Sherry in einem Zug. Nachdem sie sich allmählich beruhigt und das Zittern, das ihren Körper beben ließ, nachgelassen hatte, setzte sie sich an den Küchentisch und überdachte ihre Möglichkeiten. Sicher, sie hätte zur Polizei gehen können, und vielleicht wäre ihr Fall sogar vor Gericht verhandelt worden. Doch sie konnte es sich nicht leisten, ihr Einkommen zu verlieren. Wenn sie die Arbeit in der Gastwirtschaft aufgab, musste sie sich eine neue Stelle besorgen. Was, wenn man sie nach ihrem letzten Arbeitgeber fragte und sich mit ihm in Verbindung setzte, um sich über sie zu erkundigen?

Es nutzte nichts, sie musste weitermachen.

Als Harry am nächsten Tag mit ihr sprechen wollte, wich sie ihm aus. Innerlich zitterte sie und prüfte unauffällig, wohin sie sich retten könnte, sollte er sie nochmals anfallen, doch nach außen zeigte sie nach dem gestrigen Vorfall nicht mehr als eiskalte Verachtung für ihren Kollegen. Harry, der befürchtete, dass sie ihn anzeigte, hielt sich von ihr fern.

Währenddessen wurde Caroline in ihrer Stellung immer elender. Sie ernährte sich mehr recht als schlecht von den Überresten aus der Küche, um Geld zu sparen. Sie magerte ab. Ihre Haut nahm allmählich eine ungesunde Blässe an, ihre Augen waren von bläulichen Schatten umgeben. Schließlich beschloss sie, die Stelle in der Gastwirtschaft doch aufzugeben. Sie hatte hart und gut gearbeitet. Undenkbar, dass der Wirt sie schlecht beleumundete, sollte ein zukünftiger Arbeitgeber eine Referenz verlangen. Den ausstehenden Lohn wollte sie sich abholen, sobald sie mit Stud aus dem Yarra Bend zurückgekehrt war. Und was dann kam, wusste der Himmel.

Am nächsten Tag fuhr Caroline allein zur Anstalt. Die vier Wochen, in denen Studs Arzt ihr verboten hatte, ihn zu besuchen, waren um. Bei ihrem letzten Besuch war John keine Hilfe gewesen. Und überhaupt misstraute sie ihrem Schwager und seinen Plänen zutiefst, ohne dass sie irgendeinen Beweis in Händen hielt. Aber hatten er und seine Frau nicht überdeutlich gemacht, wie wenig sie Stud schätzten? Vielleicht, das war ihr beim nächtlichen Grübeln in den Sinn gekommen, plante John, sich bei seinen Eltern einzuschmeicheln, indem er Stud schlechtmachte und sich als sein Retter aufspielte?
Sie wartete fast zwei Stunden. Wieder und wieder ermahnte sie sich, stark zu bleiben. Für Stud und für sich selbst. Nachdem der Arzt sie aufgerufen hatte, führte er sie, ohne auf dem Weg ein Wort an sie zu richten, in sein Sprechzimmer. An der Tür prangte in goldenen Lettern auf schwarzem Grund sein Name: »Dr. Roberts«.
An übermäßiger Höflichkeit wird der mal nicht sterben, dachte Caroline, während sie angespannt und leicht verärgert

über die lange Wartezeit hinter ihm herschritt. Er wies mit der Hand auf den Stuhl vor seinem Schreibtisch.

»Machen Sie es sich bequem«, forderte er sie auf, als wolle er ihre Gedanken über ihn Lügen strafen. Sein ergrauter Backenbart war peinlichst gestutzt und umrahmte sein langes Gesicht mit den kleinen Augen und der Adlernase wie eine Hecke den Garten. Ein Schädel, der über und über mit blauen Linien und Zeichen bedeckt war, thronte auf einer Seite des mächtigen Tisches, der zwischen ihnen stand und unter anderen Umständen Carolines Interesse geweckt hätte. Hinter dem Arzt stand ein Regal, das mit einer Bibliothek hätte mithalten können, so gut gefüllt war es mit schön gebundenen Büchern. Ansonsten sah es in der Stube jedoch aus wie in einem Lazarett. Auf einem schlichten Gestell, das unter dem Fenster stand, lagen gewachste Fäden und Verbandszeug. Der Anblick ließ Caroline unruhig werden. Der Doktor faltete die Hände ineinander und blickte in sein vor ihm aufgeschlagenes Notizbuch.

»Also, ihr Gatte. Sein Zustand kommt von der gänzlich veränderten Lebensweise und der dadurch hervorgebrachten Umwälzung des Organismus und des Nervensystems. Denken Sie nur an unser schlechtes Wasser. An das Essen in den Restaurants. Diese stark gewürzten Speisen verderben das Blut.«

»Wir essen aber doch fast nur zu Hause, und ich selbst bin ganz gesund.«

Er musterte ihr Gesicht so unverhohlen, dass sie peinlich berührt auf ihre Hände schaute.

»Wenn Sie mir die Bemerkung erlauben, Sie sehen nicht gerade aus wie das blühende Leben. Wollen Sie, dass ich Sie untersuche?«

»Nein, nein – ich bin nur etwas erschöpft und habe mir selbst ein wenig Ruhe und besseres Essen verschrieben. Mir geht es nur um meinen Mann. Bitte, kann ich ihn sehen?«

Dr. Roberts hob die Brauen und machte ein bedeutungsvolles Gesicht.

»Natürlich.« Er erhob sich und zeigte zur Tür. »Bitte.« Caroline stand auf, doch ohne weiter auf sie zu achten, stolzierte der Arzt durch die Tür voran. Mit lächelnder Miene grüßte er Personal nach links und rechts, wobei ihn die langen Schöße seines schwarzen Rocks umflatterten. Er beschleunigte seine Schritte. Die hellen, farbigen Bänder von Carolines Kapotthut lösten sich und bewegten sich wie Schilfblätter im Wind. Ihre Augen blickten entschlossen geradeaus.

Sie betraten einen langgestreckten Raum, an dessen Seiten sich Bett an Bett reihte. Dr. Roberts hatte den Schlafsaal zur Hälfte durchschritten, als Caroline in einem Bett am anderen Ende ihren Mann erkannte. Sie überholte den Arzt, doch der hielt sie am Ellbogen zurück.

»Sehen Sie denn nicht, dass er schläft?«

Caroline betrachtete ihren Mann, und eine Träne löste sich aus ihrem Augenwinkel.

»Mein Gott, er ist ja totenblass, und seine Wangen sind ganz eingefallen.« Sie suchte den Blick des Arztes, der mit hinter dem Rücken verschränkten Händen am Fußende des Bettes stand. Er wippte auf den Zehenspitzen.

»Ihr Mann muss sich erholen. Diese Dinge dauern ihre Zeit.« Sie sah ihn mit einem verzweifelten Blick an. »Er sieht viel schlechter aus, als ich ihn in Erinnerung habe.«

»Das bewirkt der Verlauf der Krankheit.« Er trat dicht an sie heran, legte den Arm um sie, und Caroline wich unwillkürlich einen Schritt zurück. »Das Leben eines Mannes, den der eigene Geist zermürbt, wird für ihn zur endlosen Qual. Krankheiten des Gemüts, der Nerven sind ebenso schlimm wie körperliche, wenn nicht sogar noch schlimmer. Und deshalb müssen wir ihn ruhen lassen, denn sobald er erwacht, kehren die dunklen Gedanken zurück. Von allen Segnungen, welche die Vorsehung dem Menschen gewährt hat, ist keine so kostbar wie der Schlaf, der jedermann – ob arm oder reich – für wenige Stunden von seinen Sorgen befreit.« Während der Arzt dozierte, hatte Caroline nur Augen für Stud. Ihr Herz verkrampfte sich, und am liebsten hätte sie laut aufgeschluchzt, doch sie nahm sich zusammen. Sachte strich sie ihm eine Locke aus der Stirn und streichelte seine Wange. »Ich nehme ihn zu mir.«

Der Arzt schnalzte mit der Zunge. »Das wird nicht möglich sein.« Sie wandte den Kopf von Stud ab und sah den Arzt wütend an.

»Das wird sehr gut möglich sein. Schlafen kann er auch zu Hause. Ich werde ihn pflegen.«

Wieder fixierte er sie in einer Weise, die ihr unangenehm war. »Mit Verlaub, junge Frau, wann haben Sie zum letzten Mal in einen Spiegel geschaut? Sie können sich ja nicht einmal um sich selbst kümmern. Ihr Mann bleibt hier, bis ich ihn für stark genug halte, dass er unsere Anstalt verlassen kann.«

»Aber, ich will …«

»Nichts aber. Ich bin sein Arzt, und ich sage, dass mein Patient hierbleibt. Sobald er auf dem Weg der Besserung ist, wird man sich bei Ihnen melden. Und jetzt bitte ich Sie zu gehen.« Er drehte sich zu einem der Pfleger um und hob die Hand, um auf sich aufmerksam zu machen. »O'Connor. Geleiten Sie die Dame nach draußen.« Caroline verlor die Fassung und brach in Tränen aus.

»Bitte, tun Sie das nicht! Lassen Sie mich meinen Mann pflegen, ich bitte Sie!« Doch der Arzt hatte bereits kehrtgemacht und war auf dem Weg, den Schlafsaal zu verlassen.
»Kommen Sie«, sagte der bullige Pfleger und schob sie vom Krankenlager weg.

Über Nacht hatte sich ein heftiges Sommergewitter entladen, das Caroline, die wegen ihrer ängstlichen Sorge um Stud ohnehin kaum Ruhe fand, gänzlich den Schlaf raubte. Noch vor Sonnenaufgang stand sie auf und setzte sich in der Küche an den Tisch. Müde griff sie nach der Zeitung, die sie sich gestern am Bahnhof gekauft hatte, und blätterte durch die Anzeigen. Die Tuchfabrik suchte noch immer nach Näherinnen.
Sie stützte ihre Ellbogen auf das Blatt und legte ihre Stirn in die geöffneten Hände. Wie sehr musste sie sich noch erniedrigen, um in dieser Stadt ein paar Schillinge zu verdienen, bis Stud wieder bei ihr war?
Näherin in der Fabrik! Der Inbegriff von Armut und sozialem Abstieg. Danach kam nichts mehr, nur noch die Gosse.
Caroline schloss die müden, vom Weinen geröteten Augen und dachte nach. Also gut, wenn die Fabrik sie nahm, dann sollte es eben so sein. Sie würde ihren Stolz hinunterschlucken müssen. Einen Vorteil hatte es sogar, die Fabrik lag in der Innenstadt und war zu Fuß bequem zu erreichen, sobald sie dort erst ein Zimmer gefunden hätte. Das Haus hatte sie bereits gekündigt, und am Ende der Woche musste sie es verlassen. Wenn Stud davon wüsste – welche Vorhaltungen er ihr deswegen machen würde! Doch ihr blieb keine Wahl. Der Arzt ließ sie nicht mit ihrem Ehemann sprechen, und sie konnte nicht warten, bis es Stud besserging. In gewisser Weise war sie froh darüber, dass sie ihre Entscheidung nicht mit ihm

abstimmen konnte. Es hätte sie unendlich viel Kraft gekostet, ihn von der Notwendigkeit dieses Schrittes zu überzeugen; Kraft, die sie so dringend für ihre nächsten Aufgaben benötigte.

Zum wiederholten Male überflog sie die Anzeige der Tuchfabrik, überlegte, wie sie vorgehen sollte. So viel hing davon ab, dass sie die Stelle bekam. Wenn die Fabrik sie ablehnte, was dann? Der Gedanke, was sie danach erwartete, ließ sie schaudern.

Nein, sie würde nicht im Rinnstein landen. Sie war gebildet, willensstark und ehrgeizig. Sie würde die Stelle bekommen! Nähen war ihr nicht fremd, obwohl sie nie an einer Maschine gearbeitet hatte, doch so groß würde der Unterschied zur Handarbeit schon nicht sein und falls doch, gäbe es sicherlich eine Einweisung. Caroline trank den letzten Schluck kalten Tees, stand entschlossen auf und verließ das Haus.

Um halb sieben reihte sie sich in die kurze Schlange der Bewerberinnen vor der Tuchfabrik ein; als kaum eine halbe Stunde später das Tor geöffnet wurde, war sie schon beträchtlich angewachsen. Bevor Caroline eintrat, drehte sie sich um. Die Reihe müder Mädchen und Frauen, die hinter ihr standen, reichte bis zur nächsten Straßenecke. Mit so vielen Konkurrentinnen hatte Caroline nicht gerechnet. Wieder spürte sie, wie eine Klammer ihr Herz zusammendrückte.

Doch dieses Mal war ihre Sorge unbegründet. Nicht nur, dass sie eine Stelle erhielt, sie konnte sogar zwischen zwei verschiedenen Möglichkeiten wählen. In der Näherei arbeiteten ausschließlich Frauen. Ohne zu wissen, was eine Zurichterin zu tun hatte, wählte Caroline die andere, die besser bezahlte Stelle und blieb gleich da, um sich als Maschinennäherin für

Hemdkragen einweisen zu lassen. Sie lernte schnell und wurde innerhalb von zwei Wochen zu einer der besten und produktivsten Arbeiterinnen.

In der Fabrik waren etwa fünfzig weitere Maschinennäherinnen und ebenso viele Zurichterinnen beschäftigt; alle waren zusammen in einer großen Halle untergebracht. Die Frauen arbeiteten immer in Paaren, deren Lohn gemeinsam berechnet wurde. Ihre Partnerin hieß Mabel und war seit vier Jahren in der Tuchfabrik angestellt. Das Mädchen war zwei Jahre jünger als Caroline, von schlichtem Gemüt, doch Caroline kam mit ihr ganz gut zurecht, solange sie sich taub stellte und nicht auf den Tratsch und Klatsch einging, den das Mädchen in endlos dummem Geschwätz auf sie herabprasseln ließ. Zumindest war Mabel geschickt und schnell darin, die Maschine auf die gewünschten Stiche einzustellen, daher brachten die beiden es auf tausend Stiche pro Minute, ein äußerst gutes Ergebnis. Die Arbeitszeit dauerte von morgens acht bis abends sieben Uhr. Mittags verzehrte Caroline ihr mitgebrachtes Brot oder lief zu einer nahe gelegenen Bude, um für ein paar Schilling etwas Warmes zu sich zu nehmen. Am Abend und am Wochenende nähte sie daheim Kragen und Manschetten für Herrenoberhemden, um ihr klägliches Gehalt aufzubessern, das allein gerade für die Zimmermiete und das Essen reichte.

Wie geplant, hatte sie ihr Häuschen aufgegeben und ein Zimmer im zweiten Stock eines Hauses in der Bourke Street gemietet. Die wenigen Möbel, die sie und Stud besaßen, verkaufte sie an einen Trödelhändler und behielt nicht mehr als die Matratze, die Stud einst für die Kinder seines Bruders gekauft hatte, sowie einen Stuhl und den Sekretär. Anfänglich hatte sie vor Scham kaum gewagt, einen Fuß aus dem Haus zu setzen. Wenn sie auf der Straße unterwegs war, hatte sie das Gefühl, die Leute drehten sich nach ihr um und zeigten mit Fingern auf sie. Seht her, was aus der feinen Dame geworden ist! Obwohl nur eingebildet, empfand sie den eisigen Windhauch der Verachtung. Doch nach wenigen Tagen schüttelte sie ihre Befürchtungen ab.

Ist mir egal, was andere denken!, sagte sie sich trotzig und schritt mit hoch erhobenem Haupt durch die Straßen, ein bitteres Lächeln um die Lippen.

An den freien Sonntagen fuhr sie morgens in die Irrenanstalt, um Stud zu besuchen. Meistens wies man sie ab, doch einmal ließ der Arzt sie für eine halbe Stunde zu ihrem Mann, und ihre Hoffnung war groß. Stud befand sich jedoch in einer Art Dämmerzustand und sah sie mit glasigen Augen an. Als er anfing zu sprechen, war es nur wirres Zeug, das keinerlei Sinn ergab. Der Arzt machte ihr für die unmittelbare Zukunft wenig Hoffnung auf Besserung und schlug ihren Wunsch, Stud endlich zu sich holen zu dürfen, erneut ab. Wahrscheinlich war es besser so, gestand sie sich ein. Wenn sie nicht in der Fabrik war, arbeitete sie unter Hochdruck in Heimarbeit. Wann sollte sie die Zeit finden, um für Stud zu sorgen?

Niedergeschlagen verließ sie das Yarra Bend und wanderte am Fluss entlang zurück zu ihrem Zimmer, wo ihre Arbeit auf sie wartete. Sie hatte nicht vor, ewig in der Fabrik zu schuften, doch wenn sie mehr erreichen wollte, musste sie Geld auf die Seite legen – auch für die Zeit, wenn Stud zu ihr zurückkam. Wenn sie ihm helfen wollte, musste sie lernen, auf eigenen Füßen zu stehen.

Der Gedanke an ihren Mann trieb ihr jedes Mal die Tränen in die Augen. Würde er jemals wieder der Alte werden? Wieder

der vor Witz und Lebensfreude sprühende Mann, dessen Charme sie in London derart bezaubert hatte? Was war nur aus ihm geworden?

Sie schluckte ihre Tränen hinunter und ermahnte sich, nicht zu vergessen, dass der Mann, den sie geheiratet hatte, nicht der war, der er vorgegeben hatte zu sein. Er hatte heimlich sein Vermögen verspielt, und er trank, wenn ihn ein Anfall übler Laune überkam. Er hatte sie getäuscht. Wer war Stud wirklich? Niemand, auf den sie sich verlassen konnte, so viel war ihr mittlerweile klargeworden. Das unbeschwerte Leben, das er ihr versprochen hatte, war eine schillernde Seifenblase, die zerplatzt war. Gleichwohl würde sie für ihn da sein, egal wie ernüchtert sie hinsichtlich ihrer beider Zukunft war, denn sie liebte ihn noch immer.

Frankfurt am Main, Flughafen, Juni 2014

Nina sah auf die Anzeigentafel. Noch fünfzig Minuten, ehe das Gate öffnete. Mit einem erleichterten Seufzer ließ sie sich auf den letzten freien Hocker der Airport-Bar sinken und bestellte einen alkoholfreien Cocktail. Für einen Moment schloss sie die Augen und legte den Kopf in den Nacken. Die vergangenen zwei Wochen hatten an ihren Nerven gezerrt. Sie fühlte sich ausgelaugt und leer. Im Flieger würde sie vermutlich noch im Stehen einschlafen.

Sie legte ihr Handy vor sich auf die Theke. Vier Nachrichten von Florian. Eine eiserne Faust drückte ihr das Herz zusammen, und sie schüttelte den Kopf. Nein, sie würde ihm nicht antworten. Es gab nichts, was sie ihm zu sagen hatte – noch nicht. Erst musste sie mit sich selbst ins Reine kommen. Mit ihrer Schwangerschaft, mit Florian und ihrer Beziehung. Der Bartender servierte ihr den eindrucksvoll dekorierten Drink; sie nahm einen großen Schluck und versuchte, sich zu entspannen. Verdammt, hatte sie etwa ihre Bordkarte auf der Toilette liegen lassen? Sie konnte sich nicht erinnern und griff nach ihrer Handtasche, die an einem Haken hing. Sie nahm das Portemonnaie heraus, einen Umschlag und ihr Notizbuch. Die Bordkarte war nicht dabei. Hektisch geworden, fasste sie in ihre Jackentasche und atmete erleichtert auf. Sie räumte Geldbörse, Bordkarte und ihre Kladde wieder ein; beim Umschlag stutzte sie für einen Moment, öffnete ihn dann und zog die Fotos hervor. Bilder von ihrer Familie, ihrer Mutter, ihrem Vater, ihrer Großmutter. Ein verblichenes Bild aus den späten 1980er Jahren zeigte sie alle beim Baden am See. Es war der Geburtstag ihrer Mutter gewesen, ein herrlich unbeschwerter Sommertag. Ihr Magen zog sich zusammen – sie konnte den längst vergangenen Tag förmlich riechen. Die Sonnencreme, die Erdbeeren mit Sahne, die Blumen auf der Wiese. Diese seltsame Gefühlsmischung aus Kummer, Liebe und Schuld würde sie niemals verlassen, das wusste Nina. Wie oft hatte ihre Großmutter versucht, ihr die Schuld auszureden. Diese verdammte Schuld, dass sie lebte und ihre Eltern tot waren.

Sie war beim Psychologen gewesen, hatte sogar auf Anraten ihrer Großmutter eine Psychoanalyse auf sich genommen. Wirklich genutzt hatte beides nicht. Sie verspürte nach all den Jahren noch immer diese tiefe Scham darüber, dass sie an jenem Januarmorgen nicht gemeinsam mit ihren Eltern verunglückt war. Sie waren eine Familie, machten fast alles zusammen, aber als es an die einzig große Sache gegangen war, an den Tod, da hatte sie ihre Eltern allein reisen lassen. Sie lebte einfach weiter und hatte es zugelassen, dass sie starben.

An anderen Tagen wiederum machte es sie wütend, dass die Eltern sich ohne ein Wort des Abschieds aus ihrem Leben davongestohlen und sie allein zurückgelassen hatten. Es war ein unglaublicher Zufall – ihre Großmutter nannte es Vorsehung, aber daran glaubte Nina nicht –, dass sie die Nacht vor dem Unfall bei einer Schulfreundin verbracht hatte. Nina erinnerte sich daran, als sei es erst gestern gewesen. Ihr Vater hatte sich damit so gar nicht anfreunden können, weil der Vater von Rike, so hieß ihre Freundin, ein ehemaliger Arbeitskollege war, mit dem er sich über ein Projekt heillos zerstritten hatte. Zwischen ihren Eltern war es darüber laut geworden, denn ihre Mutter fand, die Väter sollten sich aus der Freundschaft der Mädchen raushalten.

»Du kannst den Mädchen doch keine Sippenhaft verordnen«, hatte sie ihn angeblafft. Nina hatte damals nicht verstanden, was »Sippenhaft« bedeutet, aber sie hatte dann noch so lange gequengelt, bis ihr Vater schließlich entnervt nachgab. Nach dem Abendessen (es hatte Spaghetti carbonara gegeben, ihr Lieblingsessen) fuhr die Mutter sie zu Rike. Beim Aussteigen ermahnte sie ihre Tochter, sich gut zu benehmen und Rike am nächsten Tag in der Pause auf eine heiße Schokolade einzuladen. Sie war nicht mit ins Haus der Freundin reingekommen, weil sie es eilig gehabt hatte, und vielleicht auch, weil sie ihren Mann nicht noch weiter verärgern wollte. Stattdessen hatte sie Nina einen flüchtigen Kuss auf die Stirn gedrückt und war davongebraust. Nina hatte ihr nicht einmal mehr hinterhergewunken. In Gedanken war sie längst bei Rike gewesen. Sie freute sich auf den gemeinsamen Abend mit Chips und ihrer Lieblingsserie.

Ohne es kontrollieren zu können, trieb ihr die Erinnerung an ihre Mutter Tränen in die Augen, und sie wühlte hastig in ihrer Jacke nach einem Taschentuch. Sie schneuzte sich und stopfte das zerknüllte Tempo in die Hosentasche. Während sie einen weiteren Schluck von ihrem Cocktail nahm, drehte sie gedankenverloren den Stiel ihres Glases zwischen Daumen und Zeigefinger.

Sie war zwölf Jahre alt gewesen, als sie ihre Eltern verloren hatte, und seither war ihre Großmutter die einzige Verwandte, die sie noch hatte. Weder ihr Vater noch ihre Mutter hatten Geschwister. Katharina Braumeister war in Ninas Elternhaus eingezogen und hatte sich um Nina gekümmert. Ihre Beziehung war eng, sie hatten versucht, einander in der gemeinsamen Trauer Halt zu geben, für einander da zu sein. Sie verstanden sich ohne Worte: Sie waren diejenigen, die übrig geblieben waren, und sie hielten sich an der jeweils anderen fest, wenn sie es brauchten, und ließen sich gleichzeitig den Raum, den jede von ihnen benötigte, um nicht unentwegt an den riesigen, unersetzlichen Verlust erinnert zu werden.

Was, dachte Nina, würde ihre Großmutter zu ihrer Schwangerschaft sagen, wenn sie davon wüsste? Die Antwort war klar: Sie würde wollen, dass Nina dieses Kind behielt. Ein Kind bedeutete, dass das Leben weiterging; dass selbst das tragischste Ereignis der Zukunft kein Ende setzte; dass es sogar in der größten Dunkelheit so etwas wie Hoffnung gab. Unwillkürlich verzog Nina die Mundwinkel zu einem Lächeln. Keine Frage, ihre Großmutter würde alles Erdenkliche tun, um sie zu unterstützen, sollte sie sich zu einer Entscheidung *für* dieses winzige Wesen durchringen. Andererseits wäre sie klug genug, ihre Enkelin nicht zu bedrängen.

Und eben weil Nina ihre Großmutter so gut kannte, hatte sie ihr nichts von der Schwangerschaft erzählt. Letztlich wäre jedes Gespräch zwischen ihnen darauf hinausgelaufen, dass Nina selbst eine Entscheidung treffen musste. Niemand konnte ihr das abnehmen.

Was nun?, fragte sie sich und kratzte sich gedankenverloren am Handrücken. Was hätten ihre Eltern ihr geraten? Schwer zu sagen, fand sie. Als die beiden verunglückten, war sie selbst in einem Alter, in dem sie noch mit Puppen spielte, auch wenn sie einen der Jungen in ihrer Klasse ganz süß fand. Aber die großen Lebensfragen wie Karriere, Partnerwahl oder Kinder hatten sie damals natürlich noch nicht besprochen. Wieso auch?

Sie versuchte, sich an ihre Mutter zu erinnern. Ihr Bild schien mehr und mehr vor Ninas innerem Auge zu verschwimmen, auch wenn es natürlich jede Menge Fotos gab. Aber dieses ganz besondere Bild einer geliebten Person, das sich im Herzen formt und tief ins Innere eingräbt, das begann zu Ninas Bedauern allmählich zu verblassen, und es fühlte sich grässlich an.

Was hätte ihr die Mutter geraten? Was kann eine Frau ihrer schwangeren Tochter überhaupt raten, wenn diese völlig im Unklaren darüber ist, was das Richtige für sie wäre? Nina wusste es nicht, und diese Erkenntnis betrübte sie. Was würde sie in diesem Moment für ein Zwiegespräch mit ihrer Mutter geben!

Ein Kind zu bekommen, wie war das eigentlich für ihre eigene Mutter gewesen? Welche Träume, welche Hoffnungen, welche Ängste hatte sie seinerzeit damit verbunden? War Nina ein gewolltes Kind, oder war sie ihren Eltern einfach so passiert?

So viele Fragen, die in ihrem Leben nach und nach auftauchten und die sie ihren Eltern niemals würde stellen können. Es war so unendlich traurig; andererseits hatte sie gelernt, damit zu leben. Irgendwie.

Ohne darüber nachzudenken, strich sie sich über den Bauch. Noch war die Schwangerschaft für andere nicht zu erkennen, doch Nina fühlte die Veränderung überdeutlich. Nicht nur die körperlichen Symptome. Ja, manchmal war ihr morgens nicht gut, aber die Übelkeit ging nie so weit, dass sie sich hatte übergeben müssen. Ihre Brüste waren voller, empfindlicher, und dann war da natürlich die Auswirkung der Hormone, denen sie ihre Weinerlichkeit und Reizbarkeit zuschrieb. Sie sah auf ihrem Handy nach der Uhrzeit. Höchste Zeit zu gehen. Sie schob die Fotos in den Umschlag zurück und steckte ihn ein. Die Bordkarte in der Hand, stand sie auf, schulterte ihre Handtasche und machte sich auf den Weg zu ihrem Gate. Ein neuer Lebensabschnitt wartete auf sie. Die Aussicht auf die kommenden Monate in Melbourne machten ihr Angst, doch zugleich verspürte sie so etwas wie Aufregung und eine leise Neugierde auf das, was sie am anderen Ende der Welt erwartete.

Melbourne, 1872

Der Regen fiel in dichten Strömen. Verworrene Gedanken durchkreuzten Studs Gehirn, und ständig wiederholten sich Worte in seinen Ohren, die keinen Sinn ergaben. Lichter schimmerten vor seinen Augen, und seltsame Visionen, die ihn ängstigten, jagten ihn. Vor drei Stunden war er aus dem Irrenhaus ausgebrochen, mitten in der Nacht, und anschließend durch die Dunkelheit und den kalten Regen gelaufen, bis er vor Erschöpfung zusammengebrochen war. Wie lange er so gelegen hatte, wusste er nicht. Er rappelte sich auf und taumelte die Lattenzäune entlang. Der Regen fiel jetzt so heftig, dass er endlich zur Besinnung kam. Er sah sich um. Nicht allzu weit entfernt stand ein Haus, in dem Licht brannte und das er möglicherweise erreichen konnte. Vielleicht erbarmten sich dort Menschen seiner und nahmen ihn für eine Nacht auf. Es war leichter, in der Nähe menschlicher Wesen zu sterben als einsam auf offener Straße. Er nahm seine ganze Kraft zusammen und taumelte auf das Haus zu. Wie er näher kam, beschlich ihn eine dunkle Erinnerung, als habe er das Haus schon früher einmal gesehen. Ja, dort stand eine Gartenmauer, die er kannte. Er war daheim! Er war instinktiv nach Hause gelaufen, zurück zu seiner Caroline!

Vollkommen erschöpft hielt er sich an dem quietschenden Gartentor fest. Es stand offen. Stud taumelte über den schmalen Kiesweg, stolperte die Stufen zur Veranda hinauf, klopfte an die Tür und brach dann zusammen, von plötzlicher Schwäche übermannt.

Als er erwachte, lag er unter einer Wolldecke auf einem Sofa. Er öffnete die Augen, richtete sich auf und sah sich im Wohnzimmer um. Es kam ihm bekannt vor, doch er war sich nicht sicher. Wo war er? Wie war er hierhergekommen?

Erinnerungsfetzen an die vergangene Nacht stiegen in ihm auf. Sobald die düsteren Bilder aus der Anstalt vor ihm auftauchten, verzog er die Mundwinkel zu einem schiefen Grinsen. Er hatte es geschafft, er war seinen Peinigern entkommen.

Energisch schlug er die Decke zurück und stand auf.

»Caroline!«, rief er. »Mein Liebling, wo bist du?« Als er Schritte im Flur hörte, eilte er zur Tür und öffnete sie. Im Türrahmen stand sein Bruder. »John, du hier in meinem Haus? Wo ist Caroline?« John schüttelte beim Anblick seines Bruders nur leise den Kopf wie über einen hoffnungslosen Fall.

»Ich hab es dir doch schon gestern gesagt. Du bist in *meinem* Haus. Erkennst du es denn nicht? Caroline wird dich bald abholen. Liz ist zur Fabrik gelaufen, um ihr Bescheid zu geben.«

»Welche Fabrik?« Studs aufgerissene Augen wirkten wegen seiner eingefallenen Wangen übergroß.

»Die Tuchfabrik in der Innenstadt. Von irgendetwas muss deine Frau schließlich leben, seit sich ihr Gatte als Totalausfall erwiesen hat.«

Studs bleiche Wangen wurden noch eine Spur weißer. »Willst du mich etwa beleidigen?« Seine Hände zitterten vor Erregung, und er war im Begriff, auf seinen Bruder loszugehen. John stieß ihn mit Leichtigkeit aufs Sofa zurück.

»Benimm dich, oder ich bring dich wieder zurück zu den Irren. Da scheinst du noch am besten aufgehoben. Deine Frau wird in ihrem Rattenloch sowieso kaum Platz für dich haben.« Wutentbrannt sprang Stud erneut auf und legte John beide Hände um die Kehle. Die beiden begannen, miteinander zu ringen. Ein Stuhl ging zu Boden, ehe John seinen geschwächten Bruder mit festem Griff packte und auf den Tisch niederdrückte.

»Mein Haus ist kein Rattenloch«, keuchte Stud mit heiserer Stimme. Er war nicht stark genug, um länger Widerstand zu leisten. Als John hörte, wie die Haustür geöffnet wurde, ließ er von Stud ab.

»Los, komm hoch. Die Frauen sind da. Keine Szene, haben wir uns verstanden?« Er sah seinen Bruder aus schmalen Augenschlitzen an. Stud kam mühsam auf die Beine, während John den Stuhl aufhob und an den Tisch zurückstellte. Die Tür ging auf, und Caroline flog gleich in die Arme ihres Mannes.

»Stud, mein armer lieber Stud.« Liz und John schickten sich an, den Raum zu verlassen.

»Ihr habt euch sicherlich einiges zu erzählen. Ich wäre euch sehr verbunden, wenn's nicht zu lange dauert und ihr in euer trautes Heim zurückkehrt, ehe die Polizei hier auftaucht«, sagte John, wobei er bei den Worten *trautes Heim* seiner Schwägerin einen verächtlichen Blick zuwarf.

Caroline brachte Stud in ihr schäbiges Zimmer und beichtete ihm vorbehaltlos, was sie ohnehin nicht länger verheimlichen konnte: dass sie das Haus aufgegeben und die Möbel verkauft hatte und nun in einer Tuchfabrik arbeitete. Obwohl er während ihrer Rede geschwiegen hatte, schien er die Informationen aufzunehmen, doch ob er wirklich verstand und begriff, wie schlimm es um sie beide stand, wusste Caroline nicht zu sagen. Er nickte traurig, und als seine Frau zu weinen begann, legte er zärtlich den Arm um ihre Schultern und küsste sie auf die Wange.

»Gräm dich nicht so, mein Herz. Das hast du alles schon ganz richtig gemacht. Dieses Unglück, unsere Armut: Es ist ja alles einzig und allein meine Schuld.«

Anfangs kam zu Studs gelegentlicher geistiger Verwirrung noch ein heftiges Fieber hinzu. Viele Wochen musste er im Bett liegen, aber schließlich ging es ihm so weit besser, dass er imstande war, auszudrücken, wie sehr ihm die Liebe und Güte seiner Frau zu Herzen gingen. In den vergangenen Wochen hatte sich sein Bewusstsein geklärt. Im Krankenbett, während Caroline in der Fabrik arbeitete, hatte er viel Zeit, um über sein Leben nachzudenken, und allmählich fasste er einen Plan, den er Caroline aber vorerst nicht offenbaren wollte. Unter vielen Tränen war ihm klargeworden, wie sehr er seine Frau an ihrem Glück hinderte, dass er ihrer Entfaltung und Vervollkommnung im Weg stand.

Warum nicht Caroline für eine Weile zurücklassen, um eine Arbeit zu suchen, die ihnen ein Auskommen und ein Heim sicherte? Auf dem Land, wo er den Versuchungen der Stadt nicht ausgeliefert war, wo es keine Spielhöllen gab?

Ja, je länger er darüber nachdachte, desto besser gefiel ihm dieser Plan. Natürlich würde ihn eine Trennung von Caroline, und wäre sie auch noch so kurz, unendlich schmerzen. Doch allein wäre er frei.

Es war hart, den Anfang zu finden. Eines Abends gab er sich einen Ruck und fing an, von seinen Plänen zu reden. Als sich Carolines erstaunter Blick auf sein Gesicht heftete, schaute er für einen Moment auf seine Hände, um die Kraft zu finden weiterzusprechen.

»Glaubst du, du könntest für mich so tapfer sein?«, beendete er seine Rede, unsicher, ob er überzeugend geklungen hatte. »Es wäre auch nicht für lange, meine Liebe, dessen bin ich mir sicher.«

»Weshalb ... wieso? Ja, vielleicht«, sagte sie mit leiser Stimme. Sie versuchte, sich vernünftig anzuhören, obwohl der Gedanke an eine längere Trennung ihre Stimmung augenblicklich verdüsterte. So schwer es mit Stud war, sie wollte nicht allein sein. Ihre schlimmen Erfahrungen als Küchengehilfin standen ihr noch lebhaft vor Augen. Eine alleinstehende Frau war Freiwild. Ohne männlichen Schutz und das nötige Kleingeld ließ es sich in dieser Stadt nicht sicher leben. »Ja, ich denke, ich schaffe das«, wiederholte sie dennoch fast mechanisch. Sie würde nicht kindisch sein und anfangen zu weinen. »Was willst du denn auf dem Land? Hast du mit deinem Bruder über deine Pläne gesprochen?«

»Wann hätte ich das denn tun sollen, wo ich nur im Bett gelegen habe? Außerdem habe ich keinerlei Bedürfnis, mich mit meinem Bruder oder irgendeinem anderen Menschen außer dir zu besprechen«, sagte Stud achtlos und ließ das Thema fallen. Erleichtert von der Beichte, lehnte er sich in seinem Sessel zurück und trank von dem billigen Portwein, den Caroline, genau wie den Sessel, zur Feier seiner Rückkehr besorgt hatte. Stud atmete erleichtert auf. Er versprach zu schreiben, sobald er sich niedergelassen und eine Stellung gefunden hätte.

Caroline weinte nun doch, und Stud strich ihr mit den Daumen die Tränen von den Wangen.

»Sei nicht traurig! Ohne mich bist du besser dran.« Als sie Widerspruch einlegen wollte, legte er ihr den Zeigefinger auf den Mund und nickte. »Ich werde immer an dich denken.«

Zwei Tage später hatte Stud sie verlassen. Das Gefühl völliger Einsamkeit wollte fortan nicht mehr aus Carolines Herzen weichen. Wie kam es nur, dass sie alles und jeden binnen so kurzer Zeit verloren hatte? Was hatte sie getan, um dieses Schicksal zu verdienen?

Die Arbeit in der Fabrik war anstrengend und freudlos, doch sie half Caroline in den folgenden Tagen dabei, nicht im Selbstmitleid zu versinken. Sie musste dankbar sein für das, was sie hatte. Es gab so viele da draußen, denen es noch schlechter ging als ihr und die weniger Aussichten auf Besserung hatten. Arme Teufel wie ihre Zurichterin Mabel, die schon als kleines Mädchen hatte arbeiten müssen, um die Familie durchzubringen. Caroline hingegen hatte die besten Voraussetzungen: Sie war gebildet – in Potsdam hatte sie ein Hauslehrer unterrichtet –, besaß kaufmännische Fähigkeiten und den ausgeprägten Willen, jede noch so geringe Chance zu ergreifen. Dass sie sich dennoch in der gleichen Lage befand wie ihre Zurichterin, erschien ihr wie eine ironische Laune des Schicksals.

In der Appretur, wo die Hemdkragen durch eine Oberflächenbehandlung versteift wurden, arbeitete eine Witwe namens Dawn Smith, und genau wie Mabel liebte sie den jungen Färbergesellen, einen hübschen Kerl namens Rob. Die beiden Frauen wetteiferten um seine Zuneigung. Die eine brachte ihm Wurst mit, die andere Käse. Die eine kaufte ihm Bier, die andere Schnaps. Zwischen ihnen kam es darüber sogar einmal zu einer heftigen Schlägerei, bei der nicht nur die Haare, sondern auch die Fetzen flogen. Der Witwe wurden sämtliche Knöpfe von Jacke und Hemd abgerissen, so dass für jeden ihre Brüste sichtbar wurden. Trotzdem zog Mabel den Kürzeren.

Rob lachte nur über diesen Vorfall, statt für die eine oder andere Partei zu ergreifen. Darüber geriet Mabel schließlich so in Verzweiflung, dass sie in der Färberei die Chemikalie Kali trank, um sich zu vergiften. Sie kam aber wieder zu sich, weil man ihr sofort ein Brechmittel einflößte. Doch mit ihrer Liebe zu Rob und ihrem Job in der Tuchfabrik war es danach aus. Die Witwe dagegen blieb und wurde Carolines neue Zurichterin.

Dawn war bestimmt zwanzig Jahre älter als Caroline, doch sie arbeitete flinker als so manches junge Ding und schwatzte weniger dummes Zeug. Mit der Zeit verstanden sich die beiden ohne Worte. Zusammen verdienten sie mehr als jedes andere Team. Aus Dawns Verhältnis mit dem schönen Rob wurde nichts, doch falls sie darüber verbittert war, ließ sie es sich nicht anmerken.

Und dann, an einem Montag, tauchte Jenny auf. Wie aus dem Nichts heraus, so als hätte ihn jemand gerufen, drehte sich der Vorarbeiter zur Eingangstür. Caroline, die gerade von ihrer Pause zurückkehrte, sah sein Gesicht im Profil. Er lächelte wie ein Mann, der ein verdrecktes Fenster aufmacht und einen Regenbogen sieht. Sie blickte zum Eingang und sah, worauf der Vorarbeiter starrte. Im hellen Sonnenschein, der durch das Oberlicht hereinfiel, stand eine Frau. Eine, so dachte Caroline, die die Gedanken eines jeden Mannes von seinem

Tagwerk ablenken würde. Sie trug ein grünes Seidenkleid und eine Strohhaube mit grünen Bändern. Der Wind hatte einige weiche Locken unter ihrer Haube hervorgezerrt, kupferrot und glänzend wie eine frisch geprägte Münze. Langsam, beinahe genüsslich löste sie die Bänder ihrer Haube. Ihr Haar fing sofort das Licht ein, und die Sommersprossen funkelten wie Goldpuder. Diese Frau war weder blutjung noch ausgesprochen schön, aber spektakulär, und Caroline fragte sich, was eine solche Frau in dieser Fabrik zu schaffen hätte. Der Vorarbeiter staunte noch immer. Langsam ging er auf die Frau zu und sah sie mit einem schiefen Lächeln von unten herauf an.

»Kann ich Ihnen die Haube abnehmen, Ma'am?«, fragte er unbeholfen. Die kleegrünen Augen der Fremden blitzten ihn an. Keine Frage – diese Frau war Eroberungen gewohnt und ihrer nicht müde geworden.

»Danke«, sagte sie und übergab ihm ihre Haube mit gewinnender Anmut. »Ich suche nach …«, fügte sie hinzu, doch sie beendete den Satz nicht. Zu diesem Zeitpunkt hatten auch die anderen Männer sie erspäht, und der Raum schien vor Erregung zu summen.

Die drei Packjungen starrten die Fremde so unverhohlen an, als wäre sie ein Naturwunder. Neben ihnen stand Rob und kaute auf einem Streichholz.

»Oh, sweet Lord«, murmelte er andächtig. Die anderen machten ähnliche Bemerkungen. Der Direktor war aus seinem verglasten Büro herausgetreten und schien seinen Kunden vergessen zu haben, aber das machte weiter nichts, denn der war ihm mit seiner Bestellliste in der Hand gefolgt und beäugte die Rothaarige genauso schamlos wie all die anderen Männer. Der Direktor schaute sich mit Tadel im Blick um, der die Umstehenden daran erinnern sollte, wer hier Herr im Hause war und dass es ausschließlich ihm zustand, Besucher zuerst zu begrüßen. Als er ihr gegenüberstand, verbeugte er seinen dicklichen Oberkörper so tief, wie es ihm möglich war.

»Guten Morgen, Ma'am«, dröhnte er. »O'Grady mein Name. Ich bin der Direktor. Womit kann ich Ihnen behilflich sein?« Der Vorarbeiter, Rob und seine Kumpels betrachteten die Szene in stummer Verzückung. Die sommersprossige Charmeurin schaffte es, sie alle in ihr Lächeln einzubeziehen, mit dem sie nun dem Direktor antwortete: »Mr. O'Grady, Sie sind genau der Mann, nach dem ich gesucht habe. Hätten Sie Zeit, sich ein wenig mit mir zu unterhalten?«

Der Direktor versicherte ihr, dass ihm der Zeitpunkt nicht besser passen könnte. Caroline, die in der Tür zum Lagerraum stand, entschied sich, dem Schauspiel in aller Stille beizuwohnen. Sie war nicht weniger von dieser Erscheinung fasziniert als die Männer.

Die Rothaarige sagte: »Sie sind sehr höflich zu einer Fremden, Sir. Mein Name ist Jenny Cleaves. Oh, nennen Sie mich ruhig Jenny, jeder tut das. Ich habe das Gefühl, als würde ich Sie bereits kennen, Mr. O'Grady. Allein deshalb, weil ich so viele Ihrer Freunde kenne. Sie müssen wissen, ich habe in einer Spielhalle in London gearbeitet, dem Clarington. Vor zwei Tagen erst bin ich in Melbourne angekommen.«

»Ah«, sagte O'Grady und nickte genüsslich, doch zugleich wirkte er peinlich berührt. »Dann weiß ich wohl, wer Sie sind. Ich hörte, es gab eine Art ... wie soll ich sagen?« Er wand sich und gestikulierte etwas hilflos.

»Einen Skandal?«, ergänzte sie und lächelte ihn geradezu unverschämt an. Im Raum hätte man zu diesem Zeitpunkt eine Stecknadel fallen hören können.

»So hätte ich es nicht formuliert, aber wenn Sie es sagen …«
Wieder lächelte Jenny und hob die Schultern.

»Wie auch immer. Nun bin ich jedenfalls hier und suche eine
Stellung.«

Caroline hörte nicht, was der Direktor als Nächstes sagte. Alles, woran sie denken konnte, war *ein Spielsalon in London.*
Caroline war noch nie in einer Spielhölle gewesen, und niemand hatte ihr erzählt, dass dort Frauen arbeiteten. Ihre Neugierde war geweckt.

»Gehen wir doch in mein Büro«, sagte O'Grady und wies auf
die offene Tür. Seinen Kunden komplementierte er mit zwei
höflichen Sätzen hinaus. Das Licht leuchtete auf Jenny herab,
als wäre es nur zu diesem Zweck da. Mit einem verschmitzten
Lächeln streifte sie ihre Handschuhe ab und betrat das Refu-
gium des Direktors. Der drehte sich zu seinen Arbeitern um
und klatschte in die Hände. »Worauf wartet ihr noch? Zurück
an die Arbeit, und zwar schnell!« Er schloss die Tür hinter
sich und beendete damit das Spektakel. Die Männer seufzten
vor Enttäuschung auf und machten Anstalten, an ihre Arbeitsplätze in der Färberei, den Lagerhallen oder der Maschi-
nenwerkstatt zurückzukehren.

Am nächsten Tag hatte Caroline eine neue Kollegin. Jenny
war die neue Zurichterin an der benachbarten Maschine. Sie
hatte offenbar nicht die geringste Ahnung von ihrem Job,
doch wann immer sie einen Fehler beging – und das geschah
häufig –, tauchte entweder Rob oder ein anderer auf, um aus-
zuhelfen. Sie entschuldigte sich wiederholt bei ihrer Näherin,
die zunächst äußerst erbost über den Rückgang ihrer Produk-
tivität war; allerdings entspannte sie sich sofort, nachdem sie
bemerkt hatte, dass ihr Lohnzettel deshalb keinerlei Einbu-

ßen zeigte, sondern ihr Einkommen im Gegenteil leicht er-
höht war.

Caroline begann, die Pausen mit Jenny zu verbringen. Zuvor
hatte sie beobachtet, dass Jenny meist ein eingewickeltes
Sandwich zur Arbeit mitbrachte, das sie zur Mittagszeit im
Pausenraum zusammen mit den anderen Arbeitern verspeis-
te. Nach einigen Tagen setzte sie sich wortlos neben sie und
packte ihre eigene Mahlzeit aus.

»Lust auf eine Partie Poker?«, fragte Jenny, nachdem sie auf-
gegessen hatten.

»Ich spiele nicht.«

Jennys Augen weiteten sich vor Überraschung. »Wirklich
nicht? In London spielt so gut wie jeder. Mann oder Frau,
und warum auch nicht?«

Caroline hob die Schultern. »Schlechte Erfahrungen. Mein
Mann hat sein Vermögen verspielt.«

»Oh, das tut mir leid«, erwiderte Jenny und senkte den
Blick, ohne jedoch weiter auf Carolines Bemerkung einzugehen. »Man hat mir erzählt«, sagte sie dann mit einem fragenden Ton in der Stimme, »dass die Frömmler in Melbourne
noch nicht die Oberhand gewonnen hätten. Stimmt das?
Oder gilt das Kartenspiel hier als etwas ganz und gar Ver-
ruchtes?«

»Verrucht?«, antwortete Rob, der neben ihnen am Tisch saß
und sein Sandwich auswickelte. »Frömmler soll es hier durchaus geben, aber wer lässt sich von denen schon was erzählen?« Erleichtert atmete Jenny auf.

»In London hab ich so einiges an verkniffenem Volk getroffen.« Sie ignorierte Caroline und wandte sich an die Männer:
»Jungs, wenn die Schiffe nach Monaten auf See einlaufen und
die Matrosen von Bord gehen – was glaubt ihr, was die Tu-

gendbolde von ihnen erwarten?« Die Männer zuckten die Schultern. Jenny zwinkerte ihnen zu. »Sie sollen bei Tee und Keksen einer Kirchenversammlung beiwohnen.«

Alle feixten und johlten amüsiert. Jenny genoss ihren Erfolg. Sie wartete eine Weile, ehe sie fortfuhr: »Mal im Ernst. Wer glaubt schon, dass Matrosen ihren lang ersehnten Landgang mit Teeschlürfen verbringen? Sie wollen Musik und ein wenig Aufregung, nicht wahr?« Zustimmendes Nicken um sie herum. »Sie wollen einen Ort, an dem sie endlich Spaß haben können. Ob es den religiösen Eiferern passt oder nicht.«

Die Männer stimmten lauthals zu. Jenny warf den Kopf in den Nacken und lachte. Ihre roten Locken tanzten im Sonnenlicht, und ihre hellen Wangen glühten. »Aber wisst ihr was, Jungs? Genau deshalb bin ich hier. Matrosen aus Australien haben erzählt, wie fabelhaft dieses Melbourne sein soll und dass dieser Löwe noch richtig brüllen wird.« Ihre Zuhörer nickten beifällig. »Und da dachte ich mir, ich schau mir diese schnurrende Katze mal aus der Nähe an.« Sie stand auf und stemmte ihre Hände in die Hüften. »Na, was sagt ihr dazu?«

Caroline betrachtete die begeisterten Männer und richtete ihren Blick auf Jenny. Diese Frau hatte etwas, das mit Geld nicht zu bezahlen war. Sicher, was Jenny da in den Raum rief, war frech, geradezu unverschämt, aber sie schien zu wissen, was sie wollte, und hatte offensichtlich Spaß dabei. Caroline, die seit ihrer Ankunft in Melbourne keine Freude mehr empfunden hatte, brannte plötzlich vor Neid. Sie fieberte danach, diese Frau näher kennenzulernen.

Sie musste die Neue gedankenverloren angestarrt haben, denn Jennys Augen blitzten sie plötzlich an, so als wollten sie sagen: »Hey, ist was?« Verwirrende Gedanken schossen durch

Carolines Kopf. Sie hatte noch nie eine Frau von leichter Moral zur Freundin gehabt. Unwillkürlich dachte sie an ihre Mutter. Keine Frage, wie die gestrenge Friederike Lohman auf Jenny reagiert hätte. Ein kalter Blick, nicht mehr, bevor sie sich mit erhobenem Kinn von der zwielichtigen Erscheinung abgewendet hätte.

Caroline schmunzelte, war es doch ausgeschlossen, dass ihre Mutter einer Frau wie Jenny gesellschaftlich begegnen würde. *Und ich bin nicht meine Mutter. Ich will diese Frau kennenlernen. Nein, ich will sie nicht nur kennenlernen, ich will sie zur Freundin.*

Jenny war die unabhängigste Frau, der sie je begegnet war. Eine Frau, die offenbar niemand anderen brauchte, um ganz sie selbst zu sein. *Aber ich*, dachte Caroline, *ich bin nicht so. Ich brauche andere Menschen. Ich möchte, dass man mich braucht.* Der plötzliche Gedanke, wie sehr sie Stud vermisste, presste ihre Lunge wie einen Blasebalg zusammen.

Eines Tages überredete Jenny sie zu einem Sonntagsausflug. Caroline lehnte zunächst ab. Sie sparte all ihre Einkünfte, Vergnügungen konnte sie sich nicht leisten. Doch Jenny bestand auf einem Picknick und lud sie ein. Ausflüchte ließ sie nicht gelten. Schließlich stimmte Caroline zu. Gab es eine bessere Gelegenheit, Jenny kennenzulernen?

Die beiden Frauen tollten scherzend auf einer Wiese am Ufer des Yarra Flusses umher. Wie durchgebrannte Pensionsmädchen rannten sie ausgelassen hin und her, lachten und sprangen herum wie die Kinder. Zuvor hatten sie auf dem Rasen gefrühstückt und mitgebrachten Wein getrunken. Als sie sich erschöpft auf eine Decke legten, wandte Caroline den Kopf zu ihrer neuen Freundin. »Erzähl mir etwas über dich.«

Jenny verschränkte die Arme hinter ihrem Kopf und blickte in den blauen Himmel. »Was willst du denn wissen?«

Caroline zuckte mit den Schultern. »Fang doch einfach von vorne an. Wie bist du aufgewachsen?«

Jenny lächelte. »Also gut. Ich war ein sehr schwaches Kind, vermutlich wegen der Verhältnisse: feuchte Wohnung, schlechtes Essen und so weiter. Vater Trinker, kümmerte sich kaum um uns, überließ die Sorgen meiner Mutter – das alte Spiel. Wir Kinder mussten mitverdienen. Meine Eltern waren Glasschleifer, die Mutter auch noch Perlenarbeiterin. Tagsüber Schleifmühle, abends zu Hause. Ich war die jüngste von drei Schwestern und half mit den Glasperlen. Eigentlich keine schwere Arbeit, aber für mich Mickerling anstrengend genug.

»Was habt ihr denn mit den Glasperlen gemacht? Die wurden doch sicherlich in der Glashütte gefertigt, oder?«, fragte Caroline.

»Richtig. Wir mussten die Perlen je nach Auftrag und Jahreszeit phantasievoll verzieren: durch Bemalen, Überspinnen oder Aufkleben von Fäden, kleinen Quasten, Watte oder Papier. Ich konnte kaum noch zur Schule gehen. Das fand ich schlimm. Wenn Weihnachten näher rückte, arbeiteten wir ganze Nächte durch.« Jenny musste an etwas denken und lachte laut auf. »Ich wusste schon früh, dass die Geschichte vom Christkind nur ein Märchen ist. Mit acht Jahren hab ich angefangen, über verschiedene Dinge nachzudenken.« Jenny hielt kurz inne und trank einen Schluck vom Wein, dann sah sie Caroline an, die ihren Blick bestürzt erwiderte. »Wenn mein Vater besoffen nach Hause kam, setzte es fast immer Schläge. Meine Mutter machte ihm Vorwürfe. Er solle sich schämen und so weiter. Oft schlug er alles zusammen.« Caroline setzte sich auf und griff nach Jennys Hand. Wie schrecklich, was Jenny als kleines Mädchen erleben musste! Doch Jennys Stimme blieb ruhig, gerade so, als würde sie die Geschichte einer Fremden erzählen. »Ich habe mit meiner Mutter viele Nächte draußen geschlafen. Eine Nacht werde ich nie vergessen. Es war an einem Samstag. Wir drei und Mutter hatten bis zum Umfallen geschuftet. Sonntag sollte geliefert werden. Es war bereits Mitternacht, als wir ins Bett durften. Vater kam nach Hause gestolpert, wie immer voll wie eine Haubitze, und stritt mit Mutter, weil wir Kinder noch wach waren. Als Mutter Widerworte gab, schlug er mit dem Stock die ganzen Perlen kurz und klein.«

»Oh, mein Gott!«, entfuhr es Caroline, die sich, sichtlich erregt, die flache Hand vor den Mund hielt. Jenny sprach in aller Seelenruhe weiter.

»Wir Kinder fingen an zu schreien. Wir hatten so viel Schlaf geopfert, und alles für nichts und wieder nichts. Ich hasste meinen Vater. Eines Tages wurde er so krank, dass er volle zwei Jahre das Bett nicht verlassen konnte. Das war die schönste Zeit. Wir mussten noch mehr arbeiten, aber es ging leichter, weil Ruhe war. Dann starb Vater. Ich hab es ihm nie verziehen, dass er nicht wie ein Vater für uns gesorgt hat.«

Caroline, die die ganze Zeit über zugehört hatte, drehte ihren Kopf zur Seite und sah Jenny an.

»Das ist eine sehr traurige Geschichte. Was hast du dann gemacht?«

Jenny starrte eine Weile schweigend zu Boden, ehe sie fortfuhr. »Mit vierzehn putzte ich in der Glasfabrik. Das hielt ich wegen meiner schwachen Konstitution aber nicht durch. Daher bin ich anschaffen gegangen. Schockiert dich das?«

Schweigen breitete sich zwischen den Frauen aus, ehe Kirchengeläut die Stille zerschnitt.

»Vielleicht«, sagte Caroline. »Vor allem finde ich es traurig. Du warst doch noch so jung. Gab es keinen anderen Ausweg?«

»Erst sah es danach aus. Ich hatte Glück und bekam in der Glashütte eine Stelle als Bläserin.« Jenny seufzte und drehte sich auf die Seite. »Es war anstrengend und schlecht bezahlt. Unter den Arbeiterinnen kamen immer wieder gewisse Gespräche auf. Wenn ich da an meine Meisterin denke! Ich hab nie wieder eine Frau so schamlos reden hören, selbst als ich bereits im Geschäft war. Ich konnte mir damals keinen Reim darauf machen, was das hieß: *Die Fabrikmädchen gehen ja doch alle auf den Strich!* Zum Fragen war ich zu schüchtern, und ich hab erst viel später kapiert, um was es ging.«

Jenny schwieg, setzte sich auf und trank einen Schluck Wein. Caroline schenkte Jenny ein warmes Lächeln.

»Stimmt es denn? Seid ihr alle auf den Strich gegangen?« Jenny hob die Schultern. »Ja. Als Amüsiermädchen im Spielsalon hab ich mehr als gut verdient, bis sie mich dann rausgeworfen haben. Da entschloss ich mich, nach Australien zu gehen.« Die beiden Frauen redeten noch lange, und erst als es allmählich dunkel zu werden begann, kehrten sie heim.

Die Tuchfabrik war ein großer wirtschaftlicher Erfolg, und bei mehr als einer Gelegenheit führte der Direktor samstags in der Mittagspause mit stolzgeschwellter Brust lokale Politiker durch die Hallen. Die Arbeiter waren angehalten, sich bei solchen Anlässen von ihrer besten Seite zu zeigen. Einer aus den Reihen dieser aufstrebenden Lokalgrößen war Paul Kennett, der vor versammelter Belegschaft am Ende der Mittagspause eine Rede halten sollte. Der Herr Direktor bemerkte schon am frühen Morgen eine Übertretung der Vorschriften. Die

Werkstätten wurden sonst jeden Mittwoch und Freitag gefegt, heute war der Boden noch immer schmutzig. Der Direktor erklärte daher in Anwesenheit des Besuchers, dass alle Arbeiter eine Stunde länger zu bleiben hätten. Ohne Murren hörten sich die Leute ihre Strafe an, aber ihr Gesichtsausdruck verriet ihren Zorn. Der Politiker blickte sich während der Standpauke des Fabrikanten um. Fast alle Arbeiterinnen trugen unsaubere Kleider. Doch eine darunter war anders. Zart, mit großen blauen Augen, blasser Haut und vollen Lippen. Neben ihr auf dem Tisch standen Brot und etwas kaltes Fleisch.

Aus Rücksicht auf die Sauberkeit und die Gesundheit der Arbeiter verbot die Hausordnung eigentlich, in den Werkstätten zu essen.

»He, Sie da unten! Lesen Sie einmal laut den Artikel 9«, verwies O'Grady auf einen Anschlag.

»Gut, und was dann?«, fragte die gut aussehende junge Frau mit einem fremden Akzent. Die freche Widerrede machte den Direktor wütend.

»Das macht drei Schilling Strafe, mein Frollein!«

Caroline blickte ihm geradewegs ins Gesicht. Kennett, der sich ob des gebotenen Schauspiels hinter dem Rücken des Direktors vergnügt die Hände rieb, lächelte still vor sich hin.

»Artikel 13, Verweigerung des Gehorsams, zehn Schilling!«, erhöhte der Direktor die Strafe, erbost über Carolines trotziges Verhalten.

Caroline packte ungerührt ihr Mittagessen in ein Tuch und schnürte es zu einem Bündel.

Kennett klopfte O'Grady begütigend auf die Schulter.

»Ihre Methoden sind sehr hart – zu hart vielleicht!«

O'Grady nahm dies als Schmeichelei und begann, selbstgefällig zu dozieren: »Regeln sind dazu gemacht, damit der Einzelne seine Interessen nicht über die der anderen stellen kann. Regeln garantieren Gleichheit.«

»Ah, ein echter Demokrat, das lob ich mir!«, rief Kennett mit einem Anflug von Sarkasmus aus. »Aber vergessen Sie dabei nicht die Humanität? Was hat diese arme Frau Ihnen denn getan?«

»Sie hat eine meiner Regeln zum Allgemeinwohl übertreten.« O'Grady blickte auf die große Uhr, die über dem Eingang hing.

Kennett nickte und räusperte sich.

»*Marvellous Melbourne*, du wunderbare Stadt«, rief er gegen den Lärm der Dampfmaschine an, »unsere Erfolgsgeschichte verdanken wir unerschrockenem Unternehmergeist wie dem von Mr. O'Grady …«

Wenig später war er bereits zu heiser, um fortzufahren, daher beendete er seine Rede und sprach stattdessen entgegen dem Protokoll einige der Arbeiter direkt an.

»Wie gefällt Ihnen Ihre Arbeit?«, fragte er. Der Direktor, der neben ihm stand, kreuzte die Hände, die er bislang hinter seinem Rücken verschränkt gehalten hatte, vor dem Bauch und wippte nervös auf seinen Zehenspitzen. Caroline trat aus dem Pulk hervor, fasste sich ein Herz und erklärte: »Meine Arbeit ist hart und schlecht bezahlt.« Ein ungläubiges Raunen ging durch die Menge. Sie hob die Stimme: »Ich kann mehr als nähen. Ich bin Geschäftsfrau, mein Talent ist in dieser Position vergeudet.« Der Direktor, dessen Miene sich während ihrer Worte verdüstert hatte, war einen Schritt auf Caroline zugegangen, um sie für diese unverschämte Äußerung zu maßregeln, als Kennett schallend zu lachen begann.

»Geschäftsfrau! Soso! Dann können Sie Mr. O'Grady sicherlich mit jeder Menge gutem Rat zur Seite stehen.« Er drehte sich zum Direktor um und klopfte ihm jovial auf die Schulter. »Sehr gut, mein Bester! Eine Geschäftsfrau als Arbeiterin, das gefällt mir. Ein echter Gewinn für Ihre Fabrik, nicht wahr?«

O'Grady schluckte seinen Groll hinunter und befahl seinen Leuten, unverzüglich ihre Arbeit wieder aufzunehmen.

An jenem Samstag verlor Caroline ihre Stellung. Nach ihrem Auftritt vor Kennett hatte sie der Rauswurf nicht überraschen sollen, dennoch kochte sie vor Hass auf den Direktor. Sie summte zwar ein Lied, als sie die Fabrik hocherhobenen Hauptes verließ, doch ihr Trotz nutzte sich schnell ab. Ihre Ressourcen waren so gut wie aufgebraucht, und sie konnte kaum noch ihren eigenen Unterhalt bestreiten. Caroline war fast krank vor Sorge um ihre Zukunft. Hinzu kam ihr Kummer wegen Stud, von dem sie nichts gehört hatte, außer in einem kurzen Brief, in dem er sich optimistisch zeigte, bald einen Posten irgendwo auf dem Land bei der Polizei zu ergattern. Vor drei Wochen war er gegangen. Hatte er sie verlassen? War seine Krankheit ein billiger Trick gewesen, um sich klammheimlich aus der Verantwortung zu stehlen? Wenn ihre Stimmung auf dem Tiefpunkt war, neigte sie zu dieser Theorie. Hatte sie sich aus ihrer Niedergeschlagenheit aufgerappelt und ihren Mut wiedergefunden, erschien es ihr undenkbar, dass Stud sie auf solch grausame Weise hintergehen würde.

Bis zu siebzehn Stunden täglich verbrachte Caroline mit schlecht bezahlten Näharbeiten, die ihr Jenny heimlich zuschusterte, obwohl ihre Schulter so stark schmerzte, dass sie sie kaum noch heben konnte. Sie flickte ihre abgenutzten Kleider. Aus Mangel an einer ordentlichen Waschgelegenheit ging sie oft mit schmutziger Haube und in einem fleckigen Kleid auf die Straße. Von dem großartigen Leben, das sie gemeinsam mit Stud erträumt und erhofft hatte, war nichts mehr übrig geblieben.

Trotz alldem hatte sie die Kinder nicht vergessen. Es war nicht einfach herauszufinden, in welchem Waisenhaus Suzanne und Blair lebten. Dort, wo ihre Eltern sie ursprünglich untergebracht hatten, erklärte man Caroline, sie seien anderweitig untergekommen, etwa drei Meilen entfernt, nahe dem Armenarbeitshaus.

Ein Arbeitshaus! Caroline, die die beiden hatte besuchen wollen, schnürte sich der Magen zusammen. Sie waren doch noch so klein!

Obwohl es Caroline Überwindung kostete, entschied sie sich, Liz aufzusuchen, um zu erfahren, was sie über den Verbleib ihrer Kinder wusste und ob sie sie überhaupt besuchte. Doch Liz wollte sie noch an der Haustür wieder wegschicken und hielt sich die Ohren zu, als Caroline von der wahrscheinlichen Umsiedelung der Kinder in ein Arbeitshaus erzählte.

»Ich will nichts davon hören. Nichts, verstehst du? Ich kann nichts für die Kinder tun. Wir haben nicht die Mittel, um sie durchzubringen, das weißt du doch! Wir können kaum für uns selbst sorgen.«

»Aber du könntest sie wenigstens besuchen.«

Liz begann, sich die Haare zu raufen. Ein Laut wie von einem verwundeten Tier entrang sich ihrer Brust.

»Bist du gekommen, um mir Vorwürfe zu machen und mich zu beschämen? Was soll es denn bringen, wenn ich die Kinder sehe? Davon wird es auch nicht besser. Im Gegenteil: Es verletzt die Kinder, es verletzt mich. Begreifst du denn nicht?

Wir können sie nicht zu uns nehmen, und du kannst es auch nicht. Vergiss die beiden. Alles andere ist Träumerei.«

Caroline sagte kein Wort mehr und drehte sich auf dem Fuße um. Nie würde sie verstehen, wie Liz ihr eigen Fleisch und Blut hatte weggeben können. Es musste doch immer Mittel und Wege geben, um eine Familie zu bleiben. Sei es drum! Sie würde eben allein herausfinden, wo die Kleinen lebten, und sich ihrer, so gut es ging, annehmen. Und wenn sie nur ab und zu nach dem Rechten schaute und ihnen bei dieser Gelegenheit einen Leckerbissen zusteckte.

Melbourne, Juni 2014

Nina schob den Gepäckwagen durch den Ausgang und sah sich einer größeren Menschenmenge gegenüber, die hinter der Absperrung auf ankommende Fluggäste wartete. Eine junge Frau stieß vor Freude einen schrillen Schrei aus, als sie ein Paar erspähte, das ihren Namen rief. Während die drei einander in die Arme fielen, drängelte sich Nina an ihnen vorbei in die Ankunftshalle. Auf sie wartete niemand. Morten, der Kollege vor Ort von »Hamburg aktuell«, mit dem sie sich aus Kostengründen die Unterkunft teilte, hatte ihr in einer Mail mitgeteilt, dass er während des Tages zu beschäftigt sei, um sie abzuholen. Theoretisch waren sie Kollegen, weil sowohl der »Berliner Morgen« als auch »Hamburg aktuell« zum selben Verlag gehörten, doch praktisch standen die Redaktionen seit jeher in einer gewissen Konkurrenz. Trotz dieser unterschwelligen Feindseligkeit war Morten immerhin so aufmerksam gewesen, seiner Nachricht eine Wegbeschreibung zum Townhouse beizufügen, das sie sich in den kommenden sechs Monaten teilen würden. Suchend blickte sich Nina nach einem Schild für den Flughafenbus um und setzte sich sofort in Bewegung, nachdem sie es gefunden hatte. An einem Kiosk vor dem Flughafengebäude kaufte sie das Ticket und reihte sich in die Schlange der Wartenden ein. Der Bus brachte sie in gut zwanzig Minuten zur Southern Cross Station; von dort aus nahm sie, wie von Morten empfohlen, ein Taxi zur Hunter Street in Richmond. Er hatte ihr auch geschrieben, wo sie den Schlüssel finden konnte: unter dem Blumentopf neben der Haustür. Sie schickte einen Stoßseufzer der Erleichterung in den grauen Winterhimmel, als sie die Tür hinter sich schloss. Einen Flur gab es nicht, sie stand sofort mitten im Wohnzimmer. Auf dem Couchtisch lagen drei leere Bierdosen und eine offene Chips-Packung. Aus Mortens Mail wusste sie, dass sich ihr Zimmer oben befand, im ersten Stock. Sie ließ ihr Gepäck stehen und ging die Treppe hoch. Zunächst öffnete sie die falsche Tür. Das musste Mortens Schlafzimmer sein, außer der letzte Bewohner ihres Zimmers hatte es unhöflicherweise unterlassen, seine über den Raum verteilten Klamotten und verkrusteten Teller beizeiten aufzuräumen. Sie drückte die Klinke des gegenüberliegenden Zimmers herunter, trat ein und atmete auf: ein gemachtes Doppelbett, ein Fenster mit Aussicht auf einen kleinen Garten auf der einen Seite, Wandschrank und Schreibtisch auf der anderen. Ein kompakter Raum, funktional und sauber. Zufrieden ließ sie sich rücklings aufs Bett fallen und verschränkte die Arme im Nacken. Perfekt! Sie warf einen Blick auf ihre Armbanduhr. Drei Uhr nachmittags. Trotz Jetlag fühlte sie sich seltsam aufgekratzt und beschloss, Morten noch heute in der Redaktion aufzusuchen, obwohl sie eigentlich erst morgen ihre Stelle antreten sollte. Sie stand auf, um das Bad zu suchen. Als sie es betrat, um sich etwas frisch zu machen, runzelte sie die Stirn. Wann war hier das letzte Mal sauber gemacht worden? Benutzte Handtücher lagen auf dem Boden, ebenso Unterwäsche. Der Spiegel war vor Zahnpastaspritzern fast blind, und auf dem Boden der Dusche fand sie Haare, von denen sie nicht sicher war, ob sie von Mortens Kopf oder einer seiner anderen Körperregionen stammten. Angeekelt verließ sie den Raum und zog die Tür fest hinter sich zu. Wenn Morten und sie in den kommenden Monaten harmonisch zusammenleben wollten, musste das Bad-Thema besprochen werden.

Doch alles zu seiner Zeit.

Sie ging wieder nach unten, um den Koffer zu holen, den sie zunächst ungeöffnet vor ihrem Wandschrank parkte. Im Handgepäck fand sie ihre Zahnbürste. Rasch eilte sie zurück ins Erdgeschoss, wo sie hinter dem Wohnzimmer die Küche vermutete. Der Anblick ließ sie zurückstolpern. Schmutzige Töpfe und Pfannen verteilten sich auf Herd und Spülbecken, daneben stapelte sich verdrecktes Essgeschirr. Der Esstisch, der in der Mitte stand, war mit alten Zeitungen, benutzten Gläsern und Fast-Food-Verpackungen übersät. Es stank zum Himmel. Nina rümpfte die Nase. Sie und ihr Mitbewohner würden den ersten gemeinsamen Abend mit einer Diskussion zum Thema Hygiene verbringen müssen. Kein guter Anfang, aber einer, der sich nicht vermeiden oder gar aufschieben ließ. Es blieb ihr nichts weiter übrig, als wieder nach oben zu gehen und sich im Badezimmer die Zähne zu putzen, wo es zumindest nicht so ekelhaft stank wie in der Küche.

Wenig später machte sie sich auf den Weg zur Redaktion. Da sie zu aufgekratzt war, um herauszufinden, wie das Straßenbahnnetz funktionierte, winkte sie an der Bridge Road eine der gelben Taxen heran und ließ sich zur Adresse der Redaktion fahren, Burnley Street, Ecke Victoria Parade – keine zehn Autominuten von ihrem Haus entfernt. Der Wagen hielt vor einem modernen Bürokomplex. Sie zahlte und stieg aus. Es brauchte eine Weile, ehe sie auf der glänzenden Metallplatte am Eingang die Klingel mit dem APA-Logo fand. Die Australian Press Agency vermietete Arbeitsplätze an mehrere europäische Nachrichtenagenturen und Internetdienste. Journalisten aus Dänemark, Schweden, Finnland, Deutschland, der Schweiz und Belgien nutzten den Service – darunter der »Berliner Morgen«.

Auf der richtigen Etage angekommen, ging sie den schmalen Flur entlang und öffnete die Glastür, hinter der sich die Rezeption verbarg. Chelsea, eine junge Frau mit wilden Locken und Nasenring, begrüßte Nina, drückte ihr einige Unterlagen in die Hand und führte sie schließlich in den Redaktionsraum. Die europäischen Reporter saßen inmitten der Sportredaktion der australischen Agentur. Es war laut wie in einer Sports-Bar. Grölende Männer und Sport. Manche Dinge waren überall auf der Welt gleich. Nina kannte Morten nicht persönlich, hatte ihn jedoch gegoogelt, um sich ein Bild von ihrem zukünftigen Mitbewohner zu machen. Als Chelsea mit dem Finger auf eine Gruppe von Männern deutete, die sich stehend vor einem von der Decke herabhängenden Bildschirm versammelt hatten, erkannte sie ihn sofort. Sein rotblonder Schopf, der ihr auf der Website von »Hamburg aktuell« gleich ins Auge gesprungen war, überragte die australischen Kollegen um mindestens einen halben Kopf. Chelsea ging auf ihn zu und berührte ihn kurz am Arm, um in der lauten Umgebung auf sich aufmerksam zu machen. Er sah kurz zu ihr herunter. Gleichzeitig behielt er das Pferderennen im Auge. Schließlich löste er sich widerstrebend vom Sportereignis und streckte ihr die Hand entgegen. Dabei sah er ihr geradewegs in die Augen. Das gefiel ihr. Ein gestandener Reporter, so etwas wie ein Menschenfänger, genau wie sie selbst.

»Morten Allmers. Und du bist dann wohl Nina Neu...« Er wusste nicht mehr weiter und ruderte mit den Händen in der Luft.

»Nina Neubacher«, half sie aus. Sie erwiderte seinen festen Händedruck und lächelte ihn offen an. »Ich dachte, ich komm heute schon mal vorbei. Ich will natürlich nicht bei der Arbeit stören«, sagte sie mit einem kurzen Seitenblick auf das Pferderennen und versuchte, nicht sarkastisch zu klingen. Abgesehen davon, dass sie ab sofort für ein halbes Jahr ein Haus teilten, war er es, der sie in den komplizierten Produktionsprozess der australischen Nachtschicht einarbeiten sollte. Besser also, sie verscherzte es sich nicht gleich mit diesem Mann.

»Du störst doch nicht. Komm, ich mach dich gleich mit einem Kollegen bekannt. Ein Supertyp und so dermaßen Aussie – mehr geht nicht.« Ohne eine Antwort abzuwarten, dirigierte er sie am Ellbogen zu seinem Kumpel, der, die Faust in die Luft gereckt, eine Art Siegesgebrüll anstimmte. »Oh, Lochlan ist in Siegerlaune. Da hast du Glück!« Morten stellte die beiden einander vor. »Der Kollege berichtet ausschließlich über Pferderennen – eine ganz große Sache in Australien. Er ist einer der besten seines Fachs. Wenn du eine Wette riskieren willst, hier ist deine Quelle.« Lochlan, ein untersetzter Mittdreißiger lachte und schlug Nina herzlich, wenn auch eine Spur zu fest, auf die Schulter.

»Onya, mate!« Dann wandte er sich wieder dem Screen zu.

»Ich will wirklich nicht stören. Wenn du mit Lochlan die Rennen schauen möchtest, dann ...«

»Keine Sorge. Ich wette nicht, und Pferde sind nicht meins. Ich bin auf Fußball abonniert.« Er führte sie zu seinem Arbeitsplatz. »Hier, der Tisch neben mir gehört ab sofort dir.

Willst du jetzt schon eine kleine Einweisung oder lieber erst morgen?«

»Gerne jetzt. Schieß los!« Beflissen nahm sie Stift und Notizbuch aus ihrem kleinen Rucksack und sah Morten erwartungsvoll an. Gleichzeitig erfasste sie jedoch wie aus dem Nichts heraus eine Müdigkeitsattacke, so dass sie sich zusammenreißen musste, um nicht mit dem Kopf vornüber auf die Tischplatte zu kippen.

Der Jetlag hatte sie eingeholt.

Schwer ließ sie sich auf den Bürostuhl fallen und starrte auf den Monitor. Morten saß neben ihr, die Hände zur einleitenden Rede im Nacken verschränkt. Er wandte ihr das Gesicht zu und sah sie herausfordernd an.

»Man hat dich hoffentlich ein wenig auf unser kompliziertes System vorbereitet.« Dazu war es nicht gekommen, da Nina vor ihrem Abflug keine Zeit mehr gehabt hatte für eine interne Schulung, doch das behielt sie lieber für sich. »Die Online-Nachtschicht produziert mit drei Systemen gleichzeitig«, fuhr er auch schon fort, ohne ihre Antwort abzuwarten. »Kein Job für einen Grünschnabel. Aber ich gehe davon aus, dass ich bei dir nicht bei A beginnen muss.« Sein fester Blick ruhte noch immer auf ihr.

Nina fühlte sich nicht nur vom langen Flug und der Zeitverschiebung benebelt, ihr wurde nun bei Mortens kleiner Rede auch noch flau im Magen. Technik war eindeutig nicht ihre Stärke. Sie kniff die Augen zusammen, drückte das müde Kreuz durch. »Fang bei B an«, sagte sie kühn und bemühte sich um eine lockere Körperhaltung.

»Prima«, antwortete er lächelnd, nahm die Hände vom Nacken und begann, auf die Tastatur einzuhämmern, während er stakkatoartig im Technikjargon auf sie einredete. Zu Anfang machte sich Nina noch Notizen, doch nach wenigen Minuten verschwamm ihr alles vor den Augen, und sie fasste sich ein Herz, um Mortens Einführung zu einem Ende zu bringen.

»Für heute reicht es wahrscheinlich. Ich bin doch ganz schön geschafft.«

Morten sah sie verständnisvoll an. »Okay. Magst du was essen?«

Nina nickte dankbar. »Irgendwas Schnelles wäre super.«

Morten stand auf und schnappte sich die Jacke, die über seinem Stuhl hing. »No worries. Wie wäre es mit asiatischer Küche? Die Victoria Parade um die Ecke ist wie ein Ausflug nach Vietnam. Wie sieht's aus? Hast du Lust?«

Nina stand auf. »Ja, sehr gern. Und danach will ich nur noch zurück ins Haus und in mein Bett.«

Sie saßen im »Pho Love«, einem winzigen Restaurant unweit des Büros. Morten stellte die Flasche Rosé, die er unterwegs in einem Liquorshop gekauft hatte, auf den Tisch.

»BYO – bring your own. Ich liebe diese australische Eigenart, seinen Wein mitbringen zu dürfen.« Das Restaurant, das sich auf die landestypische vietnamesische Suppe »Pho« spezialisiert hatte, brummte am frühen Abend vor jungen Büroangestellten, die einen günstigen After-Work-Drink mit einem schnellen und schmackhaften Abendessen verbinden wollten. Die Bedienung brachte ihnen die Karte, doch die zahllosen Variationen überforderten Nina. »Ich empfehle Pho mit Beef Filet«, kam Morten ihr zu Hilfe. »Irgendwelche Einwände?« Nina ließ die Speisekarte sinken und schaute ihn dankbar an. »Im Gegenteil.«

»Gut.« Morten bestellte und schenkte Wein ein. Als Ninas Glas zur Hälfte gefüllt war, hielt sie die Hand darüber.

»Danke, ich fühle mich jetzt schon wie besoffen.«

Morten hielt lachend inne und stellte die Flasche ab. Dann beugte er sich nach vorne, damit sie ihn im allgemeinen Stimmengewirr verstehen konnte. »Vielleicht nimmst du dir morgen noch einen Tag frei. Zu Hause kapieren sie es einfach nicht, wie heftig sich der Jetlag auswirkt.«

»Kommt überhaupt nicht infrage. Wann fangen wir morgen an, und wie sieht der Tagesablauf genau aus?«

Ein Kellner brachte zwei dampfende Schüsseln, die randvoll mit Brühe, Nudeln und hauchdünnem Rindfleisch gefüllt waren. Sie dufteten verführerisch nach Ingwer und Zitronengras. Daneben stellte er eine Platte mit Zweigen von Minze, Koriander, Sprossen, zerteilten Chilischoten und geviertelten Limonen. Nina, die noch nie Pho gegessen hatte, beobachtete erstaunt, wie Morten seine vietnamesische Suppe verfeinerte, und tat es ihm nach. Sie pflückte ein paar Minzeblättchen in den wunderbar aromatischen Sud, gab etwas frischen Chili dazu und drückte einen Limonenschnitz über der Schale aus. Zuletzt fügte sie wie Morten etwas von der Fischsauce hinzu, die neben anderen Saucen auf einem Plastiktablett am Tischrand stand. Mit den Einweg-Essstäbchen aus der Papierhülle vermischte sie alles und pickte sich mühselig ein paar Nudeln mit Rindfleisch heraus. Das Fleisch war so zart, es zerfiel im Mund. Sie schloss die Augen.

»Hm, ist das gut«, seufzte sie zufrieden.

Morten legte den Kopf schief und betrachte sein Gegenüber.

»Dein erstes Mal?«, fragte er mit Absicht zweideutig.

»Ist vielleicht peinlich, es zuzugeben, aber es stimmt«, antwortete sie und bediente sich ein zweites Mal aus ihrer riesigen Schüssel.

»Okay, soll ich dir unseren Arbeitsablauf erklären?«

»Das wäre super, auch wenn ich dich morgen mit Sicherheit nochmals fragen muss. Ich bin so müde, ich könnte kopfüber in meine Suppe fallen.«

Morten grinste schwach. Mit geübten Bewegungen zwängte er eine beachtliche Menge an Nudeln und Fleisch zwischen seine Stäbchen und ließ seine Beute ohne Kleckern blitzschnell im Mund verschwinden. Nina staunte über seine Fertigkeit, ließ es sich aber nicht anmerken.

»Wir fangen um acht Uhr morgens an, das ist Mitternacht deutscher Zeit, also perfekt für die Übergabe an den Spätdienst daheim. Wir skypen zunächst, besprechen die deutsche Nachrichtenlage. Etwas später schicken die Kollegen einen Ablaufplan, wann wir welche Geschichte auf die Website setzen sollen. Im Grunde geht es darum, unsere deutschen Online-Seiten nachts und vor allem morgens frisch zu bestücken. Meist mit Geschichten, die die Kollegen in Hamburg und vielleicht auch der ein oder andere deiner Kollegen in Berlin …«

»Moment«, unterbrach ihn Nina, legte ihre Stäbchen auf der Porzellanschüssel ab und wischte sich über den Mund. »Willst du damit etwa andeuten, wir Berliner schreiben keine eigenen Geschichten?«

Morten hob abwehrend die Hände. »Das hast du gesagt. Was weiß ich, wie gut deine Redaktion arbeitet. Also, weiter im Text?« Er sah sie herausfordernd an. Nina schnaubte kaum hörbar, dann ermahnte sie sich, dass sie sich fürs Erste keinen Streit mit Morten leisten konnte.

»Entschuldige, rede bitte weiter!«, forderte sie ihn auf. Die Brühe lief ihr übers Kinn. Die dünne Serviette war vollgesogen und keine neue in greifbarer Nähe. Daher entschied sich Nina, das Essen einzustellen. Sie schob die Schüssel von sich.

»Schon fertig?«

»Pappensatt«, log sie und lehnte sich mit verschränkten Armen interessiert nach vorne.

Morten, der sämtliche festen Bestandteile seiner Suppe geschickt wie ein Asiate vertilgt hatte, hob die Schüssel an die Lippen und trank die Brühe geräuschvoll schlürfend in einem Zug aus. »Ah«, sagte er genüsslich, als er sie vor sich abstellte. »Also? Wie geht es weiter mit unserem Arbeitstag?«

Morten tupfte sich die Lippen ab, nahm einen Schluck vom Wein. »Am Beginn des Tages erwarten dich E-Mails aus den verschiedenen Ressorts mit den entsprechenden Texten. Vom Parteitag, von Nachtsitzungen, aus den USA – was eben gerade so ansteht. Der Sport will übrigens ständig was von uns. Nach großen Tennisereignissen oder Fußballspielen wollen sie irgendwelche Kommentare aus aller Welt, die wir einzusammeln haben. Als Sportredakteur ist das natürlich mein Ding. Für den Nachtblog schreiben wir kurze Meldungen, schicken Bilder, Tweets für den Morgenleser in Deutschland. Der Blog ist technisch schwierig zu produzieren, eine einzige Frickelei, ihn anzulegen und auf die Seite zu hieven! Okay, weiter im Text ...«

Nina bemühte sich, seinem Vortrag zu folgen, aber ihr fielen vor Müdigkeit fast die Augen zu.

»Zeit fürs Bettchen, nicht wahr?«, fragte Morten mit einem breiten Grinsen. Nina nickte erschöpft. Morten stand auf, um an der Kasse zu bezahlen. Als Nina Anstalten machte, nach ihrem Portemonnaie zu wühlen, winkte er ab. »Lass stecken. Kleines Willkommensgeschenk meinerseits.«

Sie stiegen in die Tram, die vor der Tür hielt, und waren keine fünfzehn Minuten später zu Hause. Nina entschuldigte sich und ging gleich schlafen.

Als der Wecker am nächsten Morgen klingelte, wusste Nina zuerst nicht, wo sie war. Verwirrt rieb sie sich die Augen. Ein ohrenbetäubend lautes, fremdartiges Vogelgezwitscher hielt sie davon ab, sich noch einmal für fünf selige Minuten umzudrehen, wie sie es gewohnt war. Sie stand auf, schnappte sich ihren Kulturbeutel, den sie am Vorabend auf dem Schreibtisch abgelegt hatte, und taumelte müde ins Bad. Als sie die Klinke herunterdrückte und die Tür öffnete, sah sie sich ihrem Mitbewohner gegenüber. Sie erstarrte in der Bewegung. Morten rasierte sich nackt vor dem Spiegel. Vor Schreck schnitt er sich zwischen Oberlippe und Nase und ließ den Einweg-Rasierer ins Waschbecken fallen.

»Verdammt!« Hastig riss er ein Blatt von der Klopapierrolle, teilte ein Stückchen davon ab und beugte sich vor, damit er im Spiegel sah, wo er den Fetzen Papier plazieren musste. Erst dann drehte er sich zu Nina um und dachte offenbar noch immer nicht daran, nach einem Handtuch zu greifen. »Was machst du hier?« Er klang mehr als verärgert. Allmählich löste sich Nina aus ihrer Starre und tat einen Schritt zurück. »Entschuldige! Warum hast du denn nicht abgeschlossen?« Morten kam auf sie zu. Die Wut ließ ihn seine Bauchmuskeln anspannen, und Nina konnte nicht umhin zu bemerken, dass er stolzer Besitzer eines Waschbrettbauchs war; wahrscheinlich sah er deshalb auch keine Notwendigkeit, seine Nacktheit vor ihr zu verbergen. Nina hingegen wusste gar nicht mehr, wohin sie schauen sollte, und drehte sich schließlich um.

»Das ist mein Badezimmer, und ich kann es abschließen oder nicht. Gegenfrage: Wieso gehst du nicht in *dein* Badezimmer, Prinzessin?« Erstaunt fuhr sie herum, errötete jedoch gleich, als er nun dicht vor ihr stand.

»Mein Badezimmer? Wo soll das denn sein?« Morten schnaubte ungeduldig, als wäre sie ein unverständiges Kind, das das ABC noch nicht beherrschte. Unwirsch griff er eines seiner Badetücher vom Boden, wickelte es sich um die Hüften und drückte sich an ihr vorbei in den Gang. Wortlos eilte er auf ihre offene Zimmertür zu, trat ein und durchquerte den Raum. Nina war ihm gefolgt und beobachtete gespannt, wie er einen winzigen runden Knauf nach rechts drehte.
»Simsalabim!«, sagte er genervt, als sich die Tapetentür öffnete und den Blick auf ein kleines Badezimmer freigab.
»Oh, das ist ja toll!«, rief Nina in ehrlicher Begeisterung aus. Sie ließ ihn stehen und ging hinein. Mit einem Blick inspizierte sie ihr Reich, bevor Morten die Tür hinter ihr zuwarf. »Tut mir echt leid«, rief sie durch die dünne Wand. »Wird nicht wieder vorkommen.«

Morten frühstückte nicht, und weil Nina noch nicht zum Einkaufen gekommen war, empfahl er ihr ein italienisches Café an der Straßenecke. Der Cappuccino war ein Traum, und Nina atmete zum ersten Mal an diesem Morgen auf, während sie von ihrem Thekenplatz am Fenster nach draußen auf die belebte Bridge Road sah. Das Wetter war herbstlich, und die Menschen hasteten mit aufgestelltem Mantelkragen durch den Nieselregen. Doch eine Stadt, in der es guten Kaffee gab, war selbst bei Hundewetter erträglich, fand Nina. Sie erkundigte sich beim Kellner, der eine lange weiße Schürze trug, wo sie eine Dauerfahrkarte für Bus und Bahn erwerben konnte. Nachdem sie sich ein zweites Hörnchen gegönnt hatte, bezahlte sie und kaufte sich einen Fahrausweis im Zeitschriftenladen nebenan. Mit der grünen Myki-Card und einem Fahrplan in der Hand fühlte sie sich, als wäre sie endlich richtig in Melbourne angekommen.

Nina betrat schwungvoll die Redaktion. Chelsea, die Rezeptionistin mit dem wilden Haar, gab ihr den vierstelligen Code für die Tastatur am Eingang und eine ID-Karte samt orangefarbenem Bändchen zum Umhängen. Außerdem zeigte sie ihr, wie die Kaffeemaschine funktionierte. Alles nicht anders als in Deutschland, dachte Nina. Jeden Freitag nach der Arbeit, so erfuhr sie von Chelsea, gab es einen geselligen Umtrunk im National Hotel, der schon mal länger dauern konnte. Mit einem Becher dampfendem Kaffee in der Hand machte sie sich auf den Weg zu ihrem Arbeitsplatz. Offenbar war es nicht Sitte, allen Kollegen vorgestellt zu werden, was wohl damit zusammenhing, dass ein ständiges Kommen und Gehen herrschte. Sie nickte einigen Journalisten zu, an denen sie vorbeiging, und sie grüßten mit einem freundlichen Handzeichen oder »Hi« zurück. Morgen war Freitag, eine gute Gelegenheit, sich im Pub mit dem einen oder anderen Kollegen bekannt zu machen.

Es war acht Uhr. Morten saß bereits an seinem Arbeitsplatz. Er hatte Kopfhörer auf und hämmerte fleißig in die Tasten. Nina setzte sich neben ihn, nickte ihm zu und fuhr ihren Computer hoch. Natürlich hatte sie sich nicht alles merken können, was er ihr gestern über den täglichen Arbeitsablauf erzählt hatte. Nach ihrem peinlichen Zusammentreffen am Morgen hielt sie es für ratsam, ihn nicht auch noch beruflich zu bedrängen, deshalb begann sie zunächst, die Agenturmeldungen zu lesen, über die sie sich hier und da Notizen machte. Einmal linste sie ihm über die Schulter, um zu sehen, womit er so eifrig beschäftigt war. Fußball. Natürlich.

Nach einer Weile versuchte Nina, sich auf eigene Faust mit dem hauseigenen System vertraut zu machen. Sie hatte noch nie für die Online-Redaktion gearbeitet, und außer einer ultrakurzen Einweisung in Berlin gab es nichts, worauf sie sich berufen konnte.

»Learning by doing«, hatte ihr der bleiche Online-Redakteur in Berlin hinterhergerufen, »so machen's alle. Frag Morten, wenn du nicht weiterweißt. Der ist ein Ass. Aber sprich ihn besser nicht auf die WM an. Dann kriegt er schlechte Laune. Er hasst es, nicht in Brasilien dabei sein zu können.«

Nach mehr als zwei Stunden, die sie schweigend neben ihrem Kollegen verbracht hatte, wurde Nina zunehmend unruhig. Sie hatte bereits eine Fernsehkritik geschrieben und es irgendwie ohne Mortens Hilfe geschafft, sie auf die Webseite zu heben. Jetzt wusste sie allerdings nicht weiter und fand, er könnte sich langsam mal um sie kümmern.

Was, wenn er gar keine Lust hatte, sie einzuarbeiten? Vielleicht war er einer dieser Typen, die sich von einem neuen Kollegen nichts aus der Hand nehmen ließen? Oder erwartete er, dass sie allein das komplette Tagesprogramm abwickelte, nur um ihr die Ergebnisse hinterher um die Ohren zu hauen? Leichte Panik wallte in ihr auf, und sie räusperte sich vernehmlich. Morten reagierte nicht. Erst als sie ihn anstieß, nahm er seinen Kopfhörer ab.

»Was?«, fragte er unwirsch.

»Das frage ich dich. Sag mir, was ich tun soll.«

»Kann jetzt grade nicht«, brummte er und setzte die Kopfhörer wieder auf.

Nina hob die Stimme, um zu ihm durchzudringen. »Morten, entweder du hilfst mir, meinen neuen Job auf die Reihe zu kriegen, oder wir haben ein Problem.« Einige Köpfe drehten sich interessiert in ihre Richtung, doch Nina ließ sich davon nicht irritieren. »Das Fußballgucken kannst du dann jedenfalls vergessen. Einer von uns muss die Sache hier ja schließlich wuppen.«

Das schien seine Aufmerksamkeit erregt zu haben, denn plötzlich drehte er sich ihr zu, kratzte sich nachdenklich am Hals und legte die Kopfhörer beiseite.

»Jetzt spiel dich mal nicht auf. Von nichts eine Ahnung haben, aber den Boss markieren. Da ist wohl jemandem die besondere Beziehung zu seinem Chefredakteur zu Kopf gestiegen.«

Erbost sprang Nina von ihrem Stuhl auf.

»Spinnst du jetzt total? Was soll das denn? Willst du etwa andeuten, ich hätte was mit meinem Chef?«

»Was heißt hier andeuten? Zwischen Hamburg und Berlin weiß so ziemlich jeder, dass zwischen Wertheim und dir was läuft. Nur die holde Gattin natürlich nicht. Klassisch eben.«

Am ganzen Leib zitternd, ergriff Nina ihre Tasche. Ihr Zeigefinger richtete sich auf ihn. »So lasse ich nicht mit mir umspringen. Entweder du nimmst das sofort zurück oder …«

»Oder was? Du rufst den Chef an und beschwerst dich über mich? Nur zu!«

»Du … Du bist …«, Nina fehlten die Worte. Morten grinste unverschämt. Nina war dermaßen aus der Fassung, dass sie sich umdrehte und wütend den Gang in Richtung Ausgang entlangstapfte. Morten sah ihr eine Weile nach, setzte dann seinen Kopfhörer auf, um sich wieder der WM-Vorberichterstattung zu widmen.

Ninas erster Impuls war, zu ihrem Apartment zu fahren und sich dort heulend aufs Bett zu werfen. Was war das nur für eine hirnrissige Idee gewesen, für ein halbes Jahr nach Australien zu gehen? Jedes Kind wusste, dass man durch Weglaufen kein Problem löste. Hätte sie nur rechtzeitig den Mut aufgebracht und gekündigt. Ein klarer Schnitt. Eine neue Stelle zu finden wäre sicherlich kein großes Problem gewesen. Ihre Qualifikationen waren tadellos.

Sie fuhr mit dem Fahrstuhl ins Erdgeschoss. Ihre Wut auf Morten begann allmählich zu verpuffen, und ein anderes Gefühl gewann die Oberhand.

Scham brannte in ihren Eingeweiden.

Wenn Morten, der auf einem anderen Kontinent arbeitete und den sie erst seit gestern kannte, etwas von ihrem Verhältnis mit Florian gehört hatte, dann stimmte vermutlich, was er ihr ins Gesicht geschleudert hatte: Er war mit dieser Vermutung nicht allein. Wissen konnte er es nicht. Sie glaubte kaum, dass man sie und Florian außerhalb der Redaktion jemals zusammen gesehen hatte. Dazu waren sie zu vorsichtig gewesen. Doch was spielte das für eine Rolle, wenn das Gerücht erst einmal in der Welt war? Wo Rauch ist, da ist auch Feuer. Dachte so nicht jeder?

Sie trat ins Freie und holte tief Luft. Jetzt nicht durchdrehen, nicht nochmals Hals über Kopf davonlaufen. Statt zu ihrem Haus zu fahren, überquerte sie die Straße und betrat das Einkaufszentrum gegenüber. Dort suchte sie sich ein Café am anderen Ende und überlegte fieberhaft. Seit sie von ihrer Schwangerschaft erfahren hatte, fiel es ihr unglaublich schwer, einen klaren Gedanken zu fassen. Und die Tatsache, dass sie noch immer keine Entscheidung getroffen hatte, machte ihr zusätzlich das Leben schwer.

Sollte sie abtreiben oder das Kind behalten? War es klug, diese wichtige Entscheidung allein zu treffen, oder musste sie Florian einbeziehen? Sie konnte ihm nicht ewig ausweichen. Irgendwann musste sie mit ihm über ihr Kind sprechen, so viel war ihr klar. Vielleicht sollte sie Melanie einweihen? Sie könnte ihr den Kopf zurechtrücken und einen Weg aufzeigen, der ihr selbst in ihrer verworrenen Gemütslage noch gar nicht eingefallen war.

Wann immer sie über dieses Thema nachdachte, kamen ihr die Tränen, und es führte zu nichts. Jede Kleinigkeit brachte sie aus der Fassung. Wobei sie den Vorfall mit Morten nicht gerade als Lappalie einstufen würde. Ein Weltuntergang war es aber auch nicht. Sie nahm ihr Handy aus der Manteltasche und fand eine Nachricht von Florian. Die gefühlt hundertste. Bislang hatte sie weder auf seine Anrufe noch auf die E-Mails reagiert. Sie schloss kurz die Augen, öffnete dann die Nachricht.

Ruf mich an! Du kannst mir nicht vor den Latz knallen, dass du schwanger bist, und dann einfach nach Australien verschwinden!

Seine Worte trafen sie wie ein Schlag ins Gesicht. Florian hatte vollkommen recht. Ihr Verhalten war inakzeptabel, und sie schuldete ihm eine Erklärung. Der Barista rief ihren Namen, und mit einem erleichterten Seufzen stand Nina auf, um sich ihren Kaffee an der Theke abzuholen. Zurück am Tisch schaute sie auf die Uhr. In Deutschland war es jetzt mitten in der Nacht. Doch wenn sie nicht sofort mit Melanie reden konnte, würde sie vor überbordenden Emotionen zerplatzen. Nina fuhr sich nervös durch ihre Haarfransen, während das Freizeichen ertönte. *Bitte, bitte geh ran!*, beschwor sie die Freundin in Gedanken.
Melanie klang müde, aber nicht böse, als sie antwortete: »Du weißt schon, dass es so etwas wie Zeitverschiebung gibt?«
»Entschuldige. Ich weiß, ich bin unmöglich, aber …«
»Mach dir keinen Kopf«, fuhr Mel dazwischen. »Ich bin froh, dass du dich endlich meldest.«
»Ich hab's nicht eher geschafft. Ich bin noch gar nicht richtig angekommen.«

»Ist eh klar. Hab's auch nicht anders erwartet. Es ist nur so: Seit du weg bist, steht der Chef ständig auf der Matte und fragt aus den fadenscheinigsten Gründen nach dir. Ich geh nicht mal mehr in die Teeküche, um ihm nicht über den Weg zu laufen. Ehrlich gesagt, hab ich die Schnauze voll vom Katz-und-Maus-Spiel mit Florian.« Nina trank einen Schluck Kaffee und wischte sich den Schaum von der Oberlippe. Sie hörte, wie Mel sich eine Zigarette ansteckte, inhalierte und den Rauch ausblies.

»Tut mir leid, Mel. Ich müsste unbedingt mit ihm reden, aber ich kann mich einfach nicht überwinden.«

Melanie gähnte. »Das nennt man Feigheit.«

»Ja.«

»Aber warum? Wo ist das Problem? Du hast mit ihm Schluss gemacht, und wahrscheinlich braucht er noch ein- oder zweimal die Bestätigung, dass die Sache definitiv vorbei ist, und damit hat es sich. Das ist der normale Ablauf am Ende einer Affäre.«

Melanies praktische Sicht hellte Ninas düstere Stimmung auf. »Ach, Mel, ich wünschte, du könntest hier sein. Du fehlst mir.«

»Danke gleichfalls. Wie geht es denn so mit dem Kollegen?«

»Mit Morten? Gar nicht.«

»Wie meinst du das?«

»Er hasst es, in Australien zu sein, weil er deshalb die WM in Brasilien verpasst. Als Sportredakteur ist er natürlich Fußballfan.«

»Und jetzt lässt er seinen Frust an dir aus?«

»Er ist nicht eben kooperativ, was meine Einarbeitung anbelangt, aber was noch viel schlimmer ist: Er sagt, er weiß über mich und Florian Bescheid. Alle im Verlag wüssten es, Mel!«

Nina hielt sich die Hand vor den Mund, weil sie vor Aufregung laut geworden war.

In der Pause, die zwischen ihnen entstand, glaubte Nina, den Ozean rauschen zu hören.

»Scheiße«, fluchte Mel schließlich.

»Das kannst du laut sagen. Ich frage mich nur, woher er das wissen kann.«

»Scheiße«, hörte sie Melanie am anderen Ende erneut. Nina runzelte die Stirn und presste das Handy fester ans Ohr. »Weißt du irgendetwas?«

»Ich glaube, ich hab mich bei einem After-Work-Drink verquatscht.«

»Das ist nicht wahr, oder?!«

»Ich fürchte doch.«

»Was hast du gesagt und zu wem?«

»Nichts Bestimmtes. Ich stand in der Kneipe mit den Mädels zusammen, und es ging darum, dass Florian ein echter Charmeur sein kann, wenn er will. Rochelle erzählte, dass Florian ihr immerzu Komplimente mache und sie quasi mit den Augen bei lebendigem Leib auffresse. Ah, Rochelle! Du weißt, wie ich sie hasse! Da ist mir dann blöderweise rausgerutscht, dass Florian dich im Gegensatz zu ihr schon mal auf einen Drink nach der Arbeit eingeladen hat. Du hättest mal sehen sollen, wie ihr alles aus dem Gesicht gefallen ist.«

»Oh, Mel! Wie konntest du nur? Klar, dass jetzt jeder denkt, ich und Florian …«, rief Nina aus.

Die beiden Männer am Nebentisch verstummten in ihrem Gespräch und drehten sich nach ihr um. Sie senkte ihre Stimme. »Hast du auch nur die leiseste Ahnung, was das bedeutet? Meine Karriere kann ich knicken. Wer stellt denn eine ein, die was mit dem Chef hat?«

»Hatte.«

»Wie bitte?«

»Hatte. Du sagst doch selbst, dass es vorbei ist. Reg dich nicht so auf. Wir leben nicht nach der Scharia, wo man dich wegen Ehebruchs steinigen würde. Eine Affäre? Das ist doch so was von banal, besonders in unserer Branche.«

»Eine Schwangerschaft dann wahrscheinlich auch?« Nina biss sich auf die Lippen. Mist, warum war ihr das ausgerechnet jetzt rausgerutscht?

Wieder breitete sich Stille zwischen ihnen aus.

»Nein!«, sagte Melanie.

Nina schwieg.

»Seit wann?«

Nina zuckte unwillkürlich mit den Schultern. »Sechste oder siebte Woche.«

»Und jetzt? Willst du es behalten?«

Nina brach in Tränen aus und griff nach einer Serviette, um sich die Wangen zu trocknen. Die Männer neben ihr standen auf und verließen das Café.

»Ich hatte vor drei Tagen einen Termin bei meinem Frauenarzt wegen einer Abtreibung, aber dann konnte ich's nicht. Ich bin einfach nicht hingegangen.« Sie weinte nicht mehr, sprach nun ganz leise.

»Ach, Süße, das tut mir so leid. Ich wünschte, ich könnte dich jetzt in den Arm nehmen. Weiß Florian davon?«

»Ja und nein. Er hat mir auf den Kopf zugesagt, dass ich schwanger bin.«

»Und das Nein?«

»Er glaubt, ich hätte es bereits abgetrieben.«

»Verstehe«, sagte Melanie nachdenklich.

»Nichts verstehst du«, zischte Nina in den Hörer. »Er will das Kind. Er sagt, er trennt sich von Christine.«

Melanie schwieg.

»Bist du noch dran?«

»Ja«, sagte sie gedehnt, so als wäre sie in ihren Gedanken versunken. »Nina, ich verstehe es tatsächlich nicht. Du willst dieses Kind, das Florian auch will, aber du willst nicht, dass er sich von seiner Frau trennt?«

»Mel, genau das ist mein Problem. Ich weiß es einfach nicht. Ich weiß nicht, was ich will. Ich bin total durch den Wind. Ich will keine Familie zerstören. Aber eine Abtreibung?«

Melanie war plötzlich kurz angebunden. »Ich mach jetzt besser Schluss. Mir fällt um diese Uhrzeit eh nichts Gescheites ein, was ich dir raten könnte. Falls du überhaupt einen Rat von mir willst.«

»Natürlich will ich das. Du bist meine Freundin, und die Einzige, die weiß, was mit mir los ist.«

»Bleib stark, Süße! Ich melde mich ganz bald wieder, ja?«

»Okay, bis dann.«

Nina berührte die rote Taste. Der Druck, der sich während des Gesprächs mit Melanie in ihr aufgebaut hatte, war so stark geworden, dass sie sich fühlte, als wäre sie kurz davor zu explodieren. Sie steckte das Handy ein und wischte sich mit den Zeigefingern das verlaufene Mascara unter den Augenlidern weg. Sie zog die Nase hoch, hob das Kinn und machte sich auf den Weg zurück in die Redaktion.

Es ging um ihre Selbstachtung.

Melbourne, 1871

Caroline läutete die Glocke. Während sie wartete, lauschte sie auf die Geräusche, die aus dem Inneren des niedrigen Backsteinhauses und durch seine schmutzigen Fenster nach außen drangen. Eine Frauenstimme schrie: »Bastarde und Hurenkinder, das ist es, was ihr Nichtsnutze seid.« Dann hörte Caroline ein dumpfes rhythmisches Schlagen, als würde ein Teppich ausgeklopft. Kinder heulten auf. Die Frauenstimme kreischte, und es wurde still. Caroline zögerte, dann läutete sie erneut. Die Haustür ging auf, und eine dicke Dame mittleren Alters trat heraus, die energisch auf die Gartenpforte zuschritt.

»Wer sind Sie, und was wollen Sie?«

»Caroline Hodgson. Ich hatte meinen Besuch angekündigt.«

»Ach ja, natürlich! Ich bin Cheryl Grosvenor.« Scheinbar hocherfreut, öffnete die Dame das Tor und bat Caroline einzutreten. Sie drehte sich um und schrie in Richtung des Hauses: »Tara! Hol gleich die kleine Suzanne und ihr Brüderchen Blair, und wasch ihnen zuvor die Gesichter!« Mit einem Lächeln wandte sie sich wieder Caroline zu. »Sie wollen die süßen Bälger doch sicherlich sauber mit nach Hause nehmen. Ach, ich freue mich für Sie und die Kinder!«

Ehe Caroline etwas erwidern konnte, schwatzte die Hausdame weiter auf sie ein. »Und während die goldigen Geschwisterchen geputzt werden, machen wir zwei Hübschen es uns bei einer Tasse Tee gemütlich und besprechen die Konditionen. Nun kommen Sie doch herein!« Sie legte vertraulich den Arm um Carolines Schulter und schob sie in Richtung Haustür.

»Ach, könnte ich die Kleinen gleich sehen?«, fragte Caroline. Die Hausdame runzelte die Stirn. »Bitte, nur für einen Moment!«, bettelte Caroline.

»Na, also schön. Aber verstecken Sie sich hinter meinem Rücken, sonst geht das Freudengeschrei sofort los, wenn sie Sie entdecken, und dann werden die Kleinen widerborstig sein, wenn's ans Waschen geht.« Ihr breites Lachen legte mehrere Zahnlücken frei. Sie führte Caroline in einen niedrigen Raum, in dem es weder Stühle noch Tische gab. Caroline war entsetzt, als sie Suzanne und Blair zwischen anderen Kindern sah. Blass und schmächtig, saßen sie unbeaufsichtigt auf dem kalten Fußboden.

»Können Sie glauben, dass die Gemeinde mir nur vier Schillinge pro Kopf zahlt? Mit einer solchen Summe lässt sich kaum etwas bestreiten, dabei tu ich für meine lieben Plagegeister, was ich eben kann. Sind sie nicht herzig?« Caroline richtete ihren Blick auf ihre Nichte und ihren Neffen, die sie tatsächlich noch nicht bemerkt hatten. »Andererseits weiß ich aus Erfahrung, wie leicht sich Kinder überfressen können«, fuhr die Hausdame fort. »Weniger ist da oft mehr.« Caroline musste sich zusammenreißen, um ihr nicht die passende Antwort zu geben. Kein Zweifel, diese Frau wusste insbesondere, was ihr selbst guttat. Bevor Caroline die Kinder genauer betrachten konnte, führte eine verhärmte Alte, welche die Wirtin auf dem Flur herbeigewunken hatte, das Geschwisterpaar aus dem Raum.

»Kommen Sie in meine gute Stube!« Ehe Caroline protestieren konnte, zog Ms. Grosvenor sie am Ellbogen durch den Flur in einen gemütlich eingerichteten Raum. Ihre Einladung war von einem so freundlichen Lächeln begleitet, dass es Caroline besänftigt hätte, wäre sie nicht nach allem, was sie zuvor beobachtet hatte, auf der Hut gewesen. Die Wirtin bot ihr einen Sessel an und wischte sich den Schweiß von der Stirn, nachdem sie Caroline gegenüber Platz genommen hatte.

»Der Tee kommt gleich. Tara, der Tee!«, rief sie laut nach hinten. Sie wandte sich wieder ihrem Gast zu. »Ach, wollen Sie nicht ein Gläschen nehmen?« Sie wies auf eine Flasche Sherry, die im Schränkchen hinter ihnen stand.

»Nein danke«, wehrte Caroline höflich ab.

»Ich bitte Sie. Nur ein winziger Schluck. Tun Sie mir den Gefallen!«

Caroline rutschte unruhig in ihrem Sessel hin und her. Es war offensichtlich, dass Ms. Grosvenor auf ein gutes Geschäft hoffte. Caroline war in der Zwickmühle. Sosehr sie es sich wünschte, sie konnte es sich nicht leisten, die Kinder auszulösen. Sie wollte jedoch nicht gehen, ehe sie die beiden in Augenschein genommen hatte, und musste gute Miene zum bösen Spiel machen.

»Also gut. Nur ein ganz kleines Gläschen.«

Sofort stand Ms. Grosvenor auf und machte sich daran, die Flasche zu öffnen und ihnen einzuschenken.

»Sehen Sie, wenn es nur um mich ginge, hätte ich keinen Schnaps im Hause, aber ich muss immer etwas davon in meinem Kabinett haben, damit ich den Kleinen eine Herzstärkung geben kann, wenn ihnen nicht gut ist.«

»Sie geben den Kindern Schnaps?«, fragte Caroline entsetzt.

»Ach, ich tu's halt, so teuer es mich auch zu stehen kommen mag«, antwortete die Pflegefrau, die Carolines besorgte Frage

146

offensichtlich falsch verstanden hatte. Sie reichte Caroline das Glas und stieß mit dem ihren an. »Auf die Kinder!«

Caroline nickte, nahm einen winzigen Schluck und setzte das Glas auf dem Tischchen vor ihr ab.

Ms. Grosvenor legte den Hals in den Nacken und stürzte den Inhalt ihres Glases hinunter, bevor sie es ebenfalls abstellte.

»So, und jetzt wollen wir vom Geschäft reden«, schlug sie vor, rieb sich die Hände und holte ein ledergebundenes Notizbuch aus ihrer Schürze. Sie vertiefte sich in ihre Einträge, hob dann den Blick. »Die beiden sind zu alt, um noch länger hierbleiben zu dürfen. Es ist also die rechte Zeit, dass sie die Kleinen abholen. Ich habe sie nur aus Barmherzigkeit noch nicht ins Arbeitshaus gesteckt.«

»Ins Arbeitshaus?« Caroline erschauderte, als die fette Wachtel aussprach, was sie befürchtet hatte.

»Ja, nach Abbotsford.«

Caroline versuchte, ihren Schrecken zu verbergen. »Wo bleiben die beiden denn nur?«

Das Weib tätschelte ihr die Hand. »Ich werde sie holen«, sagte Ms. Grosvenor, stand auf und ging zur Tür. Bald darauf erschien sie wieder, an jeder Hand ein gestriegeltes und sauber gekleidetes Kind. Als die beiden Caroline erkannten, rissen sie sich los und fielen ihr um den Hals. Sie hielten Caroline so fest, dass sie kaum noch Luft bekam. Das Mädchen schluchzte laut auf.

»Tante Caroline!«, rief sie voller Innigkeit. Ihr kleinerer Bruder Blair drückte weinend sein Gesichtchen an Carolines Brust. Für eine Weile blieben sie so, bis Suzanne ihren Kopf hob und ihrer Tante unverwandt in die Augen sah. »Kommst du uns holen?« Sie blickte sich im Raum um. »Wo ist Mutter? Wartet sie draußen in der Droschke?« Caroline brach es das

Herz, und in diesem Moment bereute sie zutiefst, hierhergekommen zu sein. Sie schüttelte den Kopf und drückte Suzanne, die in Tränen ausbrach, an sich.

»Ich geh auch mit dir nach Hause«, sagte der Junge, der noch
zu klein war, um zu begreifen, was seine Schwester längst verstanden hatte: Ihre Eltern wollten sie nicht zurück.

Caroline hob den Jungen auf ihren Schoß und streichelte ihm
übers Haar.

»Ich kann euch leider nicht mitnehmen, aber ich werde euch
besuchen, sooft ich kann. Das verspreche ich.« Tränen flossen
ihr übers Gesicht, während sie das sagte. Suzanne griff nach
der Hand ihres Bruders und zog ihn von Carolines Schoß.

»Komm!«, sagte sie kühl. »Wir gehen wieder zu den anderen.«
Blair wehrte sich mit Händen und Füßen.

»Ich will aber nicht, ich will zu Tante Caroline. Ich will zu
Mutter und Vater!« Ms. Grosvenor war nähergetreten und
sah Caroline mit verdüsterter Miene an. Dann fasste sie den
Kleinen wortlos beim Arm und zerrte ihn unter seinem Pro-
testgeheul auf den Flur hinaus. Seine Schwester trottete mit
gesenktem Kopf hinterher. Caroline war von ihrem Platz aufgesprungen und eilte ihnen nach, doch Ms. Grosvenor rief
nach ihrer ältlichen Gehilfin, um sie aufzuhalten.

»Wirf sie raus, Tara!«, zischte sie boshaft und stampfte mit
dem heulenden Kind den Gang hinunter. »Morgen kommen
die Kinder ins Arbeitshaus!«, rief sie Caroline noch über die
Schulter zu.

Suzanne, die hinter Ms Gosvenor ging, drehte sich um, und
Caroline sah die Verzweiflung in ihrem blassen Gesicht.

»Ich komme wieder und hole euch«, sagte sie. Die Kleine
senkte traurig den Kopf und folgte ihrem Bruder.

An einem Samstagnachmittag passte Caroline Jenny vor dem Fabriktor ab.

»Wie schön, dass du mich abholst. Ich wollte sowieso gerade zu dir, um dich einzuladen. Komm, lass uns ins Café gehen!«

»Deswegen bin ich nicht hier«, sagte Caroline. Sie blickte an sich hinunter. »Und so, wie ich aussehe, kann ich mich in keinem Lokal blicken lassen.«

»Sei keine Gans! Sieh mich an! Sehe ich etwa besser aus? Los jetzt, du kannst mir alles Weitere bei einem Glas Wein und einer gut gebratenen Hühnerkeule erzählen.« Noch bevor Caroline antworten konnte, fuhr ihr die Freundin über den Mund: »Widerspruch zwecklos!« Jenny hakte Caroline unter und wanderte mit ihr die Gasse hinauf. Der Nachmittag war mild, und die Sonne ließ sich hin und wieder zwischen den am Himmel wandernden Wolken blicken. An einem freundlichen Wochenende wie diesem brummte die Collins Street vor Leben. Im Gegensatz zu Caroline schien Jenny das Bad in der Menge zu genießen. Ohne auf jemanden Rücksicht zu nehmen, ging sie ihren Weg und wich niemandem aus. Herausfordernd betrachtete sie die Menschen, die Häuser und die ganze Stadt. Caroline fühlte, dass sie von Jenny noch einiges lernen konnte. Sie trug eine ordinäre Eleganz zur Schau, die echt war und eindrucksvoll wirkte.

Als sie das obere Ende der Meile erreichten, blieb Jenny stehen, unschlüssig, wo sie einkehren sollten. Caroline beobachtete die Dirnen an den Straßenecken, die den Männern – ob sie in weiblicher Begleitung waren oder nicht – anzügliche Worte zuraunten. Umgekehrt wurden Jenny und Caroline zweimal in eindeutiger Absicht von Männern angesprochen, und während Caroline sich zusehends unbehaglich fühlte, schien Jenny ihre Freude daran zu haben. Sie lachte den Männern geradewegs ins Gesicht und ging weiter.

Die beiden Freundinnen entschieden sich für ein gut besuchtes Restaurant, und weil das Wetter mild war, nahmen sie draußen Platz, obwohl aus den Straßenkanälen ein übler Gestank nach Spülwasser und alten Speiseresten aufstieg. Jennys rote Locken leuchteten kupferfarben in der untergehenden Sonne. Die Blicke der vorbeigehenden Männer machten Caroline erneut bewusst, welch außerordentliche Anziehungskraft ihre Freundin besaß. Sie bestellten Wein und Hühnchen. Jenny warf ihren Kopf in den Nacken, um die letzten warmen Strahlen aufzufangen.

»Kann das Leben nicht herrlich sein? Ich liebe diese unbändige Energie, die einen hier umgibt.« Sie schüttelte sich wollüstig. »Ich belausche die leichten Mädchen so gern, wenn sie ihre Opfer ansprechen.« Sie musste Carolines skeptischen Blick gespürt haben, denn sie beugte sich abrupt nach vorne. Ihre Augen hatten sich zu Schlitzen verengt. »Du verachtest diese Frauen doch nicht etwa? Das sind Frauen wie du und ich – nur, dass sie ihren Unterhalt mit der Liebe verdienen.« Caroline nahm einen Schluck vom Wein, um nicht gleich antworten zu müssen. Es war ein köstliches Gefühl, wie ihr der kühle Wein durch die Kehle rann.

Ihr Essen wurde serviert, und beide Frauen langten gierig nach den knusprigen Keulen. Bei den ersten hastigen Bissen schloss Caroline genießerisch die Augen.

»O Gott, ist das gut.« Sie dachte an die Stunden des Hungers, der sie seit ihrem Rausschmiss aus der Fabrik wie ein treuer Hund begleitet hatte. Jenny wedelte mit der freien Hand vor ihrem Gesicht herum, um eine lästige Fliege zu verscheuchen. »Herrje, ist das salzig.« Sie winkte den Kellner zu sich her,

150

bestellte noch mehr Wein und lehnte sich dann entspannt zurück. Vom Alkohol angenehm berauscht, tat Caroline es ihr gleich. Sie beobachtete die Menschen, die an den Tischen neben ihnen saßen. Mit raschem Blick schätzte sie nach der Kleidung eines jeden Gastes, wie viel Geld er wohl zur Verfügung hatte, und plötzlich ergriff sie eine unbestimmte Wut gegen diese ruhig dasitzenden Leute.

Caroline verfolgten mit ihrem Blick zwei untergehakte Huren, die sich durch die Fußgängermenge vor dem Restaurant schoben. Das Pärchen rempelte absichtlich die Menschen an, eine davon pfiff dazu eine lustige Melodie. Männer, die sie geschubst hatten, drehten sich schimpfend um, nur um sich ein paar ordentliche Obszönitäten in Anwesenheit ihrer Frauen anhören zu müssen. Während die feinen Damen vor Scham und Wut erröteten, zogen die Mädchen lachend und pfeifend weiter. Mit einem Mal wurde Caroline bewusst, dass Jenny sie aus dem Augenwinkel beobachtete.

»Du hast noch immer nicht auf meine Frage geantwortet.«

»Welche Frage?« Caroline stellte sich dumm.

Jenny hob die Brauen und deutete mit dem Kinn in Richtung der beiden Dirnen. »Verachtest du sie?«

Caroline fühlte sich ertappt und zuckte mit den Schultern. »Nein, ich … Ich weiß nicht. Ich vermute, die meisten von ihnen haben es von Geburt an auf dieser Welt schlecht angetroffen. So wie du. Da hatte ich es besser und sollte mich hüten, ein übereiltes Urteil zu fällen.« Plötzlich fing sie an, wie hysterisch zu lachen, und konnte sich gar nicht mehr beruhigen. Besorgt sprang Jenny von ihrem Stuhl auf.

»Was ist denn mit dir?«

»Nichts«, winkte Caroline ab, während sie sich mit einer Serviette die Tränen aus dem Gesicht wischte. »Ich dachte nur gerade, was diese beiden Mädchen wohl über mich denken müssen.«

»Wie meinst du das?«, fragte Jenny.

»Schau mich doch an! Hier sitze ich in schäbigen Kleidern, eine Tochter aus gutem Hause mit adligem Mann, und weiß nicht, wovon ich morgen leben soll. Ist das nicht lächerlich?« Jenny kniete sich neben die Freundin und nahm ihre Hand. »Nein, lächerlich ist das nicht, aber als kluge Frau sollte es dir zu denken geben.«

»Ach, ich weiß doch gar nicht mehr, was ich denken soll. Alles, was ich getan und woran ich geglaubt habe, scheint hier in Melbourne, diesem verfluchten Ort, nicht länger zu gelten.«

»Dann zieh einen Schlussstrich unter deine Vergangenheit. Und hol dir verdammt noch mal, was du haben willst! Worauf wartest du, oder weißt du am Ende gar nicht, was du willst?«

Caroline sah Jenny gleichermaßen erstaunt und empört an.

»Doch, natürlich! Ich will es in Melbourne zu etwas bringen; ich will, dass Stud und ich bei den oberen Zehntausend mitspielen. Aber ich bin ganz unten, ein Nähmädchen. Was im Himmel soll ich tun? Sag es mir!«

Jenny erhob sich. »Ich hätte da eine Idee. Du musst mir aber versprechen, dass du nicht gleich böse wirst.«

Nach dem Essen flanierten die beiden die Straße entlang. Jenny hatte Caroline untergehakt.

»Du brauchst keine Angst zu haben. Wir bewegen uns in der besseren Gegend.« Sie zeigte mit dem Finger auf ein paar Mädchen an der nächsten Ecke. Sie waren gut genährt und noch besser gekleidet. »Das sind die sogenannten *Flash Girls*. Sie gehen nur mit besseren Herren und machen gutes Geld.

Weißt du, was sie einem Gentleman berechnen? Zehn Schillinge für zehn Minuten oder ein Pfund für eine halbe Stunde. Diese Mädchen haben nichts mit den schäbigen Straßendirnen gemeinsam, die in den Seitengassen arbeiten. Es gibt so viele Männer mit Geld hier und so wenig Frauen, die sie glücklich machen.« Caroline staunte nicht schlecht. Der Wochenlohn eines Arbeiters lag bei zwei bis drei Pfund pro Woche. Sie blieb stehen und sah Jenny an.

»Du machst es auch, nicht wahr?« Jennys Mundwinkel verzogen sich zu einem Grinsen.

»Was hast du denn gedacht? Fast alle in der Fabrik tun es. Manche treiben es aus Bequemlichkeit ausschließlich mit dem Direktor und seinen feinen Freunden, die Schlaueren arbeiten mit einem größeren Kreis.«

»Du gehörst zu den Schlaueren, nehme ich an?«

»Ah, der Direktor … Ja, in den ersten Wochen war ich seine Geliebte, er war ganz vernarrt in mich. Doch sein Geiz und seine Eifersucht gingen mir gegen den Strich. Ich bin eine unabhängige Frau. Ich arbeite zu meinen Bedingungen.«

»Wieso bist du dann überhaupt noch in der Fabrik?«

»Dieser Idiot von einem Kapitalisten zahlt mir den vielfachen Lohn einer Arbeiterin, nur damit ich in seiner Nähe bin, und natürlich auch, damit ich die Klappe halte. Schließlich ist er verheiratet. Lange wird das aber nicht mehr gutgehen.«

»Ich bin eine verheiratete Frau, Jenny«, entgegnete Caroline.

»Aber dein Mann ist nicht da, um für dich zu sorgen.«

Caroline war still geworden, und für eine Weile liefen die Freundinnen schweigend nebeneinander her.

»Es ist wirklich nicht so schlimm, wie du vielleicht denkst«, versicherte Jenny. »Solange du dich an die Gentlemen hältst. Ich habe ein Zimmer auf der Bourke Street gemietet, in das

153

ich meine Freier mitnehme. Wenn du willst, können wir es uns teilen.«

Erschrocken machte Caroline sich von der Freundin los. »Du hast gesagt, ich kann es mir in Ruhe durch den Kopf gehen lassen.«

Jenny drückte ihr beruhigend den Arm. »Aber ja doch. Schau heute Abend nur zu, wie ich mit ihnen rede. Hast du Lust aufs Theater? Einer der besten Orte, um Kunden zu finden.«

Um neun Uhr war der Saal des Varietétheaters noch fast leer. Ein paar Leute saßen wartend in den Logen und im Parkett und verloren sich zwischen den rotsamtenen Sesseln. Die Rampenlichter waren noch nicht angezündet, die Plätze der Musiker leer. Nur ganz oben auf den billigen Plätzen der Galerie hörte man Stimmengewirr und Gelächter. Jenny und Caroline gingen die breite Treppe hinauf, wo sie zwischen Marktweibern und ihren Männern, armen Künstlern und Studenten ihren Platz einnahmen. Von hier aus hatten sie einen guten Blick auf die Logen und das Parkett. Caroline hatte seit ihrer Ankunft in Melbourne noch kein Theater besucht und lehnte sich interessiert nach vorne, um das Geschehen in den besseren Rängen zu beobachten. Ein stiller Seufzer entrang sich ihrer Brust. In Potsdam und London hatte sie zu denen gehört, die, wie der Herr im Frack mit seiner wohlbeleibten Dame, von der Logenschließerin zu ihrem Platz geführt worden waren. Ihr Blick glitt durch den Saal. Zwei Männer traten in den Orchesterraum. Der Politiker Kennett und der Direktor der Textilfabrik, O'Grady! Unwillkürlich lehnte sich Caroline in den Schatten der Galerie zurück. Eine Logenschließerin schritt auf die Männer zu, Kennett gab ihr die Karten, und die beiden folgten ihr in Richtung einer Balkonloge zu Carolines Linken. Kennett machte es sich bequem und stützte sich mit beiden Ellbogen auf die Samtbekleidung des Geländers. Der Direktor hielt sich die Faust vor den Mund, wohl um ein Gähnen zu unterdrücken. Plötzlich stieß Jenny, die die Männer ebenfalls bemerkt hatte, Caroline in die Seite.

»Was für eine Aussicht! Na, das wird ein Spaß.« Unten strömte das Publikum langsam in den Saal. »Sieh doch, wer sich zu ihnen gesellt hat. Die lieben Frauchen!«

Die Gattin des Direktors war ein kleines mageres Frauenzimmer von ungefähr 40 Jahren mit lebendigen Augen und einem großen fleischigen Mund. Kennetts Frau hingegen machte zwar ein würdiges Gesicht, wirkte jedoch plump und ungraziös. Die Männer zogen ihre Uhren aus der Tasche. Fing man denn noch immer nicht an?

Endlich ertönte die Klingel, und es folgte ein Drängen und Stoßen; ein jeder wollte noch schnell auf seinen Platz, um den Beginn nicht zu verpassen. Zwei pralle Damen zwängten sich auf die freien Plätze neben den Freundinnen. Selbst für Caroline war es nicht schwer, die Profession der Damen zu erraten. Das verfärbte Haar, der vergilbte Teint und die verquollenen, grell geschminkten Gesichter sprachen für sich. Caroline rückte ein wenig von ihnen ab.

»Es geht los«, zischte ihr Jenny ins Ohr. »Pass gut auf, und damit meine ich nicht die Vorstellung! Behalte die Männer im Blick.«

Und tatsächlich, sobald der Vorhang in die Höhe ging, streckte Kennett heimlich den Kopf hinter den Schultern seiner Frau hervor, während der Direktor zur Nachbarloge hinüberschielte. Auf den Rängen und im Parkett zogen recht gut gekleidete Mädchen die Aufmerksamkeit auf sich, indem sie möglichen

Kunden unverhohlen zuwinkten, ihnen zuzwinkerten oder durchtriebene Blicke zuwarfen. Jenny hatte recht. Das Theater war offensichtlich ein beliebter Ort zum Anbandeln.

Jenny kicherte vor Vergnügen, als sie sah, wie Caroline vor Unglauben den Kopf schüttelte. »Die Aufführung interessiert die Männer hier nur am Rande. Sie wollen die Mädchen, die wegen ihnen gekommen sind.«

Es dauerte nicht lange, bis die beiden Männer Caroline und Jenny entdeckt hatten und ihnen, unentdeckt von ihren Frauen, begehrliche Blicke zuwarfen. Noch ehe die Vorstellung begonnen hatte und ohne dass ein einziges Wort gewechselt worden wäre, hatten sie sich verabredet.

Kennett und der Direktor, beide elegant mit in Form gelegtem Haar und hohem steifem Kragen, waren zusammen mit ihren Frauen unter den Ersten, die das Theater verließen. Inmitten der Zuschauer der oberen Logen und Galerien polterten Caroline und Jenny kurz darauf ebenfalls die Treppe herab. Unten vor dem Theater sahen sie, wie sich Kennett und der Direktor Zigaretten anzündeten, während ihre Frauen miteinander plauderten. Sie schienen auf eine Droschke zu warten. Caroline bugsierte ihre Freundin durch die Menge in Richtung des »Saddling Paddock«, einer Bar, in der die Halbwelt samt gewisser Frauenzimmer willkommen war. Auf dem Weg dorthin drehte sich Jenny um und lächelte, als sie sah, wie Mrs. O'Grady und Mrs. Kennett in eine Kutsche einstiegen. Ohne ihre Männer

Jenny bog in die nächste Seitenstraße ein und führte Caroline durch ein Labyrinth von Gassen, in denen es dunkler und am Ende fast menschenleer war.

Sie bemerkten den Mann erst, als er plötzlich leise aus dem Schatten einer Straßenlaterne trat. Caroline stieß einen spitzen Schrei aus, Jenny griff sich vor Schreck ans Herz.

»Gott bewahre! Da hat uns aber einer mächtig erschreckt!« Der Mann entschuldigte sich nicht, er sah sie nur an.

»Was ist? Willst du, wollt ihr?«, fragte er dann.

Jenny hatte sich längst von ihrem Schreck erholt. Einen Arm in der Seite, die linke Hüfte eingeknickt, baute sie sich selbstbewusst vor dem Fremden auf, während Caroline ängstlich daneben stand.

»Nein, Meister, ich und meine Freundin wollen nicht. Ist schon spät, mein Bester. Gute Nacht.« Sie schickten sich an weiterzugehen, aber er packte Jennys Arm. Sie drehte sich voller Empörung zu ihm um, als ihr Blick auf die Goldmünze fiel, die er zwischen Daumen und Zeigefinger hielt. »Na schön, das ist etwas anderes«, erklärte sie. Sein Obolus würde für drei Tage Essen und Miete reichen. »Bleib hier und warte auf mich. Es wird nicht lange dauern«, wies sie Caroline an.

»Du wirst doch nicht etwa mit ihm gehen?« Caroline blickte sie entsetzt und voller Sorge an. Sie wollte der Freundin etwas entgegnen, um sie aufzuhalten, doch da war Jenny bereits mit dem Fremden in die dunkle Gasse hinein verschwunden. Wie konnte sie nur? Panik ergriff Caroline. Sollte sie machen, dass sie davonkam, ehe ihr in dieser düsteren Gegend noch etwas zustieß, oder abwarten, bis ihre offenbar erfahrene Freundin wieder auftauchte? Ihr Herz pochte und schlug bis zum Hals. Ängstlich schaute sie sich um.

Sie war allein.

Sie schloss die Augen. Nein, sie würde jetzt nicht kneifen. Ging es an diesem Abend nicht darum, etwas von Jenny zu lernen? Caroline biss sich so fest auf die Unterlippe, dass sie zu bluten begann. Mit dem Handrücken wischte sie sich über den Mund, dann gab sie sich einen Ruck und begann, den beiden unauffällig in die Dunkelheit zu folgen.

Der Mann, und in seinem Gefolge Jenny, schritt so schnell aus, dass Caroline Mühe hatte, mit den beiden Schritt zu halten. Als sie näher kam, stellte sie fest, dass er äußerst elegant gekleidet war. Am Ende der Gasse blieb er vor einem Hauseingang stehen und zog Jenny mit sich die Treppe hinauf. Caroline hatte unbemerkt so weit aufgeschlossen, dass sie die beiden hören konnte. Sie kauerte sich in den Schatten einer Hausmauer.

»Nicht hier«, protestierte Jenny. »Lieber um die Ecke, im Torhof.«

»Das geht schon so«, antwortete er und drückte sie mit beiden Händen gegen die Wand. Sein bleiches Gesicht leuchtete unwirklich hell in der Dunkelheit. Ein Schauder lief Caroline über den Rücken, doch sie würde nicht davonlaufen. Sie zwang sich, tief Luft zu holen, um ihre Angst zu unterdrücken.

»Also, los jetzt«, hörte sie ihre Freundin sagen. Jenny hob ihre Röcke und fixierte den Mann mit einem gespielt erwartungsvollen Blick. Der Mann antwortete nicht gleich.

»Du dreckige Hure«, sagte er schließlich. Carolines Herz krampfte sich zusammen.

»Keine Sauereien, Süßer«, entgegnete Jenny. »Ich bin ein bisschen in Eile. Soll ich dir helfen?« Sie streckte die Hand nach seinem Hosenbund aus. Er schlug sie weg.

»Hast du wirklich gedacht, du könntest dich vor mir verstecken?«

»Verstecken? Warum denn verstecken? Hör zu, willst du nun oder …« Ohne Vorwarnung packte der Mann sie an der Gurgel und drückte sie fester gegen die Seitenwand des Eingangs.

158

Caroline hielt sich die Hand vor den Mund, um einen Schrei zu ersticken.

»Lass los!«, rief Jenny, die sich losgerissen hatte, und holte gegen ihn aus. »Lass mich gehen!« Er packte sie fester.

»Hast du im Ernst geglaubt, ich würde dich Miststück nicht finden?«

»Bitte!«, keuchte sie. »Bitte tu mir nicht weh!«

»Du hast mich bestohlen. Wo ist mein Ring?«

»Ring? Welcher Ring?«

Er begann sie zu schütteln. »Tu doch nicht so, du verdorbenes Luder. Gib ihn zurück!« Plötzlich erinnerte sich Caroline an ein Schmuckstück, das ihr Jenny einmal voller Stolz gezeigt und das sie angeblich auf der Straße gefunden hatte: einen hübschen breiten Goldring. In Wahrheit hatte sie ihn offenbar diesem Freier gestohlen und am darauffolgenden Tag beim Pfandleiher verscherbelt.

»Ich hab deinen Ring nicht, ich schwöre es«, sagte sie mit schwacher Stimme.

»Lügnerin!«

Sie hatte das Messer nicht kommen sehen. Caroline stand wie erstarrt, als Jenny aufschrie. Zur gleichen Zeit hörte sie rasche Schritte in der Gasse. Zwei Männer rannten an ihr vorbei auf den Kerl zu, der Jenny hielt, stürzten sich auf ihn und rangen ihn in einem kurzen Gefecht nieder. Es waren Kennett und Direktor O'Grady. Mit einem gewaltigen Kraftakt machte sich der Fremde jedoch wieder frei und stolperte hastig davon. Caroline löste sich aus ihrem Versteck und eilte zu ihrer Freundin.

Jenny hatte nicht geschrien, als der Freier die Waffe in ihren Oberschenkel gestoßen hatte. Die Klinge steckte noch in der Wunde. Kennett drängte Caroline sachte zurück, um das

Messer herauszuziehen. Ungläubig betastete Jenny die Wunde. Ihre Finger waren rot von Blut, als sie die Hand zurückzog. Ihr Kopf fiel zur Seite, sie wurde ohnmächtig. Caroline bettete die Freundin sachte in ihren Schoß. Sie sah, wie Kennett und der Direktor dem Verbrecher nachsetzten, der mit schnellen Schritten in der Nacht verschwunden war. Auf der Stufe unter ihr blitzte etwas golden auf. Carolines Hand griff danach. Eine goldene Uhr, Kennetts Uhr. Sie strich mit dem Daumen darüber und hielt sie sich näher an die Augen, um die Gravur lesen zu können. Er musste sie im Kampf mit dem Fremden verloren haben. Sie überlegte eine Sekunde lang, dann ließ sie die Uhr in ihren Rock gleiten.

Das Parlamentshaus lag majestätisch am oberen Ende der Collins Street. Die frühen Sonnenstrahlen und die zarten Wolken zeichneten weiche, bewegte Schatten auf das Gebäude, dessen breite Stufen Caroline ohne besondere Eile emporschritt. Sorgsam achtete sie darauf, dass ihr geliebtes blaues Seidenkleid unbeschmutzt das obere Ende der Treppe erreichte. Dort angekommen, atmete sie tief aus und sah in den Himmel. Sie genoss den Anblick. Dieses klare Licht, dieses Blau – das gab es über den Dächern von Potsdam nicht.
Ein winziges Zucken um ihre Mundwinkel verriet, wie angespannt sie war. Im Stillen sagte sie den grausamen Kinderreim auf, den sie von ihrer Mutter kannte und der sie seltsamerweise immer wieder zu beruhigen schien:

Ich möcht für tausend Taler nicht,
dass mir der Kopf ab wär.
Da spräng ich mit dem Rumpf herum
Und wüsst nicht, wo ich wär.

Dies hier war ein großer Tag, ihr Tag. Wenn die Dinge so liefen, wie sie es sich ausgemalt hatte, war heute der Zeitpunkt gekommen, an dem ihr Leben eine dramatische Wende nehmen könnte. Es war ein Abschied, das Ende ihres bürgerlichen Lebens und ein Schritt, der sie Überwindung kostete, doch sie war bereit, diesen neuen Weg zu beschreiten.

Sie spürte, wie der weiche Stoffbeutel in ihrer Armbeuge leicht gegen ihre Hüfte schlug, als sie das Gebäude betrat. Ein betagter Mann im Frack löste sich aus den Tiefen des Raumes und trat auf sie zu.

»Kann ich Ihnen behilflich sein, Madame?«

»Ja, das können Sie. Wo finde ich Mr. Kennett? Er hält doch heute seine Sprechstunde?«

Der Bedienstete führte sie eine weit geschwungene Treppe hinauf, geleitete sie über den Flur bis zu einer hohen Tür, die er aufstieß und ihr aufhielt. Mit ausgestrecktem Arm deutete er in den langen Gang.

»Die dritte Tür rechts, Madame.« Caroline bedankte sich. Vor der Tür des Abgeordneten angekommen, blieb sie stehen, um sich zu sammeln. Dann klopfte sie kurz, aber bestimmt an und wartete, bis sich die Tür öffnete. Kennett selbst begrüßte sie und bat sie, sich zu setzen.

»Womit kann ich dienen?«, fragte er, nachdem er ihr gegenüber Platz genommen hatte, und sah sie an. Unvermittelt zog er die Augenbrauen zusammen. »Kennen wir uns? Ihr Gesicht kommt mir bekannt vor.« Caroline wollte gerade antworten, als er sie mit einer Geste zurückhielt. »Nein, warten Sie, lassen Sie mich raten. Ein so schönes Gesicht wie das Ihre vergesse ich nicht.« Er hielt den Zeigefinger in die Luft. »Ah, ich hab's! Der Empfang des Gouverneurs zu Ehren des britischen Handelsverbands. Nein, nein«, korrigierte er sich sogleich, »aber nun weiß ich's. Das Dinner der Wollerzeuger vorletzte Woche? Unsinn, was rede ich da? Der Ball der Tuchfabrikanten, ja – der Ball der Tuchfabrikanten. O'Grady!« Er lächelte siegesgewiss. »Hab ich recht?«

Caroline nickte. »O'Grady ist die richtige Verbindung.«

Kennett lächelte zufrieden. »Wusste ich's doch.« Er beugte sich vor. »Höre ich da etwa einen Akzent? Helfen Sie mir ein wenig auf die Sprünge. In welchem Verhältnis stehen Sie zu meinem Freund? Ist Ihr Gatte etwa einer der Handelspartner in Berlin?«

»Mein Mann und ich leben zurzeit getrennt«, sagte sie, ohne eine Miene zu verziehen.

»Oh, das tut mir leid«, antwortete Kennett peinlich berührt und räusperte sich. Er schien sichtlich bemüht, das Thema zu wechseln. »Was führt sie zu mir?«

»Ich möchte Ihnen ein Geschäft vorschlagen«, antwortete Caroline knapp.

»Ein Geschäft?« Kennett schien erstaunt. Caroline sah ihn mit einem Blick an, den er als gleichermaßen einladend wie bedrohlich empfand.

»Ich habe Ihre Uhr«, sagte sie. Seine Augen verengten sich fragend, bis es ihm allmählich dämmerte.

»Es war gar nicht der Ball. Ich kenne Sie aus der Fabrik. Sie wurden frech gegenüber O'Grady, sagten, Sie könnten viel mehr als nur nähen. Das hatte mir imponiert. Meine Uhr vermisse ich aber erst seit vorgestern, als ...« An dieser Stelle schwieg er.

»Als sie meiner Freundin Jenny in der Gasse zu Hilfe eilten«, vollendete sie seinen Satz.

»Und bei dieser Gelegenheit haben Sie zum Dank meine Uhr gestohlen?«

Caroline antwortete nicht auf die Anschuldigung.

»Schämen Sie sich denn gar nicht?« Kennett war vor Wut rot angelaufen. Er sprang von seinem Stuhl auf und stützte sich mit beiden Händen auf den Tisch.

»Wofür sollte ich mich schämen?«, fragte sie. »Dafür, dass ich Ihre Uhr gefunden habe und Ihnen zurückbringe?« Sie zog die Uhr aus dem Stoffbeutel an ihrem Arm. Als Kennett danach greifen wollte, ließ sie sie blitzschnell in ihrer Rocktasche verschwinden.

»Was erlauben Sie sich? Geben Sie sofort zurück, was mir gehört!«, rief er empört aus.

»Zuerst hören Sie sich meinen Vorschlag an.«

»Und aus welchem Grund sollte ich das tun?«

Sie sah ihn eindringlich an. »Muss ich wirklich deutlicher werden?« Als Kennett nichts erwiderte, fuhr sie fort: »Also gut. Wie Sie wollen. Ich bin nur eine arme Näherin, die mit ihrer Freundin, einer Gelegenheitsprostituierten, in den dunkelsten Ecken der Stadt unterwegs war. Nicht zum Spaß, das kann ich Ihnen versichern. Und auf wen treffen wir dort? Auf Sie, einen geschätzten Parlamentarier, und auf meinen ehemaligen Arbeitgeber. Anders als wir Frauen waren *Sie* eindeutig zu Ihrem Vergnügen unterwegs, und ich befürchte, dieser Umstand wird weder Ihrer Frau noch Ihren Wählern sonderlich gefallen.«

Er sprang auf, sein Zeigefinger schnellte vor und machte kurz vor ihrer Brust halt. »Unterstehen Sie sich, mir zu drohen! Ich habe Ihrer Freundin geholfen, ja wahrscheinlich habe ich ihr das Leben gerettet, und nun wollen Sie mir einen Strick daraus drehen? Das ist perfide!«

Caroline atmete hörbar aus und klang nun wie eine ungeduldig gewordene Mutter: »Mr. Kennett. Dies ist keine Drohung.

Ich habe eine Geschäftsidee, die ich für so vielversprechend halte, dass Sie sie nicht zurückweisen werden. Bitte setzen Sie sich, und lassen Sie uns in Ruhe reden.«

»Ich könnte Ihnen die Uhr mit Gewalt entreißen.«

»Und ich könnte so laut schreien, dass das ganze Parlament zusammenläuft und von Ihren Abwegen erfährt.«

Ein lauter Seufzer entrang sich seiner Brust, als er sich widerwillig in seinen Sessel fallen ließ.

In der nächsten halben Stunde setzte Caroline ihm ihr Geschäftsmodell auseinander: ein Luxusbordell im Herzen der Stadt, nahe dem Parlament, mit ihr als Madame, die das Freudenhaus als gleichberechtigte Partnerin führte. Ein erstklassiger und luxuriöser Ort voll mit den schönsten und exotischsten Mädchen. Mädchen, die Caroline in der Kunst der Konversation unterrichten würde, denen sie beibrächte, wie man sich in teuren Kleidern bewegte und wie man in höheren Kreisen speiste und trank. Mit Champagner aus Frankreich auf den Tischen und Kunst aus Italien an den Wänden. Sündhaft teuer und von der Elite Melbournes heiß begehrt.

Und Kennett würde das Projekt finanzieren. Eine Investition, die sich nicht nur finanziell, sondern auch für seine Karriere reichlich auszahlen würde. All die Minister und Parlamentarier, die er in ihr Haus der Lust bringen würde und deren geheime Laster ihnen beiden zu ungeahnter Macht verhelfen konnten. Macht und Geld, darum ging es ihm als Politiker doch?

Caroline hatte noch andere Ideen, um ihr Bordell zum exklusivsten der Stadt zu machen. Sie wollte gute Arbeitsbedingungen und Sicherheit für ihre Mädchen. Im Gegenzug würden nur die besten bei ihr arbeiten. In ihrem Hause würde es eben nicht nur um Sex gehen. *Ihr* Bordell, so schwebte es Caroline vor, und sie geriet fast ins Schwärmen, als sie Kennett ihre Vision beschrieb, wäre ein Ort, wo sich Männer der Gesellschaft unter Gleichgesinnten entspannen könnten. Wo sie ohne Angst vor gesellschaftlichen Repressalien ganz sie selbst sein durften.

Kennett hörte sich ihren Plan an, ohne sie zu unterbrechen. Als Caroline fertig war, schaute sie ihm fest ins Gesicht.

»Nun? Was halten Sie davon?«

»Ist das eine ernsthafte Frage? Als hätte ich eine Wahl. Sagen wir doch, wie es ist: Sie erpressen mich.« Caroline zuckte mit den Schultern.

»Erpressung, welch hässliches Wort für eine Idee, die Sie zu einem der reichsten und einflussreichsten Männer der Stadt machen wird.«

»Sie sind offenbar sehr von sich und Ihrem Plan überzeugt. So widerlich ich die Art und Weise finde, auf die Sie sich mir genähert haben, so muss ich doch gestehen, dass Sie eine gewisse Faszination auf mich ausüben. Verraten Sie mir: Was treibt Sie an? Was hat Sie zu dieser Idee bewegt? Es kommt mir gar nicht so vor, als kämen sie aus dem Milieu.« Er musterte sie unverhohlen von oben bis unten. »Die Art, wie Sie sich kleiden, wie Sie reden …«

»Meine Person tut nichts zur Sache«, unterbrach sie ihn harsch. »Das Einzige, was Sie wissen müssen, ist, dass ich etwas von Geschäften verstehe.« Sie stand auf. »Überlegen Sie es sich. Nächste Woche komme ich wieder, dann müssen Sie eine Entscheidung getroffen haben.«

»Und wenn nicht?«

»Dann haben Sie eine große Chance in Ihrem Leben verpasst, und ich bin um eine goldene Uhr reicher. Guten Tag, Mr. Kennett.« Sie wandte sich zur Tür, ging mit hocherhobenem

Kopf und in aufrechter Haltung zur Tür, dabei spürte sie seine Blicke im Rücken.

Nachdem die Tür hinter ihr ins Schloss gefallen war, atmete Caroline tief aus. Sie hatte hoch gepokert, sehr hoch. Kennett war schon jetzt ein einflussreicher Politiker. Wenn er wollte, konnte er sie aus dem Weg schaffen lassen, ohne dass viele Fragen gestellt würden.

Beim Verlassen des Foyers nickte ihr der alte Mann im Frack zu und wünschte ihr einen guten Tag. Sie dachte an die Zukunft. Noch heute würde sie mit Jenny reden und mit einigen anderen Mädchen, die sie aus der Fabrik kannte. Sie würde nicht im Elend der Slums zugrunde gehen. Im Gegenteil, sie hatte vor, es zu Ansehen und Wohlstand zu bringen. So wie sie sich ihr Leben immer vorgestellt hatte.

Melbourne, Juni 2014

Am Freitag während des After-Work-Drinks im *National* mied Nina ihren neuen Kollegen Morten und hielt sich an Chelsea, das hippe Mädchen vom Empfang. Sie stellte ihr zwei der europäischen Kollegen vor. Die Lautstärke im Pub war allerdings alles andere als gesprächsfreundlich, und so entschied Nina nach dem zweiten Orangensaft, den Rückzug anzutreten. Als sie sich von Chelsea verabschiedete, hängte die sich bei ihr ein.
»Hey, ich fahr in die City, um ein paar Freunde zu treffen. Magst du mitkommen?«, schrie sie ihr ins Ohr. Nina dachte eine Sekunde nach. Warum nicht? Sie hatte noch nicht viel von Melbourne gesehen, und müde war sie auch nicht.
»Klar, gerne.«
Sie nahmen die Straßenbahn 109 Richtung Innenstadt und stiegen an der Collins Street aus. Die Abendluft war überraschend warm für die Jahreszeit, und die Innenstadt summte vor Menschen in Feierlaune. Chelsea machte vor einem nichtssagenden Hochhaus halt.
»Komm, ich zeig dir was. Das wird dir gefallen: Melbournes verrückteste Rooftop-Bar.« Sie zog Nina am Arm in den schmalen Hauseingang und öffnete die Tür eines winzigen

Fahrstuhls, der ein Jahrzehnt zu viel auf dem Buckel haben musste. Gemeinsam mit drei anderen Partygängern quetschten sie sich hinein. Im Schneckentempo ging es hinauf, bis sie nach einer gefühlten Ewigkeit im obersten Stockwerk ankamen.

»Na, habe ich dir zu viel versprochen?« Chelsea trat beschwingt aus dem Fahrstuhl und wies mit der Hand in einen offenen Raum, der – mit grünem Kunstrasen ausgelegt – wie ein Vorgarten wirkte, in dem man filigranes Gartenmobiliar wie für eine englische Teeparty arrangiert hatte. Verspielte Torbögen, um die sich künstliche Rosen rankten, feines Porzellan und Kuchenständer mit Scones und Gurkensandwiches auf den voll besetzten Tischen verstärkten das Bild einer vornehmen Teegesellschaft. Das Personal trug knappe weiße Shorts, T-Shirts und Turnschuhe – wie Spieler beim Tennis. Nina schüttelte lachend den Kopf.

»Das ist ja großartig.« Chelsea grinste breit.

»Komm, lass uns auf die Terrasse gehen und etwas bestellen!« Sie eilte voran und ergatterte die letzten beiden freien Plätze an einem winzigen Ecktisch. Das Lokal war zum Bersten voll. Chelsea winkte die Bedienung heran, bestellte Drinks und ließ sich die Karte geben. Erst wollte Nina die Bestellung korrigieren, um ihren Cocktail gegen etwas Alkoholfreies einzutauschen, doch dann überlegte sie es sich anders. Sie wollte verhindern, dass Chelsea ihre Wahl hinterfragte. Nicht, dass sie am Ende noch ihre Schwangerschaft erriet. Am besten umschiffte sie das Problem, indem sie an ihrem Drink einfach nur nippte. »Hunger? Die Sandwiches sind richtig gut.« Chelsea schob Nina die Karte zu. Nina schlug das Menü auf und hielt auf der ersten Seite inne. Die Bar hieß »Madame Brussels«. Eine Zeichnung zeigte eine ältere Dame mit Brille und Haube. Darunter erklärte ein Text, wer diese Frau gewesen war:

Madame Brussels wurde 1851 als Caroline Lohman in Potsdam, Deutschland, geboren. Ihr englischer Gatte Studholme Hodgson war ein sogenannter »remittance man«, der von seinen adligen Eltern ausgehalten wurde.

Nach dem Tod ihres Gatten inserierte Madame Brussels alljährlich Gedenkanzeigen in der Tagespresse, die stets die Herkunft ihres Gatten hervorhoben. Vielleicht erhoffte sie sich dadurch den Respekt der Gesellschaft Melbournes. Madame Brussels war stets geschmackvoll gekleidet, ließ sich in einer teuren Kutsche durch die Stadt fahren und sorgte dafür, dass ihre Tochter in einer guten Privatschule erzogen wurde. Als Mrs. Hodgson eröffnete sie ein Bordell der Luxusklasse, das rasch als »Madame Brussels« weit über die Grenzen der Stadt hinaus für seinen dekadenten Service gleichermaßen berühmt wie berüchtigt war.

»Ist was nicht in Ordnung?«, fragte Chelsea besorgt. Nina schüttelte den Kopf. »Nein, es ist nur … diese Madame Brussels. Ich habe von ihr im Zusammenhang mit einem möglichen Vorfahren gehört und hätte nicht erwartet, ihren Namen in Verbindung mit einer hippen Bar wiederzufinden.«

»Zwei Pimm's. Darf's auch etwas zum Knabbern sein?« Der knackige Bursche in seinen kurzen Tennisshorts schenkte ihnen ein breites Lächeln, während er die Getränke servierte. Die beiden Frauen lehnten dankend ab. Als er gegangen war, beugte sich Chelsea interessiert nach vorne.

»Wow! Deine Familie hatte etwas mit Madame Brussels zu tun? Sie war Melbournes berühmteste Puffmutter. Es gibt sogar eine Gasse, die nach ihr benannt wurde.«

»So genau weiß ich das nicht, würde es aber gerne herausfinden. Was hat es mit dieser Gasse auf sich? Die würde ich mir
gerne anschauen. Ist das weit von hier?«

»Nein, quasi um die Ecke. Dies hier war ihr Block. Die Gasse
wird dich allerdings enttäuschen. Dort sieht kaum etwas noch
so aus wie zu ihrer Zeit Man hat alles abgerissen und durch
schreckliche graue Hochhäuser ersetzt. Wenn es dich interessiert: Ich hab einen Freund, der macht historische Stadtfüh-
rungen, unter anderem auch eine, die um Madame Brussels
kreist. Soll ich ihn anrufen?«

Nina machte große Augen. »Wirklich? Es gibt eine Madame-
Brussels-Stadtführung?«

Chelsea griff nach ihrem Smartphone. »Hast du morgen
schon was vor?«

Nina verabschiedete sich eine halbe Stunde später und fuhr
mit dem Taxi nach Hause. Chelsea wollte noch in eine andere
Bar, wo ein paar Freunde auf sie warteten. In ihrem Townhouse in der Hunter Street angekommen, traf Nina auf Morten, der es sich mit drei Kollegen aus der skandinavischen
Redaktion vor dem Fernseher gemütlich gemacht hatte, um
sich ab drei Uhr morgens live die Spiele aus Rio anzusehen.
Die Männer, offensichtlich nicht mehr ganz nüchtern, begrüßten sie enthusiastisch und boten ihr Bier an, was sie höflich, aber bestimmt ablehnte. Stattdessen zog sie sich auf ihr
Zimmer zurück.

Als sie am nächsten Morgen gegen zehn in Jogginghose und
T-Shirt die Treppe hinunterstieg, war die Party vorbei. Die
Skandinavier waren gegangen, und Morten schnarchte, in
Embryonalhaltung auf dem Sofa zusammengerollt, vor lau-
fendem Fernseher. Leere Bierflaschen verteilten sich auf dem

Couchtisch, eine zur Hälfte gegessene Pizza durchweichte den Karton, in dem sie geliefert worden war. Nina schlich auf Zehenspitzen in die Küche. Das Letzte, was sie wollte, war, dass Morten aufwachte und ihr, halb betrunken, beim Frühstück Gesellschaft leistete. Zu ihrer Überraschung war die Küche halbwegs aufgeräumt, obwohl sie Morten noch gar nicht auf das Chaos angesprochen hatte. Es war nicht blitzblank, aber immerhin lagen keine Essensreste mehr herum, und auch das schmutzige Geschirr, das sich auf jeder freien Fläche gestapelt hatte, war verschwunden. Es geschahen also noch Zeichen und Wunder! Möglicherweise war dieser Mann doch nicht so unsensibel, wie sie ursprünglich vermutet hatte.

Sie schloss leise die Tür hinter sich und schaltete den Kaffeeautomaten ein. Während die Maschine aufheizte, suchte sie nach ihrem Müsli, das sich aber nicht in ihrer Hälfte des Vorratsschranks befand, wo sie es ihrer Erinnerung nach hingestellt hatte. Sie durchwühlte alle Schränken und fand es erst, als sie den Mülleimer öffnete, um den vollen Behälter mit dem Kaffeesatz aus der Maschine zu entsorgen. Sie nahm die zerknüllte Packung heraus. Leer. Zorn wallte in ihr auf. War es nicht Morten gewesen, der ihr unmissverständlich klargemacht hatte, dass sie ihre Lebensmittel nicht teilten?

Sie holte ihre Milch aus dem Kühlschrank, goss ein wenig in die Tasse und stellte sie unter den Kaffeeautomaten. Milchaufschäumen verbot sich von selbst. Der ohrenbetäubende Lärm könnte Morten wecken, und es würde, verärgert, wie sie war, kein fröhliches Zusammentreffen werden.

Der Duft des Kaffees stimmte sie wieder versöhnlicher. Sie trank einen Schluck und setzte sich an den Tisch. Auf dem

Handy googelte sie die Tour, die Chelsea für den Nachmittag gebucht hatte. Als sie die Website von Chelseas Freund Craig gefunden hatte, begann sie zu lesen:

Madame-Brussels-Tour

Folgen Sie den Fußspuren von Madame Brussels, der sogenannten »Königin des Bösen und der Hurerei«, die über das luxuriöseste Bordell Australiens herrschte. Ihr überaus erfolgreiches Etablissement direkt gegenüber dem Parlament zog sowohl den leidenschaftlichen Hass der Kirche als auch den blinden Eifer der Presse auf sich. Madame Brussels Ära umspannt die Endphase des Goldrauschs, das Goldene Zeitalter Melbournes und die große Depression in den 1890er Jahren.

Besuchen Sie die Stätten einer verlorenen Zeit: Bordelle, die Cafés der Bohemiens und die schäbigen Hotels der Immigranten, Kirchen-Missionen, Tanzhallen, Märkte, Opiumhöhlen, Spielhöllen und Revuetheater.

Erkunden Sie, wie sich das ehemalige Reich von Madame Brussels in eine belebte Fußgängerzone verwandelt hat, die Melbournes moderne Kultur auf engstem Raum widerspiegelt: Besuchen Sie Cafés, Rooftop-Bars, Restaurants und denkmalgeschützte Gebäude.

Lernen Sie alles über das Straßenleben im 19. Jahrhundert, und erfahren Sie, wie es sich anfühlte, einer der Bürger jener nagelneuen Großstadt am anderen Ende der Welt zu sein.

Die Madame-Brussels-Tour gewährt Ihnen einen faszinierenden Einblick in das schillernde Leben jener Zeit in Little Lon, wie Melbournes Rotlichtbezirk im Volksmund nach seiner geschäftigsten Straße genannt wurde, die in der Mitte des Straßenblocks unterhalb des Parlaments verläuft. Zahlreiche Gassen verbinden die Straßen miteinander und bildeten soziale Waben wie in einem geschäftigen Bienenkorb. Damals bestand der Straßenblock aus Holz- und Backstein-Cottages, zahlreichen Läden und kleinen Manufakturen. Gegen Ende des Jahrhunderts war der Bezirk zur Heimat für eine vielfältige Immigrantenpopulation von Chinesen, deutschen Juden, Libanesen und Italienern geworden.

Die anschließende Preistabelle und die Zeitangaben für die Führungen überflog Nina nur noch. Sie trank ihren Kaffee aus und stand auf, um sich eine zweite Tasse zu machen. Das Handy in der Hand, drückte sie auf den Knopf der Maschine und las, während sie wartete. Der Kaffeeautomat dröhnte zitternd, als er in Aktion trat. Plötzlich stand Morten neben ihr. Vor Schreck fiel Nina das Handy aus der Hand und schlug lautstark auf den Fliesen auf.

»Musst du dich so anschleichen?«

Morten kratzte sich verschlafen am Hinterkopf.

»Was heißt hier anschleichen? Ich hab meine Küche betreten. So viel muss erlaubt sein. Guten Morgen übrigens!«

Sie ging in die Knie, um ihr Handy aufzuheben.

»Mist.«

Das Display war gesprungen. Morten nahm sich eine Tasse aus dem Küchenbord und sah zu, wie Nina den Schaden inspizierte.

»Kostet dich neunzig Dollar.«

»Danke auch vielmals.«

»Keine Ursache. In der Mall gegenüber der Redaktion reparieren sie dir das ruck, zuck.«

Morten drückte Nina ihre Tasse in die Hand und stellte seine unter den Automaten. Seine Fahne raubte ihr beinahe den Atem. Angewidert drehte sie sich zur Seite.

»Wie war der Fußballabend?«

Mortens müde Augen begannen zu leuchten. »Wir sind Gruppensieger.«

»Super«, erwiderte sie mit wenig Enthusiasmus in der Stimme.

Morten zog eine Schublade auf. Er drückte zwei Paracetamol aus einem Streifen und schluckte sie mit dem Rest seines Kaffees hinunter.

»Du könntest nicht zufällig ein oder zwei Dinge für mich in der Redaktion erledigen, oder?«, fragte er dann.

»Du hast wohl vergessen, dass du mich noch nicht eingearbeitet hast. Abgesehen davon, habe ich heute keine Zeit. Ich treffe mich nachher mit Chelsea. Sie hilft mir bei einer Recherche.«

»Recherche? Um was geht's denn?«

»Ist was Privates. Heute ist mein freier Tag.«

»Soso. Wir arbeiten also nach Stechuhr, ja? Vielleicht kannst du ja dennoch eine kleine berufliche Recherche dazwischenschieben? Sollte sogar ganz ohne Einarbeitung möglich sein, selbst ohne Betreten der Redaktionsräume.«

Nina sah ihn fragend an. »Worum geht's?«

Morten stieß geräuschvoll auf und hielt sich den Magen. Sie wich angeekelt einen Schritt zurück.

»Die Redaktion will eine Hintergrundrecherche. Über Covey, einen australischen Kardinal und Hüter kirchlicher Kinderschänder. Demnächst steht seine Anhörung an. Kannst du den Fall übernehmen?«

Er sah sie aus seinen rotgeränderten Augen an, und für den Bruchteil einer Sekunde verspürte Nina so etwas wie Mitleid für ihren Kollegen.

»Sicher, mach ich. Aber nur, wenn du mir am Montag eine ordentliche Einweisung in die Systeme und Abläufe gibst. Versprochen?«

Morten begann zu würgen und hielt sich die Hand vor den Mund. »Versprochen«, wisperte er und rempelte sie an der Schulter an, als er aus der Küche in Richtung Bad eilte.

Nina hatte sich um zwei Uhr mit Chelsea am oberen Ende der Spring Street verabredet. In ihrer Jeansjacke war sie viel zu dünn angezogen. Gestern war ein fast frühlingshaft warmer Spätherbsttag gewesen, doch nun pfiff ein eisiger Wind um die Häuserblocks, der ihr bis in die Knochen kroch. Sie klappte den Kragen ihrer Jacke hoch und trat auf der Stelle, um sich einigermaßen warm zu halten. Es war kurz nach zwei. Nina schaute sich um. Weit und breit keine Chelsea in Sicht. Stattdessen kam ein dünner Mann in Jeans und Steppjacke auf sie zu und blieb mit ausgestreckter Hand vor ihr stehen. »Craig, hallo. Du musst Nina sein.« Sie schüttelten einander die Hand. Craig blickte sich ebenfalls um und sah auf seine Uhr. »Kommt Chelsea noch, oder ist sie gestern Nacht versackt?«

Nina lachte. »Kann schon sein. Als wir uns im *Madame Brussels* getrennt haben, hatte sie jedenfalls noch etwas vor.«

»Ah, ihr wart im *Madame Brussels*. Da wäre ich mit euch zum Abschluss der Tour auch hingegangen. Sieht so aus, als könnten wir uns diesen Programmpunkt sparen. Warte, ich ruf sie eben an.« Als er sein Handy aus der Jackentasche zog, hörte Nina trippelnde Schritte hinter sich. Craig steckte sein Handy wieder ein. »Da ist sie ja.«

»Entschuldigt. Ein Kaffee war heute Morgen leider nicht genug.« Sie fasste sich zur Erklärung an die Schläfen, ehe sie Craig und Nina jeweils einen Kuss auf die Wange drückte.

»Du hättest doch nicht kommen müssen, wenn es dir nicht gutgeht«, sagte Nina.

»So wild ist es nicht, und was ich einmal zugesagt habe, halte ich auch«, antwortete sie und hakte sich bei Nina ein. »Können wir sofort los? Sonst friere ich auf der Stelle fest.«

Craig ging voran und führte sie in eine Seitenstraße, die Madame Brussels Lane. Vor einem alten Cottage blieb er stehen und wandte sich den beiden Frauen zu.

»Meine Damen, Sie befinden sich mitten im Rotlichtbezirk des 19. Jahrhunderts.« Nina sah sich irritiert um. Abgesehen von dem Häuschen, vor dem sie standen, gab es nichts, was an vergangene Zeiten erinnert hätte. Die kleine Fußgängerzone war von modernen Bürotürmen umgeben, einer grauer und hässlicher als der andere. Craig fing ihren Blick auf.

»Wie ihr seht, ist das historische Viertel nahezu vollständig der Abrissbirne zum Opfer gefallen. Tatsache ist, dass die zahllosen Gassen von Little Lon, wie dieses Viertel damals hieß, von einer stattlichen Anzahl Prostituierter bevölkert wurden. Eine zeitgenössische Tageszeitung beschwerte sich ständig über die Frauen der niedersten Klasse, die im Zentrum der Stadt ihrem – und ich zitiere – *schmutzigen Geschäft mit dem widerwärtigsten Benehmen und in der übelsten Sprache nachgingen.*« Craig deutete auf die Hauptstraße jenseits der Fußgängerzone. »Little Lons bessere Freudenhäuser befanden sich entlang der größeren Straßen des Viertels und wurden diskret geführt.« Craig zeigte mit dem Finger auf eines der nichtssagenden Hochhäuser vor ihnen. »Genau hier stand das *Madame Brussels*. Das Luxus-Bordell zog eine äußerst wohlhabende Klientel an und erwarb sich schnell einen gewissen Ruf, der die Moralapostel auf den Plan rief, obwohl Prostitution im Melbourne des 19. Jahrhunderts nicht verboten war. Die Verbindung zwischen Victorias hochrangigsten Politikern und den Bordellen von Little Lon wurde erst offenkundig, als die Zeitungen enthüllten, dass der Chefsekretär des Parlaments, Paul Kennett, von Beginn an finanzielle Geschäfte mit Madame Brussels getätigt hatte. Diese Enthüllung war sein gesellschaftliches Todesurteil.«

»Das alte Lied. *Cherchez la femme*«, stieß Chelsea hervor. Nina nickte zustimmend.

»Genau. Damals wie heute«, sagte Nina.

Craig wandte sich zu den Frauen um. »Vielleicht war es so, vielleicht auch nicht. Ihr dürft nicht vergessen, wie rigide die Moralvorstellungen dieser Zeit waren. Das Luxusbordell war so etwas wie eine grüne Wiese, ein Ort, wo Männer mit Geld endlich einmal sein durften, wie sie waren.«

»Ich heule gleich vor Mitleid«, sagte Chelsea und zog eine Grimasse. »Und was war mit den Frauen, die von diesen Typen ausgebeutet wurden? Wo war denn deren grüne Wiese?«

»Du hast ja recht. Immerhin hatten es die Mädchen im *Madame Brussels* relativ gut, wenn man ihre Arbeitsbedingungen mit denen einfacher Huren auf der Straße vergleicht.« Er blieb kurz stehen und deutete in eine schmale Gasse, deren Gebäude aus Backstein über und über mit Graffiti besprüht waren. »In den Hütten der umliegenden Lanes mieteten sich Huren der untersten Klasse ein, die ihr Geschäft auf eigene Rechnung führten.« Craig setzte sich wieder in Bewegung, um Chelsea und Nina den Arbeitsplatz eines Freudenmädchens zu zeigen: ein typisches Cottage des 19. Jahrhunderts, das auf wundersame Weise die Veränderung des Viertels überlebt hatte. Nachdem sie die Gasse bis zum anderen Ende durchquert hatten, blieb Craig stehen.

»Caroline Hodgson, also Madame Brussels, war eine Zeitgenössin der heiligen Mary MacKillop, die ganz in der Nähe geboren wurde und genau hier ihren Orden und die erste Armenschule gegründet hat.« Er zeigte in Richtung eines Büro-komplexes auf der anderen Seite der breiten Querstraße, an der sie nun standen. »Keine zweihundert Meter vom *Madame Brussels* entfernt. Die zwei Frauen bildeten einen faszinieren-den Kontrast. Beide reagierten in sehr unterschiedlicher Wei-se auf die große Verzweiflung vieler Frauen, und beide wur-den zur Zielscheibe wütender Kirchenmänner.«

Zum eisigen Wind, der durch die Winkel der Neubauten pfiff, gesellten sich nun peitschende Regenschauer. Nina und Chel-sea drückten sich bibbernd an die Wand eines Parkhauses und versuchten, sich trotz der Kälte auf Craigs Worte zu konzen-trieren.

»Die Hure und die Heilige«, bemerkte Nina amüsiert.

»Kannten die beiden einander?«, fragte Chelsea, die sich nun eng an Nina geschmiegt hatte. Craig hob die Schultern.

»Es gibt keine Dokumente, die dies belegen würden, aber un-wahrscheinlich ist es nicht. Zweihundert Meter Luftlinie. Wenn ihr mich fragt, müssen sie sich früher oder später über den Weg gelaufen sein. Die Alltagswelt der Menschen war da-mals noch nicht so groß wie heute. Der Radius, in dem sich insbesondere Frauen bewegten, war relativ klein.«

Nina rieb ihre eiskalten Hände. »Ich weiß nicht, wie es euch geht, aber ich bin durchgefroren. Können wir nicht irgendwo einkehren, um uns aufzuwärmen?« Chelsea nickte ihr heftig zu. Craig führte sie ungefähr hundert Meter die Straße hinun-ter zum Oddfellows Hotel, einem der wenigen alten Pubs, die noch existierten. Nina und Chelsea rieben sich noch immer die Hände, als sie an einem der hinteren Tische Platz nahmen. Craig bestellte an der Theke Scotch für sie alle und brachte die Drinks an den Tisch. Er hob sein Glas und prostete ihnen zu.

»Cheers! Auf Madame Brussels!«

Nina zögerte. Eigentlich trank sie außer einem gelegentlichen Gin Tonic keinen harten Alkohol, und nun, da sie schwanger war, wollte sie damit auch nicht anfangen. Der winzige Schluck Pimm's gestern, den sie getrunken hatte, um nicht Chelseas Verdacht zu erregen, war so schwach gewesen, dass er kaum zählte. Chelsea und Craig stürzten den Scotch in einem Zug hinunter. Beide schüttelten sich, und Nina stellte sich vor, wie sich der hochprozentige Alkohol wohlig in ihren Körpern ausbreitete und für Wärme sorgte. Sie nippte an ihrem Glas, stellte es dann wieder ab. Sie musste eine Entscheidung treffen. Für oder gegen dieses Kind. Je eher, desto besser. Der Gedanke, dass ein Leben in ihr wuchs, schien sie aus irgendeinem Grund in ihrer Handlungsfähigkeit komplett zu lähmen. Normalerweise ging sie ihre Probleme an, statt ihnen auszuweichen oder sie auf die lange Bank zu schieben. Doch ihre Affäre mit Florian hatte sie verändert. Jedes Mal, wenn sie versuchte, sich auf die Tatsache zu konzentrieren, dass sie schwanger war, setzte ihr Hirn aus, und ein schreckliches Gefühl von Hilflosigkeit übermannte sie.

Sie schob Chelsea ihr Glas über den Tisch zu.

»Magst du nicht?«, fragte sie erstaunt.

»Von Scotch krieg ich Sodbrennen«, log sie.

»Dumm für dich, gut für mich«, sagte Chelsea und nahm einen Schluck von Ninas Scotch. Chelsea wandte sich an Craig. »Die Puffgeschichte von Melbourne ist viel interessanter, als ich dachte. Aber ehrlich gesagt, würde ich es bevorzugen, wenn du uns den Rest hier erzählst, im Warmen. Ich weiß nicht, wie es dir geht, Nina, aber ich kann auf die Kälte da draußen verzichten.«

Nina stimmte ihr zu. »Ja, es sei denn, es gibt noch das ein oder andere Gebäude, das eine Geschichte von damals erzählt.«

Gegen 22 Uhr fuhr Nina mit der Straßenbahn zurück nach Richmond. Sie schloss die Haustür auf, streifte die Schuhe ab und ging in die Küche, um sich eine heiße Schokolade zu machen. Während sie die Milch in den Topf goss und diesen auf die Herdplatte setzte, fragte sie sich, wie es mit Morten und ihr weitergehen sollte.

Als sie gestern aus dem Café in die Redaktion zurückgekehrt war, war er verschwunden und tauchte auch später nicht mehr auf.

Was für ein arrogantes Arschloch, hatte sie sich gedacht und sich bemüht, so gut es ohne seine Anweisungen ging, ihre Arbeit zu erledigen. Es hatte sie geschlagene drei Stunden und mehrere Anläufe gekostet, nur um zwei Artikel auf die Online-Seiten ihrer Zeitung zu stellen. Danach redigierte sie drei Artikel, die in der Zwischenzeit von Freelancern reingekommen waren und die später ebenfalls noch eingestellt werden mussten. Nachdem sie die vertrackte Technik einigermaßen durchschaut hatte, begann sich ihre anfängliche Panik zu legen. Sie dachte nicht im Traum daran, Morten bei der Redaktion anzuschwärzen. Mit Sicherheit hatte er sich schon einen Plan zurechtgelegt, wie er auf einen solchen Fall reagieren würde. Womöglich dachte er daran, den Betriebsrat oder gar die Rechtsschutzversicherung des Deutschen Journalistenverbands einzuschalten, doch diesen Triumph würde sie ihm nicht gönnen.

Selbst um halb fünf Uhr nachmittags, als sie mit diversen Anfragen und einer Themenkonferenz bombardiert wurde, dachte sie keine Sekunde daran, alles hinzuschmeißen. Sie war durch und durch Journalistin. Sie konnte sich in eine Aufgabe verbeißen wie ein Terrier, der das Hosenbein, das er erwischt hatte, nicht mehr losließ. Und Morten war beileibe nicht der erste Macho, mit dem sie es beruflich aufnehmen musste.

Die Milch lief zischend über, und Nina fluchte und schimpfte wegen ihrer Unaufmerksamkeit mit sich selbst, als sie den Topf von der Herdplatte nahm. Sie wischte die übergekochte Milch mit einem Spüllappen auf, bereitete aus dem Rest ihren Kakao zu und zog sich mit dem heißen Becher auf die Wohnzimmercouch zurück. Sie schaltete den Fernseher an, um die Nachrichten anzuschauen. Plötzlich durchzuckte ein krampfartiger Schmerz ihren Unterleib. Der Kakao schwappte über den Tisch, als sie sich ruckartig vorbeugte, um den Becher abzustellen. Sie krümmte sich vornüber, umfasste ihren Bauch und verzog dabei vor Schmerz das Gesicht. Sie versuchte, sich zu entspannen, atmete tief ein und aus und legte sich auf die Couch, doch beim nächsten Krampfanfall fuhr sie gleich wieder vor Schmerzen in die Höhe. Sie hörte, wie draußen die Haustür aufgeschlossen wurde. Wenn sie zu diesem Zeitpunkt jemanden nicht sehen wollte, dann war es Morten. Um Fragen zu vermeiden, setzte sie sich trotz der Krämpfe halbwegs gerade hin, bevor er das Wohnzimmer betrat, und wischte mit dem Ärmel schnell den verschütteten Kakao vom Tisch. Als er sie sah, steuerte er gleich auf sie zu und ließ sich salopp auf der Sofalehne neben ihr nieder.

»Ein heimeliger Fernsehabend – sehr gut! Ich kann etwas beisteuern.« Er stellte ein Sixpack Bier und zwei Tüten Chips auf dem Couchtisch ab. »Es ist dir aber schon klar, dass heute Abend Fußball angesagt ist, oder?«

Nina nahm sich zusammen und stand auf. »Mein Fernsehabend ist schon vorbei. Ich geh schlafen. War ein harter Tag.«

»Ich weiß. Ich komme gerade aus der Redaktion. Respekt, du hast einen guten Job hingelegt. Am Live-Ticker musst du allerdings noch ein bisschen üben.«

»Vielen Dank«, erwiderte sie, ohne sich auf eine längere Diskussion einzulassen, obwohl sie ihn gerne gefragt hätte, weshalb er sie den ganzen Tag über allein gelassen hatte. Ein weiterer Krampf setzte ein. Sie ging rasch zur Treppe hinüber, um sich auf ihr Zimmer zurückzuziehen, bevor Morten bemerkte, was mit ihr los war.

»Du bist doch nicht etwa sauer auf mich, oder? Ist doch alles gutgegangen. Oder erwartest du eine Entschuldigung? Ich bin es gewohnt, zu kommen und zu gehen, wie es mir gefällt. Mach dir keine Sorgen: Am Ende des Tages checke ich immer, ob alles erledigt wurde – genau wie heute. Komm, sei nicht so, und trink ein Bier mit mir! Du hast es dir verdient.«

Nina zwang sich zu einem Lächeln.

»Ein anderes Mal sehr gern. Ich bin wirklich total erledigt. Viel Spaß dann noch!«

Sie war schon auf der Treppe, als der Schmerz sie in die Knie zwang. Sie stöhnte auf und hielt sich mit einer Hand am Geländer fest.

»Was ist?« Morten sprang auf und war gleich bei ihr. Er reichte ihr die Hand, um ihr aufzuhelfen, doch Nina schüttelte den Kopf.

»Schon gut. Hätte nicht mexikanisch zu Abend essen sollen. Ich vertrag Bohnen überhaupt nicht«, log sie und zog sich mit einem Arm an der Brüstung hoch.

»Ah, Montezumas Rache! Nur gut, dass du dein eigenes Bad hast«, flachste Morten, während sie sich langsam nach oben schleppte. Er ging zum Sofa zurück und löste eine Bierdose aus ihrem Plastikring. Als er gerade im Begriff war, die Dose zu öffnen, brach Nina auf dem oberen Treppenabsatz zusammen. Morten sah auf, warf die Dose aufs Sofa und rannte gleich die Stufen hoch. Nina lag zusammengekrümmt auf dem Teppich.

»Nina!«, rief er erschrocken und kniete sich neben sie. »Komm, ich helf dir auf.« Er griff ihr unter die Achseln und zog sie hoch. Nina hielt sich schmerzverzerrt die Hände vor den Bauch.

»Danke, geht schon«, sagte sie und wollte sich umdrehen, aber Morten hielt sie am Arm fest.

»Mein Gott, du blutest ja!« Er starrte an ihr hinunter, und Nina folgte seinem Blick. Ihre Jeans war im Schritt von Blut durchtränkt. Sie begann, unkontrolliert zu zittern. Morten hob sie auf und trug sie in ihr Zimmer, wo er sie vorsichtig aufs Bett legte. »Bleib ganz ruhig. Ich rufe gleich den Notarzt. Alles wird gut.«

Zwei Stunden später saß er an ihrem Krankenbett im Royal Women's Hospital und hielt ihre Hand. Nina sah blass aus, doch es schien ihr ganz gut zu gehen.

»Wenn es dir nichts ausmacht, würde ich jetzt gerne schlafen«, sagte sie und entzog ihm die Hand. Morten stand auf.

»Natürlich.«

»Vielen Dank für deine Hilfe.« Ihre Stimme klang schwach.

»Kein Problem. Ich komme morgen früh vor der Arbeit vorbei. Schick mir eine SMS, und ich bringe dir ein paar Sachen mit. Willst du, dass ich jemanden für dich in Deutschland anrufe?«

»Nein, nicht nötig. Ich danke dir.«

Morten nickte und wandte sich zur Tür. Die Hand schon auf dem Türknauf, drehte er sich nochmals zu ihr um. »Dies alles ... es tut mir sehr leid.«

Nina schluckte. »Schon gut. Ist ja nicht deine Schuld.«

Als Morten gegangen war, lehnte sie sich in die Kissen zurück und schloss die Augen. Sie hatte das Kind verloren und wusste nicht, was sie fühlen sollte. Eigentlich sollte sie erleichtert sein. War es nicht ihr erster Impuls gewesen, das Kind abzutreiben, sobald sie von der Schwangerschaft erfahren hatte? Und doch fühlte sie sich jetzt wie in eine düstere Wolke gehüllt, die ihr die Sicht auf das eigene Selbst nahm. Mit unbewegtem Gesichtsausdruck starrte sie an die weiße Wand und empfand nichts. Weder Trauer noch Erleichterung, noch Schmerz. Schwestern kamen und gingen. Eine maß ihren Blutdruck und ihre Temperatur, eine andere servierte ihr auf einem Plastiktablett Tee und ein Sandwich, das Nina nicht anrührte. Die Nachtschwester kam herein und fragte sie, ob sie Schmerzen hätte. Nina verneinte, dennoch ließ ihr die Schwester einen Streifen Paracetamol da. »Für alle Fälle«, wie sie sagte.

Irgendwann verfiel Nina in einen unruhigen Schlaf. Sie träumte von Florian und seinen beiden Töchtern, die sie nie gesehen hatte, und erwachte schweißgebadet. Das erste Tageslicht fiel durch die Jalousien, und sie rieb sich die Augen, um die Bilder der Nacht zu vertreiben. Dann zog sie die Schublade ihres Nachttischs auf und holte ihr Handy heraus. Fünf Anrufe von Florian. Sie schloss die Augen und ließ den Kopf hängen. Dann nahm sie einen Schluck von dem kalten Tee, den ihr die Schwester vor Stunden gebracht hatte, und dachte nach. Schließlich entschloss sie sich, ihm eine SMS zu schicken:

Ruf mich an, wenn du kannst.

Es dauerte keine fünf Minuten, ehe ihr Handy zu summen begann.

»Nina, wieso meldest du dich erst jetzt? Ich hab mir solche Sorgen gemacht. Wie geht es dir?« Florian sprach hastig, stolperte über die eigenen Worte, so als fürchtete er, sie könnte jederzeit auflegen.

Nina schöpfte Atem. »Es geht mir gut.«

Sie hörte, wie Florian am anderen Ende der Leitung erleichtert ausatmete. Eine Pause entstand.

»Das Kind … hast du es tatsächlich abgetrieben?«, fragte er schließlich mit einem leichten Zittern in der Stimme.

»Nein, das habe ich nicht«, antwortete sie. »Ich habe es letzte Nacht verloren.«

Florian schluckte. Erneut machte sich Stille breit, während er in Windeseile zu überlegen schien, was dies alles bedeutete.

»Oh, Nina! Ich wollte, ich könnte jetzt bei dir sein und dich in den Arm nehmen. Wo bist du? Wer kümmert sich um dich?«

»Mach dir keine Gedanken. Ich bin im Krankenhaus. Es ist okay, wirklich. Morten hat mich hierhergebracht.«

»Morten?«

»Ja, der Kollege von Hamburg aktuell. Ich wohne mit ihm zusammen, erinnerst du dich nicht mehr?«

»Ach, ja, natürlich. Liebes, ich möchte dich sehen.«

»Ich glaube nicht, dass das eine gute Idee ist, und wie sollte das überhaupt gehen? Du kannst doch nicht alles stehen und liegen lassen und einfach nach Australien fliegen.«

»Nein, natürlich nicht. Ich habe schon darüber nachgedacht. Kommende Woche findet diese Anhörung in Rom statt. Es geht um den australischen Kardinal und diverse Anschuldigungen über sexuellen Missbrauch. Das Thema schlägt auch bei uns hohe Wellen.«

»Ja, ich weiß«, sagte Nina. »Ich hab schon ein wenig darüber recherchiert.«

»Ich möchte, dass du die Geschichte machst.«

»Ich soll nach Rom fliegen?«

»Ja. Vorher kannst du vielleicht in Australien noch das ein oder andere Interview zum Thema führen. Es ist doch sinnvoll, dass einer vom Melbourne-Team die Berichterstattung covert. Und wir könnten uns sehen. Ich komme nach Rom.«

»Florian, ich weiß nicht. Das hat doch gleich wieder so einen Geschmack, wenn ich die Geschichte mache und nicht Morten.«

»Ich hör immer nur Morten. Ja, sehr nett von ihm, dass er dich ins Krankenhaus gebracht hat, aber dennoch ist mir der Typ vollkommen egal. Es geht um uns.«

»Ich überlege es mir.«

»Was gibt es da zu überlegen? Ich bin dein Chef, vergiss das nicht!«, sagte er in einem Tonfall, als würde er ihr über den Schreibtisch hinweg zuzwinkern. Doch Nina wusste, dass er es ernst meinte und von ihr erwartete, dass sie sich seinem Vorschlag fügte.

Plötzlich überwältigte sie eine Welle des Heimwehs. Sie fühlte sich verletzlich, und sie sehnte sich nach einer vertrauten Umgebung – nach Menschen, die sie liebten. Rom war nicht Berlin, aber nahe genug dran.

»Also gut. Ich fliege nach Rom.«

»Großartig! Lass uns morgen wieder miteinander telefonieren. Ich küsse dich, mein Herz!«

Als sie aufgelegt hatte, googelte Nina Kardinal Covey und fand bald, wonach sie suchte.

10.6.2014 (Sydney) Australischer Kardinal Covey lehnt Rücktritt wegen Missbrauchsaffäre ab

Der australische Kardinal Rupert Covey hat einen Rücktritt als Präfekt der Glaubenskongregation des Vatikans im Zusammenhang mit Vorwürfen des Kindesmissbrauchs gegen Geistliche in seinem Heimatland abgelehnt. Ein Rücktritt »käme einem Schuldeingeständnis gleich«, sagte der 76-Jährige in einem am Donnerstag ausgestrahlten Interview mit dem australischen Fernsehen.

Nach eigenen Angaben erfuhr Covey etwa im Jahr 1974 von sexuellen Übergriffen eines Priesters. Der Kardinal sagte dazu, er hätte daraufhin »mehr tun müssen«.

Die Vorwürfe gegen den Priester Richard Carlisle, der mittlerweile im Gefängnis sitzt, brachte ein Junge nach Coveys Angaben »beiläufig in einer Unterhaltung« vor. Er habe die Gerüchte lediglich an den Schulkaplan weitergegeben. Dass in der Stadt Ballarat bei Melbourne damals mehrere Priester Kinder missbrauchten, bezeichnete der Kardinal als »schrecklichen Zufall«. Covey hatte zuvor stets bestritten, davon gewusst zu haben.

Neben Carlisle richten sich die Vorwürfe auch gegen den Priester Matthew Brenton, mit dem sich Covey einst ein Zimmer teilte. Brenton soll sich in den Jahren 1960 bis 1980 an mindestens 50 Jungen vergangen haben, bevor er im Jahr 1993 angeklagt und zu einer Haftstrafe verurteilt wurde. Covey wird unter anderem vorgeworfen, Brentons Neffen Daniel ein Schweigegeld angeboten zu haben, was der Kardinal bestreitet.

Die australische Missbrauchskommission ist im Jahr 2012 eingesetzt worden. Sie befragte seither fast 5000 Missbrauchsopfer. Die Vorwürfe richten sich gegen Kirchen, Waisenhäuser, Schulen und Jugendeinrichtungen. Die katholische Kirche wird bereits seit Jahren durch zahlreiche Missbrauchsfälle weltweit erschüttert.

Schweigegelübde und Beichtgeheimnis werden aufgehoben

Nun soll sich Covey der Royal Commission unter der Leitung von Richter Peter McClellan stellen. Als der Vorsitzende der Missbrauchsuntersuchung der Presse seine fünf Kommissionsmitglieder vorstellte, machte er eines klar: Nichts sei tabu. Nicht die Vertuschungsversuche der Kirche, nicht das Abschieben bekannter

Kinderschänder im Klerus in andere Gemeinden. Früher bindende Schweigegelübde, die Opfer bisher daran gehindert hatten, über die Täter und ihre Taten zu sprechen, würden aufgehoben. Das Gleiche gelte für das Beichtgeheimnis. Die Hierarchie von Sport- und Pfadfinderverbänder würde unter die Lupe genommen, selbst das Verhalten der Polizei, wenn der Verdacht bestünde, dass Missbrauchsvorwürfe nicht ernst genommen oder nicht weiterverfolgt wurden.

Hohe Emotionen, schmerzliche Vergangenheitsbewältigung. Australien sucht seine Seele
»Wir dürfen das Damals nicht ruhen lassen«, mahnt Missbrauchsopfer Peter Blenkiron in Ballarat. Denn das, was ihm und Tausenden anderen vor langer Zeit angetan wurde, solle kein Kind in Australien je wieder durchleben müssen.
Peter Blenkiron: »Unser Leben ist eine tickende Zeitbombe. Gelingt es dir, die Bombe zu entschärfen, ist der Schaden gering. Wenn jedoch die Bombe explodiert, dann verbringst du den Rest deiner Tage damit, die Trümmer aufzusammeln. Die Untersuchungskommission gibt uns Opfern Hoffnung. Denn je früher wir diese Last loswerden, desto besser ist unsere Chance auf ein normales Leben.«

Nina verbrachte die nächste Stunde mit einer intensiven Online-Recherche zu Kardinal Covey und den Missbrauchsfällen, bis die frühe Visite sie in ihrer Arbeit unterbrach. Sie legte ihr Smartphone zur Seite. Die Ärztin nahm Ninas Charts von der Frontseite des Bettes und warf einen kurzen Blick auf die Daten.

»Wie geht es Ihnen?«, fragte sie, ohne aufzublicken. Die drei Studenten hinter der Ärztin machten sich derweil eifrig Notizen.

»Gut, danke.«

»Wir haben gestern mit Hilfe einer Ultraschalluntersuchung die Fehlgeburt festgestellt und in der Folge eine Gebärmutterausschabung vorgenommen. Wir werden nun noch die Entzündungswerte bestimmen, und falls nichts weiter vorliegt, können wir Sie gegen Mittag entlassen. Haben Sie irgendwelche Fragen?«

Die Ärztin sah sie über den Brillenrand hinweg an.

Nina zögerte. »Hat die Ausschabung eventuell Einfluss auf spätere Schwangerschaften?«

»Nein, da können Sie ganz unbesorgt sein. Die Gebärmutter leidet nicht unter dem Eingriff. Haben Sie ansonsten irgendwelche Bedenken?«

Nina schüttelte den Kopf.

»Also gut. Lassen Sie es in den nächsten zwei Tagen ruhig angehen, und übernehmen Sie sich körperlich nicht. Danach sollten Sie wieder vollkommen auf dem Damm sein. Alles Gute!« Die Ärztin hängte die Charts zurück und rauschte mit ihrer Entourage aus dem Zimmer. Nina zog die Nase hoch und fing nun doch noch an zu weinen. Den nüchternen Auftritt der Ärztin hatte sie als kalt empfunden, und ihr wurde klar, wie sehr sie sich nach tröstenden Worten sehnte.

Das Frühstück ließ sie unberührt, außer dem Tee und einem Keks. Danach duschte sie, und die Schwester nahm ihr Blut ab.

Sie lag angezogen auf dem Bett und wartete auf das Ergebnis, als Morten gegen halb neun in ihr Zimmer trat. Er begrüßte sie und zog einen der Plastikstühle heran. Nina ließ ihr Handy sinken.

»Morten! Du hättest nicht extra kommen müssen.«

Er hob die schmale Reisetasche an, die er mitgebracht hatte. »Dein Schlafanzug und etwas Unterwäsche. Ich hoffe, du nimmst es mir nicht übel, dass ich in deinen Schubladen gewühlt habe.«

Nina lächelte. »Das ist sehr lieb von dir. Ich hätte dich anrufen sollen. Ich werde sehr wahrscheinlich gleich entlassen.«

»Oh! Das ist doch eine ausgesprochen gute Nachricht. Dann kannst du die Sachen vielleicht in der Redaktion parken – für den Fall, dass es mit der Arbeit mal länger dauert. Wusstest du, dass wir dort zwei Pritschen haben?«

»Ich glaube nicht, dass ich in den nächsten Tagen Bedarf haben werde.« Sie legte den Kopf schief und sah Morten verlegen an. »Florian Wertheim möchte, dass ich wegen der Kardinal-Covey-Sache nach Rom fliege.«

Morten zog die Nase hoch und hob die Hände. »Ach so, ich verstehe.«

»Was verstehst du?«

»Ich muss es doch nicht erst ausbuchstabieren, oder? Du hast ein Kind verloren, der Chef bestellt dich nach Rom. Das ist einfacher, als eins und eins zusammenzuzählen.«

Nina sagte nichts. Morten stand auf. »Also dann. Kommst du vorher noch in der Redaktion vorbei?«

»Ich möchte vor meiner Abreise noch einige Interviews mit Betroffenen führen. Dazu muss ich aber nicht unbedingt in die Redaktion.«

Morten rieb sich die Hände. »Auch gut. Ich muss los. Ich sehe dich dann zu Hause.« Er wandte sich zum Gehen, doch Nina fasste ihn beim Handgelenk.

»Morten. Ich danke dir sehr für deine gestrige Hilfe.«

Er sah sie erstaunt an. ›Keine Ursache. Das war doch selbstverständlich.«

»Das mit Florian und mir ist vorbei. War es schon, bevor ich nach Melbourne gekommen bin.«

Morten machte sich von ihr los. »Das geht mich nichts an. Ich seh dich dann später.« Nina blickte ihm nachdenklich hinterher, bis er das Krankenzimmer verlassen hatte.

Melbourne, 1873

Little Lon« war das Herz von Melbournes Elendsviertel, das Zentrum der Bordelle und Spielhöllen, der Drogen und der Armut. Es war auch der Ort, wo die Arbeiterklasse lebte. Der perfekte Ort für eine Armenschule, befand Schwester Mary MacKillop. Seit sie den Orden der Sisters of St. Joseph gegründet hatte, dienten die »Schwestern der Gnade« den Ärmsten der Gesellschaft. Das Wirkungsfeld der Schwestern waren hauptsächlich Landschulen, doch Mary erkannte früh die ungleich größere Not in der Stadt. Die Gegend um Little Lon galt wegen der zahlreichen Bordelle eigentlich als ungeeignet für die Nonnen, doch Mary hatte darauf bestanden, den Konvent genau dort einzurichten. Sie hatte eine klare Vision von ihrer Aufgabe und wurde nicht müde, diese dem Bischof auseinanderzusetzen, der um den Ruf des Konvents fürchtete.

»*Nur wenn wir dort leben*«,

schrieb sie ihm, um seine Vorbehalte zu entkräften,

»*können wir Gutes tun. Dies ist der Ort, wo unsere Aufgabe ist. Ich gebe zu, dass selbst ich ein wenig* ängstlich bin, ob die Schwestern, die nur das Landleben kennen, bereit sind, im Herzen der Sünde zu leben. Ich weiß nicht, wie sie auf die Straßendirnen und die zahlreichen Bordelle reagieren, die an diesem traurigen Ort anscheinend wie Pilze aus dem Boden sprießen. Ich stelle mir vor, dass es gut wäre, eine kleine Halle oder ein Haus einzurichten, wo Kinder, die tagsüber arbeiten, nachts unterrichtet werden können. Ein Ort, der auch für Frauen eine Notunterkunft sein kann, wenn sie ihre Arbeit verloren haben und nicht mehr wissen, wohin sie sich wenden sollen. Am besten wäre natürlich ein Waisenhaus, das dauerhaft Kinder aufnehmen kann.«

Das katholische Kinderheim war bereits derart überfüllt, dass drei Kinder in einem Bett schlafen mussten. Aus Mangel an Stühlen im Speisesaal nahmen die Kleinen ihre Mahlzeiten im Stehen ein. Die Schwestern aßen in einem Wellblechschuppen, in dem es im Sommer kaum auszuhalten war.

Der Bischof ließ sich schließlich erweichen, und Mary MacKillop eröffnete ein winziges Haus für schwangere Frauen und eine Suppenküche in der Innenstadt, die auch Kleidung für Bedürftige bereitstellte. Am meisten lagen ihr jedoch die Kinder am Herzen, und wann immer sie konnte, besuchte sie die unterrichtenden Schwestern in der neu gegründeten Lumpenschule und brachte den Kindern Süßigkeiten mit. Mädchen und Jungen wurden durch einen Zaun auf dem Pausenhof voneinander getrennt, und jeden Morgen mussten die Kinder ihre Hände in warmem Wasser mit Seife waschen. Ihre Schöpfe wurden regelmäßig auf Läuse untersucht, jeden Freitagnachmittag verabreichten die Schwestern ihnen eine Dosis von Salzen, von denen man annahm, dass sie die Verbreitung ansteckender Krankheiten verhinderten.

Am 24. Oktober berichtete die Tageszeitung »The Advocate«:

Die Schwestern von St. Joseph haben nun ihre Arbeit in ihrem neuen Gebäude in der Latrobe Street angetreten. Obwohl die Unterkünfte schon jetzt zu klein und unbequem sind, schaffen sie dennoch einen Raum für bedürftige Kinder. Besonders hervorzuheben sind die Erfolge der Armenschule. Schwester Mary MacKillop hat zu diesem Zwecke ein Zweiraum-Cottage am Cumberland Place angemietet, wo täglich sechzig Kinder unterrichtet werden. Spenden aus der Gemeinde ermöglichen es den Schwestern, den Kindern ordentliche Kleidung für die Sonntagsmesse zur Verfügung zu stellen.

Mary MacKillops Armenschule nimmt Kinder aus vielen Kulturen auf. Ihre Schüler kommen aus China, Indien, Syrien, Frankreich, Italien und England.

Melbourne, November 1874

Caroline bekam vom einflussreichen Parlamentarier Paul Kennett mehr, als sie sich erhofft hatte. Neben der finanziellen Unterstützung stand er ihr mit Rat und Tat in allerlei rechtlichen und geschäftlichen Fragen zur Seite. Ein angesehener Anwalt und guter Freund von Kennett setzte einen Vertrag auf, der ihre Partnerschaft regelte. Danach war Kennett Hauptinvestor, übertrug aber die geschäftliche Verfügungsgewalt ihres gemeinsamen Unternehmens auf Caroline. Am Ende des Jahres 1874 war Caroline zumindest auf dem Papier Chefin ihres eigenen Bordells.

Sie hätte nicht glücklicher sein können, als sie kurze Zeit darauf das Haus Nr. 32 in der Lonsdale Street erwarb, ein unscheinbares doppelstöckiges Gebäude aus rotem Backstein inmitten des Slums, doch es lag nahe genug am Parlamentsgebäude und verfügte über einen diskreten Hintereingang, bot also beste Voraussetzungen.

Die folgenden Wochen vergingen wie im Rausch: Während sich Jenny um die Vorauswahl der Mädchen kümmerte, war Caroline vollauf damit beschäftigt, das zukünftige Etablissement auszustatten. Sie hatte den Ehrgeiz, jedes Zimmer anders einzurichten. Saint-Gobain lieferte große Mengen an

Spiegeln. Rechts, links, oben, unten: Wer wollte, konnte sich in allen Positionen bewundern. Dazu kamen Teppiche, Lampen und Baldachinbetten, das Haus sollte für seine raffinierte Einrichtung und seine ausgesuchten »Logierdamen« gelobt werden.

Das schönste Zimmer verfügte über ein echtes Bett aus der Zeit Ludwigs XV. und einen bemalten Spiegel über dem Kamin. Er zeigte eine junge, auf dem Rücken liegende Frau, die auf einer kleinen Trommel spielt, während rosafarbene Putten sie mit Blumen überhäufen. Über dem Nachttisch hing ein weiteres Gemälde: die schlafende Venus und Psyche. Im ganzen Zimmer waren lächelnde Satyrn verteilt. Im Vestibül standen zwei Holzplastiken, ein weiblicher und ein männlicher Faun in Lebensgröße. Das prächtige Zimmer lag wie die anderen im ersten Stock hinter der umlaufenden Galerie, zu der eine Treppe aus Holz und rosa Marmor im Stil Ludwigs XIII. führte und von der aus man in den offenen Salon hinunterblickte.

Im zweiten Stock befand sich die Grotte der Paiva, einer historischen Hure, mit einer Schlafstätte aus Akazienholz in Form einer Meeresschnecke, die von vier Schwänen umrahmt wurde. Im Badekabinett hing das Porträt einer skandalumwitterten italienischen Prinzessin, die sich einen Zigeuner zum Vergnügen geleistet haben sollte, der ihr nackt auf der Geige vorspielte.

Das Haus wurde innerhalb kürzester Zeit zu einem großen Erfolg. Die Herren der Gesellschaft besuchten die jüngste Versuchung der Stadt mitunter sogar schon am Nachmittag während der Arbeitszeit: Der diskrete Hintereingang machte dies gefahrlos möglich, und es sprach sich unter den Gentlemen schnell herum, dass sie an diesem Ort in luxuriöser Atmosphäre einige Augenblicke zwanglosen Vergnügens verbringen konnten. Als Gentleman wusste man sich unter Gleichgesinnten in Sicherheit, weil eine Krähe der anderen kein Auge aushackte. Wenn gegen drei Uhr mittags die Arbeit des Tages überwiegend erledigt war, ging man nicht selten in Gesellschaft eines Kollegen oder Geschäftspartners in aller Ruhe auf ein Gläschen ins *Madame Brussels*, ließ sich auf roten Plüschsesseln nieder und plauderte, mit einem Drink in der rechten und einem hübschen Hintern in der linken Hand, kultiviert und entspannt über Gott und die Welt. Selbstverständlich trug man auch hier einen dreiteiligen Anzug, Hut und Gamaschen, die man nur zwischendurch ablegte, wenn das Mädchen der Wahl einen die Treppe zu einem der Zimmer hinaufführte. Regelmäßige Besucher dieses Etablissements sprachen nur von ihrem »Club«. Sie fühlten sich dem Haus zugehörig.

Seinen Namen, *Madame Brussels*, verdankte das Haus – und damit auch Caroline, die »Madame« – einem Kunden, der besonders die Mädchen zu schätzen wusste, die Caroline in Belgien anwarb. Was ihre Manieren und ihren Akzent betraf, so standen sie den französischen Mädchen in nichts nach, waren aber erheblich günstiger als die Pariserinnen und um einiges weltgewandter als die Mädchen aus der Fabrik, die Caroline erst unterrichten musste, damit sie ihrem Standard genügten. Die Wahl »ihres« Mädchens war für die Herren mit einer regelrechten Zeremonie verbunden: Im Salon, ausgestattet mit dorischen Säulen wie ein griechischer Tempel und einem grünen Teppich, standen die Damen in leichten Gewändern wie antike Göttinnen auf Sockeln, posierten aufreizend und warfen ihren Bewunderern glühende Blicke zu. Und die Kunden trafen ihre Entscheidung für den Abend.

In ganz Melbourne wurde über das unerhörte Etablissement geredet – in den eleganten Salons während des Fünf-Uhr-Tees bei Sandwiches und Souchong, dem chinesischen Rauchtee; in den Clubs bei Brandy, Soda und Zigaretten; unter den Arbeitern während des Mittagsbiers und unter ihren Frauen im Hinterhof über einem Waschbottich. Selbst die Kirche wurde vom Klatsch angesteckt, und Pfarrer – Anglikaner, Katholiken und Presbyterianer gleichermaßen – ergriffen die Gelegenheit, über die Lasterhaftigkeit der Zeit zu predigen.

Die Dinge liefen sehr gut für Caroline. Dank ihrer einflussreichen Freunde bekam sie weder mit dem Finanzamt noch mit der Polizei Schwierigkeiten. Die Einkünfte aus dem *Madame Brussels* stiegen von Jahr zu Jahr: Es war das einträglichste Sündenhaus weit und breit.

Melbourne, 1875

Caroline klopfte sachte, doch bestimmt an die Tür des Klosters. Sie fragte sich, wie die Schwestern ihr wohl begegnen würden, doch sie war zuversichtlich, ihr Anliegen überzeugend erklären zu können. Als sie Schritte hörte, richtete sie sich auf und reckte das Kinn. Die Tür öffnete sich, und eine ältere Nonne im schwarz-weißen Habit erschien im Türrahmen. Sie musterte sie und hob erstaunt die Brauen.
»Ja, bitte?«
»Caroline Hodgson. Ich möchte mit der Mutter Oberin sprechen. Es geht um zwei Kinder, die eine Unterkunft benötigen.« Mit skeptischem Blick bat die Nonne sie herein und führte sie in einen nüchternen Raum, in dessen Mitte sich ein abgenutzter Tisch ohne Decke befand, an dem vier schlichte Stühle mit hoher Lehne standen. Offenbar hatte man die Wände erst vor kurzem geweißt. Es roch stark nach Farbe. Die Nonne entschuldigte sich und kehrte wenig später mit einem Tablett zurück.
»Tee?«, fragte sie.
»Ja, gerne.«
»Schwester MacKillop wird gleich bei Ihnen sein.« Geschäftig plazierte die Nonne Teekanne, Milchkännchen, Zucker-

dose und zwei Teetassen auf dem Tisch vor Caroline. Sie schenkte beide Tassen randvoll und verschwand samt leerem Tablett genauso still, wie sie gekommen war. Caroline bemerkte sofort, dass die Tassen nicht aus Porzellan gefertigt waren. Die Kanne hatte einen leichten Sprung. Caroline legte die Hände in den Schoß und wartete. Das konnte dauern. Die Nonne hatte sie erkannt. Sicherlich besprachen die Ordensfrauen nun aufgeregt, wie man einer wie ihr begegnete. Bei diesem Gedanken schmunzelte Caroline. Sie sah sich um. Abgesehen von einem grob geschnitzten Holzkreuz, von dem eine gekreuzigte Jesusfigur leidend auf den Betrachter herabblickte, waren die Wände kahl. Caroline glaubte nicht an Gott, aber die Erfahrung hatte sie gelehrt, ihre Überzeugung besser für sich zu behalten. Sie lauschte dem lauten Ticken der Standuhr hinter ihr und zog ihren Stuhl näher zum Tisch heran, was auf dem nackten Boden ein schrilles Kreischen verursachte, so dass sie in der Bewegung innehielt. Ihr eigenes Haus war mit dicken Teppichen ausgestattet, die noch das kleinste Geräusch verschluckten. Was sie bislang vom Kloster gesehen hatte, erschien ihr harsch und öde. Natürlich hatte sie nichts anderes erwartet.

Ihre Besuche im Potsdamer Pfarrhaus kamen ihr in den Sinn, wo sie vor langer Zeit als junges Mädchen im Katechismus unterrichtet worden war. Sie und die anderen Kinder hatten mucksmäuschenstill am Tisch gesessen, da bei Ungehorsam der Rohrstock von Pfarrer Hänsche unbarmherzig auf ihre kleinen Hände niedersauste. Manche Dinge vergaß man nie.

Caroline sah zur Tür, als sie Schritte hörte.

Mary MacKillop trat ein, und Caroline stand auf. Die Frauen sahen sich für eine Sekunde in die Augen, bevor die Schwester ihren Gast mit einer Bewegung aufforderte, wieder Platz zu nehmen. MacKillop drehte den Kopf verärgert Richtung Tür.

»Ich habe doch ausdrücklich darum gebeten, den Tee nicht gleich einzuschenken.« Die ältere Nonne entschuldigte sich und zog sich zurück. Mit einem Seufzer griff MacKillop nach ihrer Tasse und trank einen Schluck. »Lau.« Über den Tassenrand hinweg sah sie ihre Besucherin an. »Trinken Sie, bevor er ganz ungenießbar wird.« Caroline folgte der Aufforderung, dann stellte sie Tasse und Untersetzer auf den Tisch zurück.

»Danke, dass Sie mich empfangen.« Sie hob das Kinn. »Mir ist bewusst, dass mein Besuch Sie überraschen muss, obschon wir im Grunde Nachbarn sind. Ich weiß es zu schätzen, dass Sie mich nicht abgewiesen haben.«

Mary MacKillop sah Caroline aufmerksam an und unterbrach sie nicht. Ihr Blick strahlte Selbstbewusstsein und Stärke aus. Sie wirkte ruhig und abgeklärt auf eine Weise, die Caroline nicht in Worte zu fassen vermochte. Ein leichtes Flattern im Magen erinnerte sie wieder an früher, gerade so, als säße sie vor dem alten Pfarrer Hänsche in Erwartung des Rohrstocks.

»Werden Sie mich anhören?«, fragte sie dann.

»Man nennt Sie Madame Brussels, nicht wahr?« Schwester MacKillop lächelte nicht. »Mir ist natürlich bekannt, dass Sie jenes übel beleumundete Haus auf der anderen Straßenseite führen. Mir ist ebenfalls bekannt, dass die Frauen, die für Sie arbeiten, wie Tiere gehalten werden.«

Caroline sprang von ihrem Stuhl auf. »Das ist eine infame Unterstellung!«

Die Schwester hob die Hand. »Setzen Sie sich!« Zögernd folgte Caroline der Aufforderung. Die Schwester wartete eine

Weile, bis ihr Gegenüber sich beruhigt hatte. »Sie werden kaum bestreiten, dass Sie entscheiden, ob und wann die Mädchen Ihr übles Haus verlassen dürfen. Sie haben die Mädchen in der Hand, weil sie in Ihrer Schuld stehen. Zu überhöhten Preisen müssen sie ihre Seidenkleider, die Pariser Seifen und Parfüms abbezahlen, die Voraussetzung für ihre Tätigkeit sind; weiterhin kommen Kost und Logis hinzu. Das nenne ich infam, und bitte widersprechen Sie mir nicht, oder wir beenden unser Gespräch gleich hier und jetzt.« Carolines Brust hob und senkte sich in schneller Folge, doch sie hielt den Mund, um ihre Chance nicht zu verspielen. Mary MacKillop stellte ihre Tasse ab. »Sosehr ich meine Phantasie bemühe, mir fällt nicht das Geringste ein, von dem ich in Bezug auf Sie sagen könnte: *Dies gefällt dem Herrn.*« Während ihrer letzten Worte hob sie langsam den Blick und sah Caroline unverwandt ins Gesicht.

Caroline hielt ihr stand. Sie hatte sich entschieden, nicht auf die Vorwürfe der anderen einzugehen. Sie sprach mit einer Nonne. Was hatte sie erwartet? Natürlich musste sie ihren Beruf missbilligen; eine Tatsache, die selbst das ausgefeilteste Argument nicht ändern würde.

»Ich bin vor vier Jahren gemeinsam mit meinem Mann nach Australien gekommen«, begann sie ihre Schilderung und beobachtete die Nonne, während sie von der Zeit bei ihrer Schwägerin und deren Entscheidung berichtete, die eigenen Kinder wegzugeben. »Ich leide noch heute darunter, dass ich es nicht verhindern konnte. Wegen dieser Kinder bin ich heute bei Ihnen.« Carolines Mund fühlte sich trocken an, und sie trank einen Schluck Tee. Mary MacKillop verfolgte jede ihrer Bewegungen. Caroline stellte die Tasse ab und räusperte sich. »Sie mögen von mir denken, was Sie wollen, aber das Leiden unschuldiger Kinder ist etwas, das dem Herrn sicherlich ebenso wenig gefällt wie das, was in meinem Haus vorgeht.« Sie verschränkte ihre Hände und legte sie in den Schoß. Das nervöse Flattern im Magen war verschwunden. Sie war nicht mehr das kleine Mädchen, das sich von einem abfälligen Blick einschüchtern ließ. In ihrem neuen Leben als Madame hatte sie Gespräche geführt, die ihre Konversation mit der Ordensschwester wie ein Picknick erscheinen ließen.

»Sehen Sie«, fuhr sie mit nun sicherer Stimme fort, »ich kann Ihnen gar nicht beschreiben, wie sehr mich Suzanne und der kleine Blair berührt haben. Mein Unvermögen, sie zurückzuholen, nagt bis heute an meinem Gewissen. Meine Lage hat sich jedoch verändert.«

»Würde es Ihnen etwas ausmachen, sich etwas kürzer zu fassen? Meine Zeit ist begrenzt.« Mary MacKillop wirkte ungeduldig, ihre Stimme klang kühl und abweisend.

»Natürlich. Ich habe die Kinder vor zwei Wochen aus dem Arbeitshaus in Abbotsford zu mir geholt, und seither leben sie in einem Zimmer in unserem Haus, das – wie Sie richtig sagen – einen üblen Ruf hat. Nicht gerade der beste Platz für eine Familie.«

»Was ist mit den Eltern?«

Diese Frage ließ Caroline einen Stoßseufzer zur Zimmerdecke schicken. »Aus dem Vater ist ein übler Zuhälter geworden, der davon lebt, dass ich ihm Schutzgelder zahle. Seine Frau hat sich von ihm getrennt und arbeitet in meinem Haus, doch eine Mutter ist sie nicht. Sie sagt, sie hegt keine Gefühle für ihre Kinder und möchte lieber allein leben.« Caroline fing den skeptischen Blick der Oberin auf. »Das heißt nicht, dass sie von Grund auf schlecht ist. Sie will ihren Teil zahlen, damit die Kinder anständig untergebracht werden und etwas lernen.«

»Sie wollen, dass wir die Kinder aufnehmen?«

»Ja, aber mehr als das. Lassen Sie es mich kurz erklären.« Caroline beugte sich vor. »Sie und ich, wir leben in sehr unterschiedlichen Umständen, und dennoch teilen wir etwas: die Sorge um das Wohlergehen von Kindern.« Sie sprach leidenschaftlich. »Ich bewundere, was Sie für die Kinder in den Slums tun. Dass Sie nicht nur hier in Melbourne, sondern auch auf dem Land Schulen für die Ärmsten einrichten. Etwas ähnlich Positives kann man nicht von jedem ihrer Ordensbrüder behaupten.«

Eine unangenehme Stille trat ein, die Caroline körperlich zu spüren meinte. Mary MacKillop sah auf ihre Hände, holte Luft und setzte sich aufrecht hin. Als sie aufblickte, traf der Blick ihrer hellen Augen Caroline bis ins Innere.

»Wovon reden Sie? Was deuten Sie da an? Sie werden Ihre Anschuldigungen beweisen müssen oder dieses Haus sofort verlassen.«

Caroline nickte. »Warten Sie! Ich will Ihre Arbeit unterstützen. Ich möchte Ihnen eine beachtliche Summe zukommen lassen, die Sie für die Betreuung Ihrer Kinder verwenden können. Es wird eine anonyme Spende sein, die von einer Sie bewundernden Dame der Gesellschaft stammt. Man wird diese Gelder nicht auf mich zurückführen können, dafür werde ich Sorge tragen.« Carolines Mundwinkel verzogen sich zu einem angedeuteten Lächeln. »Meine einzige Bedingung ist, dass Sie meine Nichte und meinen Neffen aufnehmen und für ihre Erziehung sorgen.«

Schwester MacKillop war aufgestanden und ging, Zeige- und Mittelfinger gegen die Nasenwurzel gepresst, nachdenklich im Raum auf und ab. Plötzlich blieb sie hinter Caroline stehen. »Es muss Ihnen klar sein, dass jede Art von Spende – sei es Geld oder irgendwelche Güter – keine Ihrer Sünden sühnen kann.«

Caroline drehte sich zu ihr um.

»Ich gebe Ihnen das Geld nicht, um Buße zu leisten. Was zwischen mir und Gott passiert, bleibt zwischen ihm und mir, Schwester. Ich schätze Ihre Sorge um mein Seelenheil, aber ich habe Sie nicht um meinetwillen aufgesucht, sondern einzig und allein wegen der Kinder. Bitte respektieren Sie das.«

Die Schwester setzte sich wieder.

»Wenn es nur so einfach wäre. Ich nehme nur gute Saat. Schnöden Mammon kann und will ich nicht annehmen.«

Caroline atmete hörbar aus. Sie beugte sich vor.

»Schwester MacKillop, auch wenn Ihnen der Gedanke abwegig erscheint: Es gibt noch eine Sache, die wir gemeinsam haben. Sie und ich – wir kennen die Sünden dieser Stadt besser, als uns lieb ist. Wir beide erleben es ja tagtäglich. Sie kümmern sich um gefallene Frauen und ihre Kinder. Ich sehe die Kunden und meine Mädchen, denen es gottlob um ein Vielfaches besser geht als den Dirnen, die in einem Ihrer Häuser Zuflucht nehmen müssen. Ihre Priester hören die Beichten trauriger und bedürftiger Menschen, aber ich sehe Tag für Tag, was Männer Frauen antun können.« Sie machte eine Pause. »Und ich sehe Taten, begangen von Männern, die Sie wahrscheinlich als Letzte verdächtigen würden.«

Erneut trat ein gespanntes Schweigen zwischen den Frauen ein. Die Oberin schien nachzudenken. Sie erhob sich, und Caroline tat es ihr gleich.

»Also gut. Bringen Sie die Kinder morgen früh vorbei. Ich verspreche jedoch nichts. Und über die Höhe der Spende müssen wir auch noch reden.« Caroline nickte. »Es ist Ihnen hoffentlich bewusst, dass weder Sie noch die Mutter die Kinder besuchen können, solange Sie in Schande leben.«

»Natürlich.«

»Sobald Sie oder die Mutter hier auftauchen, verwirken Sie das Recht der Kinder, bei uns zu bleiben. Überhaupt kann ich die Kinder jederzeit aus der Obhut unseres Konvents entlassen. Haben Sie mich verstanden?«

Anonymer Brief an Christine Wertheim, Juni 2014

Liebe Frau Wertheim,
hiermit folge ich Ihrem Aufruf in der Mai-Ausgabe der
Zeitschrift »Diva« und schicke Ihnen anonym einen Bei-
trag für Ihre Serie »Die andere Frau«. Ich hoffe, er
gefällt Ihnen. Ich würde mich jedenfalls sehr freuen,
wenn Sie meinen Erfahrungsbericht für eine Veröffentli-
chung in Betracht ziehen sollten.
Mit freundlichen Grüßen,
eine andere Frau

Affäre, Betrug, Verrat – das ist nichts, womit man sich
schmückt. Schon gar nicht in der Öffentlichkeit. Welche
Frau würde schon ohne Not, aus freien Stücken und mit
gutem Gefühl zugeben, dass sie die andere ist? Allenfalls
ganz am Anfang, wenn sie es noch gar nicht richtig
begriffen hat, worauf sie sich da einlässt.
Ich bin diese Geliebte, die Frau im Schatten, und ich
war keine einzige Minute unschuldig daran, dass und
wie es dazu gekommen ist. Dennoch: Gesucht habe ich
diesen Status nicht. Welche Frau träumt mit Anfang 30
schon davon, nicht die erste Geige beim Mann ihrer

Wahl zu spielen? Wieso habe ich mich dann darauf eingelassen? Ich habe studiert, einen guten Job mit Aufstiegschancen bei einer überregionalen Zeitung und sehe nicht übel aus; Letzteres sagt zumindest meine beste Freundin.

Die Antwort ist einfach: Es ist die Chemie.

Wenn zwischen zwei Menschen etwas entsteht, das über das Platonische hinausgeht, spürst du es. Ob du es wahrhaben willst oder nicht. Ob es dir in den Kram passt oder nicht. Ob es gesellschaftlich akzeptabel ist oder nicht. Das ist der Punkt, an dem du dich entscheiden musst. Lasse ich dieses Gefühl zu, oder ignoriere ich es? Nehme ich es hin, oder weise ich es bewusst zurück, weil es falsch ist? Die billige Entschuldigung »Es ist mir einfach so passiert« zählt nicht. Nichts passiert einfach so. Jeder kann sich gegen ein aufkommendes Gefühl wehren, das er für falsch hält. Niemand geht diesen einen, diesen entscheidenden Schritt weiter, ohne sich an irgendeinem Punkt genau dafür entschieden zu haben. Wer etwas anderes sagt, der lügt.

Ich weiß, wovon ich spreche. Wenn ein geschäftliches Essen zu einer privaten Verabredung führt, hast du dich entschieden. Egal, was du dir später einredest oder wie du es deiner besten Freundin verkaufst. Eine Freundin, die diesen Titel verdient, streut Salz in deine Wunde, nennt die Dinge schonungslos beim Namen.

»Willst du was von ihm, macht er dich scharf?«, wird sie dich fragen.

Du wiegelst natürlich erzürnt ab: »Darf ich mich mit meinem Chef nicht auf ein Glas am Abend treffen? Leben wir denn im Mittelalter?«

Die Antwort lautet: Nein, das darfst du nicht. Er ist dein Chef, er ist verheiratet, und er hat zwei süße kleine Mädchen. Du kannst dich nicht mit diesem Mann anfreunden, als hättest du ihn gerade erst in der Eckkneipe kennengelernt und möchtest nun aus reiner Sympathie mehr über ihn herausfinden. Warum nicht? Weil du längst schon weißt, was du wissen musst, um Abstand zu halten. Und das ist genug, um keinen Schritt weiter in die falsche Richtung zu gehen. Alles, was du ab diesem Zeitpunkt tust, unternimmst du auf eigene Gefahr.

Mach dir nichts vor: Ab jetzt spielst du mit dem Feuer, und du genießt es. Du willst mehr. Du willst alles, was nun passiert, und mehr. Widersprich nicht, du weißt, ich habe recht!

Ich hielt Frauen, die Affären mit verheirateten Männern eingingen, für egoistische Miststücke, für billige Biester, die keinerlei Verständnis verdienen. Mein Mitgefühl galt immer der betrogenen Ehefrau, und hätte ich es mitbekommen, dass einer meiner Freunde oder eine Freundin hintergangen wird, hätte ich keinen Augenblick gezögert und ihm oder ihr mein Wissen mitgeteilt.

Seit einem Jahr bin ich selbst dieses Miststück, vor dem ich andere, ohne mit der Wimper zu zucken, gewarnt hätte. Seither habe ich mich verändert. Ich bin eine andere geworden.

Nein, an diesem ersten Abend bei einem Glas Wein in der Bar gegenüber der Redaktion ist nichts passiert, was man uns hätte vorwerfen können. Keine Umarmung, kein Kuss. Und doch genug. Lange Blicke, eine Berührung unserer Füße. Kein gemeinsames Taxi, aber eine

SMS. Er fragte nur nach, ob ich gut nach Hause gekommen sei, und wünschte mir eine gute Nacht. Um halb drei Uhr morgens. Platonisch? Ein Chef, der nach einem gemütlichen Abend lediglich seiner Fürsorgepflicht nachkommt? Dass ich nicht lache!

Denn dann passiert es eben doch.

Wenige Tage später trinkt man ein zweites Glas zusammen, und dieses Mal teilt man sich das Taxi. Küsse werden auf der Rückbank ausgetauscht. Die Hand auf deinem Rücken zieht dich zu ihm, während er dir verführerische Dinge ins Ohr zu flüstern beginnt: dass er dich will. Dass du ihn schon seit dem ersten Tag, an dem du dein Volontariat angetreten hast, verrückt machst. Dass du ihm seither nicht mehr aus dem Kopf gehst und er an nichts anderes mehr denken kann, als dich in seinen Armen zu halten.

»In seinen Armen halten« – was das heißt, ist dir doch hoffentlich klar? Er will dir keine Rosen aufs Bett streuen und dir zärtlich in die Augen blicken. Nein, er will dich ficken. Jetzt.

Kurz schießt dir ins hormonumnebelte Bewusstsein, dass er eine Familie hat. Eine wunderbare und erfolgreiche Frau, die in derselben Branche arbeitet. Zwei süße, unschuldige Mädchen, beide noch keine 8 Jahre alt. Wie kann er dich da in seine Wohnung einladen? Als hätte er deine stumme Frage gehört, beugt er sich über dich, küsst dich auf die Wange, knabbert an deinem Ohr, dass deine Brustwarzen hart werden.

»Meine Frau und die Kinder sind verreist. Du brauchst keine Angst zu haben.« Er umfasst deine Taille, drückt sich an dich. Zu diesem Zeitpunkt hätte es einer Horde

*wilder Pferde bedurft, um mich aus seinen Armen zu
reißen. Freiwillig hätte ich ihn nicht mehr gehen lassen.
Nicht in diesem Leben. Wir verbrachten die Nacht in
seinem Ehebett und trieben es miteinander, als gäbe es
kein Morgen. Ich gebe zu, dass es mir einen gewissen
Kick verschaffte, zwischen den Laken zu liegen, die
seine Frau ausgesucht hatte. Weiche, teure Laken, mit
einem englischen Rosenmuster – wie romantisch! Ich
ging ab wie eine Rakete, schrie vor Lust, bis er mir die
Hand auf den Mund legte. Wohl aus Angst vor den
Nachbarn. Doch die Art, wie er in mich stieß und mich
gleichzeitig fixierte, machte mir klar, dass ihn die gefähr-
liche Situation mindestens so anmachte wie mich. Ich
fühlte mich so begehrenswert wie niemals zuvor. Er
wollte mich, ich wollte ihn, und es war verboten. Es war
himmlisch! Selbst jetzt noch kann ich unsere Geilheit
von damals spüren – wie das Zischen eines blutigen
Steaks, das die glühend heiße Grillplatte berührt.
Zum ersten Mal im Leben hatte ich multiple Orgasmen
erlebt. Erst später, als ich wieder in meiner Wohnung
war, fragte ich mich, was genau es war, das mich so
aufgegeilt hatte. Wenn man in den Dreißigern ist und
auf einige gute Liebhaber zurückblicken kann, darf
man sich diese Frage durchaus stellen, finde ich. Ich
musste nicht lange überlegen, um eine Antwort zu
finden. Es war offensichtlich die Tatsache, dass wir es
heimlich trieben, dass nicht erlaubt war, was wir taten.
Jede Berührung zwischen uns war, moralisch betrachtet,
falsch, und wir wussten es. Und doch fühlte es sich so
unglaublich richtig an, wenn seine Fingerspitzen sich in
meine Haut gruben. Wie ein leichter Stromschlag. Ich*

vibrierte und zitterte unter seiner Liebkosung. Immer wieder. Die Dinge, die ich seit jener Nacht mit ihm trieb, waren so unverschämt und gut, dass ich mehr wollte. Unbedingt. Nie hatte ich mich begehrenswerter gefühlt, nie waren Berührungen und Gespräche intensiver als mit diesem Mann, der einer anderen gehörte. Ich war die Frau, für die es sich zu lügen lohnte.

Und seine Ehefrau? Ich nahm sie gar nicht wahr. Ich war die Bedrohung, nicht sie. Sie war nur diejenige, die abends mit den Kindern neben ihm auf der Couch saß, um sich bei einer aufgewärmten Schüssel Spaghetti bolognese eine Talentshow anzuschauen. So malte ich es mir aus. Danach gingen sie todmüde ins Bett, und nichts passierte, weil er sie nicht begehrte. Ich war die, der er noch im Hausflur ihrer Wohnung unter den Pullover fasste, um ihre Brüste zu liebkosen, bis die Nippel so hart wurden, dass sie vor Verlangen zu schmerzen begannen. Ich war die, gegen deren feuchte Möse er seinen steifen Schwanz so fest drückte, dass ich es nicht abwarten konnte, endlich die Haustür hinter uns zu schließen, um ihn noch im Flur in kurzen harten Stößen tief in mir zu spüren.

Nur ein einziges Mal haben wir über seine Frau gesprochen. Es ließ sich nicht vermeiden, als er sich nach einem Anruf von ihr sofort von mir verabschieden musste.

»Es tut mir leid«, textete er mir später. »Ich will nicht bei ihr sein. Ich will dich festhalten, in meinen Armen halten, bis der Tag anbricht.«

Ich verschwende keinen Gedanken an die Zukunft, ich plane kein gemeinsames Leben für uns. Ich lebe im Hier

und Jetzt, schwebe in der Leichtigkeit, die nur ohne
Verantwortung möglich ist. Wir haben keine Ansprüche
aneinander.

Was ist mit den Kindern? Denke ich jemals an seine
Töchter? Die Antwort mag gewissenlos klingen, aber sie
ist die Wahrheit: Nein, ich denke nicht an seine Mädchen. Sie haben so wenig Platz in meinem Leben wie ich
in ihrem. Genau wie ihre Mutter wissen sie nicht, was
ihr Vater treibt, wenn er eine Geschäftsreise vorschützt.
Wie kann es sie dann verletzen?

Mache ich mir jemals Gedanken um die Zeit, die ich
seiner Familie stehle, wenn ich mit ihm zusammen bin?
Denke ich daran, dass unser Lügenkonstrukt eines Tages
auffliegen könnte? An den Schmerz und das Leid, die
ich seiner Familie zufüge? Keine Sekunde. Wir sind so
vorsichtig, wie es eben geht. Es ist seine Familie, nicht
meine. Es ist sein Risiko, nicht meines. Wie groß ist die
Wahrscheinlichkeit, dass unsere Affäre auffliegt? Wie
gesagt, wir sind vorsichtig.

Natürlich: Er ist mein Chef, vor den Kollegen spielen
wir Theater. Wir sind keine Schauspieler, und die
Möglichkeit, bei einem innigen Blickwechsel oder einer
heimlichen Berührung ertappt zu werden, ist nicht
wegzureden. Und was, wenn es passiert, wenn man uns
tatsächlich ertappt? Dann ist es so. Ich bin ungebunden,
kann tun und lassen, was ich will. Er ist derjenige, der
gebunden ist. Ich bin nur die Geliebte. Die Frau für
gewisse Stunden, und wenn unsere Zeit vorbei ist, wird
es eine Zeitlang weh tun, und ich werde mich schlecht
fühlen. Wahrscheinlich werde ich mir einen neuen Job
suchen, möglicherweise für einige Zeit ins Ausland

gehen, je weiter, desto besser, bis sich die Wogen geglättet haben. In meinem Beruf ist das nicht weiter ungewöhnlich. Ich werde so weitermachen, als wäre nichts gewesen, bis mir der Mann begegnet, mit dem ich zusammen sein will. Ich hoffe, er ist nicht verheiratet.

Melbourne, 1880

Frau Hodgson,
wie jedes Jahr möchte ich Ihnen einen kurzen Bericht
über Suzanne und Blair Hodgson geben.
Die beiden Kinder entwickeln sich ausgesprochen gut.
Wie Sie wissen, hat Suzanne gerade ihren 13. Geburtstag
gefeiert und sich sehr über das Kleid und die Bücher
gefreut. Wie zwischen uns verabredet, weiß sie nicht,
dass die Geschenke von Ihnen kommen, doch Sie sollen
wissen, dass sie sich insbesondere für die Enzyklopädie
begeistert. Täglich liest sie darin und doziert fleißig über
ihre neuesten Erkenntnisse. Meiner Einschätzung nach
würde Suzanne eines Tages eine exzellente Lehrerin
abgeben – sofern sie ihr Gegenüber jemals zu Wort
kommen lässt. Sie ist wissbegierig und voller Taten-
drang, ein wunderbares Mädchen, auf das ihre Mutter
stolz sein kann.
Blair, er ist jetzt 9 Jahre alt, ist von ruhigerem Wesen,
doch genau wie seine Schwester liebt er Bücher und
Geschichten. Letztens hat ihn Schwester Gwen gefragt,
was er denn einmal werden will. Sehr ernsthaft überleg-
te er für eine Weile, dann lächelte er und sagte: »An-

walt! Es soll gerecht zugehen in der Welt.« Woher er das
hat, weiß ich nicht, doch ich zweifle nicht daran, dass
der junge Mann dieses Ziel von nun an ehrgeizig
verfolgen wird. Die Geschwister fühlen sich nach wie
vor wohl hier. Sie haben liebe Freunde und wunderbare
Lehrer, kommen mit jedem gut aus. Die beiden sind
frohen Mutes und machen große Fortschritte in ihrem
Lernen.
Ich habe Ihnen ja schon im letzten Jahr geschrieben,
dass die beiden nicht länger nach ihren Eltern fragen.
Ich denke, sie haben vor einiger Zeit mehr oder minder
willentlich die Entscheidung getroffen, nicht mehr auf
sie zu hoffen. Dass sie das Fehlen der Eltern weiterhin
schmerzt, davon müssen wir allerdings trotzdem ausgehen, doch ich bin guten Mutes, dass es ihrem größeren
Glück nicht im Wege stehen wird. Ich habe nicht den
geringsten Zweifel, dass die beiden ihren Weg im Leben
gehen werden.
Mary MacKillop

Rom, Juni 2014

Am Flugplatz nahm Nina ein Taxi, das sie zu ihrer Unterkunft in der Nähe der Vatikanstadt bringen sollte. Während der Fahrt durch die sonnendurchfluteten Straßen presste sie ihre Nase gegen die Fensterscheibe wie ein Kind, um bloß nichts zu verpassen. Die römischen Säulen, die Rokokopaläste und die Renaissancepracht von Sankt Peter – es war schon eine Weile her, seit sie zum letzten Mal in dieser herrlichen Stadt gewesen war. Auf ihrem Weg fuhren sie an betörend schönen Gärten vorbei, mit hohen Zypressen, Pappeln und rechteckigen Rasenflächen, wie mit der Schere ausgeschnitten. Als sie die Vatikanstadt passierten, bewunderte sie aus der Ferne die Renaissance-Brücken und die gotischen Bögen. Welch ein Kontrast zu Melbourne!
In der kleinen Pension angekommen, in der sie gebucht hatte, konnte sie sogleich ihr Zimmer beziehen. Noch bevor sie ans Auspacken ging, trat Nina ans Fenster und blickte hinab auf den schäbigen kleinen Platz mit den beiden schlaffen Platanen im umpflasterten Viereck.
Zur linken Hand sah man eine kleine Kirche, die alles andere als eine architektonische Offenbarung war. Schicht um Schicht schien dort von den Außenwänden abzublättern.

Der Ort passte zu ihrer melancholischen Stimmung. Am Gate in Melbourne hatte sie eine Textnachricht von Florian erreicht:

> Bin untröstlich. Kann dich erst in einer Woche in Rom treffen. Verlag hat kurzfristig Krisentagung wegen miesem Anzeigengeschäft einberufen. Tut mir unendlich leid!

Ihr Flug war bereits aufgerufen, sie stand in der Schlange, als sie ihm antwortete:

> Ist das dein Ernst? Du beorderst mich nach Rom und kannst nicht kommen?

Darauf schrieb Florian:

> Asche auf mein Haupt. Sorry, kann jetzt nicht anrufen: Melde dich, wenn du in Rom gelandet bist. Ich liebe dich.

Caroline blickte nach draußen. Sie hielt ihr Handy in der Hand, hatte Florians Nummer aufgerufen, doch sie zögerte, die Anruftaste zu drücken. Sie war enttäuscht, traurig. Hatte sie zu viel von ihm erwartet? Erst vor wenigen Tagen hatte sie ihr gemeinsames Kind verloren. Das Kind, das er unbedingt hatte haben wollen. Und nun?
Ja sicher, mitunter gab es in der Redaktion Situationen, spontane Ereignisse, die keinen Aufschub duldeten. Dennoch: Er hatte sie nur deshalb nach Rom kommen lassen, weil er sie sehen wollte, und nun war er nicht hier, um sie in den Arm zu nehmen und zu trösten. Das tat weh. Vielleicht war es ihr Fehler, dass er offensichtlich nicht verstand, was in ihr vor-

ging. Schließlich hatte sie ihn noch in Berlin brüsk vor den Kopf gestoßen. Wenn er sie wirklich liebte, musste ihn die barsche Ablehnung verletzt haben. Seither hatte sie keinen Versuch unternommen, ihm alles zu erklären.

Familie war ein wichtiges Thema für sie, nicht zuletzt wegen des Unfalltods ihrer Eltern. Ein Kind zu bekommen, dazu bedurfte es Zuversicht und Optimismus, den unerschütterlichen und blinden Glauben daran, dass man als Eltern noch mindestens zwanzig Jahre lang lebte. Dieser Glaube war seit ihrer Kindheit von Grund auf erschüttert. Alle Therapien der Welt konnten daran nichts ändern. Der Gedanke, ihr eigenes Kind müsse durchleiden, was sie selbst durchgemacht hatte, schnürte ihr jedes Mal die Kehle zu.

Eines war ihr nach der Fehlgeburt dennoch klargeworden: Sie wollte eine Familie. Doch nicht um den Preis, eine andere Frau unglücklich zu machen. Florian war nicht der Vater, den sie sich für ihr Kind wünschte. So einfach war das, und zugleich so unglaublich schwer.

Nina holte zitternd Atem und drückte die grüne Taste. Das Freizeichen ertönte, und Florian meldete sich.

»Ah, gut dass Sie anrufen.« Nina legte den Kopf in den Nacken und schloss die Augen. Wie sie dieses Theater hasste. Florian war offensichtlich nicht allein und musste sich erst in sein Büro verziehen, ehe er mit ihr sprechen konnte. Sie zählte bis zehn, um sich zu beruhigen. Dann hörte sie, wie sich am anderen Ende der Leitung eine Tür schloss. Jetzt war Florian ungestört in seinem Büro.

»Nina, endlich! Wie kann ich das nur jemals wiedergutmachen? Verzeih mir, ja? Die Verlagsspitze hat gestern aus heiterem Himmel dieses Meeting einberufen. Was hätte ich tun sollen?«

Nina ging auf den Balkon und setzte sich auf den wackligen Gartenstuhl.

»Das weiß ich auch nicht, Florian. Ich fühle mich nur sehr allein hier in Rom, aber das ist nicht dein Problem.«

»Wieso sagst du das? Natürlich ist das mein Problem. Ich fühle mich ganz schrecklich. Du bist ja nur wegen mir nach Rom geflogen, nach allem, was du durchgemacht hast.«

»Halb so wild«, log sie. »Ich komme schon zurecht. Morgen beginnt die Anhörung. Es gibt also genug zu tun.«

»Natürlich. Ich freue mich schon auf deinen Bericht.«

Nina schluckte und schwieg. Auf einmal fühlte es sich an, als rede sie mit einem Fremden.

»Hör zu, Schatz. Ich muss auflegen. Ich melde mich zwischendurch per SMS. Du fehlst mir. Sehr.«

Nina biss sich auf die Lippe. »Ich vermisse dich auch«, presste sie hervor.

Am nächsten Morgen machte sie sich auf den Weg zur Anhörung von Kardinal Covey, die in einem imposanten Hotel in der Vatikanstadt stattfinden sollte. Es war ein wolkenverhangener Vormittag, und obwohl die Junisonne verborgen blieb, war es angenehm warm.

Trotz ihrer Traurigkeit genoss sie ihren Spaziergang inmitten der alten Gebäude.

Kardinal Covey war vor einem Jahr vom Papst als Kurienkardinal nach Rom geholt worden, um die Tiefen des finanziellen Morasts auszuloten, in denen der Vatikan langsam, aber unaufhaltsam zu versinken drohte. Ein besonderes Augenmerk sollte dabei den schwarzen Schafen aus den eigenen Reihen gelten, die sich zum Nachteil der Kirche die eigenen Taschen vollstopften. Dieser Covey musste ein harter Bursche sein, dachte Nina. Ein Mann seines Kalibers würde die zweifellos bohrenden Fragen der Australischen Royal Commission überstehen. Sicherlich würde er nur knappe Antworten geben, keine Silbe mehr sagen als das, was ihm seine Anwälte als rechtlich unbedenklich eingetrichtert hatten.

Sie betrat den Konferenzraum, wo sich bereits ein gutes Dutzend Journalisten versammelt hatten. Auf einem improvisierten Podium stand ein Tisch mit Mikrofon, an dem der Kardinal sitzen würde. Davor war eine Videokamera aufgebaut. Mehrere Plätze neben ihm waren bereits von seinen Angestellten belegt. In einiger Entfernung davon begannen die Stuhlreihen für die akkreditierte Presse, darunter viele Australier, wie Nina am Akzent aus den Gesprächen um sich herum erkannte. Sie wählte einen der freien Plätze, die dem Podium am nächsten waren.

Eine junge Journalistin, die rechts von ihr saß, stieß Nina mit dem Ellbogen an und wies mit dem Kinn auf die Gruppe, die im Begriff war, in derselben Reihe wie sie Platz zu nehmen.

»Hey, das nenne ich mal Glück!«, meinte sie und lächelte zufrieden. »Wir sitzen direkt neben den Opfern.« Ohne eine Antwort abzuwarten oder sich vorzustellen, stand die Kollegin auf und machte ein paar Fotos von der stillen Gruppe, die eigens aus Australien angereist war, um Antworten auf ihre Fragen zu bekommen. Nina hielt ihre Kamera auf dem Schoß. Sie fand die Vorgehensweise der anderen zudringlich und taktlos. Sie selbst würde sich den Australiern zu einem späteren Zeitpunkt vorstellen und um ein ausführliches Interview mit einem oder zweien der acht Männer bitten. Es war bekannt, weshalb diese Leute hier in Rom waren und Covey nicht in Australien verhört wurde, wohin man ihn ursprünglich zur Befragung geladen hatte. Angeblich war er zu krank, um den langen Flug anzutreten, daher hatte die Kommission dem Drängen seiner Anwälte nachgegeben und die Videokonferenz in Rom einberufen. Die Opfer, und mit ihnen ein Großteil der australischen Öffentlichkeit, hatten sich darüber entrüstet gezeigt. War die Gebrechlichkeit des Kardinals nur vorgeschoben, um ihnen nicht ins Gesicht sehen zu müssen? Ein älterer Mann betrat den Raum. Er stellte sich vors Podium und bat auf Englisch um Aufmerksamkeit. Die Stimmen im Saal verstummten, die umstehenden Journalisten nahmen ihre Plätze ein. Er begrüßte die Anwesenden und kündigte den Kardinal an. Kaum hatte er seine kurze Ansprache beendet, betrat Covey die Szene. Jemand aus dem Publikum stellte sich ihm in den Weg, ging in die Knie und küsste seinen Ring, bevor er sich demütig lächelnd wieder erhob. Covey war keine gewöhnliche Erscheinung. Großgewachsen, mit breiten Schultern, kräftigen Oberarmen und einem Kopf so groß wie der eines Löwen, vermittelte er einen überlegenen Eindruck. Er schaute kaum jemanden an, stieg die Treppe zum Podium hoch, grüßte mit einem knappen Nicken die Kollegen aus dem Vatikan und setzte sich auf den für ihn vorgesehenen Stuhl. Von Gebrechlichkeit keine Spur, dachte Nina, die ihn aufmerksam beobachtet hatte.

Ein Saaldiener schaltete per Fernbedienung den Videoturm ein, der von der Decke in den Raum herabhing. Die vier Bildschirme wurden zur gleichen Zeit hell und zeigten Bilder eines Gerichtssaals in Australien. Von dort stellte ein Sprecher die Royal Commission vor und wandte sich am Ende mit ein paar einleitenden Worten an Covey, der die Begrüßung erwiderte. Nina blickte nach rechts, um zu sehen, wie die Opfer auf den Beginn der Befragung reagierten. Gebannt starrten sie auf Covey. Eine Mischung aus Hoffnung, Angst und Abscheu zeichnete sich auf ihren Gesichtern ab. Die Luft knisterte förmlich vor Spannung. Dennoch verlief der restliche Vormittag enttäuschend ereignislos. Zähe Formalitäten wurden besprochen, und danach beantwortete Covey allgemeine Fragen zu seinem Lebenslauf und seinen Befugnissen. Erst kurz vor der Mittagspause wurde angerissen, ob und was Covey über den sexuellen Missbrauch wusste, den einige seiner Priester erwiesenermaßen an Kindern begangen hatten. Covey gab sich verschlossen und machte einen nervösen Eindruck. Nina spürte, dass sich der Kardinal im Klaren darüber war, sein Amt zu verlieren, sollte er zu viel preisgeben.

In der Pause ging sie auf einen der Männer zu, die während der Befragung neben ihr gesessen hatten und der nun zusammen mit anderen Rauchern auf dem Balkon stand. Er war mittelgroß und trug sein graues Haar in einem Pferdeschwanz. Als sie ihn ansprach, war er gerade im Begriff, sich eine Zigarette anzuzünden. Sie stellte sich vor und sagte, dass sie aus Melbourne gekommen sei, um für eine deutsche Zeitung zu berichten. Er sah auf und blies den Rauch in den Himmel.

»Internationale Presse. Das ist gut, sehr gut sogar. Finden Sie nicht auch, dass man die Befragung des Kardinals kaum umständlicher hätte einrichten können?«

Nina musste lächeln. »Da haben sie wohl recht.« Der Mann reichte ihr die Hand.

»Gut, dass sie über Covey und seine feine Kirche berichten. Je mehr Leute von seiner Schande hören, desto besser.« Er nahm einen weiteren tiefen Zug, blickte nervös um sich und bückte sich dann, um seinen Glimmstengel in einem mit Sand gefüllten Eimer auszudrücken, der als Aschenbecher diente. Wie aus dem Nichts richtete er sich plötzlich auf und umarmte Nina. Sie versteifte ihren Oberkörper und hielt vor Überraschung die Luft an. Das war nicht die Art, mit der sie Interviewpartnern begegnete. Der Mann trat einen Schritt zurück, strich sich mit der Hand fahrig über den Haaransatz.

»Es tut mir leid. Das hätte ich nicht tun sollen. Ich bin im Moment nicht ich selbst. Harry, mein Name ist Harry.«

Nina fragte ihn, was er sich von der Befragung der Kommission erhoffte. Harry sah sie mit festem Blick an.

»Eine Entschuldigung von Covey.« Er machte eine Pause, nickte, wie um sich selbst zu versichern, dass es einen wichtigen Grund gab, weshalb er an diesem Ort war. »Hier zu sein, ihm ins Gesicht zu sehen, das ist eine Chance für mich, mit einem Leben voller Schmerz abzuschließen. Ich will hören, dass er Verantwortung übernimmt für das, was damals geschehen ist. Ich will, dass er sagt, dass es ihm leidtut.«

Seine Knöchel wurden weiß, als er das Geländer mit beiden Händen umfasste. Er wandte sich von ihr ab und starrte in den Himmel, dessen grauer Wolkenschleier sich zu lüften begann.

»Ich verstehe«, sagte Nina. Sie ging einen Schritt auf ihn zu.

»Wollen Sie mir ein wenig über sich und Ihre Geschichte erzählen?«

»Niemand, der es nicht selbst erlebt hat, kann das wirklich verstehen.« Harry schluckte, und Nina sah, wie sich sein ausgeprägter Adamsapfel bewegte. Die anderen Raucher hatten sich inzwischen nach drinnen verzogen, um entweder im Hotel oder auf dem Platz davor zu Mittag zu essen. Harry löste sich vom Geländer und nahm eine weitere Zigarette aus der Packung, die in seiner Hemdbrusttasche steckte. Er umfasste sein Feuerzeug mit beiden Händen, obwohl es nicht windig war. Seine Hände zitterten, und es dauerte eine Zeit, ehe er den Rauch in die Luft blasen konnte. Dann drehte er sich zu Nina um und fing an zu reden, als wäre ein Damm in ihm gebrochen. Seine Geschichte, die er erzählte, war drastisch, voll von Leid und Schmerz.

Als kleinen Jungen hatte man ihn in ein kirchliches Waisenhaus gebracht, das Coveys Aufsicht unterstand. Dort hatten ihn sowohl Priester als auch Nonnen regelmäßig über Jahre hinweg misshandelt.

»Körperlich und seelisch, wie man so schön sagt«, ergänzte Harry und lachte bitter auf, »als ob das zu trennen wäre.«

Nina sagte nichts, hörte still zu und machte sich hin und wieder Notizen.

So plötzlich, wie seine Lebensgeschichte aus ihm herausgesprudelt war, so plötzlich hielt Harry inne. »Tut mir leid. Manchmal kann ich mich nicht bremsen. Noch immer nicht, dabei ist das alles schon so lange her, aber Wunden wie diese verheilen niemals. Nicht nur bei mir. Fragen Sie nur die anderen, die mit mir hierhergekommen sind. Wir alle wollen von Covey höchstpersönlich hören, was er schon längst hätte sagen sollen: dass es ein schreckliches Unrecht war, was er und seine Kirche uns Kindern angetan haben.« Nina presste die Lippen zusammen. Harrys Geschichte und die Art, wie er sie erzählte, berührte sie im Innersten. Sie erkannte, dass vor ihr ein verletztes Kind stand, aus dem im Lauf der Jahre ein gebrochener Mann geworden war. Sie wollte etwas sagen, sich für seine Offenheit und sein Vertrauen bedanken, doch die Stimme versagte ihr. Als Journalistin musste sie professionell wirken, aber ein Seitenblick von Harry verriet ihr, dass er hinter ihre Fassade sah. Nach wenigen Zügen drückte er seine Zigarette aus und schob den rechten Hemdsärmel hoch, um einen Blick auf seine Armbanduhr zu werfen. »Kommen Sie, es wird Zeit für die nächste Session. Ich hoffe, die Kommission macht dem Kardinal heute Nachmittag die Hölle heiß.«

Später am Nachmittag sagte Covey zum ersten Mal aus. Nina beobachtete, wie die gegnerischen Anwälte ihn einzukreisen versuchten. Ihre Fragen prasselten in immer kürzer werdenden Abständen auf den Kardinal ein. Hätte Nina nicht gewusst, weshalb jener stille Mann auf dem Podium im Zentrum eines solchen Kreuzfeuers stand, sie hätte fast so etwas wie Mitleid für ihn verspürt. So aber betrachtete sie das Geschehen wie ein faszinierendes Gerichtsdrama im Kino. Covey unternahm größte Anstrengungen, die präzise formulierten Vorwürfe der Kommission unbeantwortet zu lassen. Den Blick meist auf seine fleischigen, miteinander verschränkten Hände gerichtet, wich er den Fragen in knappen Sätzen aus. Der Tenor aber war, er könne sich nicht daran erinnern, jemals von seinen Untergebenen oder ihm Gleichgestellten über den Missbrauch informiert worden zu sein.

»Wie können Sie behaupten, nichts von alldem mitbekommen zu haben, was unmittelbar um Sie herum geschehen ist? Obwohl Sie sich sogar ein Zimmer mit dem Hauptbeschuldigten geteilt haben, einem mit Ihnen befreundeten Priester, dem wir seine Taten zweifelsfrei nachweisen konnten. Wie erklären Sie sich das?« Der Kardinal zuckte mit den Schultern, hob kaum den Kopf, als er antwortete. Die Spannung im Saal war fast mit Händen zu greifen.

Nina warf einen verstohlenen Seitenblick auf die Opfer jenes Priesters, von dem die Anklage und Covey gerade sprachen. Sie hingen förmlich an den Lippen des Kardinals. In die Stille, die eingetreten war, während man auf Coveys Replik wartete, mischte sich hier und da ein verhaltenes Räuspern. Jemand tappte mit den Füßen nervös auf die Dielen des Fußbodens.

Der Kardinal sah auf seine Hände, als er schließlich antwortete: »Diese traurigen Geschichten haben mich damals nicht
interessiert. Ich habe sie gar nicht weiter wahrgenommen.«
Ein Raunen ging durch den Raum. Die Reaktion des Publi-
kums drückte tiefe Bestürzung, gepaart mit Unglauben, aus.
Einige Zuschauer rangen hörbar nach Luft, andere stießen leise Verwünschungen in Richtung des Kardinals aus. Nina
konnte kaum fassen, wie unsensibel Covey diese letzte Frage
beantwortet hatte. Damit dürfte er die letzten Sympathien in
der Öffentlichkeit verspielt haben, dachte sie und machte sich
eifrig Notizen. Am Ende dieses langen Tages mussten die Opfer von seiner Aussage insgesamt mehr als enttäuscht sein. Es
gab keine Entschuldigung, kein Schuldeingeständnis. Nichts.

Am Abend rief Nina ihre Großmutter an. Sie hatte ein
schlechtes Gewissen, weil sie sich seit ihrer Abreise nach Melbourne erst zweimal kurz bei ihr gemeldet hatte.
Jedes Gespräch mit ihrer Oma barg die Gefahr, von ihr wie
mit Röntgenstrahlen durchleuchtet zu werden. Sie kannte
ihre Enkelin einfach viel zu gut. Aber die Gefühlslage, in der
sich Nina seit der Fehlgeburt befand, war derart verworren
und von so widersprüchlichen Emotionen geprägt, dass sie es
vorzog, ihre Oma damit vorerst nicht zu belasten. Sie würde
sich nur schreckliche Sorgen machen und konnte doch im
Augenblick nichts für sie tun. Das Telefonat nach Wiesbaden
ließ sich allerdings nicht länger aufschieben, wenn sie bei ihrer Großmutter keinen Verdacht erregen wollte. Dank der
Anhörung gab es ein Thema, über das Nina sprechen konnte
und das von ihrer eigenen Situation ablenkte. Je weniger sie
über sich redete, desto besser.
Als es in der Leitung klickte, richtete sich Nina gerade auf.

»Braumeister.«

»Hallo, hier ist deine undankbare Enkelin«, sagte Nina betont fröhlich.

»Nina! Wie schön, deine Stimme zu hören. Bist du in Rom?«

Nina atmete innerlich auf. Diese Frage gab ihr die Möglichkeit, ohne Umschweife über ihre Arbeit zu berichten. Sie erzählte vom ersten Tag der Anhörung, wobei sie sich auf den Auftritt des Bischofs konzentrierte. Katharina Braumeister war entsetzt.

»Er hat alles abgestritten? Wie haben denn die Leute reagiert, die wegen ihm aus Australien angereist sind?«

»Ich saß neben ihnen. Ehrlich gesagt, hat es mir die Tränen in die Augen getrieben. Sie konnten es offensichtlich nicht fassen, dass er nichts eingestanden und sich nicht einmal entschuldigt hat.«

»Diese armen Menschen. Ich weiß schon, weshalb ich vor Jahren aus diesem Verein ausgetreten bin. Aber wie geht es dir? Kannst du vielleicht einen Abstecher nach Deutschland machen, bevor du nach Melbourne zurückfliegst?«

Die Frage versetzte Nina einen Stich ins Herz. Eine Umarmung von ihrer Großmutter hätte ihr so gutgetan, aber sie musste unmittelbar nach der Anhörung nach Melbourne zurück. Außerdem wäre sie im Arm ihrer Oma sofort in Tränen ausgebrochen.

»Es geht leider nicht.«

»Dachte ich mir schon.« Nina hörte die Enttäuschung.

»Ich hoffe, ich finde in Melbourne Zeit, um mehr über unsere Familiengeschichte herauszufinden«, munterte sie ihre Großmutter auf.

Diese war sofort ganz Ohr.

»Das wäre natürlich toll. Wie willst du denn vorgehen? Hast du schon einen Plan?«

»Als Erstes statte ich der Diözese einen Besuch ab. Mit etwas Glück erwische ich dort jemanden, der die Finanzen der Kirche kontrolliert.«

»Du willst gleich mit der Tür ins Haus fallen?«, fragte ihre Großmutter erstaunt.

»Warum nicht? Manchmal ist ein Überraschungsangriff die beste Taktik, um seine Ziele zu erreichen.«

»Aber wenn sie etwas zu verbergen haben, sind sie dann nicht gewarnt?«

»Dieses Risiko gehe ich gerne ein.«

»Du bist die Journalistin«, gab Katharina nach. »Trotzdem ein kleiner Tipp von mir, auch wenn du ihn nicht hören willst.«

»Und der wäre?«

»Sei vorsichtig, mein Kind.«

Die Anhörung dauerte eine volle Woche, in deren Verlauf Covey zunehmend alt und seltsam verlassen wirkte. Nina fühlte den Sog der anhaltenden Spannung zwischen dem Kardinal und den angereisten Australiern, die ihn – jedes Mal etwas lauter – durch Unmutsbekundungen wissen ließen, wenn sie ihm eine seiner Aussagen nicht abnahmen oder diese missbilligten. Covey vermied jeden Blickkontakt mit der Gruppe. Er verhielt sich kalt und abweisend – so sehr, dass er Nina beinahe den Eindruck eines Soziopathen vermittelte; er wirkte auf sie wie jemand, dem die einfachsten Regeln menschlichen Miteinanders unbekannt waren.

An den Abenden traf sie sich meist mit dem ein oder anderen der Australier zum Essen und hörte sich seine Geschichte an. Zwischendurch schrieb sie ihre Artikel, die sie an Morten und die Berliner Redaktion mailte. Das Thema lief gut in Deutsch-

land, weil es dort, wie von Florian richtig vermutet, aufgrund
der eigenen Missbrauchsfälle einen Nerv traf. Florian befür-
wortete daher auch ihren Vorschlag, ein längeres Porträt über
eines der Missbrauchsopfer zu verfassen.

Unglaublich, wie viel von der Kirche unter den Teppich ge-
kehrt worden war! Was sie beim Essen in der Trattoria nahe
dem Hotel von den Missbrauchsopfern erfuhr, machte sie
mitunter sprachlos. So hörte sie aus der Runde, dass Covey
angeblich schon vor Jahren sogar so weit gegangen sei, Betroffenen Schweigegeld anzubieten. Einige hatten das Geld
angenommen, nicht nur, weil sie fanden, dass ihnen eine Art
finanzieller Entschädigung für die vielen Jahre des Schmerzes
zustand, sondern auch, weil das Angebot in gewisser Weise
ein Schuldeingeständnis seitens der Kirche bedeutete. Erst
viel später war ihnen bewusst geworden, dass die offerierte
Summe für ihr erkauftes Schweigen lächerlich gering war.
Nichts im Vergleich zu dem Schmerzensgeld, das ihnen ein
ordentliches Gerichtsverfahren eingebracht hätte, wenn sie
die Kirche schon damals verklagt hätten.

Ninas private Probleme – Florian, die Fehlgeburt, ihre Karriere – traten jeden Tag, den sie in Rom verbrachte, ein wenig
mehr in den Hintergrund. Einerseits lenkte sie die Arbeit von
ihren eigenen Sorgen ab, andererseits traf sie diese Anhörung
mitten ins Herz. Es ging um Kinder, die Schreckliches erlebt
hatten; Kinder, aus denen traumatisierte Erwachsene geworden waren. Ohne ihre eigene Situation mit der jener Opfer
vergleichen zu wollen, spürte sie doch eine Art Seelenverwandtschaft. Diese Menschen waren um ihre Kindheit gebracht worden, und ihre Wunden würden niemals ganz verheilen. Am schlimmsten war es für Nina, dass Kinder, die ein
natürliches Vertrauen in das Leben und in die Personen ge-

habt hatten, die sie eigentlich hätten beschützen müssen, gerade von diesen Personen missbraucht worden waren. Die Artikel, die sie in dieser Zeit für ihre Zeitung schrieb, waren in der Sache zwar objektiv, doch voller Mitgefühl für die Opfer, die noch Kinder waren, als die Kirche ihr Leben zerstört hatte.

Melbourne, 1884 – zehn Jahre
nach Eröffnung des *Madame Brussels*

Caroline fasste die junge Frau mit den blonden Korkenzieherlocken am Arm. Unauffällig schaute sie zu dem jungen Mann hinüber, der einige Meter von ihnen entfernt stand.

»Nimm das rote Zimmer. Und geh sachte mit ihm um, Heather. Er ist noch Jungfrau.« Caroline nestelte am Kragen des seidenen Bademantels, den die schöne Blonde trug. »Sieh zu, dass er nicht gleich kommt, sobald er die Hosen runtergelassen hat. Zeig ihm ein wenig von den Möglichkeiten. Tu einfach dein Bestes, ja?«

Statt einer Antwort verdrehte Heather nur die Augen, ließ ihre Chefin stehen, um sich den Knaben zu schnappen, und zog ihn an der Hand mit sich die Treppe hinauf.

Caroline sah Heather und ihrem jungen Freier hinterher, dann zog sie sich, von Kopfschmerzen geplagt, in ihre Privaträume zurück. Sie goss sich einen Scotch ein, trank ihn in einem Zug aus und legte sich auf die Chaiselongue. Eine Hand auf der Stirn, starrte sie an die Decke. Seit Wochen machte sie sich ernsthaft Sorgen um die Zukunft ihres Unternehmens. Ein Dutzend Mädchen lebten in ihrem Haus, deren Einkommen von ihr abhing. In ihrem tiefsten Innern hatte Caroline

232

stets befürchtet, dass der Boom der ersten Dekade nicht ewig dauern würde. Nun war es so weit.

Mit der australischen Wirtschaft ging es in rasantem Tempo bergab. Die Grundstückspreise verfielen, Fabriken gingen pleite. Australien war im Begriff, in eine schwere Krise zu stürzen. 30 000 Arbeiter, die ohne Lohn blieben, waren in Streik getreten, und die ersten Banken in Melbourne schlossen bereits ihre Pforten. Zuerst die Federal Bank of Australia, kurz darauf die Commercial Bank of Australia. Zwölf weitere Banken hatten seither den Betrieb eingestellt. Caroline sah täglich mehr Bettler auf den Straßen von Little Lon, und die Zahl arbeitsloser Fabrikmädchen, die sich bei ihr bewarben, war so hoch wie nie.

Noch lief Carolines Geschäft. Das *Madame Brussels* lebte von seinen treuen Stammkunden, und sie kamen, solange sie es sich irgendwie leisten konnten. Doch etwas Entscheidendes hatte sich verändert: Die Freier besuchten das Bordell seltener, und sie geizten mit ihren Ausgaben. Statt des teuren französischen Champagners bestellten sie nun australischen Wein aus dem Barossa Valley, und anstelle importierter Trüffelpastete oder Kaviar aßen sie Lamm-Pies oder heimischen Hummer. Zuerst hatte Caroline die neue Lage als eine vorübergehende Krise abgetan, der sie gemeinsam mit Kennett trotzen konnte. Männer wollten Mädchen. Daran änderte sich auch in schlechten Zeiten nichts. Doch Paul Kennett hatte vor einem Monat Hals über Kopf mit seiner Familie Melbourne verlassen, um seinen Gläubigern zu entkommen. Wie so viele seiner Freunde hatte er ein Vermögen mit riskanten Spekulationsgeschäften gemacht, jetzt war er finanziell am Ende und auf der Flucht. Und in der ersten Panik hatte Caroline ihrerseits einen schwerwiegenden Fehler begangen.

233

Im roten Zimmer angekommen – es war nicht das beste, aber auch nicht das schlechteste –, streifte Heather ihren Morgenmantel von den Schultern und legte sich in Korsett und schwarzen Seidenstrümpfen aufs Bett. Sie war 21 und lebte nun schon seit vier Jahren im *Madame Brussels*. Die uneheliche Tochter einer Wäscherin war von Caroline nicht ohne Grund auf den jungen Mann angesetzt worden. Mit ihrem porzellanartigen Teint und den hübschen blonden Löckchen, die ihr bis zum Kinn reichten, strahlte sie etwas puppenhaft Unschuldiges aus, das auf nervöse Erstbesucher des Etablissements beruhigend harmlos wirkte. Dabei hatte das Mädchen es faustdick hinter den Ohren. Es gab keinen Trick, den Heather nicht kannte, um einen neuen Kunden zur Liebe zu verführen.

Der junge Mann ging nervös im Raum auf und ab. Heather beobachtete ihn eine Weile, setzte sich dann auf und klopfte mit der Hand auf die Bettdecke.

»Du könntest dich wenigstens neben mich setzen.« Zögernd folgte er ihrer Aufforderung, was Heather mit einem amüsierten Lächeln quittierte.

»Wie wäre es, wenn wir uns einfach nur unterhalten? Ich bezahle dich dafür genau so, als würden wir …«

Noch immer lächelnd, beugte sie ihren Oberkörper vor. Der junge Mann zog ängstlich die Schultern ein.

»Ich mach das nicht nur fürs Geld.« Der Jüngling hob erstaunt die Brauen. Sie kniete sich hinter ihn, umfasste ihn mit beiden Armen. »Ich mag dich.« Er wirkte wie versteinert, als Heather vorsichtig begann, seine Brust zu streicheln. Klavierspiel und Gelächter drangen von unten aus dem Salon herauf. Ihre rechte Hand wanderte spielerisch nach unten. Der junge Mann schloss gequält die Augen, um eine Sekunde

später mit vor Schreck geöffnetem Mund vom Bett aufzu-
springen.

»Hör sofort auf damit!«, blaffte er sie an. Erregt eilte er zur
Tür. Als er die Hand auf die Klinke legte, fuhr er wütend herum: »Ich heirate in zwei Wochen.«

Mit einem verschmitzten Lächeln auf den Lippen warf Heather den Kopf in den Nacken und bedeutete ihm mit einer
Bewegung ihres Zeigefingers, zum Bett zurückzukommen.
Er schien eine Sekunde lang mit sich zu hadern, dann setzte er
sich erneut neben sie.

»Wäre deine Verlobte enttäuscht, wenn sie wüsste, dass du
hier bist?«

Er hielt die Hände in seinem Schoß gefaltet, schaute betreten
zu Boden.

»Es würde ihr das Herz brechen«, antwortete er schuldbe-
wusst.

»Nun, dein Schatz täte dir unrecht. Eine Ehefrau kann ihrem
Mann unmöglich alles geben, was er braucht. Was glaubst du,
warum es Huren gibt? Männer und Frauen sind verschie-
den.«

Während Heather den jungen Mann verführte, beobachtete
Caroline die beiden heimlich durch einen Spion, der im Auge
einer Puttenfigur in der unteren Hälfte der Tür verborgen
war.

»Männer haben großen Appetit«, säuselte Heather. »Denkst
du nicht hin und wieder in einer Weise an deine Verlobte,
die ziemlich ungehörig ist? Wenn du einmal diese Art von
Gedanken im Kopf hast, kriegst du sie nie wieder raus. Und
darum gibt es Mädchen wie mich«, sagte sie mit verlockend
heiserer Stimme. Sie streichelte behutsam über sein Ohr. Er
schaute noch immer starr auf seine Füße. Mit einem Finger

hob sie sein Kinn an, blickte ihm aufmunternd ins Gesicht.
»Damit du deine Frau anständig lieben kannst.« Endlich sah
der junge Mann sie an.
»Findest du mich wenigstens hübsch?«, fragte sie ihn. Ihr Gesicht war seinem ganz nah, und endlich küsste er sie.
Heather umarmte ihn.

Rom, 2014

Es war der Beginn ihrer zweiten Woche in Rom. Florian hatte sich bislang immer noch nicht aus der Berliner Redaktion loseisen können, doch heute würde sie ihn sehen. Nina wandte sich vom Fenster ab und schob vor dem Spiegel ihr Haar zurecht. Sie nahm ihren Kulturbeutel, um sich frisch zu machen. Es war kurz nach sieben, und Florian wollte sie zum Abendessen abholen. Ihr Magen zog sich zusammen, als sie an ihn dachte, und ein Gefühl von Unsicherheit beschlich sie.

Es war nicht richtig gewesen, ihm vor ihrer Abreise nach Australien an den Kopf zu werfen, dass sie schwanger war und die Absicht hatte, das Kind abzutreiben. Sie hatte nicht im Entferntesten mit seiner Reaktion gerechnet. Wie stellte er sich ihr Zusammenleben vor? Liebte er seine Töchter nicht so, wie ein Vater es sollte, oder weshalb konnte er sich vorstellen, die Mädchen für eine Affäre zu verlassen? Und was empfand sie selbst? Wollte sie überhaupt einen Mann, der bereit war, einen solchen Schritt zu tun? Jemand, der einmal so weit gegangen war, seine Familie hinter sich zu lassen, würde es vielleicht wieder tun? Würde ihn nicht früher oder später eine jüngere, spannendere Frau in ihren Bann ziehen?

Nein, es war nicht richtig, den Weg zu gehen, den Florian ihr vorschlug. Es war moralisch verwerflich, Christine und den Mädchen den Ehemann und Vater zu nehmen. Es war von Grund auf falsch, und sie hatte es seit Beginn ihrer Affäre wie einen Dorn in ihrem Herzen gespürt.

Als es an der Tür klopfte, zuckte Nina zusammen. Sie öffnete, und Florian stand vor ihr, einen Strauß roter Rosen in der Hand.

»Rosen für die Schönste und Liebste. Nicht sehr originell, ich weiß, aber mir war danach. Für dich.« Er hielt ihr den Strauß hin, und sie schaute sich nach einer Vase um. Da sie keine finden konnte, legte sie die Blumen vorerst auf dem Nachttisch ab.

»Ich gebe gleich an der Rezeption Bescheid«, sagte Florian und kam auf sie zu. Er zog sie an sich. »Mein armer Schatz. Wie geht es dir?« Er sah ihr tief in die Augen, doch das Lächeln, mit dem er sie bedachte, ließ die frühere Wärme vermissen.

»Ich bin okay, wirklich«, sagte sie, ohne große Überzeugung in der Stimme. Florian ließ sie los und steckte seine Hände leicht verlegen in die Hosentaschen.

»Es ist so schön draußen. Lass uns ein Stück zu Fuß gehen.« Sie verließen das Hotel. Es wurde allmählich dunkel, doch die altmodischen Laternen, die den kleinen Platz umstanden, leuchteten hell und einladend; überall waren Menschen unterwegs, um den lauen Abend zu genießen. Auf den Straßen staute sich der Verkehr, eine Unzahl von Mopeds und Vespas zog unter lautem Knattern gefährlich nah an den Fußgängern vorbei. Nach wenigen Minuten gelangten sie zu einem weiteren, größeren Platz, dessen Pflaster über die Jahrhunderte hinweg durch unendlich viele Füße abgeschliffen worden war. Florian führte Nina auf die Terrasse eines Restaurants, das er für diesen Abend ausgesucht hatte.

»Oder willst du lieber drinnen sitzen?«, fragte er.

»Sofern ich etwas zu essen bekomme, ist's mir egal.« Trotz ihrer widersprüchlichen Gefühle, was dieses Treffen mit Florian anbelangte, knurrte Ninas Magen. Seit sie das Kind verloren hatte, aß sie meist nur sehr wenig, doch um sie herum duftete es so verführerisch nach Knoblauch und Rosmarin in heißem Öl, dass sie zu ihrer eigenen Überraschung urplötzlich einen unbändigen Hunger verspürte. Sie warteten, bis ihnen der Kellner einen freien Tisch anwies, und nahmen Platz. Nina bestellte Saltimbocca alla Romana und einen Rotwein, Florian wählte gegrillten Fisch und einen Pinot Grigio. Wortlos lehnte Nina sich zurück und betrachtete ihn, wie er Weißbrot ins Öl tunkte. Lange Wimpern überschatteten seine grünen Augen, die unter den Lidern halb verborgen blieben, als wolle sich ihr Besitzer nichts von seinen Gedanken oder Gefühlen anmerken lassen.

Auf einmal bemerkte Nina, dass nicht nur sie ihn, sondern auch er sie betrachtete, und kam sich plötzlich nackt vor. Für ein oder zwei Sekunden blieben ihre Blicke ineinander verschränkt. Er lehnte sich nach vorne, griff nach ihrer Hand.

»Es tut mir so leid, Nina. Ein Kind von dir, das hätte mich sehr glücklich gemacht.« Nina gab sich innerlich einen Ruck.

»Es wäre nicht richtig gewesen, und das weißt du auch. Denkst du denn gar nicht an deine Familie?« Die Worte kamen harscher heraus, als sie es geplant hatte, doch Florian ließ sich nicht verunsichern.

»Natürlich tue ich das, und meine Mädchen werden immer meine Töchter sein. Ich bin für sie da, komme, was wolle.«

»Und deine Frau? Was ist mit Christine?«

Florian atmete hörbar aus, ließ ihre Hand los und lehnte sich erschöpft zurück. »Wie oft muss ich es dir denn noch sagen? Christine und ich – wir sind nicht glücklich miteinander. Und wir werden es auch nicht mehr. Vielleicht liegt es daran, dass wir zu früh ein Paar geworden sind.« Er schüttelte gedankenverloren den Kopf. Das Essen wurde serviert, und sie aßen, ohne viel miteinander zu sprechen. Als sie beim Espresso angelangt waren, klingelte Florians Handy. Er sah aufs Display, warf ihr einen entschuldigenden Blick zu, stand auf und ging außer Hörweite. Nina schloss die Augen. Christine und die Kinder würden immer zwischen ihnen stehen, sollte sie sich für ein Leben mit Florian entscheiden. Da Florian nach einigen Minuten noch immer keine Anstalten machte, zum Tisch zurückzukehren, winkte sie den Kellner heran und bezahlte die Rechnung. Sie stand auf, um nach Florian zu sehen. Er saß auf dem Brunnenrand am anderen Ende des Platzes und fuhr sich mit der freien Hand fortwährend nervös durchs Haar. Sie wartete einige Meter entfernt und wusste nicht, ob sie zu ihm gehen oder lieber gleich ins Hotel zurückkehren sollte. Eine Weile fühlte sie sich einsam und verloren auf dem Platz, schaute hin und wieder zu ihm hinüber, doch er schien derart in sein Gespräch vertieft, dass er ihr keinen einzigen Blick schenkte. Nach einigem Zögern beschloss Nina, sich allein auf den Rückweg zu machen. Auf halbem Wege holte Florian sie ein. Er griff sie am Handgelenk und drehte sie zu sich herum. Dann nahm er ihr Gesicht zwischen seine Hände und sah sie eindringlich an.

Nina legte die Stirn in Falten. Sein ernster Blick irritierte sie.

Melbourne, 1884

Jenny trat aus ihrem Zimmer in die Galerie und hielt inne, als sie sah, wie Caroline, auf dem Boden kniend, durch den Spion ins rote Zimmer blickte. Sie tat einen Schritt zurück, um sich hinter einer der Säulen zu verbergen. Ihre einstige Freundin und heutige Chefin trug die für sie typische Garderobe: ein schwarzes, hochgeschlossenes Seidenkleid mit weißem Spitzenkragen. Ihr Haar war in einem streng geflochtenen Kranz um den Kopf festgesteckt.
»Warum tust du das?« Jenny verließ ihre Deckung.
Erschrocken zuckte Caroline zusammen. Sie drehte sich zu Jenny um, stand auf und ging auf sie zu. »Weil dieser Ort alles ist, was ich habe. Und weil er mir in den letzten Monaten durch die Finger zu rinnen scheint. Deshalb.« Caroline ließ Jenny stehen und eilte schnellen Schrittes davon, um in ihrem Büro zu verschwinden.
Jenny, die ihr gefolgt war, versperrte ihr den Weg zum Schreibtisch. »Sag mir die Wahrheit! Wie schlimm steht es ums Geschäft?«
Caroline sah sie beinahe feindselig an. »Denk, was du willst. Es ändert ja doch nichts.«
Jenny sprach mit sanfter Stimme weiter: »Sei nicht so. Ich hel-

fe dir, einen neuen Star zu finden.« Sie gab Caroline einen Kuss auf die Wange.

Caroline drehte sich weg. »Wenn ich dich jetzt gehen lasse, bin ich finanziell ruiniert.«

»Du bist doch nicht etwa eifersüchtig auf meinen Viehzüchter?« Jenny sah ihr fest in die Augen. »Du kennst mich. Wir zwei sind aus dem gleichen Holz geschnitzt. Wir werden beide nicht jünger. Ich bin jetzt fünfunddreißig. Wie lange kann ich noch als Hure arbeiten? Für dich ist es was anderes. Wenn du willst, führst du noch als Großmutter dein Geschäft. Aber ich? Ich habe Schulden bei dir.«

»Das ist nicht meine Schuld. Du hast das beste Zimmer für dich ganz allein, ein eigenes Zimmermädchen, die besten Kleider. Du hast nur nicht das Beste daraus gemacht.«

»Wie naiv von mir, zu glauben, meine Freundin würde mich anders behandeln und nicht wie die übrigen Mädchen versklaven. Aber das hast du nun davon. Dein bestes Pferd wird deinen Stall verlassen.«

»Willst du es dir nicht noch einmal überlegen? Einen Teil deiner Schulden könnte ich dir vielleicht erlassen, und dann sehen wir weiter.«

»Und wir zwei suchen uns fürs Alter ein hübsches Häuschen oberhalb des Yarra, inmitten all der Reichen und Berühmten? Ist es das, was dir vorschwebt? Dann lass mich gehen. Das Geld, das ich dem Viehzüchter aus den Rippen leiern werde, reicht für uns beide, wenn wir alt und grau sind.«

»Mach dir mal keine Sorgen um mich«, antwortete Caroline kühl. »Ich werde mir meinen Platz in der Gesellschaft schon selbst sichern. Auf meine Art.«

»Auf deine Art?« Jenny sah sie fragend an.

Caroline tippte sich an die Stirn. »Mit Köpfchen.«

Die Kränkung stand Jenny ins Gesicht geschrieben. Doch bevor sie etwas erwidern konnte, erschien plötzlich Carolines Schwager mit Zylinder und Stock im Türrahmen. Carolines Herz sank. Wie sehr sie es bereute, auf sein Angebot eingegangen zu sein! Dabei wusste sie doch, dass er vor Jahren ins kriminelle Milieu abgedriftet war und eine eigene Bande unterhielt. Liz und er hatten sich damals getrennt, als ihr gemeinsames Haus unter den Hammer kam, und John tauchte von diesem Augenblick an immer tiefer in Melbournes Unterwelt ab. Liz, die nicht wusste, wohin, flehte Caroline an, sie aufzunehmen. Caroline grollte ihr eigentlich noch immer. Liz konnte weder kochen noch einen Haushalt führen. Was sollte sie mit der dummen Gans in ihrem Bordell, die noch dazu ihre Kinder weggegeben hatte? Doch Liz ließ nicht locker und versprach Caroline, hart zu arbeiten und alles zu tun, was man von ihr verlangte. Widerwillig nahm Caroline die ungeliebte Schwägerin auf und ließ sie zunächst in der Wäscherei schuften. Zu ihrer Überraschung hielt Liz ihr Versprechen und verrichtete die harte Arbeit, ohne zu klagen. Mit den Jahren hatte sie weitere Aufgaben übernommen, und mittlerweile war sie für den Betrieb des Bordells beinahe unentbehrlich. Sie beaufsichtigte sowohl die Mädchen als auch das Personal, sorgte dafür, dass der Bordell-Alltag hinter den Kulissen rundlief. Ihre Kinder wollte sie dennoch nicht zurück. Aus Scham, wie sie sagte, als Caroline sie einst wütend zur Rede stellte, und aus Angst, dass die Kinder sie ablehnten. Caroline verstand Liz noch immer nicht, hinterfragte ihre Entscheidung jedoch nicht länger. Manchen Menschen konnte nicht geholfen werden, und wahrscheinlich waren die Kinder ohne ihre Eltern besser dran. Es ging ihnen ja gut bei Mary MacKillop, das wusste Caroline aus den jährlichen Briefen, die ihr die Oberin schrieb.

Von Stud wusste sie nur, dass er noch immer eine Stelle bei der Polizei auf dem Land hatte. Ansonsten ließ er nichts mehr von sich hören. Vielleicht hatte er von John erfahren, womit seine Frau ihr Einkommen bestritt, und sich aus Scham entschlossen, ihr nicht länger zu schreiben.

Seit Kennett aus Melbourne geflohen war, klammerte sich Caroline an die Hoffnung, dass ihr Schwager nichts Böses im Schilde geführt hatte, als er ihr mit schmeichelnden Worten anbot, die Raten für das *Madame Brussels* fürs Erste zu übernehmen, um das Geschäft am Laufen zu halten. Offiziell gehörte das *Madame Brussels* noch immer Paul Kennett, doch der hatte es ohne Carolines Wissen beliehen und war mit dem Geld durchgebrannt. Seitdem saß sie auf einem Haufen Schulden. Und nun hatte sie auch noch John im Nacken.

Sie hatte sich seiner Frau und Kinder erbarmt! Wie konnte er sie da ausboten wollen? Sie misstraute ihm seit ihrer ersten Begegnung, und auch seine Frau wollte nichts mehr mit ihm zu tun haben. John war ein Mann von schlechtem Charakter, der aus seiner Selbstsucht und Geldgier keinen Hehl machte. Gegen eine wöchentliche Rate, die er ohne offensichtlichen Grund ständig erhöhte, offerierte er Caroline Schutz vor konkurrierenden Banden, die angeblich nur darauf warteten, sich das Bordell unter den Nagel zu reißen. Gleichzeitig forderte er von Caroline die Raten für die Schulden, die er von Kennett für das *Madame Brussels* übernommen hatte, mit einem überhöhten Zins zurück. Hätte sie doch nur auf ihr Gefühl gehört! Doch für Reue war es jetzt zu spät. John und seine kriminelle Meute hielten das Schicksal des *Madame Brussels* in ihren Händen.

»Kann ich reinkommen?« Ohne eine Antwort abzuwarten, betrat John den Raum und wandte sich an Jenny: »Du siehst heute ganz bezaubernd aus.« Jenny und Caroline wechselten besorgte Blicke. John legte seine Hand an Jennys Wange. »Ich hätte nichts dagegen, in diesem vollen Mund zu kommen. Es würde das Schutzgeld für eine ganze Woche zahlen.«

Jenny stöhnte verärgert auf und rauschte aus dem Büro. John schaute ihr amüsiert hinterher, nahm den Zylinder ab und bediente sich unaufgefordert aus einer Packung Kekse, die er einer Vitrine neben Carolines Schreibtisch entnahm. Er riss sie auf und schob sich das erste Plätzchen in den Mund. Genüsslich kauend, schaute er sich die Verpackung genauer an. »Hm, die sind gut. Aus Frankreich. O là là.« Er setzte sich auf Carolines Stuhl hinter dem Schreibtisch. »Wie viel müssen deine Mädchen dafür zahlen?«

Caroline ließ sich auf den Besucherstuhl fallen. »Zwei Schilling für eine Schachtel mit einem Dutzend«, antwortete sie geschäftsmäßig.

John warf den angebissenen Keks in die Schachtel zurück. »Ein stolzer Preis. Und dennoch kannst du mich nicht bezahlen?«

»Ich gebe den Mädchen Kredit, wie du sehr wohl weißt.«

»Du bist zu nett.«

»Deswegen bleiben sie.«

Er stützte sich schwer auf seinen Stock.

»Wenn ich meine schützende Hand nicht über dieses Haus halten würde, wäre es schon längst nicht mehr deines. Die Konkurrenz in dieser Stadt ist groß, und sie schläft nicht.«

»Ich weiß«, sagte Caroline. »Ich bin dir auch sehr dankbar für deine Unterstützung.« Unvermittelt schlug er mit dem Stock auf den Schreibtisch. Caroline zuckte kaum merklich zusammen, fasste sich aber gleich wieder.

»Wie wäre es dann, wenn du zahlst, was du mir schuldig bist?«

Rom, 2014

»Was ist los mit dir, Florian? Ist etwas passiert?«
»Du fragst, was mit mir los ist? Was für ein Mensch bist du eigentlich? Wie konnte ich mich nur so in dir täuschen?«, presste er mit kaum verhohlener Wut zwischen den Zähnen hervor. Der Zorn in seiner Stimme ließ Nina zwei Schritte zurückweichen. Aus großen Augen starrte sie ihn angstvoll an, doch er schlang seine Finger um ihre Handgelenke, um sie am Fortgehen zu hindern.
»Wie konntest du nur so etwas tun? Warum?«
»Wovon redest du? Mit wem hast du gerade gesprochen? Mit Christine?«
»Ja, natürlich mit Christine. Und sie ist außer sich wegen des widerlichen Artikels, den du ihr anonym geschickt hast.«
»Was für ein Artikel?« Nina versuchte sich von Florian loszumachen, doch sein Griff wurde nur noch fester.
»Jetzt spiel bloß nicht die Unschuldige!«
»Florian, jetzt sag mir endlich, um was es geht, oder ich schreie um Hilfe!« Endlich ließ er von ihr ab und fasste sich mit beiden Händen an den Kopf.
»Du weißt wirklich nicht, wovon ich rede?«
»Ich schwöre es dir. Ich habe absolut keine Ahnung.«

Er zückte sein Handy und ließ seinen Finger über das Display gleiten, bis er die gewünschte Datei auf dem Schirm hatte.

»Hier, lies!«, sagte er und hielt ihr das Handy hin. Nina nahm ihm das Handy aus der Hand und scrollte durch den Text. Es dauerte eine Weile, ehe sie begriff, was sie da vor sich hatte. Als sie mit dem Lesen fertig war, sah sie ungläubig auf.

»Das gibt es doch gar nicht!«, rief sie entsetzt aus. »Wer hat das geschrieben?«

»Du – das ist zumindest die Ansicht meiner Frau, und ich kann es ihr nicht verübeln. Wer sonst kann denn all diese Details über unser Verhältnis kennen?«

»Von wem ist dieser Text?«

»Das würde ich gerne von dir erfahren. Christine hat vor kurzem diese Serie für ihr Heft entwickelt. Es geht um Geliebte, die anonym ihr Herz ausschütten und ohne Tabus von ihren Affären erzählen. Leserinnen sollten ihre Erlebnisse und Erfahrungen einschicken. Und dieser Text hier ist einer davon.«

»Nein, Florian«, sagte Nina heftig atmend, »das war ich nicht. So etwas würde ich nie tun, nie! Du kennst mich doch. Wer ist denn nur zu so etwas fähig?« Tränen schossen ihr in die Augen, und dann lief sie wie ein gehetztes Tier davon, als fürchtete sie, er würde versuchen, sie zurückzuhalten. Er tat es nicht. Grübelnd betrachtete er sein Handy. Schließlich schüttelte er den Kopf und ging in entgegengesetzter Richtung davon.

Nina betrat das Hotel und durchquerte rasch die Halle. Mit gesenktem Blick lief sie die Treppe hinauf. Oben kramte sie nervös in ihrer Handtasche, konnte einfach den Zimmerschlüssel nicht finden. Herrgott, er musste doch da sein! Endlich fand sie ihn und schloss auf. Im Zimmer ließ sie sich auf ihr Bett fallen, starrte zum Rechteck des Fensters, durch das fahl der nächtliche Himmel schimmerte, und versuchte, Ordnung in ihre Gedanken zu bringen.

Sie beugte den Kopf vor, lehnte ihn auf die kühle Nachttischplatte und spürte die Tränen, die sie gleich fortwischte. Schließlich stand sie auf, öffnete die Balkontür, trat ins Freie und lehnte sich einen Augenblick gegen die warme Wand.

Wer hatte diesen Artikel geschrieben? Es musste jemand sein, der sie und Florian genau kannte, der von ihnen wusste oder zumindest vermutete, dass sie eine Affäre hatten. Jemand, der sie längere Zeit beobachtet oder sich in ihre Lage hineinversetzt hatte, dies jedoch auf eine unglaublich perfide Art und Weise. Gleichermaßen niederträchtig wie geschickt hatte diese Person einige wenige Details in den Text eingearbeitet, die Rückschlüsse auf ein Verhältnis zwischen Florian und Nina zuließen.

Wie man sie in diesen widerlichen Zeilen beschrieben hatte, das war einfach nur böse, hinterhältig und gemein. So gewissenlos und selbstsüchtig war sie nicht.

Wirklich nicht?

Ein leiser Zweifel regte sich in Nina. Steckte in der Zeichnung dieses skrupellosen Charakters mehr von ihrem wahren Ich, als sie wahrhaben wollte? War es nicht eher ihr Selbstbild, das nicht stimmte? Etwas, das ihr Gewissen beruhigte und ihr Verhalten rechtfertigte?

Sie atmete tief aus und versuchte, klar zu denken. Wer auch immer diesen verstörenden Text geschrieben hatte, wollte damit etwas bewirken. Eine Familie zerstören, ein Paar entzweien oder Karrieren beenden. Wer hatte ein Motiv? Wer hatte es auf sie und Florian abgesehen? Nina überlegte fieberhaft.

Im Grunde kam jeder aus der Redaktion des »Berliner Morgen« in Betracht, und wenn sie sich die Lästereien ins Gedächtnis rief, die Morten gleich an ihrem ersten Arbeitstag in Melbourne vom Stapel gelassen hatte, dann könnte es genauso gut jemand aus der Belegschaft von »Hamburg aktuell« sein. Nachdenklich verließ sie den Balkon, um Melanie anzurufen. Sie konnte jetzt eine Freundin gebrauchen, und vielleicht wusste Mel irgendetwas, das ihr bei der Suche nach dem anonymen Autor weiterhalf.

Melbourne, 1884

Reichtum und Erfolg gehören dem, der das Glück auf seiner Seite weiß. William Mornay gehörte zu denen, deren Glück in ganz Victoria sprichwörtlich war. In seiner Jugend nach Australien gekommen, kannte er nun, im Alter von 55 Jahren, nicht einmal mehr das Ausmaß seines Vermögens. Er besaß riesige Viehfarmen, die über die gesamte Kolonie Victoria verstreut waren. Außer einer herrschaftlichen Villa in St. Kilda gehörte ihm ein charmantes Landhaus fernab von der Hektik der Stadt. William Mornay war der Mann, mit dessen Hilfe Jenny dem Leben als Edelhure zu entkommen hoffte. Er besuchte sie, sooft es seine Geschäfte erlaubten, meist nur in der Absicht, mit ihr zu plaudern. Er war ein Mann von freundlichem Gemüt, und eines Abends vor ungefähr drei Wochen hatte er Jenny mit dem Versprechen überrascht, sie aus dem Hurenhaus auszulösen, um mit ihr zu leben. Von Heirat sprach er nicht – noch nicht. Doch das kümmerte Jenny wenig. Wenn sie erst bei ihm eingezogen war, würde das eine zum anderen führen. Sie vertraute auf die Wirksamkeit ihrer Verführungskünste.
Wie auf Wolken schwebend, verbrachte Jenny ihre verbleibende Zeit in Carolines Bordell mit Tagträumereien. Sie, die

kleine Perlenschleiferin, hatte es endlich geschafft! Und heute war der Tag, an dem ihr William mit Caroline die Auslösesumme verhandeln wollte.

In ihrem schönsten Kleid – graue Seide, tief ausgeschnitten – lag Jenny, rauchend und ein Glas Champagner in der Hand, auf dem Bett und wartete ungeduldig. Da ihr Geliebter ihre roten Locken so mochte, trug sie das Haar offen. Als es endlich an der Tür klopfte, drückte sie hastig die Zigarette aus und stand auf, um ihm zu öffnen. Sie schlang ihm die Arme um den Hals und sah ihn erwartungsvoll an. William befreite sich aus ihrer Umarmung und schloss die Tür hinter sich.

»Mein Liebling, du musst jetzt stark sein.«

Jenny wich einen Schritt zurück. »Wovon redest du?«

»Madame will nichts davon hören.«

»Aber sie hat dir ihr Wort gegeben.«

»Sie scheint es sich anders überlegt zu haben.«

»So ein Miststück!«

William schenkte sich einen Scotch ein und schwenkte das Glas gedankenverloren in seiner Rechten, bevor er einen Schluck nahm. »Ich frage mich, warum sie ihre Meinung geändert hat.«

Wütend stemmte Jenny ihre Hände in die Hüften. »Das ist doch sonnenklar! Sie hatte nie die Absicht, mich gehen zu lassen.«

»Hör zu, Prinzessin, ich weiß, dass du zornig bist. Aber du bist nun einmal der Star des Hauses. Du hast dein eigenes Zimmer, sogar ein eigenes Mädchen. Man respektiert dich. Ich besuche dich fast jeden Tag.« Er griff in seine Westentasche, zog ein Collier heraus und hielt es ihr vor die Nase. »Ich dachte, du könntest ein wenig Trost brauchen.« Jenny rang sich ein enttäuschtes Lächeln ab. Sie nahm ihm das Glas aus der Hand und leerte es in einem Zug. Als Mornay Anstalten machte, ihr den Schmuck anzulegen, duckte sie sich weg. Sie ließ sich auf die Couch fallen und schlug verzweifelt die Hände vors Gesicht.

»Ich bin also tatsächlich dazu bestimmt, als Hure zu sterben.«

»Pscht. Ich komme nicht hierher, um mir so etwas Hässliches anzuhören! Hab Geduld, eines Tages wirst du in meiner Stadtvilla leben.«

Jenny riss sich zusammen, hob das Kinn und stand auf. »Entschuldige, ich bin so schrecklich undankbar.« Sie lächelte und schmiegte sich an ihn, um ihn leidenschaftlich zu küssen.

Am nächsten Morgen durchquerte Jenny im Morgenmantel den Salon und grüßte die Putzfrau, die zahlreiche Aschenbecher leerte und benutzte Gläser wegräumte. Jenny betrat die Küche. Drei der Mädchen saßen müde am Tisch beim Frühstück, unter anderem Heather. Neben ihnen stand Liz, einen Becher in der Hand.

»Immer bist du die Letzte«, sagte Liz. Es war mehr eine Feststellung denn ein Vorwurf. Wortlos schenkte sich Jenny eine Tasse Kaffee ein und trank einen großen Schluck, bevor sie reichlich Jetons aus einem Beutel auf den Küchentisch schüttete. Einige kullerten über die Kante auf den Fußboden. Ohne eine Miene zu verziehen, sammelte Liz die Spielchips ein, mit denen die Huren von ihren Freiern bezahlt wurden, und zählte im Stillen ihren Wert.

»Wir wissen, dass du hart gearbeitet hast«, sagte sie, und in ihrer Stimme schwang Anerkennung.

»Caroline kann sich glücklich schätzen, eine Schwägerin wie dich zu haben«, antwortete Jenny mit sarkastischem Unterton. »Du machst für sie die Drecksarbeit.«

Liz verstaute die Chips in ihrer Rockschürze und drehte sich zu Jenny um. »Wovon redest du?«

»Wie oft seht ihr eigentlich John, du und die Kinder? Ach entschuldige, ich hatte ganz vergessen, dass du dein Mädchen und deinen Jungen schon lange weggegeben hast.«

Am Frühstückstisch wurde es mucksmäuschenstill. Liz warf ihr einen düsteren Blick zu, antwortete aber nicht.

Jenny trank in aller Seelenruhe ihren Kaffee, während sie Liz über den Tassenrand hinweg provozierend anschaute.

Heather hob den Kopf. »Hey, Jenny, wie viel schuldet Madame ihm eigentlich? Stellt euch mal vor, er wüsste, wie sie ihn bescheißt, weil sie das Angebot des Viehzüchters für dich nicht akzeptiert. Ups!« Sie schlug sich mit gespielter Dramatik eine Hand vor den Mund. »Das wirst du doch nicht an deinen Gatten verpetzen, Liz, oder?«

Lilly schlug ihr mit der Hand leicht auf den Hinterkopf und zischte ihr, für die anderen unhörbar, ins Ohr: »Lass sie gefälligst in Ruhe! Du weißt ganz genau, dass sie mit ihrem Mann nichts mehr am Hut hat.«

»Ich werde den Teufel tun, meine Angelegenheiten mit euch zu besprechen. Noch ein Wort, und ich setze bei Madame durch, dass ihr dafür eine Strafe zu entrichten habt. Hab ich mich deutlich genug ausgedrückt?« Mit kaum verhohlener Wut stellte Liz ihren Becher so heftig ins Spülbecken, dass es schepperte. Die Mädchen warfen sich hinter ihrem Rücken bedeutungsvolle Blicke zu. Jenny gesellte sich zu den Mädchen an den Tisch, griff nach Brot und Butter.

Heather seufzte auf. »Hach, wenn ich doch mal nach draußen könnte wie du, Jenny. Und wenn's nur für eine Stunde wäre.«

»Halt den Mund, Heather«, sagte Liz, »du kennst die Regeln. Raus darf außerhalb der Geschäftszeiten nur, wer Madames besonderes Vertrauen genießt. Wer sich vor zwei Uhr nachmittags im Viertel die Beine vertreten will, sollte bewiesen haben, dass er draußen nicht auf eigene Rechnung die Beine breitmacht. Habe ich mich klar genug ausgedrückt?« Dann wandte sie sich an Jenny: »In zwei Stunden hast du eine Verabredung.«

Jenny bestrich eine Scheibe Weißbrot mit Butter. »Mit wem?«, antwortete sie gelangweilt.

»Ein Durchreisender. Mehr weiß ich nicht, zahlt gut. Wirst du ihn treffen?«

»Warum nicht. Ein Reisender ist so gut wie jeder andere. Kennst du ihn?«

»Er wollte seinen Namen nicht nennen. Ein Bote überbringt das Geld. Wenn du nicht magst, bleib hier.«

»Nein, schon gut. Ich mach's.«

Rom, 2014

Nina kramte ihr Handy aus der Tasche und wählte Melanies Nummer.
»Nina, Süße! Ausnahmsweise kein Anruf mitten in der Nacht. Was ist los? Ist etwas passiert?«
»Ich bin doch in Rom wegen dieser Geschichte mit dem australischen Kardinal.«
»Ach stimmt, ja. Ist Florian bei dir?«
Nina stutzte kurz. »Wieso fragst du das?«
»Ach, nur so. Er hat heute Morgen einen kurzfristigen Termin im Ausland erwähnt, zu dem er dringend fliegen müsse. Es stimmt also, er ist bei dir, ja?«
Statt zu antworten, fing Nina leise an zu schluchzen.
»Oh, mein Gott, Nina?«, fragte Melanie bestürzt und klang alarmiert. »Alles in Ordnung? Ist es wegen der Schwangerschaft? Hast du inzwischen eine Entscheidung getroffen?«
»Ich habe es verloren.«
»Oh, nein! Ich weiß gar nicht, was ich sagen soll. Du bist bestimmt sehr traurig. Aber bist du nicht auch erleichtert? Ich meine, du wolltest es doch eigentlich nicht.«
»Mel, ich weiß nicht, was ich wollte. Jedenfalls kein Kind unter den gegebenen Umständen. Aufgrund einer ungeplanten

Schwangerschaft eine Familie auseinanderzureißen – nein!«
Nina brach in Tränen aus.

»Nina, das tut mir so sehr leid. Geht es dir denn wenigstens körperlich gut? Warst du beim Arzt?«

»Ja, es ist noch in Melbourne passiert. Morten hat mich ins Krankenhaus gebracht.«

Mel schien überrascht. »Morten? Der fiese Typ, mit dem du dir das Apartment teilst?«

»Ja. Aber er hat sich rührend um mich gekümmert.«

Am anderen Ende stieß Melanie erleichtert Luft aus.

»Immerhin etwas Positives. Süße, willst du, dass ich nach Rom komme? Ich kann gleich morgen bei dir sein. Du brauchst nur mit dem Finger zu schnippen, und ich bin da.«

»Nein, lass nur. Das ist lieb von dir, aber ich habe hier jede Menge Arbeit, die mich ablenkt.«

»Wenn du es dir anders überlegst, gib Bescheid. Ich komme auf Zuruf.«

Nina schwieg.

»Nina, bist du noch dran?«

»Ja«, antwortete sie leise.

»Was ist denn nun mit dir und Florian? Du hast mir noch gar nicht auf meine Frage geantwortet, ob er bei dir ist.«

Nina presste die Lippen zusammen, bis es schmerzte.

»Nina? Bitte sprich mit mir!«, drängte Melanie die Freundin.

»Da ist noch etwas. Jemand hat anonym einen fürchterlichen Artikel an Florians Frau geschickt. Angeblich als Beitrag für ihre Magazin-Reihe über Geliebte. In diesem Artikel geht es ziemlich eindeutig um Florian und mich. Christine hat ihn damit konfrontiert, und jetzt ist er außer sich, weil er glaubt, ich hätte ihn geschrieben.«

»Hat er ihr gegenüber euer Verhältnis zugegeben?«

»Ich weiß es nicht. Wir sind vorhin im Streit auseinandergegangen.«

»Das ist doch total absurd! Sieht Florian das nicht? Was hättest du denn davon, seiner Frau reinen Wein einzuschenken, und dann noch auf diese Art?«

»Genau das hab ich ihm auch gesagt. Ich wollte doch ohnehin mit ihm Schluss machen, eben weil ich mich wegen seiner Familie so schlecht fühle. Wieso sollte ich da seine Frau auf derart verletzende Weise auf unsere Affäre hinweisen?«

»Du sagst, du *wolltest* Schluss machen? Hast du das nicht schon längst vor deiner Abreise nach Melbourne erledigt, oder bringe ich da was durcheinander?«

»Nein, das ist richtig.«

»Aber?«, horchte Melanie nach.

»Ach, Melanie. Ich bin so traurig. Ich glaube, ich bin froh, wenn ich wieder in Melbourne bin. Ich bin so durcheinander. Ich muss in Ruhe über alles nachdenken.«

»Du meinst über dich und Florian.«

»Ja«, sagte Nina kaum hörbar.

Melanie sog scharf die Luft ein. »Das glaube ich allerdings auch.«

»Lass uns über was anderes reden. Wie geht es dir?«

»Normal. Privat gibt's nichts Neues – was ja auch in der Kürze der Zeit nicht zu erwarten war. Im Büro ist so weit ebenfalls alles beim Alten, nur dass Rochelle in ihren sexy Designer-Klamotten um den Chef herumscharwenzelt, als wäre er der letzte Mann auf der Welt. Traurig eigentlich, wenn es nicht so komisch wäre.« Melanie hielt inne. »Moment mal, könnte es sein, dass sie diesen unsäglichen Artikel geschrieben hat? Weil sie auf Florian scharf ist?«

Nina schnappte nach Luft. »Rochelle?«, überlegte sie laut. Dass die Kollegin schon seit einiger Zeit hinter Florian her war, hatte sie nicht gerade verborgen. »Es würde jedenfalls zu ihr passen, mich auf diese miese Tour abzuhängen.«

»Schick mir doch mal Rochelles Machwerk.«

»Mel, wir wissen doch noch gar nicht, ob es überhaupt Rochelle war, und außerdem hab ich den Artikel nicht. Florian hat ihn mir nur auf seinem Handy gezeigt.«

»Hm. Ich bin spät dran, Süße«, sagte Mel. »Ich muss los. Wir sprechen später wieder. Bis dahin: Kopf hoch – wird schon alles! Wir finden das raus.«

Kaum hatten sie das Gespräch beendet, klingelte Ninas Zimmertelefon. Entnervt überlegte sie, den Anruf zu ignorieren. Am liebsten hätte sie sich im Dunkeln aufs Bett gelegt und an die Decke gestarrt. Aber wenn es Florian war, der sie anrief? Vielleicht wollte er sich für seine heftige Reaktion entschuldigen. Als das Klingeln nicht nachließ, setzte sie sich auf die Bettkante und nahm den Hörer ab.

»Endlich, Nina. Ich bin unten an der Rezeption. Kann ich raufkommen? Ich muss dir etwas Wichtiges erzählen.«

Florian rieb sich den Nacken und blickte zu Boden, während er in Ninas Zimmer auf und ab ging. Sie sah ihm eine Weile zu, dann forderte sie ihn auf, sich zu setzen. Florian ließ sich in den Sessel fallen, der neben der Balkontür stand. Nina setzte sich aufs Bett und schaute Florian aufmerksam an, doch der zögerte, vielleicht aus Taktgefühl, vielleicht weil er nicht wusste, wie er ausdrücken sollte, was er ihr zu sagen hatte.

»Was ist?«, fragte sie.

»Ich weiß jetzt, wer den Artikel geschrieben hat.« Etwas in Florians Stimme klang fremd. Aus dem Zimmer über ihr hörte Nina verzerrte Stimmen aus dem Fernseher, von der Piazza drang das Lachen einer Gruppe Jugendlicher in den Raum.

»Du warst damals noch nicht in der Redaktion. Vor vier Jahren hatte ich eine Affäre mit Melanie.«

Etwas in Nina weigerte sich, seine Worte aufzunehmen. Plötzlich begann sie zu schwitzen und zog die Jacke ihres Kostüms aus.

»Ich dachte, ich hätte mich verliebt, und wir waren drei Monate zusammen. Für eine Weile war ich hin- und hergerissen, aber ich wollte Christine und die Mädchen nicht verlassen.«

Nina spürte die Worte wie einen Messerstich zwischen ihren Rippen.

»Wie bei uns«, sagte sie. Ihr Mund war so trocken, dass sie kaum sprechen konnte.

»Nein, Nina. Bei uns ist es anders. Für dich würde ich Christine verlassen.«

Als ob diese Erklärung genügte.

»Du Schwein«, schrie sie ihn an. Alles fühlte sich mit einem Mal unwirklich an. Sie stand auf, um im Zimmer umherzugehen, hielt sich aber dann am Rahmen der Balkontür fest. Sie hörte das Blut in ihren Ohren rauschen. Dann hob sie den Kopf, strich sich das schweißnasse Haar aus der Stirn, atmete tief durch. Florian schaute nicht weg, als sie ihn anblickte.

»Wieso hast du mir nie davon erzählt? Und Mel? Sie ist meine Freundin!« Sie klang beinahe kühl, glaubte, sich im Griff zu haben. Jetzt alles zu erfahren war wichtiger als der stechende Schmerz in ihrer Brust.

»Irgendwann habe ich gemerkt, dass ich mich getäuscht habe, dass ich Mel nicht liebe, und habe Schluss gemacht. Eine Woche später hat sie mir dann erzählt, sie sei schwanger, aber ich habe ihr nicht geglaubt. Sie nahm die Pille, ich hatte die Packung in ihrem Bad gesehen. Sie war verzweifelt, lauerte mir auf und ging einmal sogar so weit, mir damit zu drohen, dass sie Christine alles erzählen würde. *Dann tu es doch*, hab ich gesagt. Ich war die ganze Sache leid und auch bereit, Christine alles zu beichten.«

»Hast du aber nicht.«

Florian hob den Kopf. Wieder zögerte er. »Nein, habe ich nicht. Es bestand auch gar keine Notwendigkeit mehr. Mel hatte kurz darauf einen neuen Freund, und sie wollte die Affäre ebenso vergessen wie ich. Wir haben nie wieder darüber gesprochen.«

»Wenn alles längst verziehen und vergessen ist: Wieso schreibt sie dann diesen Artikel?«

Florian zuckte mit den Schultern und schüttelte den Kopf. »Ich weiß es nicht.«

»Die einzige Erklärung ist doch die, dass sie dich noch immer liebt.«

Florian sagte nichts.

»Und Rochelle? Läuft mit der auch was?« Es war ein Schuss ins Blaue, den sie allein in der Absicht abfeuerte, Florian zu verletzen.

Er wich ihrem Blick aus. Nina hob ihre Hand an den Mund, presste ihre Fingerknöchel gegen die Lippen. Auf einmal kam ihr die eigene Fragerei albern vor.

»Ich möchte, dass du jetzt gehst.«

»Nina, bitte, lass mich doch erklären …«

Nina hob abwehrend die Hand.

Er stand auf und fasste sich nervös an seinen Hals. »Du musst mir glauben. Mit uns, das ist etwas anderes. Mel, Rochelle – sie haben mir nichts bedeutet.«

Nina öffnete die Tür. Florian machte Anstalten, zu gehen, wandte sich aber noch einmal nach ihr um.

»Du machst einen Fehler. Irgendwann wirst du bereuen, dass du mich abgewiesen hast.«
Sie schüttelte nur stumm den Kopf und schloss die Tür hinter ihm.

Nachdem Florian gegangen war, setzte sie sich in den Sessel und lehnte sich zurück. Ihr Herz klopfte heftig, und das Blütenmuster der altmodischen Tapete begann, vor ihren Augen zu verschwimmen. Ohne in den Spiegel zu schauen, wusste sie, dass sie rote Flecken im Gesicht hatte. Ihr kamen Bilder in den Sinn, die sie nicht sehen wollte. Bilder von Florian, Mel und Rochelle. Sie ging zur Minibar und nahm eine kleine Flasche Rotwein heraus. Während sie trank, dachte sie nach, doch immer wieder tauchten diese Bilder vor ihrem inneren Auge auf. Florian und Mel, Florian und Rochelle, Florian und seine Frau.
Hatte Christine denn nie etwas gemerkt? War das möglich? Sie war eine intelligente Frau, die mit beiden Beinen im Berufsleben stand. Wie konnte ihr entgangen sein, dass ihr Mann nichts weiter war als ein schäbiger Casanova?
Dann schüttelte Nina bitter lächelnd den Kopf. Dies traf genauso gut auf sie selbst zu. Wie naiv war sie eigentlich gewesen? Der Gedanke tat weh. Dass sie sich für dumm hatte verkaufen lassen. Dass sie seiner Masche auf den Leim gegangen war. Sie war sogar von ihm schwanger gewesen, hätte sein Kind bekommen, wenn die Schwangerschaft anders verlaufen wäre. Ihr war nach Heulen zumute, doch statt einer Tränenflut stürzten nur immer neue Fragen auf sie ein, von denen sich eine in Endlosschleife wiederholte und wie ein Echo durch den Raum zu hallen schien: Wie sehr muss mich meine beste Freundin hassen, um mir das anzutun?

Melbourne, 1884

Die Droschke hielt in einer zwielichtigen Gegend. Jenny bezahlte den Kutscher, stieg aus und betrat ohne Zögern die schäbige Gaststätte, deren Adresse ihr von Liz genannt worden war.

Sie sah sich um, entdeckte zu ihrer Überraschung John und setzte sich zu ihm. »Du? Was soll das? Willst du deine Frau und Caroline zum Besten halten?«

»Vielleicht, vielleicht auch nicht. Was ist, kommen wir ins Geschäft?«

Jenny zögerte für einen Moment, dann griff sie nach seiner Hand, steckte seinen Daumen in den Mund und begann, anzüglich daran zu saugen. Nach einer Weile zog John seine Hand zurück und leckte genießerisch seinen Daumen ab.

»Weiß Caroline, dass du der Reisende bist?«

»Natürlich nicht. Es sei denn, du erzählst es ihr.«

Jenny lachte auf. »So, wie die Dinge zwischen ihr und mir stehen, ganz sicher nicht.«

»Das ist nicht gerade nett zwischen Freundinnen.«

»Wenn sie mich wirklich lieben würde, hätte sie die Summe angenommen, die Mornay ihr angeboten hat.« Sie stützte ihr aufgeregt in Jennys Sachen, die auf dem Boden in ihrer Mitte lagen. Jenny, einen Fächer in der einen Hand, einen Scotch in der anderen, genoss die Szene.

»Wer will den Seidenschal?«, fragte Heather in die Runde.

»Ich, ich, ich!«, kam es von allen Seiten.

Eines der vier Mädchen aus Brüssel wandte sich an Jenny: »Kann ich den blauen haben? Bitte, er steht mir so gut!« Sie hielt ihn sich vor die Brust, doch Lilly zog ihn ihr blitzschnell weg.

»Mir steht er noch viel besser.«

»Gib ihn wieder her, ich hab ihn zuerst gesehen, du Biest!« Jenny fächelte sich Luft zu, während sie amüsiert den Zank der Mädchen verfolgte.

»Also gut«, sagte Lilly, »da hast du ihn! Mit deiner hässlichen Fratze hast du ihn auch nötiger.« Sie warf der anderen den Schal lachend ins Gesicht. Die streckte ihr die Zunge raus, wickelte sich das Tuch um den Hals und strich wie verliebt darüber.

»Jenny, wer kriegt denn jetzt dein Zimmer?«, fragte Heather.

»Ein eigenes Zimmer mit Dienstmädchen! Wenn ich das mal erreicht habe, brauche ich keinen Viehzüchter mehr.« Alle lachten. Jenny legte den Fächer zur Seite, um sich eine Zigarette anzustecken.

»Ich weiß nicht, wen Caroline im Sinn hat. Eine, die so viel Geld einbringt wie ich, schätze ich.« Die Mädchen schauten einander an.

»Also keine von uns?«

Jenny zuckte mit den Schultern. Sie stellte ihr Glas ab und griff nach einem Korsett, das vor ihr auf dem Boden lag.

»Hach, ist das herrlich«, rief eines der jüngeren Mädchen aus.

»Ja, mein William liebt es heiß und innig, aber ich hab es nun mal versprochen. Ab heute gehört es einer von euch!«

Kinn in die Hand, rührte nachdenklich mit einem Löffel im Kaffee.

»Wie hoch sind deine Schulden?«

Jenny sah ihn hoffnungsvoll an.

Noch am selben Tag lauerte John seiner Schwägerin auf. Als sie das Haus verließ, stellte er sich ihr in den Weg.

»Küss mich!« Seine Hand berührte ihre Wange; erschrocken wich Caroline zurück. Er packte sie bei den Schultern und drückte sie brutal gegen eine Hauswand. »Na los, küss mich, Schwägerin!«

»John, lass das.«

»Küss mich, hab ich gesagt!«

Sie wand sich unter seinem Griff, doch er war zu stark und zwang ihr einen Kuss auf. Caroline stieß einen erstickten Schrei aus, als er ihr hart in die Oberlippe biss. Angeekelt schob sie ihn von sich, spuckte aus und wischte sich mit der Hand den blutenden Mund ab.

»Wenn ich morgen mein Geld nicht bekomme, war das erst der Anfang.«

Sie begann, leise zu schluchzen, als er davonging. Sie wusste, dass es nur eine Möglichkeit gab, um diesen widerlichen Mann loszuwerden. Sie eilte zurück in ihr Büro und setzte ein Schreiben auf, das sie William Mornay persönlich überbrachte. Der schien freudig überrascht.

»Sie werden es nicht bereuen, Madame«, versicherte er, nachdem er unterschrieben hatte.

Jennys letzter Tag im Bordell war angebrochen. Sie thronte auf einem Sessel in ihrem Zimmer. Zu ihren Füßen scharten sich die Mädchen. Sie waren in Unterwäsche und wühlten

Die Mädchen begannen, sich um das gute Stück zu rangeln, bis Heather es siegreich über ihren Kopf hielt.

»Die Nächste, die sich einen Sugar Daddy angelt, bin ich.«

Camille kam zur Tür herein: »Heather, die Madame will dich sehen.« Camille hatte ebenso wie Jenny eine Sonderstellung im Haus. Mit ihren neunundzwanzig Jahren gehörte sie zu den erfahrensten Mädchen. Da sie über ein ausgeprägtes Gespür für Stil verfügte, kümmerte sie sich um die Ausstattung der »Grünschnäbelinnen«, wie Caroline und Liz die jungen Dinger nannten, denen ihr erster Kunde noch bevorstand. Jedes Mädchen des *Madame Brussels* sollte seinen eigenen, unverwechselbaren Stil entwickeln, der es von den anderen unterschied – damit vergrößerte sich das Angebot des Hauses auf interessante und aufregende Weise.

Camille selbst war dank ihrer äußerst schlanken Figur und dem glatten, gebleichten Haar von elfenhafter Schönheit. Was sie trug, verhüllte mehr, als dass es offenbarte. Ihr sanftes Lächeln und ihre zurückgenommene Art wirkten auf so manchen Stammkunden geradezu hypnotisch. Sie hatte nicht den Erfolg einer Jenny, die ihre Reize offensichtlicher und obszöner zur Schau stellte, doch wer der zarteren Camille einmal verfallen war, der kam nicht mehr von ihr los.

Missmutig stand Heather auf. Noch auf der Treppe zum Salon stürzte ihr der Knabe erregt entgegen.

»Heather!«

Sie hielt ihn auf Abstand. »Warte, ich muss mich erst zurechtmachen!«

»Du bist wunderschön, wie du bist. Bitte geh nicht weg.« Er hielt sie am Ärmel fest. »Heather, ich kann an nichts anderes mehr denken. Du gehst mir einfach nicht aus dem Kopf. Wenn meine Liebste das wüsste, sie würde mich hassen!«

»Wie viel hast du dabei?«, entgegnete sie kalt.

Fieberhaft begann der junge Mann, in seinen Hosentaschen nach Geld zu suchen. Heather verzog ungeduldig die Mundwinkel. »Komm schon!« Sie packte ihn bei der Hand und zog ihn hinter sich die Treppe hinauf.

Caroline schaute von der Galerie aus auf das orgiastische Treiben im Salon, wo das Festessen zu Jennys Abschied in vollem Schwung war. Dort unten saßen ihre besten Kunden mit den Mädchen an einer langen Tafel. Wie fast immer trug sie Schwarz, doch anlässlich der Feier hatte sie sich für ein Kleid mit Ausschnitt und Perlenbesatz entschieden. Ihr war nicht nach Feiern zumute. Der Verlust von Jenny traf sie schwer, nicht nur in finanzieller Hinsicht. War sie zu hart gewesen? Das mochte sein, doch Jenny hatte ihre besondere Position unter den Mädchen auch bis zum Äußersten ausgereizt. Unwillkürlich schüttelte Caroline den Kopf. Nein, Reisende soll man nicht aufhalten. Sie schluckte schwer. Jenny fehlte ihr schon jetzt, aber das Karussell drehte sich weiter. Das Geschäft war hart und kein Ort für Gefühlsduseleien.

Caroline ging in ihr Büro und trat ans Fenster. Durch die offene Tür hörte sie das Ende der alkoholgeschwängerten Lobhudelei auf Jenny: »In ihren Armen dachten wir alle, etwas Besonderes zu sein.« Der Redner hob offensichtlich sein Glas: »Auf Jenny! Die beste Hure von Melbourne!« Die anderen Gäste taten es ihm gleich. »Auf Jenny!«

»Aber wo ist sie denn?«, fragte ein hochrangiger Beamter. Man schaute sich um, und schon erhob sich ein Chor: »Jenny! Jenny!«

Wie auf Befehl sprang die Gesuchte plötzlich zur großen Freude der Anwesenden aus einer riesigen Torte, die während der Rede auf einem Tisch mit Rollen in den Salon geschoben worden war. Triumphierend warf sie unter Beifall und Jubelrufen die Arme in die Luft, schmierte sich Sahne über die Brüste. Dann stieg sie auf die Tafel, wo sie auf allen vieren lasziv auf den Viehzüchter zukrabbelte, um ihn unter Applaus und schrillen Pfiffen der Gäste zu küssen. Die Männer stampften mit den Füßen, klatschten und riefen: »Jenny, Jenny!«

»Wer will ein Stück vom Kuchen?« Jenny streifte mit dem Finger über ihre mit Sahne verschmierte Brust, leckte ihn genüsslich ab. »Hm, lasst euch das bloß nicht entgehen!« Sie legte sich rücklings auf den Tisch und ließ sich von Männern und Frauen küssen. Der Viehzüchter vergrub sein Gesicht zwischen ihren leicht geöffneten Schenkeln. Als wenig später ein wildes Treiben auf Tischen und Stühlen einsetzte, schloss Caroline die Tür zu ihrem Zimmer.

Drei Tage waren vergangen, seit Jenny sie verlassen hatte. Nun, da ihr bestes Pferd im Stall nicht mehr da war, brauchte Caroline dringend ein aufregendes Mädchen, das ihr Bordell wieder ins Gespräch brachte.

»Wie heißt du, Kleine?«

»Rae.«

»Wie alt bist du?«

»Ich bin sechzehn.«

Das junge Mädchen vom Land stand schüchtern in Jennys Büro. Sie war nicht dick, doch auf eine Art und Weise mollig, die Männern mit einer Vorliebe fürs Griffige gefiel. Ihre roten Wangen leuchteten so kräftig, als käme sie geradewegs von einem langen Sommerspaziergang in den Feldern.

»Zieh dich aus. Ich will deinen Busen sehen.«

Rae gehorchte, streifte ihre Kleider ab und ließ sich von Caroline eingehend mustern. Ihr Busen war straff, ihr Hintern rund und fest. »Gut. Hast du einen Freund?«

Rae lief rot an, schüttelte den Kopf. Sie log. In Warrnambool, dem Walfängerstädtchen im Südwesten Victorias, wo sie herkam, wartete Toby auf sie. In den letzten Wochen hatten sie viel gestritten. Ihr Liebster wollte nicht, dass sie nach Melbourne ging, und schon gar nicht ins Bordell. Mit Engelszungen hatte sie auf ihn eingeredet, bis er unter Tränen der Verzweiflung endlich zugestimmt hatte. So schnell wie im *Madame Brussels* kam sie nirgends sonst an Geld, und es waren doch nur ein paar Monate. Ein Jahr höchstens wollte sie im Bordell bleiben, in der Hoffnung, das verdiente Geld reichte, um eine Anzahlung auf eine kleine Farm zu leisten, die nur ihnen allein gehören würde. Nicht in Warrnambool, wo man sie kannte und peinliche Fragen wegen ihres Verbleibs stellen würde, sondern irgendwo landeinwärts, wo ihr Geheimnis über die unehrenhafte Art der Finanzierung ihrer Farm sicher war. Sobald sie erst einmal verheiratet waren, würde ein neues, ein besseres Leben beginnen. Für dieses Ziel war sie bereit, vieles auf sich zu nehmen.

»Hast du schon bei einem Mann gelegen?«

»Nein.«

»Du erzählst mir auch keine Märchen?«

»Nein!«

»Also gut. Du kannst sofort anfangen.« Damit nahm Caroline Maß für ein schönes Kleid aus blauem und malvenfarbenem Samt, das ihrem Neuzugang ausgezeichnet stehen würde.

»Rae, dies ist ein gutes Haus für hübsche Mädchen wie dich. Du wirst gut behandelt, kriegst gut zu essen. Glaub mir, es ist besser als Fabrikarbeit. Und so hübsch, wie du bist, hast du deine Schulden blitzschnell abbezahlt.«

Rae riss die Augen auf. »Welche Schulden?«

»Die Kosten für deine Ausstattung. Die Kleider, die Seifen, Schmuck und Parfüm.«

Rae schluckte. »Brauch ich das denn?«

Caroline lächelte nachsichtig. »Du kannst hier nicht in deinen Bauernkleidern auftreten, das ist dir doch klar? Mach dir keine Sorgen, mein Kind. Jede kann im *Madame Brussels* gutes Geld machen.«

Mainz, 2014

Katharina Braumeister machte sich Sorgen um ihre Enkelin. Etwas war nicht in Ordnung mit ihr, das spürte sie überdeutlich, doch sie konnte die Ursache nicht fassen. War es wirklich nur ein wenig Liebeskummer, wie Nina bei ihrem Abschiedsbesuch angedeutet hatte? Sie bezweifelte es. Wenn Nina dichtmachte, dann für gewöhnlich deshalb, weil sie nicht wollte, dass sie sich um sie sorgte. Dabei war sie viel zäher, als Nina annahm. Mit den Jahren hatte sie gelernt, ihre Enkelin nicht zu bedrängen. Nina reagierte auf Zuwendung nicht selten mit Rückzug, verkroch sich in ihr Schneckenhaus, wenn man ihr zu nahe kam. Es tat Katharina in der Seele weh.
Wenn sie daran dachte, welchen Einfluss der Unfalltod ihrer Eltern noch immer auf Ninas Leben hatte, krampfte sich ihr Herz zusammen. Nähe zuzulassen war eine Herausforderung für ihre Enkelin. Ein Partner hätte es nicht leicht mit ihr. Nicht ohne Grund war jede feste Beziehung, die Nina eingegangen war, nach wenigen Monaten zerbrochen. Manchmal fragte sie sich, ob ihre Enkelin jemals daran dachte, eine Familie zu gründen. Sie traute sich nicht, Nina darauf anzusprechen.

Katharina war sich auch nicht sicher, ob Psychoanalyse und Therapie für Nina den gewünschten Erfolg gebracht hatten. Sie hoffte es so sehr, aber, wenn sie ehrlich war, sah es nicht danach aus. Das arme Mädchen. Wenn sie ihr doch nur helfen könnte.

Die Erforschung ihrer Familiengeschichte, die sie seit neuestem gemeinsam betrieben, war ein neuer Ansatz. Vielleicht half das Nina dabei, zu verstehen, dass es nicht nur ihre Eltern und ihre Großmutter gab, sondern dass sie mit unzähligen Menschen verbunden war. Sie hoffte es so sehr. Alles, was sie sich vom Leben noch wünschte, war das Glück ihrer Enkeltochter. Sie würde alles dafür geben. Alles.

Melbourne, 1884

Zwei Wochen nachdem Jenny das *Madame Brussels* verlassen hatte, suchte Caroline sie eines Nachmittags auf. Jenny, noch im Schlafgewand, empfing sie an der Haustür. Die Arme abwehrend vor der Brust gekreuzt, lehnte sie am Türrahmen.

»Was machst du denn hier?«

»Ich komme wegen meines Geldes. Es muss taktlos erscheinen, wenn man deine Lage bedenkt, aber du weißt, wie es um mich steht.«

»Meine Lage? Wovon redest du?«

»Aber hast du es denn nicht …?« Irritiert hielt Caroline inne. »William Mornay wurde letzte Nacht ermordet.«

Jenny, die ihr kein Wort glaubte, lachte auf.

»Jenny! Es ist wahr. Er wurde in seiner Kutsche überfallen, bestohlen und dann erstochen.«

Sofort kehrte Jenny ihr den Rücken zu, um ins Haus zu gehen.

»Er war ein außergewöhnlicher Mann. Er …«, sagte Caroline. Jenny zog die Tür hinter sich zu. Caroline streckte die Hand nach ihr aus. »Jenny!«

Im Hausflur lehnte sich Jenny mit dem Rücken gegen die Tür. Die Verzweiflung stand ihr plötzlich ins Gesicht geschrieben.

»Jenny?« Caroline klopfte mit ihrem Schirm gegen die Tür.
»Jenny, John droht damit, es an den Mädchen auszulassen.
Die erste Rate von Mornay deckt kaum die Kosten für dein
Abschiedsgelage. Und jetzt, da er nicht mehr ist, werden die
zwei ausstehenden Raten, die für deinen Freikauf vereinbart
waren, wohl auch nicht mehr bezahlt werden. Hab ich
recht?«
Jenny glitt zu Boden und begann bitterlich zu weinen.
»Falls ich unrecht habe, wäre ich dir sehr dankbar, wenn du
die restliche Summe so bald wie möglich begleichen könntest.« Caroline wandte sich zum Gehen, zögerte kurz und
fügte dann hinzu: »Du kannst jederzeit zurückkommen.«

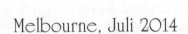

Melbourne, Juli 2014

Nina saß während der Mittagspause mit Harry in einem kleinen Café in der City. Sie warteten auf ihren Kaffee und die getoasteten Panini, für die der Laden laut seiner Speisekarte berühmt war. Harry lehnte sich nach vorne.
»Ich wollte Ihnen unbedingt persönlich danken. Ich bin sehr froh darüber, wie sehr Sie an unseren Geschichten Anteil genommen haben. Es gibt nicht viele, die mit mir länger als zwei Minuten über die Vergangenheit sprechen wollen.« Er lachte heiser. »Es ist, als trügen wir eine Art Schandmal. Ich weiß, das hört sich pathetisch an, aber glauben Sie mir: So ist es. Vielleicht liegt es an uns. Wir fühlen uns schon so viele Jahre lang herabgewürdigt und beschädigt durch das, was diese Mistkerle uns angetan haben. Deshalb reagieren wir oft zu emotional und vergessen dabei, dass Außenstehende nicht gleich nachvollziehen können, wie sehr der Missbrauch unser Leben verändert hat.« Er nickte wie zu sich selbst. »Ja, ich schätze, wir machen es unserer Umwelt nicht gerade leicht, mit uns in Kontakt zu treten.« Während er sprach, schaute er Nina kaum in die Augen. »Es tut mir leid. Ich werde schon wieder zu gefühlsduselig. Passiert mir immer wieder. Sorry.«

»Sie müssen sich doch nicht immerzu entschuldigen! Es ist für mich völlig in Ordnung, wenn Sie Ihre Gefühle zeigen«, erwiderte Nina, legte ihre Hand auf die seine und lächelte ihn aufmunternd an. Harry schien sich ein wenig zu entspannen. Er blickte sich um, als würde er erst jetzt wahrnehmen, wo sie sich überhaupt befanden. Zuletzt hatten sie in Rom miteinander gesprochen, wo Nina ihm vorgeschlagen hatte, ob sie sich nach der Anhörung noch einmal in Melbourne treffen könnten. Sie plante, einen letzten Artikel darüber zu schreiben, wie sich das Ende der Anhörung auf die Betroffenen auswirkte.

Sie saßen an einem winzigen Tisch auf dem schmalen Gehweg unter einem Wärmepilz. Um die Mittagszeit füllten sich die letzten leeren Plätze des beliebten Cafés, und sie mussten lauter sprechen, um einander verstehen zu können.

»Jetzt, da Sie und die anderen wieder zurück sind … Rückblickend betrachtet: Wie war es für Sie in Rom?« Harry wich Ninas Frage aus, indem er begann, ausführlich Personen und Umstände zu beschreiben, die sie bereits kannte: seine Reisegesellschaft, die Unterbringung und seine Erlebnisse in der fremden und aufregenden Stadt. Nina unterbrach ihn nicht. Es war offensichtlich, dass er das eigentliche Thema eine Zeitlang ausblenden musste, um sich ihm schließlich auf Umwegen nähern zu können. Als der Lunch serviert wurde, gab Harry sich erkennbar einen Ruck. Er drückte seine Zigarette aus, blies den Rauch zur Seite, um Nina nicht zu belästigen, und nahm einen Schluck von seinem Espresso.

»Wissen Sie, wir waren voller Hoffnung, als er in den Saal kam, aber in dem Moment, da er an uns vorbeiging, ohne uns eines einzigen Blickes zu würdigen, spürten wir sofort wieder diese arrogante Gleichgültigkeit, die wir so gut aus unserer Jugend unter Priestern kannten. Man muss uns angesehen haben, wie enttäuscht wir waren.« Nina nickte bestätigend. »Ich fühlte mich wieder wie ein kleiner Junge. Dieses schreckliche Gefühl der Ohnmacht erneut zu erleben war wie ein Schlag ins Gesicht, und ich hasse Covey dafür. Wissen Sie, ich habe mich oft gefragt, wie ich an seiner Stelle reagiert hätte, wenn man mich damals von den Missbrauchsfällen unterrichtet hätte. Er war erst achtundzwanzig Jahre alt und schon in einer herausragenden Stellung. Sie haben selbst gehört, was er in der Anhörung dazu gesagt hat: Es hat ihn nicht weiter interessiert. Man mag zu seiner Entschuldigung anführen, dass die Zeiten andere waren, dass die öffentliche Aufmerksamkeit in Sachen Missbrauch viel geringer war als heutzutage. Aber dennoch: Wenn das Wohlergehen dieser Kinder in meiner Verantwortung gelegen hätte, hätte es mich dann nicht interessiert, wenn man mir so etwas berichtet hätte?« Er hielt inne, seine Hände spielten mit der Zigarettenschachtel. »Ich denke, dass Coveys Unvermögen zur Kommunikation, gepaart mit seinem Ehrgeiz, ihn zu einem Menschen macht, der nicht viel Empathie aufbringen kann. Wie auch immer. Wenn ich mir das sage, hält es meine Enttäuschung in mehr oder weniger erträglichen Grenzen. Das geht Peter auch so. Sie wissen, wer das ist? Der, den Covey höchstpersönlich mit Geld zum Schweigen bringen wollte.«

Nina beugte sich vor. »Es ist also tatsächlich wahr? Covey selbst hat ihm Geld angeboten? Ganz auf eigene Faust, ohne einen Vorgesetzten oder ein Kirchengremium in Kenntnis zu setzen?«

»Ja, fragen Sie Peter. Er macht kein Geheimnis daraus. Covey hat mir auch einmal Geld angeboten. Ich musste ein Dokument unterzeichnen, dass ich mich einverstanden erklärte, über meinen Fall Schweigen zu bewahren und gleichzeitig auf alle weiteren finanziellen Ansprüche gegenüber der Kirche zu verzichten. Unwissend, wie ich war, habe ich unterschrieben und das Geld genommen. Erst viel später habe ich erfahren, dass man mir hätte Millionen zusprechen können, wenn ich die Kirche verklagt hätte. Ich bin mir sicher, dass Covey denkt, er hätte nichts Unrechtes getan. In seinen Augen hat er die Kirche geschützt. Das war und ist sein Hauptanliegen, und es hat ihn nur ein paar Dollar gekostet. Für ihn war die Sache damit erledigt.«

»Sie haben also Geld von der katholischen Kirche Melbourne erhalten?«

»Ja, Covey hatte offenbar eine Art Kriegskasse, aus der er uns nach Belieben beglücken durfte, damit wir den Mund hielten. Stellen Sie sich vor, wir wären tatsächlich zu unseren Anwälten gerannt und hätten geklagt. Obwohl das damals in einer Größenordnung wie heute gar nicht funktioniert hätte.«

»Wieso nicht?«

»Die Gesetzeslage war so, dass in Missbrauchsfällen nur der Priester selbst, nicht aber die Kirche belangt werden konnte. Sehr praktisch, nicht wahr? Mittlerweile haben sie das geändert, aber für mich und meine Freunde kommt das zu spät.«

»Das tut mir leid. Die Kirche hatte also Geld, um Fälle wie den Ihren zu handhaben?«

»Ja, natürlich. Covey behauptet sogar ganz unverblümt, seine Rechtsverdreher hätten ihm sein Vorgehen angeraten. Sie haben es in Rom ja selbst gehört.«

»Ich frage mich, wie hoch das Vermögen der Kirche eigentlich ist«, sagte Nina nachdenklich.

»Nun, die Kirche in Victoria hat so einiges in ihren schwarzen Kassen. Das kann ich mit Sicherheit sagen«, erwiderte Harry. »Während des Goldrauschs und in der Zeit danach spendeten die Leute der Kirche eine Menge Geld. Nicht zuletzt deshalb, weil sie sich um verwaiste oder verarmte Kinder kümmerte. Väter verließen ihre Familien, um auf den Goldfeldern ihr Glück zu versuchen, und nicht wenige machten dort gutes Geld und blieben. Viele Frauen hörten dann nichts mehr von ihren Ehemännern und mussten zusehen, wie sie sich allein durchschlugen. Ihre Kinder landeten oft in Waisenhäusern, die von der Kirche unterhalten wurden. Wenn bei den Vätern dann das schlechte Gewissen erwachte, beruhigte man es mit einer Geldspende und machte so weiter wie bisher. Wie die Kinder behandelt wurden, danach wurde nicht großartig gefragt«, erklärte er, und seine Stimme klang bitter. »Jedenfalls floss viel Geld in Richtung Kirche. Und wussten Sie, dass schon damals einiges von diesem Geld dafür verwendet wurde, pädophile Priester, deren Taten man nicht länger geheim halten konnte, in aller Stille fortzuschicken?«

Nina schaute ihn fragend an.

»Sie haben sicher von Mary MacKillop gehört, oder?«

»Australiens erste und bisher einzige Heilige«, antwortete Nina.

»Wussten Sie auch, dass man sie während ihrer Zeit als Oberin exkommuniziert hat? Nun raten Sie mal, weshalb?«

»Nein, das war mir neu. Warum?«

»Die Einzelheiten kenne ich auch nicht, aber sie entdeckte offensichtlich, was ein Priester namens Harding mit den Kindern anstellte, die ihm anvertraut waren. Daraufhin setzte sie den Bischof in Kenntnis. Mit dem Ergebnis, dass man Harding loswerden musste. Wie das so die Art der Kirche ist: aus den Augen, aus dem Sinn. Er war damals in Kapunda in Südaustralien stationiert und ein guter Freund des Erzbischofs von Melbourne. Der sorgte dann auch dafür, dass sein Kumpel einen schönen Lebensabend in Rom verbringen durfte. Harding wurde steinalt. Was er in Rom getrieben hat, wissen wir nicht. Es ist allerdings unwahrscheinlich, dass er bis zu seinem Tod nie wieder ein Kind belästigt hat. Er war pädophil und äußerst brutal, wenn man den Zeugenaussagen seiner Opfer glaubt.«

»Und Sie sagen, der Erzbischof von Melbourne hat seine Versetzung sozusagen unter der Hand finanziert?«

»Ja, daran gibt es keinen Zweifel. Meiner Meinung nach war er selbst keinen Deut besser als sein Freund. Ich glaube, Mary MacKillop hatte gegen beide Verdachtsmomente, und deshalb wurde sie exkommuniziert. Danach wurde der Druck durch ihre ehemaligen Mitschwestern allerdings so groß, dass der Erzbischof MacKillop wieder in die Kirche aufnehmen musste. Kurz darauf starb er. Zuvor hatte er sich jedoch alle Spenden, die an MacKillops Orden gegangen waren, unter den Nagel gerissen und wohl sehr gut angelegt. Tja, und mit einem Teil dieses Geldes hat man versucht, mir und den anderen einen Maulkorb zu verpassen. Was nicht so wirklich funktioniert hat. Aber auf dem Geld sitzen die Pfaffen leider immer noch.«

Nina hatte mit wachsender Spannung zugehört. Erst zu diesem Zeitpunkt wurde ihr bewusst, dass sie sich gar keine Notizen gemacht hatte. Sie griff in ihre Handtasche und zog Notizbuch und Kuli hervor. »Wie genau hieß dieser Erzbischof noch?«

Melbourne, 2014

Melanie,
ich habe lange darüber nachgedacht, ob und in welcher Form ich mich bei Dir melde. Insgeheim hatte ich gehofft, Du würdest den Kontakt zu mir suchen, denn ich gehe davon aus, dass Florian Dich auf den anonymen Artikel, den Du seiner Frau geschickt hast, längst angesprochen hat. Obwohl Dich mein Privatleben nichts mehr angeht: Florian und ich, wir haben uns getrennt. Nicht wegen Deines bösartigen Artikels, diese Freude kann ich Dir leider nicht bereiten.
Seit ich Dich das letzte Mal aus Rom angerufen habe, herrscht eisiges Schweigen zwischen Dir und mir. Ich könnte es dabei belassen. Ich denke, Du weißt genau wie ich, dass unsere Freundschaft für immer vorbei ist. Der Vertrauensbruch, nein, der Verrat, den Du an mir begangen hast, sitzt viel zu tief, als dass sich daran noch etwas ändern ließe. Zu sagen, Du hast mich verletzt, trifft meine Gefühle nicht. Dein Verrat war niederschmetternd. Eine Frage lässt mich seither nicht los, und sie ist der Grund, weshalb ich Dir schreibe: Warum hasst Du mich so sehr? Was habe ich Dir getan, dass Du zu

einem derart vernichtenden Schlag gegen mich ausge-
holt hast? Ist es, weil Du ihn noch liebst? Oder wolltest
Du Dich an ihm rächen, weil er Dir damals nicht
geglaubt hat, als du ihm erzähltest, Du seist schwanger?
War es so? Hat meine Schwangerschaft die Erinnerung
daran aufgewühlt und etwas in Dir ausgelöst, über das
Du die Kontrolle verloren hast? Ich suche verzweifelt
nach einer Erklärung, Melanie! Ich wünschte, ich
wüsste, warum Du diesen Artikel geschrieben und an
Florians Frau geschickt hast. Ich wünschte, ich wüsste,
was ich Dir angetan habe, dass Du mich derart hasst,
und ich warte auf eine Antwort von Dir. Ich glaube, die
bist Du mir schuldig!
Nina

Melbourne, 2014

Eine Woche nach ihrer Rückkehr aus Rom verabredete sich Nina mit Craig, dem Tour-Guide und Freund von Chelsea, am Federation Square. Nach der Tour hatte sie auf seine Nachfragen hin von sich und ihrer möglichen Verwandtschaft mit dem Komponisten und Bohemien Alfred Plumpton erzählt, von dem sie wusste, dass er mit der deutschen Bordellbetreiberin bekannt war.

»Wenn du dich ernsthaft für die Madame interessierst, könnte ich dich mit ein paar Leuten zusammenbringen, die mehr wissen als ich. Hast du Lust?«, fragte er sie, und Nina sagte zu.

Craig arbeitete als Historiker an der Monash University, und die Tour mit ihm hatte sie beeindruckt. Federation Square war ein moderner Platz, umgeben von kubistisch anmutenden Gebäuden aus Sandstein, Glas und Stahl. Er lag sehr zentral am Fluss, unmittelbar neben der Flinders Station, und war ein beliebter Treff- und Ausgangspunkt für Ausflüge. Nina saß vor dem gläsernen Kasten der Touristeninformation und scrollte durch ihre E-Mails, während sie auf Craig wartete. Es regnete ausnahmsweise mal nicht, doch die Sonne blieb hinter grauen Wolken verborgen. Nina trug eine leichte Daunenjacke, die den Wind abhielt.

»Hallo, schön, dich wiederzusehen.«

Nina steckte ihr Handy in die Jackentasche und stand auf.

»Ja, ich freue mich auch. Danke, dass du dir Zeit für mich genommen hast.«

»Wollen wir gleich los? Es geht nach St. Kilda zu einem Lunch mit ein paar interessanten Leuten. Lass dich überraschen.«

»Okay, ich bin auf alles gefasst.«

Sie stiegen in die Tram und fanden zwei freie Plätze im hinteren Teil des Wagons. Sie fuhren bis zur Acland Street, die nur eine Querstraße von der Strandpromenade entfernt war.

»Ich war so frei und habe ein wenig über deinen potenziellen Urururgroßvater recherchiert.«

Nina sah ihn überrascht an. »Echt? Das hast du getan?« Craig zuckte mit den Schultern.

»Ja, warum nicht? Mich interessiert Plumpton auch. Ich freue mich immer, wenn ich ein paar farbige Details finde, die ich in meine Tour einbauen kann. Im Zuge der Recherche bin ich auf jemanden gestoßen, der ihn kannte. Also natürlich nicht ihn selbst, sondern nur seinen Enkel. Er heißt David, und wir treffen ihn gleich. Na, was sagst du dazu?«

»Das hört sich spannend an. Ich weiß gar nicht, wie ich dir danken soll!«

»Ein oder zwei Scotch tun es immer.« Craig stand auf. »Hier müssen wir raus.«

In St. Kilda stiegen sie aus, gleich vor dem Luna Park, einem historischen Vergnügungspark mit einem besonderen Erkennungsmerkmal: ein übergroßes und leicht gruseliges *Mr.-Moon*-Gesicht, dessen weit geöffneter Mund als Eingangspforte diente. St. Kilda war ein beliebtes Amüsierviertel mit einigen zwielichtigen Läden, Tattoo-Shops und Kneipen, die länger geöffnet waren als anderswo in der Stadt. Zugleich zogen die europäischen Cafés mit ihrer überbordenden Auswahl an Kuchen und Torten scharenweise Familien und Ausflügler an. Am Wochenende wimmelte die Acland Street nur so von Besuchern, Backpackern, Partygängern und jungen Bohemiens. Craig ging voran, bis sie in einer winzigen Straße gelandet waren, deren viktorianische Terrassenhäuser sich wie Mitglieder einer großen Familie aneinanderlehnten, um sich gegenseitig Schutz und Halt zu gewähren. Die Gegend hatte sicherlich schon bessere Tage gesehen. Die Farbe an den halb verfaulten hölzernen Fassaden blätterte ab, und die winzigen Vorgärten schrien förmlich nach Aufmerksamkeit. Wer hier zur Miete wohnte, gehörte längst nicht mehr zum Mittelstand der Gesellschaft.

Craig öffnete das verrostete Tor zur Nummer 33. Nina folgte und blieb dicht hinter ihm, als er an der Haustür klopfte. Kurz darauf hörten sie rasche Schritte auf Holzdielen, und eine Frau in Jeans und buntbedrucktem T-Shirt öffnete die Tür. Nina schätzte sie auf Mitte dreißig. Sie wirkte gestresst, doch als sie Craig erkannte, entspannten sich ihre Gesichtszüge.

»Wie schön, dich zu sehen!« Er gab ihr einen Kuss auf die Wange und stellte die beiden Frauen einander vor. »Meg, das ist Nina, eine Journalistin aus Berlin. Nina, Meg. Begnadete Künstlerin und das Herz des alten St. Kilda. Sie kennt praktisch jeden in der Nachbarschaft.«

»Ach, hör doch auf, Craig!« Meg schüttelte Nina herzlich die Hand. »Craig hat mir schon von Ihnen erzählt. Kommt rein, kommt rein.« Sie folgten Meg über den schmalen Flur in ein kleines Esszimmer, an dessen Tisch fünf ältere Herren saßen. Bei ihrem Eintritt erhoben sie sich sofort, um sie höflich zu begrüßen. Meg entschuldigte sich und verschwand in der Küche; wenige Minuten später erschien sie wieder, zuerst mit einem Lammbraten, dann mit einer Schüssel Kartoffeln und Gemüse. Der Schweiß stand ihr auf der Stirn, und Nina, der all der Aufwand peinlich war, fragte, ob sie ihr behilflich sein könnte.

»Um Gottes willen«, winkte Meg ab und wischte sich mit dem Handrücken über die Wange, nachdem sie die verschiedenen Gerichte auf dem Tisch abgestellt hatte. »Ich lade fast jeden Sonntag Gäste zum Lunch ein. Ich genieße das. Setzt euch doch, bitte!«

Nina wurde leicht flau im Magen. Diese Zusammenkunft war größer, als sie erwartet hatte, und sie fühlte sich unbehaglich, zumal sie nicht recht wusste, was sie erwartete. Doch nun war das Essen serviert – zu spät, um sich mit einer fadenscheinigen Entschuldigung aus der Affäre zu ziehen.

Meg reichte die Schüsseln herum, und jeder bediente sich selbst. Craig hatte eine Flasche Wein mitgebracht, die er auf den Tisch stellte.

Jener David, von dem Craig vorhin gesprochen hatte, schien der älteste der fünf Männer zu sein. Er saß direkt neben Nina.

»Ihr erster Besuch in St. Kilda?«

Als Nina bejahte, strahlten seine Augen unter den buschigen Brauen, und er begann sofort, auf sie einzureden. Es schien ihm große Freude zu bereiten, von seinem Viertel zu erzählen. Die anderen Alten nickten zustimmend, lachten, wenn er einen Witz machte, oder schüttelten besorgt den Kopf, wenn es um die Gentrifizierung ging, die sich laut David in vollem Schwung befand.

»Geld, Geld – alles dreht sich immer nur ums verdammte Geld. Das macht die Seele eines Stadtteils kaputt, das macht die Menschen kaputt.« Ärgerlich schaufelte David eine Gabel

Brokkoli in sich hinein. Die weiße Tischdecke anstarrend, kaute er eine Weile wütend vor sich hin. Er wischte sich mit der Papierserviette über die schmalen Lippen. »Die Häuser, in denen wir geboren wurden, werden allesamt verschwinden. Eine Schande ist das, verdammt noch mal!«, fluchte er und schlug mit der Faust so fest auf den Tisch, dass Nina zusammenfuhr. Verstohlen betrachte sie den seltsamen Mann genauer. Sein Gesicht war von tiefen Falten durchzogen, und trotz seiner lebhaften Rede wirkte er gebrechlich. Seine Hände zitterten, als er sich eine weitere Scheibe vom Lammbraten nahm, doch die Augen waren klar und hell, genau wie sein Verstand. Nina fragte sich, ob Craig spürte, wie fehl am Platze sie sich fühlte, doch der war viel zu sehr damit beschäftigt, seinen Teller bis zur Grenze des Möglichen zu beladen. Sie fasste sich ein Herz und sprach David geradeheraus an: »Craig hat mir erzählt, Ihr Großvater kannte Alfred Plumpton.«

Der Alte ließ seine Gabel sinken und wandte den Kopf in ihre Richtung. »Ja, das stimmt. Wollen Sie die Geschichte hören?«

»Deshalb bin ich hier.«

»Also gut. Mein Großvater wurde von den Sisters of Mercy erzogen. Er und seine ältere Schwester. Soweit ich das aus der zeitlichen Distanz beurteilen kann, waren sie dort ganz gut aufgehoben. Die Schwestern kümmerten sich mit ihren begrenzten Mitteln um ihre Schützlinge, so gut sie eben konnten. Es gab damals sehr viele Kinder ohne Eltern, die irgendwo unterkommen mussten.« Plötzlich änderte er das Thema. »Haben Sie das von Kardinal Covey und der Anhörung in Rom mitbekommen? Das macht mich so wütend!«

»Ja, ich war dort.«

David lehnte sich zurück und sah sie erstaunt an. »Sie waren dort?« Nina schien in seiner Achtung gestiegen zu sein.
»Ich war bei der Anhörung dabei. Ich bin Journalistin.«
David kratzte sich am Hinterkopf. Die anderen Gäste hörten ihnen interessiert zu. »Aha. Dann kennen Sie ja die fürchterlichen Fakten und wissen, warum ich mich so aufrege.«
»David, nimm deinen Beta-Blocker. Du bist schon wieder ganz rot im Gesicht. Denk an dein Herz!« Meg war um den Tisch herumgekommen, um David beruhigend die Hand auf die Schulter zu legen. Er tätschelte ihre Hand und schob sie dann behutsam von sich.
»Alles gut. Der alte David ist noch lange nicht reif für den Schnitter.« Er wandte sich wieder Nina zu. »Die Nonnen müssen so etwas wie Engel gewesen sein, wirklich.«
»Was war mit den Eltern der beiden? Waren sie tot?«, fragte Nina.
»Ah, meine Urgroßeltern! Über die zwei könnte ich Ihnen Sachen erzählen. Mein Urgroßvater war ein Krimineller und seine Frau, nun, sie arbeitete in einem Bordell, nachdem sie meinen Großvater und seine Schwester ins Waisenhaus gegeben hatte. Allerdings, und darauf lege ich Wert, war die alte Liz, so hieß sie nämlich, keine Prostituierte. Sie führte die leichten Mädchen mit eiserner Hand und verdiente dabei nicht schlecht.
»Wieso waren die Kinder denn in einem Waisenhaus, wenn ihre Eltern lebten?«, fragte Nina.
David winkte müde ab. »Liz und ihr Nichtsnutz von einem Mann gaben ihre Kinder ins Waisenhaus, weil sie nicht das Geld hatten, um sie aufzuziehen. Etwas, das leider ganz und gar nicht ungewöhnlich war. Irgendwie hat mein Großvater später trotzdem ein ordentliches Leben als Handwerker geführt und es zu bescheidenem Wohlstand gebracht. Sein Sohn

Charles hat sogar studiert und wurde Anwalt. Ich wünschte, ich wäre in seine Fußstapfen getreten. Wissen Sie, wer sich damals wirklich um die Kinder gekümmert hat?«

»Mary MacKillop und ihre Schwestern?«, riet Nina.

»Ja, die auch. Aber zuallererst war es Madame Brussels. Hätten Sie das für möglich gehalten? Die verruchteste Frau der Stadt sorgte dafür, dass die Kinder bei den Sisters of Mercy untergebracht wurden. Und warum? Sie waren die Kinder ihres Schwagers. Das Leben geht manchmal seltsame Wege.«

David starrte erneut auf die Tischdecke, als wäre sie die Leinwand für den Film, der vor seinem inneren Auge ablief. Unvermittelt hob er den Kopf und sah Nina mit einem breiten Lächeln an. »Wie auch immer. Ich bin mir sicher, dass es die Madame war, die dafür sorgte, dass die Kinder ein Dach über dem Kopf und Essen auf dem Teller hatten. So hat es mir jedenfalls mein Vater erzählt.«

»Ich verstehe. Hat er Ihnen denn auch erzählt, wie sich sein Vater und Plumpton kennengelernt haben?«

»Plumpton hatte einen Auftritt in St. Kilda. Er war sehr jung, und offenbar schaffte er es, durch sein Talent zu beeindrucken. Gerüchteweise verband ihn mit Madame Brussels mehr als nur eine lose Bekanntschaft.«

Nina horchte auf. »Ist das nur ein Gerücht, oder gibt es genauere Hinweise?«

»Genauere Hinweise? Was meinen Sie denn damit? Meines Wissens lebt keiner mehr, der die beiden verpetzen könnte.«

David schaute seine Kumpels an, die mit ihm in lautes Gelächter ausbrachen. Ninas Wangen überzogen sich mit einer feinen Röte, doch sie überspielte den peinlichen Moment.

»Ich dachte eher an Tagebücher, Briefe oder Ähnliches, die eine Beziehung der beiden erwähnen.«

David legte väterlich den Arm um Ninas Schulter. »Nein, Briefe gibt's nicht. Aber alles, was wir über Plumpton wissen, kann man nachschlagen. Zum Beispiel, dass er Melbourne wie aus heiterem Himmel mit seiner neuesten Flamme in Richtung England verlassen hat und danach nie wieder nach Australien zurückgekehrt ist.«

»Was glauben Sie, warum? Seine Karriere in Melbourne entwickelte sich doch bestens, und er war, wenn ich es recht verstehe, eine Art Darling der High Society. Das ist doch seltsam, dass so einer einfach abhaut.«

David hob beide Hände. »Was weiß ich? Ich bin nur ein einfacher Mann. Aber Melbourne war und ist nicht der Nabel der Welt. Wenn er als Komponist ehrgeizig war, lag es recht nahe, früher oder später nach England zurückzugehen. Die Möglichkeiten waren dort sicherlich um ein Vielfaches besser.«

So, wie David sich ausdrückte, glaubte Nina, dass er tiefstapelte, wenn er sich als einfachen Mann beschrieb, aber sie wollte ihn nicht vor seinen Freunden ausfragen. Später konnte sie sich immer noch an Craig wenden, um herauszubekommen, wer dieser David eigentlich war und was er so tat.

»Ich weiß wirklich nicht viel über die beiden. Ich weiß nur, dass Madame Brussels neben ihrem Mann hier in St. Kilda begraben wurde.«

»Tatsächlich? Das Grab würde ich mir gerne anschauen.«

Craig beugte sich vor. »Das Grab existiert leider nicht mehr.«

»Oh, schade.«

»Den halben Friedhof hat man plattgemacht. Kapitalistische Saubande!«, schimpfte David.

Meg stand auf und legte David den Arm um die Schulter. »Schon gut, David. Das Grab wäre so oder so heute nicht mehr da. Wer nicht schon vor seinem Tod ordentlich dafür gezahlt hat, wusste, dass sein Grab irgendwann einmal aufgelöst würde.«

David machte eine wegwerfende Handbewegung.

»Die Frau besaß zumindest Immobilien, wenn auch nur wenig Bargeld. Man hat sich damals gewundert, was mit all dem Geld, das sie verdient haben muss, passiert ist. Mein Vater behauptete, sie hätte damit armen Kindern geholfen. Jahre nach ihrem Tod gab es übrigens wegen ihrer undurchschaubaren Finanzen Ärger.«

»Was meinen Sie damit?«

»Ein junger Mann aus Deutschland behauptete, er sei mit Madame Brussels verwandt. Er schnüffelte überall herum, versuchte, ihr Geld zu finden, sprach davon, Madame Brussels habe eine Adoptivtochter, die sie mittels einer Vertrauten nach Deutschland geschickt hätte. Die Geldmittel, mit denen dieses Kind unterstützt wurde, seien urplötzlich versiegt. Er wollte herausfinden, was passiert war. Das hätte er besser nicht getan. Keine drei Wochen nach seiner Ankunft fand man ihn mit einer Kugel im Kopf. Danach hat sich keiner mehr getraut, nach Madames geheimer Schatzkiste zu suchen.« David hatte sich in Rage geredet und war purpurrot angelaufen. Nina erkannte, weshalb sich Meg um Davids Herz sorgte. »Diese Frau«, fuhr er fort, »sie hatte Verbindungen zu Männern mit Macht. Zu ihren Lebzeiten stand sie unzählige Male vor Gericht, doch keiner konnte ihr je etwas anhaben. Sie war eine verdammt clevere Geschäftsfrau, schwieg sich über ihre mächtigen Verbündeten aus. Auch darüber, in welchem Verhältnis sie zu meinem Großvater stand, wusste nie jemand außerhalb der Familie Bescheid. Sie lehnte es ab, sich mit ihm in der Öffentlichkeit zu zeigen. Gerüchte konnten damals den gesellschaftlichen Tod bedeuten. Sein Sohn hätte es in dieser Stadt niemals zum Anwalt gebracht, wäre ihre Verbindung bekannt geworden.« David legte sein Besteck auf dem Teller ab, schob seinen Stuhl zurück und begann, im Raum auf und ab zu gehen.

»Diese Frau war unglaublich willensstark. Ja, sie war eine Puffmutter und machte ein Geschäft aus dem Elend armer Mädchen, aber sie behandelte sie nicht schlecht, wenn man bedenkt, wie übel die Zeiten für Frauen waren. Ich werde sicherlich nicht vergessen, was sie für meine Familie getan hat.«

Nina konnte es kaum erwarten, ihrer Großmutter von ihren neuesten Erkenntnissen in Sachen Familienforschung zu berichten. Die Hinweise auf eine außereheliche Affäre zwischen Plumpton und Hodgson verdichteten sich, und einen Mord gab es auch noch! Diese Information war ganz bestimmt nach dem Geschmack ihrer Großmutter, die eine Vorliebe für melodramatische Geschichten hatte.

Katharina war dann auch ganz aufgeregt, als sie die Details vom Tod des jungen Mannes hörte. »Ich war auch nicht untätig und habe recherchiert. Ich glaube, ich weiß, wer dieser Mann war!«, rief sie in den Hörer, ließ sich aber von ihrer verdutzten Enkelin nicht zur Preisgabe weiterer Informationen hinreißen. »Du wirst dich noch eine Weile gedulden müssen. Erst muss ich mit jemandem sprechen, der meinen Verdacht bestätigen kann. Mach du nur so lange weiter mit deinen Recherchen in Melbourne!«

Berlin, August 2014

*Liebe Nina,
ich habe schon vor Wochen einen Brief an Dich geschrieben, gleich nachdem Florian mich wegen des Artikels zur Rede gestellt hatte, doch dann hab ich den Brief nicht abgeschickt. Zum Teil aus Feigheit, aber auch, weil ich dachte, Du würdest ihn ohnehin nicht lesen, sondern ungeöffnet in den Papierkorb werfen.
Ja, ich bin die Autorin des Artikels. Es wäre sinnlos, dies zu leugnen. Genauso sinnlos, wie mich bei Dir dafür zu entschuldigen. Manche Dinge sind unentschuldbar, mein Artikel gehört in jene Kategorie. Aber Du hast recht: Ich schulde Dir eine Erklärung, und die sollst Du bekommen. Ich will versuchen, zu beschreiben, was mich zu meinem Handeln getrieben hat. Mit möglichst nüchternen Worten, damit es nicht klingt, als wolle ich mich verteidigen. Das will ich nicht. Keine Rechtfertigung, kein Bitten um Verständnis.
Als Florian und ich diese Affäre begannen, habe ich mich in ihn verliebt, und anfangs, das glaube ich immer noch, ging es ihm nicht anders. Er sprach davon, sich von Christine zu trennen, und anders als Du war ich*

von diesem Plan begeistert. Doch während ich begann, unser gemeinsames Leben zu planen, spürte ich, wie er sich allmählich von mir zurückzog. Plötzlich packte mich die Angst, er könnte bei Christine und den Kindern bleiben wollen, anstatt mit mir zusammenzuziehen. Dieser Gedanke löste Panik in mir aus. Zu jenem Zeitpunkt erschien mir ein Leben ohne Florian sinnlos. Ich war bereit, alles für eine gemeinsame Zukunft zu tun.

Eines Tages fasste ich einen Plan. Ich setzte ohne sein Wissen die Pille ab und wurde kurz darauf schwanger. Florian war entsetzt. Obwohl ich mit seiner Reaktion hätte rechnen müssen, erschütterte sie mich zutiefst: Er bat mich abzutreiben. Wir hatten einen heftigen Streit. Er drohte, mich zu verlassen, und da folgte ich seinem Wunsch.

Nach der Abtreibung, so meine Hoffnung, würde alles wieder wie vorher sein. Ich hatte mich getäuscht. Er trennte sich von mir. Die Zeit danach war die Hölle für mich. Ihn jeden Tag im Verlag zu sehen, empfand ich als unerträglich. Er bot an, mir eine Stelle in Hamburg zu besorgen, doch ich lehnte ab. Schlimmer, als Florian täglich zu begegnen und ihn nicht umarmen zu können, war die Vorstellung, ihn gar nicht mehr zu sehen. Und so blieb ich.

Nach Wochen fragte er mich einmal in der Teeküche, wie es mir ginge. Ich log ihm etwas von einem neuen Freund vor. Er schien erleichtert. Ich blieb in Berlin, und mein Herz schmerzte, wenn ich Florian zufällig auf dem Redaktionsflur traf. Ich hoffte noch immer, dass wir wieder ein Paar werden könnten.

Und dann kamst Du.

Ich habe beobachtet, wie er Dich anschaute, wie er mit Dir redete, und entschloss mich, Deine Freundin zu werden. Wenn ich nah an Dir dran bin, dachte ich, kann ich den Verlauf der Dinge kontrollieren. Dieser Gedanke war natürlich genauso dumm wie alles andere, was ich getan habe, um Florian zu halten.

Dabei mochte ich Dich. Ohne Florian hätte ich Dich gern zur Freundin gehabt. Stattdessen wuchs mein Groll gegen Dich von Tag zu Tag. Ich verfolgte jeden Schritt Eurer Beziehung. Ich sah, was Du für Florian warst: mehr, als ich ihm jemals bedeutet hatte oder jemals bedeuten würde.

Ich kann Dir kaum beschreiben, wie froh ich über Deine Entscheidung war, nach Australien zu gehen und danach nicht wieder in die Redaktion zurückzukehren. Das war eine zweite Chance für Florian und mich! Meine Träume zerplatzten, als Du mich aus Melbourne anriefst. Du warst schwanger, und Florian war überglücklich. Ein Alptraum! Aber es gab Zeichen der Hoffnung: Du wolltest Dich von Florian trennen, dachtest über eine Abtreibung nach. Ich durfte Dein Vertrauen nicht verlieren, um im Bilde zu bleiben, wie es mit Dir und Florian weiterging. Was, wenn Du Dich für Euer Kind, für Florian entscheiden würdest?

Ich spielte alle Szenarien durch. In Deinem Zustand, vollgepumpt mit Schwangerschaftshormonen, war auf Deine Urteilskraft kein Verlass. Das konnte ich nicht riskieren. Ich musste etwas unternehmen. Ich überlegte fieberhaft, doch mir fiel nichts ein. Bis ich den Aufruf in der »Diva« für die Reihe »Die andere Frau« sah. Den

Artikel schrieb ich über Nacht wie im Rausch, schickte ihn gleich ab, bevor ich es mir anders überlegen konnte. Ich bin nicht stolz auf das, was ich getan habe. Aber ich entschuldige mich für nichts.

Florian und ich haben uns darauf geeinigt, dass ich die Redaktion zum Ende des Monats verlasse. Wir reden nicht miteinander, wenn wir uns im Flur oder in der Teeküche begegnen. Es ist vorbei. Ich habe es vermasselt. Alles.

Ich wünsche Dir ein gutes Leben, Nina. Ich lese alle Deine Artikel. Du bist eine verdammt gute Journalistin. In einem anderen Leben hätten wir Freundinnen sein können. Ganz bestimmt.

Alles Gute für Deine Zukunft,
Melanie

Melbourne, 1884

Nach dem Mord an ihrem Gönner war Jenny genauso mittellos wie zuvor und kehrte nach vierzehn Tagen der Trauer schweren Herzens ins *Madame Brussels* zurück. Caroline empfing sie in ihrem Büro.
»Warum probierst du dein Glück nicht bei einem anderen reichen Freier? Bei Lexton beispielsweise oder diesem anderen Freund von Kennett, wie hieß er noch gleich? Richtig, Freeman. Beide haben mir Angebote gemacht. Oder Roberts. Er mag seine Mädchen allerdings sehr jung. Wie dem auch sei, ich bin für dich da. Wenn du hart arbeitest, erlassen wir dir die Strafe für deine zweiwöchige Abwesenheit. Du kannst jetzt gehen.«
Jenny, die wie abwesend wirkte, stand langsam auf. Über ihre Rechnungsbücher gebeugt, richtete Caroline noch einmal das Wort an sie: »Ach ja, das hätte ich fast vergessen. Ich habe dein Zimmer Camille versprochen. Tut mir leid.«
Schwer atmend, stürzte Jenny aus dem Raum.

Im Schatten eines Hauseingangs stand ein gut gekleideter Gentleman mit Zylinder und verbarg ein Glasröhrchen in seinem Gehstock. Er zupfte seinen Kragen zurecht, trat kurz ins

Licht der Gaslaterne, um gleich darauf in die Dunkelheit der
Nacht zu verschwinden. Er brauchte nur wenige Minuten, bis
er den Hintereingang des *Madame Brussels* erreichte. Bevor
er die schmale Tür aufschloss, griff er in die Innenseite seines
Jacketts und förderte eine goldene Maske zutage, die er aufsetzte.

Der Gast verneinte mit einer Kopfbewegung, als das Dienstmädchen ihm die Garderobe abnehmen wollte. Verstohlen
schaute er sich um, betrat dann den Salon, wo einige Mädchen
auf ihren Sockeln zur Auswahl standen. Er ließ seinen Blick
umherschweifen. Niemand nahm Anstoß an seiner Verkleidung oder seinem Schweigen. Nicht wenige Kunden ließen
anfangs übergroße Vorsicht walten.

Er steuerte eine Gruppe Mädchen an, unter ihnen Jenny, die
sich angeregt mit Kunden unterhielten, rauchten und tranken.
Mit einer Geste wählte er Lilly aus. Sie trug einen roten Unterrock und Jennys schwarzes Korsett. Als er sie ansah, beendete sie ihr Gespräch und ging mit dem Fremden aufs Zimmer.

Lilly mochte es nicht besonders, wenn sie ihrem Kunden
nicht ins Gesicht sehen konnte, obwohl sie in den zwei Jahren, in denen sie bei Caroline arbeitete, schon mehrfach Bekanntschaft mit »Maskenmännern« gemacht hatte. Meist waren es Perverse, die die Sorge um Erpressung umtrieb. Solange sie ihr nicht weh taten, war es ihr egal. Sie hatte für Fälle
wie diesen eine Methode entwickelt, um ihre Angst auszu-
schalten. Sie stellte sich vor, ihr Verlobter Dave verberge sich
hinter der Verkleidung und erlaube sich einen erotischen
Scherz mit ihr. Natürlich wusste sie, dass er sich als Kutscher
niemals einen Besuch im *Madame Brussels* leisten konnte,
dennoch heizte diese Phantasie sie an, was der Befriedigung

des Kunden zugutekam und damit letztlich auch ihrem Verdienst.

Der Fremde legte Stock und Maske ab. Lilly saß auf dem Bett und zog ihre Schuhe aus, während er heimlich den Stock aufschraubte und das Röhrchen herausnahm. Er öffnete es und verschüttete ein wenig von der Flüssigkeit, als Lilly ihn am Arm berührte. Er sah sie aufgebracht an. Lilly begriff, dass der Unbekannte nichts Gutes im Sinn hatte, und lief zur Tür. Sofort setzte er ihr nach und bekam den Saum ihres roten Röckchens zu fassen. Lilly riss sich mit aller Kraft los, fiel aber gegen den Standspiegel, dessen Glas beim Aufprall zersplitterte. Wie betäubt stürzte sie der Länge nach hin. Langsam, offensichtlich noch leicht benommen, hob sie den Kopf. Sofort setzte er sich auf sie und schüttete die Säure auf die ihm zugewandte Seite ihres Gesichts.

Ein ohrenbetäubender Schrei ließ die Mädchen im Salon zusammenfahren. Verstört schauten sie einander an, dann rannten sie die Stufen zur Galerie hinauf zum roten Zimmer, aus dem noch immer schrecklich gellende Laute drangen. Heather, die als Erste bei Lilly ankam, stieß einen spitzen Schrei aus.

»Oh Gott, verdammt!« Jenny schob Heather zur Seite, kniete sich neben die Verletzte und streichelte beruhigend Lillys Arm, während sie den Umstehenden Anweisungen erteilte. »Ruft den Arzt. Holt Tücher!« Der Täter war nirgends zu sehen. Entweder hielt er sich im Gebäude versteckt, oder er war im Tumult unbeachtet an den Mädchen vorbei und nach draußen gelaufen. Lilly hörte nicht auf, vor Schmerz zu brüllen, und einige der Mädchen brachen in lautes Schluchzen aus. Endlich traf der Arzt ein. Doktor Sperling wies die Mädchen an, Lilly vorsichtig aufs Bett zu heben, wo er ihr einen

Verband anlegte und ein Opiat gegen die Schmerzen spritzte. Die eine Hälfte ihres Gesichts war von der Säure zerfressen. Liz scheuchte die Mädchen aus dem Raum.

»Bleiben Sie bei ihr, bis sie eingeschlafen ist«, ordnete der Arzt an. »Ich komme morgen früh wieder.« Liz nickte, setzte sich zu Lilly ans Bett und hielt ihre Hand.

Die Mädchen saßen zu mehreren auf den Betten in ihrem Gemeinschaftsraum unter dem Dach, als Liz eintrat. Tief betroffen und verängstigt, warteten sie gespannt auf Neuigkeiten. Liz seufzte. Sie hielt eine Flasche Cognac in der Hand und setzte sich auf eines der Betten. Dann nahm sie einen kräftigen Schluck und reichte die Flasche weiter. Die Hände im Schoß, schaute sie betrübt zu Boden.

»Ihr halbes Gesicht, ihr Nacken, ihre Schultern. Und die Hand, die sie vor ihre Augen gehalten hat.«

Die Mädchen stöhnten auf, Rae schlug sich beide Hände vor den Mund. Die Flasche ging reihum.

Heather saß mit gekreuzten Beinen auf dem Bett.

»Hat die Polizei den Sadisten gefunden?«, fragte sie.

Liz schwieg.

»Warum sind die Bullen nicht hier? Sind Nutten es nicht wert, dass man sich um sie kümmert?«, ergänzte Jenny erbost.

»Wir kümmern uns um die Polizei, mach dir mal keine Sorgen!« Liz holte tief Luft und fuhr fort: »Ich kann mich sehr gut an sein Gesicht erinnern, und niemand hier wird dem Täter jemals wieder die Tür öffnen. Wir werden ab sofort jeden Kunden kontrollieren, der das *Madame Brussels* betritt, ob mit Schlüssel oder ohne.« Dass sie den Täter gesehen hatte, war eine Lüge. Niemand hatte beobachtet, wie der Mann aus dem Haus gestürzt war, und selbst wenn, hätte er mit einiger

Sicherheit noch immer seine Maske getragen, dachte Liz besorgt.

Heather beugte sich vor und sah die anderen an, während sie wisperte: »Aber vielleicht taucht einer seiner Kumpel auf. Kapiert ihr es denn nicht?«

Jenny fixierte Liz und ergänzte: »Dein John macht Druck, um seine Schutzgelder zu kriegen. So ist es doch. Und er wird nicht aufhören, ehe er bekommt, was er will. Er ist ein Gangster, und wenn Madame nicht zahlt, wird er das *Madame Brussels* zerstören.«

»Er ist längst nicht mehr *mein John,* das weißt du genau. Und er war es nicht. Das ist nicht seine Handschrift. Dieser Kerl kommt aus einer ganz anderen Ecke.«

»Sag uns, was du weißt!«, forderte Jenny.

»Was soll ich schon wissen? Dieses Schwein hat das Zeug über sie gegossen. Mehr weiß ich auch nicht.«

»Solange ihn die Bullen nicht gefasst haben, treibe ich es nur noch mit Stammkunden.« Jenny nahm einen tiefen Schluck aus der Cognacflasche, um ihre Nerven zu beruhigen.

Liz nahm ihr die Flasche aus der Hand. »Das ist meine!«

»Ich mach's wie Jenny. Nur noch Stammkundschaft«, sagte Heather.

»Falls Caroline mit euch spricht – von mir habt ihr nichts gehört. Verstanden?« Liz schaute streng in die Runde, stand auf und verließ den Raum.

Die Mädchen blickten ihr verstört hinterher.

Am nächsten Morgen saßen die Mädchen wie immer in der Küche beim Frühstück. Die Stimmung war gedrückt. Jenny trat ein und hielt inne, als sie sah, dass Camille ihren Platz besetzt hatte. Die Blicke der Mädchen gingen zwischen den beiden hin und her, bis sich Camille widerstrebend erhob und Jenny ihren angestammten Stuhl am Kopfende einnahm.

»Ich muss dir deine Sachen zurückgeben, Jenny«, sagte Heather.

»Geschenke gibt man nicht zurück«, antwortete Jenny und trank ihren Kaffee.

»Und wenn ich sage, ich habe sie mir nur ausgeliehen?«
Statt zu antworten, griff Jenny nach dem Brotkorb.

»Wollt ihr nicht wissen, wie es Lilly geht?«, fragte Camille.
»Ich bin eben Doktor Sperling begegnet. Er hat mir erlaubt, sie zu sehen. Er spritzt ihr Morphin«, sagte sie leise. »Wo ist die Chefin?« Ihr letzter Satz klang hart.

»Sie hat sich seit letzter Nacht in ihrem Käfig eingeschlossen«, antwortete Heather.

»Vielleicht fällt ihr dort was ein, wie sie ihre Mädchen besser beschützen kann«, sagte Jenny und starrte über ihre Kaffeetasse hinweg, die sie mit beiden Händen hielt.

Lilly lag in ihrem Bett, um den Kopf einen dicken Verband. Sie erhob sich langsam, als sich die Tür öffnete.

»Hallo, Lilly«, grüßte Jenny betont fröhlich.

»Jenny!« Dann bemerkte Lilly die anderen Mädchen. »Hallo, meine Lieben! Danke, dass ihr gekommen seid.«
Jenny drückte ihr einen Kuss auf die Stirn. Langsam kamen die anderen herein und stellten sich schweigend ums Bett herum.

»Stimmt es, dass unsere Türen gestern geschlossen waren?«, fragte Lilly. »Wo sind unsere Süßen dann bloß hin? Erzählt mir nicht, sie waren gezwungen, es mit ihren Ehefrauen zu treiben!«
Die Mädchen schmunzelten. Dann trat Stille ein.

»Ich hätte gern das Gesicht der Chefin gesehen«, sagte Lilly.
»Oh«, scherzte Jenny, »sie hat unsere gesamte Unterwäsche verscherbelt, damit sich die Freier während unserer Abwesenheit trösten können.« Die Mädchen lachten.

Oben im Gemeinschaftsraum nahm Liz das neue Mädchen zur Seite. »Hör zu, Kleine. Es tut mir leid, dass du gleich zu Anfang deiner Karriere so eine schreckliche Geschichte miterleben musstest. Es ist das erste Mal, dass jemand einem der Mädchen so etwas angetan hat. Da kannst du gerne die anderen fragen.«
Rae senkte den Blick und fing an, leise zu weinen. Liz atmete hörbar aus.
»Die Madame und ich – wir passen auf dich auf. Hast du verstanden?« Rae wischte sich die Tränen aus dem Gesicht und nickte. Liz tätschelte ihr die Schulter. »Gut.« Sie rief nach Camille.
»Kümmere dich um sie, ja?«
»Mach ich«, antwortete Camille.
»Bleib bei ihr, und sieh zu, dass sie auf heute Abend vorbereitet ist.«
Camille legte den Apfel weg, in den sie gerade gebissen hatte, und hakte sich bei Rae unter. »Komm!«

Zwei mehrarmige Kandelaber erleuchteten das marmorne Badekabinett. Rae hockte in der Wanne. Sie sah traurig aus, starrte, in sich versunken, geradeaus. Camille saß auf dem Wannenrand und wusch der Jüngeren den Rücken. Das Mädchen zuckte zusammen, als Camille den nassen Schwamm so ausdrückte, dass ihr das Wasser über die Schultern perlte. Camille stand auf, um ein Handtuch zu holen. Nachdem Rae sich abgetrocknet hatte und in einen Bademantel geschlüpft war, ließ sie sich wie willenlos ins rote Zimmer führen. Sie ging zum Fenster, verschränkte die Arme und schaute wortlos nach draußen. Camille schenkte sich einen Drink ein.

»Willst du auch?«

Rae schüttelte den Kopf. Camille stürzte ihr Glas in einem Zug hinunter und setzte sich aufs Bett, über dem sich ein rosafarbener Baldachin spannte.

»Madame sagt, du hast keinen Freund?« Rae antwortete nicht. Camille bat Rae, sich zu ihr zu gesellen. Widerstrebend ließ sich Rae neben Camille fallen, die sich ein teures Parfum auf die Innenseite ihrer Arme rieb. Rae zog die Beine an, hielt sie mit beiden Armen umfasst.

»Du könntest es schlechter getroffen haben. Da hat Madame ganz recht.«

»Wirst du, was ich dir sage, der Madame erzählen?«

»Ja«, erwiderte Camille, entwaffnend ehrlich. »Stimmt es also? Du bist noch Jungfrau?«

»Ich bin in einem Kloster auf dem Land aufgewachsen.«

Camille schüttete sich einige Tropfen vom Parfum auf die Handfläche und begann, Raes Unterschenkel damit einzureiben.

»Weißt du, Rae, als einer sein Ding zum ersten Mal in mich reinsteckte, dachte ich, ich würde zerreißen. Ich hab sogar befürchtet, ich müsste genäht werden. Aber so schlimm war es nicht. Jetzt sollten wir aber machen, dass du für heute Abend fertig wirst. Die Madame will, dass ich dir dabei helfe. Sobald wir gefunden haben, was du brauchst, rutschen sie alle auf den Knien vor dir.« Sie klopfte ihr auf die Wade. »Na, komm!«

Camille begann, Rae anzukleiden. Ein durchsichtiger Unterrock aus goldfarbenem Taft, darunter weiße Strümpfe, die bis zu den Oberschenkeln reichten. Das Haar schmückte sie mit

Federn, dazu passend suchte sie ein kostspieliges Collier aus. Als sie fertig war, legte Camille einen Arm um Rae. Zusammen betrachteten sie ihr Werk im Spiegel. Camille lächelte zufrieden.

»Na, siehst du, wie hübsch du bist? Warte. Eine Sache noch.« Sie nahm ein Paar Ohrringe vom Garderobentisch und hielt sie Rae an. Das Mädchen schaute mit unbewegter Miene in den Spiegel, doch ihre Augen verrieten Angst.

»Passen die denn zum Collier?«, fragte sie unsicher.

»Liz sagte, ich soll es schlicht halten«, antwortete Camille.

»Du hast recht. Sie passen nicht.«

»Wie wäre es mit denen, die das große schlanke Mädchen gestern getragen hat?«

»Alice? Stimmt. Ich frage sie, ob wir sie leihen können. Ich bin gleich wieder zurück.«

Als Camille die Tür hinter sich geschlossen hatte, nahm Rae eine der brennenden Kerzen aus dem Halter.

Im Salon standen die Männer zusammen, tranken Cognac und rauchten. Einer schnüffelte an einem Unterleibchen, das ihm sein Nachbar gereicht hatte.

»Ein stolzer Preis, den Madame für einen Schlüpfer verlangt, finden Sie nicht?«

Der andere zuckte mit den Schultern. »Jenny eben.«

Alle wandten sich erwartungsvoll um, als Caroline die Treppe herunterschritt.

»Na, endlich! Aber wo sind die Mädchen?«, rief ihr einer aus der Menge zu. Caroline, die zu ihrer festlichen schwarzen Garderobe eine Halskette aus Rubinen trug, antwortete nicht. Sie stieg auf den Sockel, der in der Mitte stand, und bedeutete den Anwesenden, sich zu setzen.

»Guten Abend, meine Herren!« Ihr Gruß wurde erwidert. Caroline klang souverän: »Danke, dass Sie meiner Einladung gefolgt sind. William Mornay hätte sich geehrt gefühlt, sie alle hier zu seinem Andenken versammelt zu sehen. Sein Tod war so brutal, so grausam, so … sinnlos. Er hat uns alle tief getroffen, deshalb sind wir heute zusammengekommen, um ihn als einen wundervollen Freund und Liebhaber zu ehren.« Caroline schlug plötzlich einen fröhlichen Ton an. »Aus diesem Grund habe ich mich entschlossen, Ihnen einen ganz besonderen Abend zu bereiten, bei dem wir der Liebe des Verstorbenen für die Frauen Tribut zollen.« Im Publikum kam eine gewisse Unruhe auf. Caroline hob die Stimme: »Ich präsentiere Ihnen heute Abend den perfekten, den zärtlichsten Ausdruck von Weiblichkeit: Ich schenke Ihnen eine Jungfrau.«

Rae war noch immer allein im roten Zimmer. Die Kerze zwischen den Händen, saß sie auf dem Rand des Bettes und begann, bitterlich zu weinen. Sie blies die Kerze aus, schloss die Augen und spreizte ihre Beine. Sie versuchte, mit geschlossenen Augen das stumpfe Ende der Kerze einzuführen, und biss dabei die Zähne zusammen. Plötzlich stieß jemand die Tür auf. Camille war zurück. Sie erfasste die Lage blitzschnell und riss Rae die Kerze aus der Hand.
»Was soll das?«, rief sie wütend.
Rae schrie. »Lass mich in Ruhe!«
»Reiß dich zusammen!«, zischte Camille sie an. Sie fasste Rae beim Handgelenk und riss sie zu sich hoch. Vor Wut zitternd, stand sie vor dem unglücklichen Mädchen. »Willst du, dass man mich wegen dir umbringt? Madame hat dich nicht gezwungen, du wolltest hier arbeiten. Was soll das jetzt?« Rae

fiel in sich zusammen und weinte hemmungslos. Camille seufzte und rollte die Augen. Mit dem Daumen wischte sie Rae die Tränen von der Wange.

Auf ein Nicken von Caroline hin setzte sich Liz, die dem Geschehen im Salon von der Galerie aus beigewohnt hatte, in Bewegung. Als sie den roten Salon betrat, blieb sie eine Sekunde stehen, starr vor Schreck. Sie sah die Kerze am Boden, das weinende Kind auf dem Bett. Camille ging auf sie zu, wollte die Lage erklären, da versetzte Liz ihr eine schallende Ohrfeige. Camille hielt sich die brennende Wange.
»Warte hier mit ihr, bis ich zurückkomme.«
Keine zehn Minuten später kehrte Liz mit einem Arzt zurück, der glücklicherweise unter den geladenen Gästen war und Rae nun untersuchte.
»Das Hymen ist intakt«, verkündete er dann.

Raes goldener Unterrock wirkte wie die Persiflage eines Brautkleids, kurz und durchscheinend, die laszive Verkleidung einer Hure. Ein weißer Schleier verbarg ihre versteinerte Miene.
»Lassen Sie uns anfangen, Gentlemen! Schießen Sie los!«, forderte Caroline die Herren auf. Kaum einer hatte trotz der langen Wartezeit den Salon verlassen.
»Ich fange mit einhundert an«, sagte Mayers, ein Gemüsegroßhändler, der in der ersten Reihe stand.
»Sehr gut. Wer bietet mehr?« In schneller Folge überboten die Männer einander.
»Sehr großzügig«, sagte Caroline lächelnd, »doch schauen Sie sich diesen Schatz von einer Jungfrau an. Dieses seidene Haar, die weiche Haut, wie in Milch gebadet.« Sie fuhr Rae mit der

Hand erst übers Haar, dann den Arm entlang. »Diese Kurven …«, sie strich dem Mädchen andeutungsweise über die prallen Hüften und den Schoß, »… die von den unaussprechlichen Freuden künden, die nur ein einziger Glücklicher unter Ihnen je erfahren wird.« Ihre Stimme klang verführerisch und zauberte nicht wenigen der Anwesenden einen Hauch von Rot auf die Wangen. Schließlich hob sie Raes Rock an.

»Dreitausendachthundert«, stieß Mayers mit leuchtenden Augen hervor.

»Dreitausendachthundert.« Sie wies mit dem Fächer auf ihn. »Dreitausendachthundert zum Ersten, ah, viertausendfünfhundert, Mr. Goldberg, viertausendfünfhundert zum Ersten, zum Zweiten …«

»Fünftausend«, tönte es vom Eingang her. Die anderen Männer drehten sich überrascht nach dem Neuankömmling um, den niemand kannte. Auf einmal verstummte der Saal.

»Fahren Sie fort, Gentlemen«, sagte Caroline. Der hochgewachsene Mann ging nach vorne, um sich einen Cognac einzuschenken. Caroline betrachtete ihn irritiert, fasste sich jedoch. »Wo waren wir stehen geblieben?

»Fünftausend.« Mayers reckte das Kinn in Richtung des Fremden. »Von diesem Gentleman hier.«

»Natürlich«, sagte Caroline nüchtern. Die Versteigerung ging weiter, und der Fremde hielt mit. Er bewegte sich zwischen den Stammgästen, als gehöre ihm das Haus. Einen Drink in seiner Rechten, eine Zigarre in der anderen Hand, nickte er beim nächsten Gebot. Niemand überbot. Stille trat ein, bis Caroline die Stimme hob: »Es gewinnt der Herr im dunkelblauen Frack für sechstausendfünfhundert.« Man applaudierte höflich, während Caroline den Fremden nach oben führte, um seinen Preis auszulösen. Rae harrte noch immer regungslos wie eine barocke Statue auf ihrem Sockel aus. Als Caroline allein von der Galerie zurückkehrte, nahm Liz das Mädchen an die Hand und führte es unter dem anhaltenden Johlen der Männer nach oben. Sie klopfte an die Tür und wartete auf die Erlaubnis, einzutreten. Auf ein lautes Ja hin öffnete sie, trat ein und stutzte für einen Moment. Schlagartig wurde ihr bewusst, dass der Bieter nur ein Strohmann gewesen war. Sie schob Rae ins Zimmer, wo sie der Bischof schon erwartete. Entgegen seiner üblichen Gepflogenheit – er trug im Bordell stets unauffällige bürgerliche Kleidung – saß er nun mit einem schiefen Lächeln im bischöflichen Gewand vor Rae. Die Mitra hielt er auf dem Schoß. Liz sah besorgt aus, dennoch schob sie die Kleine in den Raum hinein.

»Geh nur, Rae. Alles ist gut.« Sie drehte sich um und überließ das Mädchen ihrem Schicksal.

»Knie dich hin, Sünderin.« Er öffnete sein Gewand, unter dem er nackt war. Rae gehorchte und beugte sich über ihn. Der Bischof lehnte den Kopf zurück und stöhnte auf. »Sachte, mein Schatz, sachte. Wir haben die ganze Nacht für uns.« Doch Rae hörte nicht auf, weil sie hoffte, dass er gleich kommen würde. Der Bischof schloss die Augen, drückte ihren Kopf fest in seinen Schoss. Plötzlich stieß er sie brutal von sich. Rae fiel zu Boden. Mühsam hievte er sich aus dem Sessel und stand auf. »Ich werde dich zu einer richtigen Frau machen. Leg dich aufs Bett.«

Am folgenden Morgen saß Caroline in ihrem Büro und zählte Geldscheine, als John eintrat. Überrascht stand sie auf und kam ihm auf halbem Weg entgegen.

»John, das passt ja ausgezeichnet! Hier ist dein Geld, ich hab die Summe wegen der Zinsen aufgerundet.« Er nahm sich ungefragt einen der Geldstapel vom Schreibtisch und blätterte ihn wie ein Daumenkino zwischen zwei Fingern durch. Er sah Caroline an.

»Hast du es nicht langsam über, andere Leute für dich bezahlen zu lassen?« Er setzte sich hinter ihren Schreibtisch, zog sie mit der Hand zu sich. »Heute bist du dran, liebste Schwägerin.« Er wedelte mit dem Packen Scheine vor ihrer Nase herum. »Ist das etwa alles?«

Ängstlich deutete sie auf eine Seite des Schreibtischs.

»Linke Schublade!«

Er zog sie auf und nahm mehrere Bündel Geld heraus.

»Wie geht es dem entstellten Mädchen?«, fragte er, während er sich die Westentasche vollstopfte. »Bring mich bitte nicht dazu, es noch einmal zu tun.« Unvermittelt hielt er ihr einen Flakon vors Gesicht. Ehe Caroline reagieren konnte, packte er sie blitzschnell im Nacken und drückte ihr Gesicht brutal auf die Tischplatte. Dann goss er ihr einen Teil der Flüssigkeit über den Kopf. Entsetzt stieß sie einen gellenden Schrei aus. Er ließ sie los, setzte lachend das Fläschchen an seine Lippen und trank den restlichen Inhalt in einem Zug aus. »Prost! Auf dich, auf die Liebe und all die schönen Mädchen! Du glaubst doch nicht im Ernst, dass ich einer hübschen Frau jemals so etwas antun könnte? Wer immer das deiner Lilly angetan hat, ich war es nicht.« Caroline schluchzte erbärmlich.

Mainz, Juni 2014

Ninas Großmutter war zunächst unsicher gewesen, ob sie Herrn Busse treffen sollte. Es hatte sie Überwindung gekostet, ihn anzurufen. Doch nach ihrem Telefonat mit Nina und deren Neuigkeiten zum Stand ihrer Familienrecherche in Australien hatte die Neugier Oberhand gewonnen. Am Telefon war er ihr irgendwie seltsam erschienen, zu interessiert, zu beflissen. Obwohl sie ihn gar nicht kannte, hatte er sie gleich zu sich nach Hause eingeladen. Wäre Ninas Anruf nicht gewesen, sie hätte die Spur vielleicht nicht weiter verfolgt. Doch Ninas Begeisterung über die Kontakte, die ihr dieser Touristenführer Craig vermittelt hatte, und über ihre neu gewonnenen Erkenntnisse ließen Katharinas eingerosteten Enthusiasmus erneut hervorbrechen und sie ihre Scheu vor fremden Menschen überwinden.
Uwe Busse hatte ihr mit wachsendem Interesse zugehört und am Ende darauf gedrängt, sie möglichst bald zu sehen.
Nun stand sie vor seinem Haus und klopfte zaghaft an die schwere Eichentür. Das kleine Haus war sicherlich schon zweihundert Jahre alt. Der Vorgarten wirkte ungepflegt, der Rasen war ungemäht, und die Hecke hätte einen frischen Schnitt vertragen können. Auch das Haus selbst machte einen

vernachlässigten Eindruck. An einer Stelle waren fehlende Dachschindeln durch Plastikfolie ersetzt worden, an der jetzt der Wind geräuschvoll zerrte, und ihr fiel auf, dass die Farbe an den Fensterrahmen abblätterte. Doch die alten Mauern waren solide und hatten die Jahrhunderte gut überstanden. Ein Haus, in dem Generationen gelebt hatten und das dem drohenden Verfall trotzte.

Menschen kommen und gehen, dachte Katharina Braumeister. Einmal hatte sie in der Zeitung über eine Studie gelesen, der zufolge ein Mensch nach seinem Tod den Nachkommen ungefähr dreißig Jahre lang in Erinnerung blieb. Nach dieser Zeit würde man ihn weitgehend vergessen haben, es sei denn, er war zu Lebzeiten berühmt oder berüchtigt. Aber auf wen traf das schon zu?

Doch wenigstens unsere Häuser bleiben, dachte Katharina mit einer gewissen Todesverachtung, sofern sie so solide gebaut waren wie dieses hier. Gleichzeitig wurde ihr schmerzlich bewusst, dass sie kein Haus besaß, das von einer Generation auf die nächste weitervererbt werden konnte. Sie lebte in einer Mietswohnung. Doch dann tröstete sie sich mit dem Gedanken, dass es den meisten Menschen so ging wie ihr. Wer besaß schon wie dieser Herr Busse ein zweihundert Jahre altes Haus? Und selbst diejenigen, die so glücklich waren, hatten keinen Einfluss darauf, was ihre Nachkommen mit dem Erbe einmal anstellen würden. Katharina hatte in ihrem Leben so einiges gesehen. Wohlhabende und traditionsbewusste Bekannte, deren Kinder sich einen feuchten Kehricht um das Familienerbe scherten und das Elternhaus bei der erstbesten Gelegenheit verscherbelten.

Mit einem energischen Kopfschütteln rief sie sich in die Gegenwart zurück und wollte erneut klopfen, als sie die Klingel bemerkte, die wie verschämt, weil sie nicht zum alten Gemäuer passte, an einer Seite des Hauseingangs eingelassen war. Sie drückte auf den Plastikknopf, richtete sich gerade auf und wartete, bis sie Schritte im Flur hörte.

Uwe Busse war ein großgewachsener, gepflegt wirkender Mann mit schlohweißem Haar. Er führte sie in die Küche, wo sie an einem uralten Holztisch Platz nahmen, der mit Papierstapeln übersät war.

»Ich habe alles für unser Treffen vorbereitet«, verkündete er sichtlich zufrieden. Katharina war beeindruckt, zeigte es aber nicht. In ihrem Telefongespräch hatte sie ihm von der kleinen Irene in der Mainzer Klosterschule erzählt, die möglicherweise die Tochter des Komponisten Alfred Plumpton war und damit vielleicht Katharinas Ahnin. Sie hatte ihm auch von ihrem Besuch in dieser Schule vor einigen Jahren erzählt, wo man ihr einige Dokumente zeigen konnte, nach denen die Mutter das Mädchen ein- oder zweimal besucht hatte. Die kleine Irene war ihr offensichtlich nicht gleichgültig gewesen. Aber es gab keinerlei Aufzeichnungen über die Identität dieser Mutter. Doch der Grund, weshalb sie den Kontakt zu Uwe Busse aufgenommen hatte, war ein anderer.

»Ich habe in der Klosterschule etwas herausgefunden, womit ich nicht gerechnet hatte. Und deshalb wende ich mich an Sie«, hatte sie ihm während ihres Telefonats berichtet. »Sagt Ihnen der Name ›Jenny‹ irgendetwas?«

»Allerdings«, hatte er etwas zu laut in den Hörer gerufen.

Nun stand sie in seinem Flur, und Uwe Busse blickte sie fragend an.

»Ich wollte es Ihnen nicht am Telefon sagen, aber die Archivarin hat angedeutet, dass Sie möglicherweise mit der australischen Seite Ihrer Familie in Kontakt stehen, ja, dass sie viel

Zeit darauf verwendet hätten, die Wurzeln Ihrer Familie zu recherchieren. Ist das wahr? Jenny ist doch Ihre Urgroßmutter, habe ich recht? Wenn dem so ist, dann könnten Sie mir und meiner Enkelin wahrscheinlich weiterhelfen.«

Uwe Busses Gesicht hellte sich auf.

»Sie haben vollkommen recht mit Ihren Vermutungen«, strahlte er. »Meine Urgroßmutter war tatsächlich jene Jenny.«

»Sie sind also wirklich mit ihr verwandt?« Katharinas Stimme zitterte vor freudiger Erregung.

»So ist es«, erwiderte Busse mit unüberhörbarer Genugtuung.

»Leider gibt es ja kein Foto von ihr, aber sie muss ein ziemlicher Hingucker gewesen sein«, sagte Katharina.

»Ja, sie war hinreißend schön.«

Katharina hob erstaunt die Augenbrauen. »Sie sagen das so, als wüssten Sie, wie sie ausgesehen hat.«

Statt einer Antwort griff Uwe Busse nach einem der Stapel und förderte ein eingefärbtes Porträtbild zutage, das er ihr hinhielt. »Das ist sie. Eine wunderschöne Frau, nicht wahr?«

Katharina nahm das Bild in die Hand, öffnete ihre Handtasche und zog ihre Lesebrille heraus. Eingehend betrachtete sie das alte Foto. »Wo haben Sie das denn her?«

»Ich habe es in einer alten Truhe in der Dachkammer gefunden. Seitdem bin ich verliebt.« Er drehte das Foto um und reichte es Katharina.

»Jenny Cleaves, 1891«, las sie und studierte dann wieder das Foto. Wer immer das an den weißen Rändern gezackte Bild nachträglich hatte kolorieren lassen, wollte an der Farbe nicht sparen. Das rote Haar der blassen Frau mit den Sommersprossen leuchtete unnatürlich, und ihre grünen Augen blickten den Betrachter auf eine hypnotische Weise an. »Unglaublich, wie lebhaft sie wirkt. So, als könnte sie jeden Moment zur Tür hereinkommen und einen Plausch mit uns halten.«

»Das wäre bestimmt ein großer Spaß. Sie soll eine freche Schnauze gehabt haben.«

Die beiden lachten leise auf.

»Auf dem Foto muss sie bereits über 40 Jahre alt gewesen sein.« Uwe Busse hatte sich hinter Katharina gestellt, und gemeinsam betrachteten sie das Bild von Jenny, als könnte es die Geheimnisse der Vergangenheit preisgeben, sofern sie es nur lange genug anstarrten. Endlich legte Katharina das Foto auf den Küchentisch und sah Busse an.

»Was wissen Sie über Jenny? Wer war diese Frau?«

»Wollen Sie einen Kaffee?«

Katharina nickte. Ihr Gastgeber machte sich an seiner Kaffeemaschine zu schaffen und setzte sich neben Katharina. Die alte Maschine begann zu gluckern, dann zischte das heiße Wasser gurgelnd in den Filter.

»Jenny«, sagte er versonnen. »Sie heiratete in eine wohlhabende Mainzer Familie ein, brachte einen Sohn und eine Tochter zur Welt. Ihr Mädchen hatte später selbst drei Kinder, aber Jennys Sohn starb unter ungeklärten Umständen in Australien. Warum er dorthin gereist und was ihm dort genau zugestoßen ist, kann ich Ihnen leider auch nicht sagen.«

Er stand auf und begann, in einem anderen Stapel zu wühlen. Die Kaffeemaschine röchelte nun in einer Lautstärke, die seine Aufmerksamkeit erregte. Er wandte sich von den Papieren ab, nahm zwei Becher aus einem Wandschrank und schenkte den Kaffee ein. »Milch, Zucker?«, fragte er über seine Schulter.

»Schwarz, danke.«

Uwe Busse kehrte mit den Bechern in der Hand zurück und stellte sie auf den Tisch, bevor er sich wieder setzte.

»Wissen Sie denn irgendetwas über diesen jungen Mann?«, fragte Katharina.

Busse stand erneut auf und beugte sich über einen Papierstapel. Er hielt ihr eine vergilbte Seite hin.

»Ich bin im Besitz eines Briefes, den er seiner Mutter Jenny aus Australien geschrieben hat«, erklärte er mit kaum verhohlenem Triumph in der Stimme.

»Zeigen Sie her!«, rief Katharina und griff nach dem Brief, doch Busse zog seine Hand zurück.

»Vorsicht, das ist ein altes Dokument.«

Katharina spürte, dass sie ihren Enthusiasmus zügeln musste, um das zu erfahren, weshalb sie hierhergekommen war.

»Wollen Sie ihn mir vorlesen?«, fragte sie daher höflich.

Herr Busse räusperte sich und strich mit seinem Zeigefinger bedeutsam über das Blatt.

»Also gut«, sagte er gönnerhaft. »Hören Sie genau zu. Der Schreiber schlägt einen ganz bestimmten Ton an, den man nicht überhören darf.«

Katharina rollte innerlich mit den Augen. Dieser Busse war ein Umstandskrämer, und dazu ein eitler Gockel.

»Ich bin ganz Ohr«, flötete sie.

»Sehr gut.« Er nahm einen Schluck Kaffee, setzte seine Lesebrille auf, und nach einem erneuten Räuspern begann er endlich, laut zu lesen.

Liebe Mutter,
ich habe mit jener Frau gesprochen, von der Du mir
erzählt hast, aber sie erwies sich als wenig hilfreich. Sie
ist sehr krank und nur schwer zu verstehen. Sie sagte,
dass die Kirche im Besitz ihres Geldes ist, und sie war
nicht bereit, mir zu sagen, an wen ich mich dort wenden

müsste, um mehr zu erfahren. Das hielt mich jedoch nicht davon ab, bei der Diözese mit einiger Vehemenz vorzusprechen. Ich machte ihnen klar, dass sie mit einer plausiblen Erklärung aufwarten müssten, weshalb die Gelder für Irene nicht mehr nach Deutschland fließen. Der Mann, mit dem ich gesprochen habe, versprach mir, sich um den Fall zu kümmern, doch als ich zum vereinbarten Treffen erschien, tauchte er nicht auf. Auf mein Nachfragen bei der Diözese hieß es plötzlich, man wolle nicht mehr mit mir sprechen.

Ich war und bin noch immer fassungslos. Gibt es etwas, das ich nicht weiß, Mutter? Etwas, das Du aufklären könntest? Ich habe auch den Konvent in Melbourne aufgesucht, doch man hat alles daran gesetzt, mich mundtot zu machen, und am Ende wurde ich aufgefordert, zu gehen!

Weil mir keine andere Möglichkeit offensteht, werde ich die Dame, die ich am Anfang meiner Reise in Melbourne aufgesucht habe, nochmals beehren. Ich habe nämlich keinen Zweifel, dass sie mehr weiß, als sie bei unserem ersten Treffen zugegeben hat. Sie weiß etwas über Irene und den Fond!

Ich habe außerdem einen Anwalt namens Grainger eingeschaltet. Du siehst: Ich bin wild entschlossen, der Sache auf den Grund zu gehen.

In Liebe,

Dein Sohn William

»Herr Busse«, sagte Katharina leise, nachdem er den Brief auf dem Tisch abgelegt hatte, »dieser William ist in Melbourne ermordet worden.«

Noch am selben Abend rief sie Nina an, um ihr von der Begegnung mit Uwe Busse und dem Foto von Jenny zu erzählen. Nina bekniete ihre Großmutter, das Foto mit Hilfe von Herrn Busse so bald wie möglich einzuscannen und ihr zu mailen.

Melbourne, 1884

Er betrat den Flur und ließ sich von einem Zimmermädchen zu Carolines Büro bringen. Die elegante Blondine saß auf einem Sessel hinter dem Schreibtisch. Mit diesem Anblick schien er nicht gerechnet zu haben, denn er blieb plötzlich stehen. Sie sah von ihrer Arbeit auf, und da war er. Er stand im Türrahmen, so betörend schön, dass sie für einen Herzschlag das Atmen vergaß. Er betrachtete sie mit unverhohlenem Interesse, und als sich ihre Blicke trafen, lächelte er. Er war ungefähr dreißig Jahre alt, groß und schlank. Eine Hand auf der Klinke, während er in der anderen seinen Hut hielt, lächelte er ihr geradewegs ins Gesicht. Da sie nichts sagte, trat er näher und murmelte: »Madame, ich bin …«

»Zu früh?«, fragte sie, um die heftige Gefühlsregung zu überspielen, die sein Anblick bei ihr ausgelöst hatte, aber sie fügte gleich hinzu: »Das soll durchaus kein Vorwurf sein, bloß eine harmlose Frage.« Eine Locke fiel ihm in die Stirn, als er ihr die Hand reichte. Sein Blick wich dem ihren nicht aus, und sein wissendes Lächeln war das eines Mannes, der sich mit den Frauen auskannte. Er gab sich keine Mühe, seine Bewunderung für ihre Erscheinung zu verbergen. Sie erwiderte seinen Blick und sah ihm fest in die Augen, wie er es tat. Für einen

Moment verharrten sie so. Weder er noch Caroline sagten ein Wort. Die Welt schien still zu stehen.

»Mr. Plumpton, Madame. Musiker und Komponist …«, stellte er sich dann vor.

»Ich weiß, wer Sie sind, Mr. Plumpton«, fiel sie ihm ins Wort, um ihre Verwirrung abzuschütteln, »Mr. Kennett hat mir von Ihrem gestrigen Treffen erzählt, und ich bin sehr froh, dass er den guten Einfall hatte, Sie hierher einzuladen.«

»Mr. Kennett beschreibt Menschen für gewöhnlich erstaunlich gut. In Ihrem Falle hat er mich jedoch enttäuscht.«

Sie hob fragend die Brauen. Sein Lächeln verwandelte sich zu einem breiten Grinsen. »Er hat mich jedenfalls nicht darauf vorbereitet, jemanden von solcher Schönheit und Lebendigkeit anzutreffen.« Alfred Plumptons Blick wanderte dreist über ihren Körper, bewunderte unverhohlen ihre Figur. Wieder dauerte es nur einen Lidschlag lang, aber dieser Moment reichte. Caroline fühlte sich, als hätte er sie entdeckt, als hätte niemand zuvor sie wirklich betrachtet, nicht einmal Stud, als sie noch frisch verliebt gewesen waren.

Sie räusperte sich und wies auf den Stuhl vor ihrem Schreibtisch. »Setzen Sie sich, und sprechen Sie.« Zwischen den Fingern hielt sie eine Gänsefeder, und vor ihr lag ein halb beschriebener Bogen Papier. Sie brannte vor Neugier auf diesen Mann, der die seltsamsten Gefühle in ihr auslöste. Zugleich war sie auf ihre Wirkung bedacht, bemüht, den Eindruck zu vermitteln, als fühlte sie sich an diesem Schreibtisch genauso zu Hause wie in ihrem Salon zwischen ihren Mädchen.

Der Duft ihres leichten Parfüms stieg ihm in die Nase und schien ihn zu verwirren. Da er noch immer schwieg, fuhr sie fort: »Also, was meinen Sie? Hätten Sie Interesse, für mich zu arbeiten?«

Zu ihrer Überraschung errötete er bis an die Ohren und nickte wie ein Schuljunge, der seine Hausaufgaben nicht gemacht hatte. Caroline musterte ihn. Seine Kleidung war vornehm, wenn auch leicht verschlissen. Er setzte sich in den mit weichem Samt gepolsterten Armsessel, den sie ihm angeboten hatte. Eingehend betrachtete er Madame Brussels, deren Blicke ebenfalls unverwandt auf ihm ruhten. Sie trug eines ihrer schwarzen Kleider aus Satin, von dem sie wusste, dass es ihre schlanke Figur und ihre volle Brust auf dezente Weise betonte. Durch die weißen Spitzen, mit denen der Kragen und die kurzen Ärmel besetzt waren, schimmerten ihre hellen Arme und der Ansatz ihres Busens. Sie begann, seine Blicke zu genießen. Nach einer etwas zu langen Pause fragte sie ihn: »Sind Sie schon lange in Melbourne?«

Er schien allmählich seine Selbstbeherrschung wiederzugewinnen und antwortete: »Seit einigen Monaten erst, Madame. Ihr Freund hat mir Hoffnung gemacht, ich könnte eventuell für Sie tätig werden.«

Sie lächelte wohlwollend. »Da hat er recht.« Caroline ließ die Feder sinken und lehnte sich zurück. Was für ein schöner Mann! Diese dunkelblonden Locken, die hellen Augen, der vornehme Teint. Völlig unerwartet fühlte sie eine angenehme, wärmende Fröhlichkeit, die ihr vom Bauch zum Kopf stieg, durch ihre Adern rann und sie ganz erfüllte. Plumpton sprach von der Begegnung mit ihrem Geschäftspartner Kennett und dass er ganz fest glaube, der richtige Mann für die geforderte Aufgabe zu sein. Madame Brussels warf ihm einen wohlwollenden Blick zu, wie ein erfahrener Kenner, der sagen will: Du weißt ganz genau, dass du deinen Weg machen wirst, oder?

»Sie haben die schönsten Ohrringe, Madame, die ich je gesehen habe.« Caroline war überrascht von diesem unerwarteten

Kompliment. Unwillkürlich fasste sie sich mit der Hand an ihr rechtes Ohr.

»Ja, nicht wahr? Sie sehen aus wie Tautropfen«, sagte Caroline.

Sie dankte ihm mit einem jener offenen Frauenblicke, die bis ins Herz dringen.

»Nehmen Sie eine Tasse Kaffee, Mr. Plumpton?«

»Ja, sehr gern.«

»Zucker, Milch?«

Er schüttelte den Kopf.

Sie schenkte ihm aus der silbernen Kanne ein, die auf einem Tablett vor ihr auf dem Schreibtisch stand, und reichte ihm die volle Tasse.

Er nahm sie entgegen und trank einen Schluck. Der Klang seiner Stimme war angenehm. Wann immer er das Wort an sie richtete, blickte er ihr tief in die Augen, und Caroline ihrerseits betrachtete ihn immerzu. Alles, was sie umgab, erschien ihr plötzlich in einem neuen Licht. Die Möbel, die gemusterte Tapete – alles besaß auf einmal etwas Einzigartiges, und Caroline wünschte sich, er könnte für immer hierbleiben. Sie lächelte, um ihre Gefühle zu verbergen.

Eine Woche später stattete Plumpton ihr einen erneuten Besuch ab. Er fand sie, lesend, auf dem Sofa liegen. Sie reichte ihm die Hand, ohne sich zu rühren. »Guten Tag.«

Plumpton sah aus, als hätte er eine Ohrfeige bekommen. Offensichtlich hatte er auf eine herzlichere Begrüßung gehofft. Sie klopfte mit der Hand aufs Sofa, und er nahm neben ihr Platz. Dabei betrachtete er ihr blondes Haar, das im Lichtstrahl, der durchs Fenster ins Zimmer hereinfiel, golden schimmerte.

»Wieso sind Sie denn nicht schon gestern gekommen, wie Sie es versprochen hatten?«, fragte Caroline und versuchte, gleichgültig zu klingen.

»Es war besser, dass ich Sie nicht besucht habe«, antwortete er bestimmt.

Sie klappte das Buch zu und legte es auf ihren Schoß.

»Aber warum?«, fragte sie verständnislos.

»Warum? Ahnen Sie es denn nicht?«

»Nein.«

Plumpton holte Luft. »Weil ich ein wenig verliebt in Sie bin, und ich will nicht, dass mehr daraus wird. Sie sind eine verheiratete Frau.«

Seine freche Antwort überraschte und erregte Caroline, doch sie verzog die Lippen zu ihrem gleichgültigen Lächeln, hinter dem sie all ihre Gefühle verbarg, und antwortete ruhig: »Ach, Sie hätten trotzdem kommen können. In mich war noch nie jemand lange verliebt, und wir könnten einander so gute Freunde sein.«

»Freunde?«, wiederholte er. »Wieso Freunde?« Er klang enttäuscht.

»Weil alles andere zwecklos ist. Sie haben es doch selbst gesagt. Ich bin eine verheiratete Frau, und hätten Sie mir Ihre Befürchtung gleich mitgeteilt, so hätte ich Sie beruhigt und Sie im Gegenteil gebeten, mich recht oft zu besuchen.«

»Vorausgesetzt, man ist Herr über seine Gefühle!«, rief er pathetisch aus.

Sie sah ihn unverwandt an. »Mein lieber Freund, Sie sind nicht der Erste, der sich einbildet, in mich verliebt zu sein. Für gewöhnlich breche ich in einem solchen Fall jeden näheren Kontakt ab, denn ich weiß genau, dass ich mit meinem Haus und meinen Mädchen etwas besonders Erregendes darstelle. Männer, die glauben, mich zu lieben, sind mir verdächtig, denn für sie ist die Liebe nur ein Rausch. Sehen Sie, für mich ist die Liebe im Gegenteil eine Art Seelenverwandtschaft, wie es sie im Bewusstsein der meisten Männer leider gar nicht gibt. Schauen Sie mich an!«

Sie lächelte nicht mehr, ihr Gesichtsausdruck war ruhig und kühl. »Ich werde nie, nie Ihre Geliebte sein, verstehen Sie mich? Es ist daher völlig zwecklos, mit Ihrem Werben fortzufahren. Haben Sie mich verstanden?«

Er sah sie mit halb offenem Mund an.

»Haben Sie gehört, was ich gerade gesagt habe? Wollen wir Freundschaft schließen – ohne Hintergedanken?« Sie hielt ihm beide Hände hin, doch er ergriff sie nicht. Stattdessen beugte er seinen Kopf herab und küsste sie. Caroline ließ es geschehen.

Nach einer Weile richtete sich Plumpton auf. Er schien nicht recht zu wissen, wie er die Unterhaltung fortsetzen sollte, daher legte sie ihm begütigend ihre Hand auf den Arm und fragte mit sanfter Stimme: »Darf ich als Freundin ganz offen zu Ihnen sprechen?«

»Unbedingt!«, erwiderte er hoffnungsfroh.

»Nehmen Sie mein Angebot an, und bringen Sie mir einträgliche Kunden ins Haus. Mit Freunden arbeite ich besonders gern zusammen, und mir scheint, so einen habe ich gerade gewonnen.«

Enttäuscht senkte er den Kopf und küsste ihre Hand. »Ich danke Ihnen. Sie sind ein Engel.«

»Mit dieser Meinung stehen Sie in Melbourne recht allein da«, sagte sie und lachte. Danach unterhielten sie sich über Geschäftliches, und er blieb lange bei ihr. Als er sich verabschiedete, fragte er nochmals: »Also abgemacht, wir sind Freunde?«

Ihre Blicke befragten einander und verstrickten sich innig. Carolines Herz pochte, als sie begriff, dass es mit der Freundschaft zwischen ihnen nichts werden würde.

»Abgemacht!«, stieß sie schnell hervor, und ihre Lippen zitterten leicht, als sie ihm die Hand zum Abschied reichte.

»Sollten Sie einmal Witwe werden, merken Sie mich doch bitte vor«, sagte er frech und ging schnell hinaus, bevor sie die Zeit fand, böse zu werden. An der Tür blieb er stehen und wandte sich zu ihr um. »Vergessen Sie nicht unsere Vereinbarung. Wir sind Freunde, nicht wahr? Wenn Sie mich brauchen – ein Wort von Ihnen genügt, und ich gehorche.«

»Ich werde es nicht vergessen«, sagte sie leise.

Sein Tag begann für gewöhnlich mit einem kurzen Spaziergang von seiner Wohnung zu Madame Brussels, wo er sich von Caroline sein feines Lederetui mit reichlich Bargeld auffüllen ließ. Danach spielte er ihr für eine knappe Stunde auf dem Klavier im Salon vor. Nach einem späten gemeinsamen Frühstück machte er sich auf den Weg. Seine Aufgabe war es, den betuchten Gentlemen der Stadt Drinks zu spendieren, um sie zu einer Nacht ins beste Bordell der Stadt zu locken. Mit seiner gewinnenden Art betrieb er das Anwerbungsgeschäft derart erfolgreich, dass ihm kein Konkurrent das Wasser reichen konnte. Als Gegenleistung für seine wertvollen Dienste überreichte Caroline ihm einen jener begehrten Hausschlüssel, die den diskreten Zugang über die Hintergasse erlaubten.

Es war wundervoll, einander kennenzulernen. Caroline und Plumpton machten es sich zur Gewohnheit, mindestens zweimal wöchentlich zusammen zu speisen.

An jenem Tag lunchten sie bei herrlichem Frühlingswetter in einem Ausflugslokal am Yarra-Fluss, nicht weit entfernt von der schrecklichen Anstalt, in der Stud einst grauenvolle Wochen und Monate zugebracht hatte. Vögel sangen in den Baumkronen der hohen Eukalypten, die das Ufer säumten. Caroline schob ihren Teller zur Seite und beugte sich interessiert vor.

»Und welche Musik lieben Sie am meisten?«, fragte sie Plumpton, während sie ihn über seinen Beruf als Musiker ausfragte.

»Die deutsche – sie ist zum Weinen schön! Wenn man ihrem Zauber lauscht, ist alles Gefühl, und die Stunden fliegen nur so dahin.«

»So ist es!«, stimmte Caroline zu.

»Ja, darum liebe ich die deutsche Musik über alles. Sie spricht direkt zu unseren Herzen.«

»Ach, lieber Freund, mein Musikabonnement ist abgelaufen. Würden Sie es für mich erneuern?«

»Aber sehr gerne!«, entgegnete er. Wahrscheinlich hatte Plumpton zu sehr dem Wein zugesprochen, denn plötzlich wandte er sich mit geröteten Wangen an Caroline: »Ach, welch ein Glück, Sie gefunden zu haben! Mir ist, als wäre ich Ihnen vor Urzeiten in einem Traum begegnet.« Er blickte Caroline geradewegs in die Augen und legte seine Rechte auf ihre Hand. Sie zog sie zurück und begann, ihren Wangen mit der Serviette Kühlung zuzufächeln. Vom Alkohol beflügelt, griff Plumpton wieder nach ihrer Hand, drückte sie fest.

»Ach, ich danke Ihnen – Sie stoßen mich nicht zurück!«

Doch sie stand auf und wollte gehen. Er umfasste ihr Handgelenk, und Caroline stand still. Sie sah ihn eine Weile an.

»Genug! Reden wir nicht mehr davon.«

Er lächelte seltsam und schaute sie mit starrem Blick an.

»Was ist denn mit Ihnen?«, fragte sie besorgt und fasste ihn beim Arm.

»Begreifen Sie es denn noch immer nicht? Ich kann ohne Sie nicht leben.«

Zuerst hatte die Liebe sie berauscht. Jetzt aber, da sie immerzu an Alfred Plumpton dachte, erschrak Caroline vor sich selbst. Wenn er nicht bei ihr war, träumte sie von seiner eleganten Gestalt, seinem klugen und gleichzeitig so leidenschaftlichen Auftreten. Während sie ihn erwartete, füllte sie ihre großen roten Glasvasen mit Rosen und schmückte ihr Zimmer und sich selbst wie ihre freizügigste Kurtisane.

Anfang Dezember erhielt Caroline eine Nachricht, die sie in Aufruhr versetzte. Eine ihr unbekannte Frau aus Kerang, einem kleinen Ort auf dem Land, hatte ihr im Namen von Stud einen kurzen Brief geschrieben. Ihr Mann sei so krank, dass das Schlimmste befürchtet werden müsse. Stud wolle seine Frau ein letztes Mal sehen, um sich von ihr zu verabschieden. Ob es ihr wohl möglich wäre, aufs Land zu reisen, um ihm seinen Wunsch zu erfüllen?

Caroline wurde schwindlig, und sie musste sich an der Stuhllehne festhalten. Wie konnte Stud all die Jahre über schweigen, nur um sie jetzt mit der Botschaft seines nahenden Todes zu konfrontieren? Plötzlich ergriff sie eine schreckliche Angst, ein Anfall wilder Verzweiflung. Die alte, längst vergessen geglaubte Liebe für diesen Mann fuhr ihr unerwartet wie eine Stichflamme ins Herz, doch gleichzeitig stieg Groll in ihr auf, weil er sie vor so langer Zeit im Stich gelassen hatte. Ihr ganzer Körper zitterte und bebte. Den Brief in der Hand, ging sie auf und ab und zwang sich mit Gewalt zu äußerer Ruhe und Kaltblütigkeit.

Am nächsten Tag fuhr sie mit der Kutsche nach Kerang.

Stud hörte das Rauschen des Kleides und drehte den Kopf in ihre Richtung. Caroline streckte ihm beide Hände entgegen. »Wie lieb von dir, dass du gekommen bist!«

Und plötzlich umarmte sie ihn. Dann blickten sie sich an. Sie war etwas blasser und magerer geworden, fand Stud, sah aber noch immer frisch aus, und ihr schmales, zartes Gesicht stand ihr sehr gut.

Leise entgegnete sie: »Schone dich und rede nicht.« Sie ergriff seine Hand und hielt sie fest. Ihr Mann atmete schnell. Die Atemzüge gingen so leise, dass man sie kaum vernehmen konnte. Ihr Blick glitt über sein fahles Gesicht. Seine Augen lagen tief in ihren Höhlen, von dunklen Schatten umrahmt. Hätte sie nicht gewusst, dass ihr Mann vor ihr lag, sie hätte ihn nicht erkannt.

Stud wiederholte immerfort: »Meine Liebe … Ich will nicht sterben … Oh, mein Gott … mein Gott. Was wird mit mir? Ich werde nichts mehr sehen? Nichts, niemals. Oh, mein Gott!«

Er starrte vor sich hin, als sähe er etwas, das für Caroline unsichtbar blieb, etwas Furchtbares, das sich als Grauen in seinen Augen widerspiegelte. Seine Hände strichen in immer derselben Kreisbewegung über die Bettdecke. Plötzlich überfiel ihn ein Krampf. Er sprach nicht und rührte sich nicht mehr. Nur ein Röcheln zeugte davon, dass er noch am Leben war. Der Dorfarzt hatte eine Krankenwärterin geschickt. Sie saß am Fenster und schlummerte. Auch Caroline fühlte, wie sie allmählich schläfrig wurde. Sie öffnete die Augen gerade noch früh genug, um zu sehen, wie Stud die seinen schloss. Seine Hände hörten mit ihrer schrecklichen Bewegung auf. Er atmete nicht mehr. Caroline stieß einen Schrei aus und warf sich neben dem Bett auf die Knie. Die Wärterin war erwacht und trat ans Bett.

»Es ist vorbei«, sagte sie.

Zurück in Melbourne, wartete Plumpton auf sie, nachdem Liz ihn von der Krise und von Studs Tod unterrichtet hatte. Zunächst war Caroline abweisend. Sie wollte allein sein, doch Plumpton bestand als Freund darauf, ihr in dieser schweren Zeit zur Seite zu stehen. Zusammen nahmen sie in ihrem Büro eine leichte Mahlzeit ein. Plumpton betrachtete Caroline aufmerksam. Sie war von ihren Gedanken erfüllt und nahm ihn kaum wahr. Tiefes Schweigen herrschte im Raum. Man hörte nur das Ticken der Uhr.

»Sie sind sicherlich sehr müde«, sagte er schließlich.

Sie fuhr sich mit der Hand über die Stirn. »Ja, sehr, und ich bin tief traurig«, antwortete sie erschöpft.

»Welch ein schwerer Verlust für Sie.«

Sie stieß einen Seufzer aus, ohne zu antworten.

»Jedenfalls wissen Sie, was wir vereinbart haben. Sie können über mich verfügen, wie Sie wollen. Ich gehöre Ihnen.«

Sie reichte ihm die Hand und sah ihn mit ihren hellen Augen traurig an.

»Ich danke Ihnen«, sagte sie. Er hatte ihre Hand ergriffen und behielt sie in der seinen. Dann drückte er sie an seine Lippen. Mit einem tiefen Blick in ihre Augen stand er schließlich auf, um das Fenster zu öffnen.

»Kommen Sie doch zu mir ans Fenster. Die Luft wird Ihnen guttun.«

Sie folgte seiner Aufforderung und lehnte sich an ihn. Er flüsterte: »Hören Sie mich an, und seien Sie mir nicht böse, dass ich in diesem Moment von solchen Dingen zu sprechen wage. Sehen Sie, ich bin ein armer Künstler, ich besitze kein Vermögen, das wissen Sie. Doch ich habe Willenskraft und – wie ich hoffe – ein klein wenig Verstand, um meinen Weg zu machen. Es wäre mein Traum, einmal eine Frau wie Sie zu heiraten. Antworten Sie nicht, lassen Sie mich reden. Das ist keine Frage, die Zeit und der Ort wären schlecht gewählt. Sie sollen nur wissen, wie froh und glücklich Sie mich machen könnten. Ich gehöre Ihnen mit Leib und Seele. Wenn Sie irgendwann so weit sind, über meine Worte nachzudenken, würde ich mich freuen, von Ihnen zu hören. Ich reise morgen Abend für zwei Wochen nach Sydney. Bis ich zurückkehre, sprechen wir kein Wort mehr darüber, einverstanden?«

Sie starrte nachdenklich und mit ruhigem Blick aus dem Fenster.

»Ich bin sehr müde«, sagte sie und rieb sich die Schultern. »Ich gehe zu Bett. Kommen Sie doch morgen wieder.«

Am nächsten Tag erschien Plumpton zum Nachmittagstee.

»Hören Sie mich an, lieber Freund«, forderte Caroline mit ernster Stimme. »Ich habe in der Nacht über Ihre Worte nachgedacht. Wir werden abwarten und sehen, wohin uns die Zuneigung trägt. Wir werden uns besser kennenlernen. Ich will, dass Sie sich über meine Person im Klaren sind. Verstehen Sie, Sie müssen mich so nehmen, wie ich bin. Für mich ist die Ehe keine Kette, sondern ein Bündnis. Ich fordere stets Freiheit in meinen Entscheidungen. Wenn ich ausgehen will, gehe ich aus, ohne mit meinem Ehemann darüber zu diskutieren. Ich dulde weder Kontrolle noch Eifersucht, noch Debatten über mein Betragen. Natürlich würde ich den Mann, den ich heirate, niemals der Lächerlichkeit preisgeben oder bloßstellen oder seinen Namen entehren. Mir ist durchaus bewusst, dass meine Ansichten von der Norm abweichen, aber ich ändere sie trotzdem nicht. Ich habe sehr hart gearbeitet. Ich bin unabhängig, und das lasse ich mir von niemandem mehr nehmen. Antworten Sie mir nicht. Wir werden uns ein andermal darüber unterhalten.« Sie sah ihn von der Seite an und hatte das Verlangen, ihn zu küssen, obwohl sie wusste, wie unangemessen dieser Wunsch in ihrer Situation war. Stattdessen streckte sie ihren Arm aus. »Auf Wiedersehen.« Er küsste ihre Hand und ging, ohne noch etwas zu sagen. Es war das letzte Mal, dass sie Alfred Plumpton sah. Ohne ein Wort des Abschieds war er aus ihrem Leben verschwunden.

Zwei Wochen später erfuhr sie, dass er mit einer jungen Dame der Gesellschaft liiert war und plante, mit ihr nach England aufzubrechen – angeblich um ein einmaliges Angebot wahrzunehmen, das seine Karriere beflügeln sollte. Eine unglaubliche Traurigkeit überfiel sie, schlimmer und tiefer als bei Studs Tod, doch sie bereute nicht, Plumpton deutlich gemacht zu haben, wie sie sich die Ehe vorstellte. Welcher Mann würde sich schon auf ihre Bedingungen einlassen?

In seinem Fall – schließlich war er als ein wahrer Bohemien erschienen – hatte sie jedoch insgeheim darauf gehofft. Wie töricht von ihr! Bedauerte sie ihre Affäre? Nein, das tat sie nicht. Nie hatte sie sich lebendiger gefühlt, als wenn sie in seinen Armen lag. Wie sehr sie ihn vermisste! Ein wilder Schmerz drückte ihr das Herz zusammen. Unwillkürlich legte sie schützend eine Hand auf ihren Bauch. Sie trug Plumptons Kind unter ihrem Herzen.

Nachdem sie drei Wochen nichts von ihm gehört hatte, erhielt sie einen Brief.

Melbourne, Juli 2014

Nina stand vor den Büroräumen der katholischen Diözese Melbourne. Unweigerlich verglich sie das nüchterne Gebäude mit der Pracht der alten Gemäuer des Vatikans. Sie schöpfte tief Atem und ging hinein. Die junge Frau an der Rezeption sah auf und erwiderte freundlich ihre Begrüßung.
»Wie kann ich Ihnen helfen?«
»Ich möchte mit jemandem über eine Geldsumme sprechen, die vor vielen Jahren in eine Stiftung der Kirche eingezahlt worden ist. Haben Sie eine Idee, an wen ich mich wenden könnte?«
Die Empfangsdame griff zum Telefon. »Ich versuche es mal bei Mr. Bailey, unserem Business Manager.«
Nina hatte Glück. Mr. Bailey hatte Zeit für sie. Er war groß und leicht übergewichtig; sein teigig wirkender Teint legte nahe, dass er sich mehr um seine Gesundheit kümmern sollte. Nina stellte sich vor und umriss in wenigen Sätzen ihr Anliegen. Sie erzählte von ihrer Urururgroßmutter, die von Australien nach Deutschland gekommen war.
»Ich möchte gerne herausfinden, wer sie dabei unterstützt hat und wie genau das alles vonstattengegangen ist.«

»Haben Sie irgendwelche Anhaltspunkte, mit denen ich arbeiten kann? Irgendwelche Namen, die hilfreich wären?«

Sie berichtete Mr. Bailey, dass sie kurz mit einem Anwalt namens Grainger in Kontakt gestanden hatte, bevor er seine Kanzlei an eine Gesellschaft namens »Peters and Masters« verkauft hatte.

»Ich habe dort angerufen, aber die konnten mir nicht weiterhelfen. Im Archiv der Kanzlei fand sich angeblich nichts, was bis ins 19. Jahrhundert zurückreicht.«

Sie setzte ihr charmantestes Lächeln auf und schlug die Beine übereinander. »Sie sind sozusagen meine letzte Hoffnung.«

Mr. Baileys Blick blieb an ihrem kurzen Rock haften.

»Ich brauche den vollen Namen von Irene und ihrer Mutter.«

Nina beugte sich vor. »Sehen Sie, und genau da liegt das Problem. »Ich kenne den Namen ihrer Mutter nicht. Aus irgendeinem Grund hat man deren Identität geheim gehalten.«

Anstatt auf das Thema näher einzugehen, hielt Mr. Bailey einen kleinen Vortrag über den Geldregen, den die katholische Kirche seinerzeit über die Armen hatte niedergehen lassen. Möglich allein dadurch, dass die Kirche Spenden und andere Geldquellen klug investiert hatte. Nina hörte sich seine Ausführungen geduldig an, obwohl sie die meisten Fakten bereits kannte. Plötzlich hielt Bailey inne und tippte sich mit seinem Kuli nachdenklich gegen die Lippen.

»Wie war noch mal der Name des Anwalts, von dem Sie vorhin gesprochen haben?«

»Peters and Masters«, antwortete Nina.

Er wedelte mit dem Kuli ungeduldig vor seinem Gesicht herum. »Nein, nein. Ich meine den des ursprünglichen Anwalts.«

»Grainger.« Nina sah ihn fragend an, doch er war bereits damit beschäftigt, etwas in seinen Computer zu tippen.

»Mit oder ohne ›i‹?«, hakte er nach, ohne von seiner Tastatur aufzublicken.

»Mit.«

»Hm, hm«, nuschelte er vor sich hin, »das habe ich mir fast gedacht.« Er hörte sich so an, als bezöge sich seine Antwort auf mehr als nur den Buchstaben. »Ich hab's. Ich hab eine Verbindung.« Nina richtete sich auf und wartete gespannt darauf, dass Bailey mehr preisgeben würde, doch der las schweigend, was er auf dem Bildschirm sah. Irgendwann hielt Nina es nicht mehr aus.

»Und? Was haben Sie gefunden?«, fragte sie.

Baileys Augen waren noch immer auf den Monitor geheftet. »Sieht ganz danach aus, als hätte Mr. Grainger der katholischen Kirche in so einigen Dingen assistiert.« Nina hatte den Eindruck, als verheimliche Bailey ihr etwas. Mit jeder Sekunde wurde sein Gesichtsausdruck konzentrierter. Unvermittelt stand er auf. »Entschuldigen Sie mich bitte für einen Augenblick. Ich muss mit einem Kollegen aus der Rechtsabteilung sprechen.«

Nina sah ihm nach, als er den Raum verließ. Dann blickte sie sich im Büro um. Es machte einen ziemlich schäbigen Eindruck. Akten stapelten sich auf dem Tisch und in den Regalen. Sie fragte sich, wie lange Bailey wohl schon für die Kirche arbeitete. Was wusste er? Oder besser gesagt: Was hielt er vor ihr geheim? Sie rang ihren ersten Instinkt nieder, auf eigene Faust in den Akten zu stöbern. Die Gefahr, dass er sie bei seiner Rückkehr dabei ertappte, war zu groß, und sie wusste nicht einmal genau, wonach sie suchen oder wo sie anfangen sollte. Wenn sie es sich mit Bailey verdarb, verspielte sie leichtfertig ihre einzige Quelle, die sie bei der katholischen Kirche von Melbourne aufgetan hatte.

333

Unruhig wippte sie mit dem Fuß. Konnte sie Bailey vertrauen? Würde er ihr helfen? Sie wusste es nicht, aber es blieb ihr keine andere Wahl. Sie dachte an die Missbrauchsopfer, die sie in Rom und Melbourne interviewt hatte und deren Schweigen sich die Kirche mit lächerlich geringen Summen hatte erkaufen wollen. Waren diese Bestechungsfälle Bailey bekannt? Je mehr sie über Harry und seine Leidensgenossen nachdachte, desto wütender wurde sie. Ihr kam das Ehepaar in den Sinn, das sie auf Harrys Vermittlung hin interviewen durfte. Die Eltern hatten beide Töchter durch Selbstmord verloren. Die jungen Frauen waren als Mädchen wiederholt von ihrem Pfarrer vergewaltigt worden und hatten das Trauma trotz Therapie niemals überwunden.

Die Tür öffnete sich, und ein schmächtiger Mann in Anzug und Krawatte trat ein. Er schüttelte ihre Hand.

»Sie müssen Nina Neubacher sein. Ich bin Jeremy Butler, der Rechtsberater der Diözese.« Ninas Magen krampfte sich zusammen, und sie ahnte, was sie erwartete. Er setzte sich hinter den Schreibtisch.

»Mr. Bailey lässt sich entschuldigen, ihm ist etwas dazwischengekommen.«

»Können Sie mir weiterhelfen? Hat Mr. Bailey Ihnen gesagt, um was es geht?«

Mr. Butler rieb sich die Hände, als wäre er voller Tatendrang. Für einen Moment schöpfte Nina Hoffnung.

»Leider habe ich keine guten Nachrichten für Sie. Was wir über Ihre Ahnin wissen, ist bisher extrem bruchstückhaft. Es wird einige Zeit dauern, ehe wir Ihnen etwas Definitives offenbaren können.« Wieder rieb er sich die Hände. »Ist Ihnen auch kalt?« Ohne ihre Antwort abzuwarten, stand er auf und schaltete an einem grauen Kasten die Heizung ein.

Das Wort »offenbaren« hatte Nina skeptisch werden lassen. Sie vermutete, dass sie nicht die Erste war, die ein solches Gespräch mit diesem Herrn führte. Sie durfte sich nicht einschüchtern lassen. Stattdessen wurde sie zornig.

»Wo ist denn das Problem? Ich habe dieses Büro mit einer einfachen Frage an Ihren Kollegen betreten, und nun sehe ich mich mit einem Rechtsberater konfrontiert?« Ihre Stimme zitterte. »Sie behandeln mich, wie Sie über Jahre hinweg die Opfer Ihrer Kirche behandelt haben!« Das Blut schoss ihr ins Gesicht, und im selben Moment bereute sie ihre emotionale Reaktion. Mr. Butler zeigte sich entsprechend unbeeindruckt von ihrem Gefühlsausbruch, den er wohl schon mehrfach zu hören bekommen hatte. Nina rang um Fassung.

»Entschuldigen Sie bitte. Ich versuche lediglich etwas über meine Familiengeschichte herauszufinden, was mitunter schrecklich frustrierend ist«, lenkte sie jetzt ein. »Ich hoffe, Sie sehen es mir nach.«

Butler dachte offenbar nicht daran, auf ihre Entschuldigung einzugehen. »Und außerdem sind Sie Journalistin, nicht wahr?« Er kreuzte die Arme vor der Brust und legte den Kopf schief, so als hätte die Tatsache, dass er herausgefunden hatte, was sie beruflich machte, den Beweis seiner Überlegenheit erbracht.

»Ich bin nicht aus beruflichen Gründen hier«, sagte sie nun, noch immer um Haltung bemüht. Ihre gefühlige Reaktion war ein Fehler gewesen, für den sie sich am liebsten selbst geohrfeigt hätte. Ein Problem, das sie in letzter Zeit immer weniger in den Griff bekam. War das eine Folge der Fehlgeburt, hormonell bedingt? Oder ging es tiefer, und die Ursache ihrer plötzlichen Gefühlswallungen lag in ihrer ureigenen Geschichte? Nina war sich nicht sicher. Feuchte Augen, aufwallende Wut – sie musste sich zusammennehmen.

»Sie wären nicht die erste Person Ihrer Berufsgattung, die sich unter Vorschützung falscher Tatsachen Zugang zu unseren Daten zu verschaffen sucht.«

»Ich verbitte mir diese Unterstellungen.« Nach der verstörenden Anhörung des Kardinals und den bewegenden Gesprächen, die sie mit den Opfern der Kirche geführt hatte, bebte Nina innerlich vor Widerwillen gegen diesen Mann. Offensichtlich hatte der weichherzigere Bailey diesen Typen vorgeschickt, weil es etwas zu verbergen gab. Butler ging gar nicht erst auf ihren Einwand ein.

»Ms. Neubacher, Sie verstehen sicherlich, dass es uns einige Mühe und Zeit kostet, herauszufinden, wonach Sie suchen. Und es gibt keine Garantie, dass wir überhaupt auf etwas stoßen. Sie können natürlich einen Antrag stellen, der in der Regel in drei bis fünf Monaten entschieden wird, bis …«

Nina hob beide Hände. »Schon gut.« Sie stand auf und zog hastig ihre Jacke an. »Glauben Sie nicht, ich sei so dumm, nicht zu merken, worauf Ihre Strategie hinausläuft. Aber glauben Sie mir: Ich finde einen anderen Weg, und ich werde nicht vergessen, wie Sie meine Anfrage behandelt haben.«

Sie verließ den Raum. Dabei spürte sie Baileys Blick im Rücken.

Melbourne, 1886

Caroline stand vor dem Eingang des klösterlichen Wohnbereichs. Wilder Zorn brodelte in ihr hoch, als sie an den Bischof dachte. Sie widerstand dem Impuls, mit beiden Fäusten gegen die Tür zu trommeln, schloss die Augen und sagte im Stillen jenen alten Kinderreim auf, auf den sie immer zurückgriff, wenn sie sich beruhigen wollte:

Ich möcht für tausend Taler nicht,
dass mir der Kopf ab wär.
Da spräng ich mit dem Rumpf herum
Und wüsst nicht, wo ich wär.

Ihr dunkles Kleid aus feiner Seide raschelte, als sie die Hände hob, um ihren Hutschleier zu richten. War ihre Garderobe zu übertrieben, zu vornehm für den Anlass? Wahrscheinlich, aber es kümmerte sie nicht. Vornehme Kleidung war ihr Markenzeichen. Sie hatte sich jeden Zentimeter der teuren chinesischen Seide, die sie trug, hart erarbeitet und war stolz darauf, zu zeigen, was sie sich leisten konnte. Ihr Puls ging nun ruhiger, und sie klopfte verhalten an die Tür.
Es dauerte nicht lange, und eine große dünne Frau öffnete ihr.

Sie trug keinen Habit, sondern ein schlichtes Kleid aus grauer Wolle. Ihr Haar wurde von einer weißen Haube verborgen. Sie führte Caroline in denselben Raum, in dem sie bereits vor über einem Jahrzehnt mit der Oberin zusammengesessen hatte. Tisch, Stühle, eine Uhr, das Kruzifix, keine Teppiche, kein Bild an der Wand, nichts hatte sich seit ihrem letzten Besuch verändert. Das gepeinigte Christusgesicht zog Caroline genau wie damals magisch an, und wie schon zuvor erschauderte sie auch dieses Mal bei seinem Anblick. Dieser schreckliche Ausdruck von Schmerz, der in diesem Leben nicht mehr vergehen würde. Die hagere Frau bat sie, Platz zu nehmen, und verschwand. Auf dem Tisch vor ihr lag ein Album. Dankbar für die Ablenkung begann Caroline, darin zu blättern. Es enthielt Kreidezeichnungen und einige Fotografien von Landschulen. Caroline lächelte wissend, als sie die Seiten behutsam umblätterte. Sie selbst hatte dabei geholfen, diese Schulen ins Leben zu rufen. Sie verlor sich in der Betrachtung der Schüler, die ihr ein Lächeln auf die Lippen zauberte. Sie wusste nicht, weshalb, aber Kinder rührten seit jeher an ihr innerstes Wesen. Sie ließen ihre weiche Seite sichtbar werden, die sie sonst so gut zu verbergen wusste.

Ein Räuspern schreckte sie auf. Im Türrahmen stand Mary MacKillop. Caroline schob ihren Stuhl zurück.

»Bleiben Sie sitzen. Dieses Mal biete ich Ihnen keinen Tee an. Ich denke nicht, dass unser Gespräch von langer Dauer sein wird.« Die Nonne löste sich aus dem Türrahmen und nahm ihr gegenüber Platz. Die harschen Worte der Oberin überraschten Caroline, doch sie ließ sich nichts anmerken.

»Danke, dass Sie mich empfangen.«

»Das geschieht nur, weil Sie sich an unsere Abmachung gehalten haben und diesem Ort seit unserem letzten Treffen ferngeblieben sind. Ich nehme an, Sie haben mir etwas zu sagen. Ich bin nur noch selten in Melbourne, und lediglich meine engsten Mitarbeiter im Orden wissen um meine derzeitige Anwesenheit hier. Ich könnte Sie nun fragen, woher Sie es wissen, aber das erspare ich mir.«

Ein Lächeln umspielte Carolines Lippen. Sie legte ihre Hände auf das aufgeschlagene Buch mit den Bildern.

»Es gibt tatsächlich etwas, dass ich mit Ihnen besprechen will, und ich hoffe, wir können einander auch dieses Mal unterstützen, wie wir es schon zuvor getan haben. Durchaus erfolgreich, wie mir scheint.« Sie blickte fast zärtlich auf das Album, dann sah sie MacKillop an und fing ihren fragenden Blick auf. »Seien Sie unbesorgt, das Geld, das ich Ihnen gegeben habe, bleibt davon unberührt. Es gehört Ihrem Orden. Ich denke, Sie wissen mittlerweile, dass ich eine Frau bin, die ihr Wort hält.« Caroline fuhr mit der Hand liebevoll über das Buch. »Es macht mich sehr glücklich, zu sehen, was Sie mit den Mitteln in der Zwischenzeit erreicht haben. Ich bin einfach sehr froh, einen kleinen Anteil daran zu haben.« Sie machte eine Pause, klappte das Album zu und lehnte sich zurück.

Es klopfte zaghaft.

»Entschuldigen Sie«, sagte die Oberin und wandte ihren Blick zur Tür. »Ja, bitte.« Die Tür öffnete sich langsam, und herein trat ein kleiner Junge, nicht älter als sieben Jahre. Hinter ihm stand eine Ordensschwester, die ihn in den Raum hineinschob mit den Worten: »Verzeihen Sie die Störung, aber Mick möchte Ihnen etwas sagen.«

»Komm näher, mein Junge«, sagte die Oberin. Den Blick auf den Boden geheftet und am ganzen Körper zitternd, folgte der Junge zögernd ihrer Aufforderung.

»Die Schwester sagt, ich muss Ihnen sagen, dass …«, hob er mit vor Angst bebender Stimme an. Er schluckte.

»Sprich weiter!«, forderte ihn Mary MacKillop auf.

»Ich habe ein Brötchen aus der Küche gestohlen.«

»Wieso? Warst du hungrig?«, fragte die Nonne.

Er nickte, die schmalen Finger vor Furcht und Jammer derart fest ineinander verschränkt, dass seine Knöchel weiß hervortraten. Caroline fand den kleinen Mann zum Herzerweichen. Herrschten die Schwestern mit einem Regiment, das von Angst geprägt war? Die ganze Art, wie sich das Bürschchen verhielt, schien das zu bestätigen. War dies der richtige Ort für Kinder, deren Wohlergehen Caroline wie nichts sonst in der Welt am Herzen lag? Am liebsten wäre sie aufgesprungen, um den Jungen in Schutz zu nehmen. Doch dann sah Caroline, dass die Oberin nur mühsam ein Lachen unterdrückte. MacKillop stand auf und legte den Arm um den dünnen kleinen Kerl.

»Nun gut, Mick, geh zurück zur Schwester, und sag ihr, die Oberin möchte, dass sie dir noch ein Brötchen gibt.«

Erstaunt hob der Junge den Kopf, und zum ersten Mal, seit er das Zimmer betreten hatte, blickte er MacKillop an. Er schaute ungläubig, dann umarmte er die Oberin fest und rannte hüpfend zurück. Caroline konnte nicht anders und lachte. Mary MacKillop sah sie an, und ihre Mundwinkel verzogen sich zu einem breiten Lächeln.

»Sehen Sie, das ist unser Auftrag, wie ich ihn verstehe: Hunger, Angst und Leid in Freude zu verwandeln. Mick lebte auf der Straße als Straßenkehrer, ohne Dach über dem Kopf. Ein paar Pennys am Tag hat ihm das eingebracht, wenn er Glück hatte und die älteren Kinder ihn nicht von seiner Straßenecke verscheucht oder ihm abends seine mickrigen Einnahmen geklaut haben. Einer unserer Priester hat ihn zu uns gebracht, als ich gerade hier war. Letzte Woche. Da war Mick fast verhungert. Was für ein bedauernswertes Seelchen!«

Caroline wusste längst, dass die Nonne ein großes Herz hatte, wenn es um Kinder ging. Würde sie sich ansonsten so uneigennützig für ihre Erziehung einsetzen? Doch zu beobachten, wie herzlich sie mit dem kleinen Mick umging, ließ ihr das Herz aufgehen. Als die Oberin wieder ihr gegenüber Platz genommen hatte, wagte es Caroline und legte ihr die Hand auf den Arm.

»Ich bin mir nicht sicher, ob Sie es wissen: Ich habe eine Tochter. Ich hatte das zweifelhafte Glück, einen – wie ich zumindest damals dachte – wunderbaren Mann kennenzulernen. Wir verbrachten eine gute Zeit zusammen, bis er gegangen ist, um eine andere zu heiraten. Meine Tochter, ihr Name ist Irene, lebt bei mir. Wie ich Ihnen nicht weiter erklären muss, ist das kein Ort für ein Kind, aber noch ist sie so klein, dass sie keine Ahnung hat, was in unserem Hause vor sich geht. Zumindest dachte ich das. Letzte Woche wurde eines meiner Mädchen in meinem Haus angegriffen. Ich will Ihnen lieber nicht erzählen, was genau vorgefallen ist. Manche Männer sind schlimmer als Tiere.«

Caroline hielt inne, weil sie an Lilly denken musste, deren Gesicht für immer von der Säureattacke entstellt war. »Man muss nicht gutheißen, wie meine Mädchen ihren Lebensunterhalt erwirtschaften«, fuhr sie fort, »aber was manche Mistkerle ihnen antun, das haben sie nicht verdient. Wie auch immer, jedenfalls weckten ihre Schreie mein Kind. Seit dem Vorfall ist die Kleine so verängstigt, dass sie bis heute nicht richtig schlafen kann. Immer muss ein kleines Licht brennen. Sie hat Alpträume und fährt fast jede Nacht völlig verschwitzt aus ihrem Bettchen hoch, um nach mir zu rufen. Der Kunde, dem wir alle dieses Drama zu verdanken haben, hat sich heimlich davongestohlen, und wir haben ihn seither nicht mehr gesehen. Aber ich weiß, wer es ist, Schwester.«

Die Oberin hob die Brauen. »Warum erzählen Sie mir das alles?«

»Wie ich bereits bei unserem letzten Treffen sagte: Die Kirche hat mit meinem Geschäft nicht wenig gemein. Wir beide kennen die Geheimnisse unserer Stadt. Wollen Sie wissen, von wem ich rede, oder ahnen Sie es bereits?«

In Mary MacKillops Gesicht spiegelten sich gleichermaßen Abscheu und Mitleid.

»Haben Sie die Polizei gerufen?«

»Nein«, sagte Caroline und klang bitter. »Die kommt nur, um eine Razzia durchzuführen. Haben Sie die heutige Schlagzeile im *Argus* gelesen? So geht das schon seit Jahren. Nichts als Beleidigungen und Verleumdungen, was mich und meine Mädchen betrifft.«

»Wenn es nicht wahr ist, wieso wehren Sie sich dann nicht?« Caroline warf den Kopf in den Nacken, lachte auf. »Als würde die Presse auch nur ein Wort von mir drucken. Nein, nein, ich halte still und warte, bis der Sturm vorüber ist. Das ist der beste Weg, um zu überleben. Aber wissen Sie was? Der Bastard, der sich davongestohlen hat … Warten Sie, ich möchte Ihnen gern etwas zeigen.« Caroline zog ein Seidentuch aus ihrer Handtasche, legte es zwischen ihnen auf den Tisch und begann, es zu entfalten. Mary MacKillop beugte sich über das Tuch. Ihre Augen weiteten sich, als sie den Ring aufhob und in die Hand nahm. Sie drehte das Schmuckstück zwischen ihren Fingern und inspizierte es aufs genaueste.

Caroline stand auf und trat dicht neben die Oberin. »Ich kenne den Mann seit seinen Priestertagen. Ein Stammkunde. Er kam in den unterschiedlichsten Verkleidungen in mein Haus, ausschließlich über den Hintereingang. Sie müssen verstehen, dass Diskretion eine unabdingbare Voraussetzung meines Geschäfts ist. Alles, was ich Ihnen heute erzähle, muss unter uns bleiben. Kann ich mich auf Sie verlassen?«

Die Oberin sah sie bestürzt an und nickte schwach.

»Sie haben mein Wort«, sagte sie knapp und erhob sich ebenfalls. »Sie sind im Besitz eines Beweisstücks. Das ändert einiges. Was wollen Sie von mir?«

»Sie denken doch nicht etwa, ich will Sie erpressen?« Fassungslos wich Caroline einen Schritt zurück.

Mary MacKillop sah sie fest an. »Nicht alles ist so geheim, wie Sie denken, Madame. Diesen Mann, über den Sie reden, beobachte ich schon seit langem. Ich habe meine Gründe dafür, wenn auch keine Beweise.«

»Und daher konnten Sie nichts gegen ihn unternehmen, hab ich recht? Wir Frauen lernen schnell, wo unsere Grenzen sind. Das gilt für Nonnen genauso wie für Prostituierte.« Caroline hörte, wie die Schwester Luft holte.

»Das Einzige, was wir gemeinsam haben, sind die Kinder«, erwiderte Mary MacKillop scharf. »Das ist alles. Verzeihen Sie mir, wenn ich hochmütig klinge, aber ich halte Ihre Motive durchaus für fragwürdig. Sie haben persönliche Gründe für Ihr Engagement, sehr persönliche. Mein Orden und ich, wir haben unser ganzes Leben diesen armen Kindern gewidmet, und ich wehre mich entschieden gegen Ihre Vereinnahmung meiner Person und die des Ordens. Wir haben viel weniger gemeinsam, als Sie es sich einzureden versuchen. Sehr viel weniger. Ich höre auf den Herrn, auf wen hören Sie? Auf den, der Ihnen den höchsten Preis für Ihre armen Mädchen zahlt? Auf den, der Ihnen Macht und Ansehen verspricht?«

Caroline schluckte die Anschuldigungen hinunter. »Nun, ich kenne einen Bischof, auf den ich an Ihrer Stelle nicht hören würde«, erwiderte sie kalt. »Er war einer der Männer im Hintergrund, die mein Geschäft unterstützt haben. Dieser Männerklub ist einflussreich und verschwiegen zugleich. Man kennt einander, hält zusammen. Doch die Lage hat sich schon vor Jahren verändert.« Als Caroline sah, dass ihre Worte bei der Oberin Wirkung zeigten, fuhr sie selbstbewusster fort. »Die Parlamentarier, die ich kenne, haben ihre Posten bei der letzten Wahl verloren – nicht zuletzt aufgrund der religiösen Eiferer. Wie Sie sicherlich wissen, haben die sich vorgenommen, das Parlament zu säubern. Ich für meinen Teil mache mir nicht allzu große Sorgen. Aus Erfahrung weiß ich, dass die am lautesten schreienden Moralapostel meist auch die größten Heuchler sind. Ich werde ihnen mit einem Lächeln die Tür öffnen. Und nun habe ich also diesen Ring. Das ändert meine Position nicht eben zum Schlechten.« Sie schlug ihn wieder in das Seidentuch ein. »Dieser Ring ist übrigens nur eines von vielen Schmuckstücken, die Kunden bei uns vergessen haben, und ich gebe zu, dass ich meist lüge, wenn sie ihre Diener schicken, um nach dem Verbleib zu fragen. Aber ich bin nicht hier, um über mein privates Fundbüro zu sprechen. Es geht um meine Tochter. Sie ist jetzt zwei Jahre alt und kann nicht länger bei mir und den Mädchen bleiben. Eine liebe Freundin, der ich mein Leben anvertrauen würde, wird sie demnächst nach Deutschland bringen. Mein schlechter Ruf reicht weit über die Grenzen dieser Stadt hinaus, und ich will nicht, dass sie unter dem moralischen Urteil leiden muss, das man in diesem Land über mich gefällt hat. Ich werde sie selbstverständlich besuchen, aber auch in Deutschland werde ich peinlichst darauf achten, dass meine Profession keinen

Einfluss auf ihre Entwicklung und ihr Leben hat.« Caroline beobachtete die Reaktion der Schwester. Sie schien nachdenklich und irgendwie abwesend, wie in sich selbst versunken. Caroline hob die Stimme. »Ich verfüge noch immer über beachtliche Ressourcen. Und daher möchte ich einen weiteren Teil meines Vermögens Ihrer Kirche spenden, in der Hoffnung, dass Sie es hüten werden. Zwei Drittel dieses Geldes soll in Ihre Arbeit für die Kinder investiert werden, ein Drittel für die Erziehung meiner Tochter in Deutschland. Falls Sie einverstanden sind, schickt Ihnen mein Anwalt den Vertrag. Die Spende ist wieder anonym, der Vertrag nicht für die Augen Dritter bestimmt.« Mary MacKillop schüttelte den Kopf, so als wollte sie sich in die Gegenwart zurückrufen. »Also gut, schicken Sie mir den Vertrag, und dann sehen wir weiter.« Caroline spürte ihre Überlegenheit in diesem Gespräch und hob das Kinn.

»Nur noch eines zum Bischof: Ich habe einen guten Freund, der ihn demnächst aufsuchen wird. Er wird für das bezahlen, was er unter meinem Dach getan hat.«

»Wie meinen Sie das? Was haben Sie vor?« Die Oberin klang verstört.

Caroline seufzte, als hätte sie es mit einem Kind zu tun. »Schwester MacKillop. Ich weiß nicht, ob es einen Gott gibt, aber einen Teufel gibt es allemal. Am Ende wird der Bischof mir aus der Hand fressen. Dafür wird mein Anwalt sorgen, der gerade die entsprechenden Papiere aufsetzt, während ich mit Ihnen spreche.«

Die Oberin blickte Caroline fest in die Augen.

»Können Sie in diese Papiere schreiben lassen, dass er sich den Kindern nicht mehr nähern darf?« Stille breitete sich zwischen den beiden Frauen aus.

»Was meinen Sie damit?«, fragte Caroline.

»Ich denke, Sie wissen genau, was ich damit meine, Madame Brussels.«

Caroline nickte gedankenverloren, schnalzte dann mit der Zunge. »Geben Sie mir Ihr Ehrenwort, dass Ihre Vermutung berechtigt ist, und ich verspreche Ihnen, dass er keinem Kind je wieder etwas zuleide tut.«

Mary MacKillop nickte. »Ich wünsche Ihnen viel Glück. Bischöfe verlieren ihre Position nicht wie andere Menschen. Sie werden nur älter und verbitterter. Seien Sie vorsichtig, Madame!«

Caroline dachte daran, dass sie wahrscheinlich zwei ihrer Häuser verkaufen musste, um den Bischof mit ihren Anwälten in Schach zu halten. Sei es drum. Sie streckte ihre Hand aus. »Sind wir im Geschäft?«

Die Oberin bekreuzigte sich. »Gehen Sie, bevor Sie jemand sieht.«

Brief von Mary MacKillop an Caroline Hodgson

Melbourne, im Dezember 1886
Sehr geehrte Frau Hodgson,
ich nenne Sie bei Ihrem Geburtsnamen, denn der Name, unter welchem Sie in dieser Stadt bekannt sind, behagt mir nicht. Sicherlich wundern Sie sich, dass ich mich in dieser Form an Sie wende, und ich hoffe, Ihnen ist klar, dass der Inhalt dieses Schreibens unter uns bleiben muss. Am besten wäre es, Sie verbrennen meinen Brief, sobald Sie ihn gelesen haben. Ich vertraue voll und ganz auf ihre Diskretion, genau wie Sie sich auf die meine verlassen können.
Kurz nachdem Sie mich zum zweiten Mal aufgesucht hatten, erreichte mich die Nachricht meiner Exkommunikation. Ich kann nicht sagen, dass mich der entsprechende Brief des Bischofs überrascht hätte. Wie gesagt, ich vertraue absolut auf Ihre Verschwiegenheit, und ich hätte mich nicht an Sie gewandt, ginge es nicht in erster Linie um Ihre Tochter und nachgeordnet um gewisse Gelder, die Sie in meinen Orden investiert haben. Was passiert ist, mag eine tiefgreifende Änderung Ihrer ursprünglichen Entscheidung bewirken, und ich nähme

es Ihnen keineswegs übel, falls Sie unseren Vertrag
aufgrund der aktuellen Lage nochmals überdenken
wollen.

Ich bin heute eine Frau ohne Einfluss und Mittel. Im
Moment, da ich Ihnen dieses schreibe, weiß ich noch
nicht, wohin ich gehen werde, da mir der Umgang mit
meinen Mitschwestern untersagt wurde. Ich weiß, dass
meine Ordensschwestern hinter mir stehen, ihre Hände
sind jedoch gebunden, und alles, was sie für mich tun,
wird von der Kirche abgestraft, sofern man es entdeckt.
Daher versuche ich, meinen Weg zunächst allein zu
gehen.

Sie sollen allerdings wissen, dass Ihre Gelder nach wie
vor sicher und geheim sind, und auch, dass man sich um
Ihre Tochter und die Kinder Ihrer Schwägerin so
kümmern wird, als hätte meine erzwungene Trennung
von der Kirche nie stattgefunden.

Während die Schwestern von St. Joseph und ich in
Südaustralien tätig waren, um dort Schulen und Heime
für bedürftige Kinder einzurichten und zu betreuen,
erreichten uns verstörende Berichte über einen gewissen
Pfarrer. Weshalb sollte ich Ihnen nicht seinen Namen
nennen, wo ich Ihnen doch mein Vertrauen ausgespro-
chen habe? Es handelt sich um Vater Harding, der die
Gemeinde Kapunda nördlich von Adelaide betreute und
von dem wir hörten, dass er angeblich Kinder in seiner
Obhut missbrauchte. Ich arrangierte ein Treffen mit
seinem Vorgesetzten, und schließlich wurde Vater
Keating in seine Heimat nach Irland zurückgeschickt.
Allerdings hatten die Schwestern und ich nicht mit Vater
Horan gerechnet, dem anderen Priester, der in Kapunda

mit Harding zusammengearbeitet hat. Er schwor Rache, wandte sich gegen unseren Orden und ließ kein Mittel aus, um unsere Arbeit in Misskredit zu bringen. Zu diesem Zeitpunkt arbeitete Vater Horan für Bischof Heltor und beschwor ihn, unseren Orden zu zerbrechen. Ich wehrte mich mit aller Kraft dagegen. Vergebens. Viele meiner Glaubensbrüder und -schwestern haben mich seitdem aufgesucht, um mir persönlich mitzuteilen, dass sie die Entscheidung des Bischofs für fehlgeleitet halten. Jetzt wissen Sie hoffentlich alles, was für Sie notwendig ist, um unser Geschäft zu überdenken. Ich suche Sie in den nächsten Tagen inkognito auf, um die Dinge mit Ihnen zu besprechen.«
Mary MacKillop

Melbourne, 2014

Nina hatte das Gefühl, mit James Peters einen Volltreffer gelandet zu haben. Sie saß im Salon eines alten Hauses in St. Kilda, und der gebrechliche Mann hatte ihr gegenüber Platz genommen.
Eine ältere Frau bewirtete sie mit Tee und verschwand genauso lautlos und unauffällig, wie sie eingetreten war. Mr. Peters hob unendlich langsam die feine Porzellantasse vom runden Edelholztisch, der zwischen ihren Sesseln stand, und nahm sehr vorsichtig einen Schluck, ehe er seinen Tee mit leicht bebender Hand wieder auf der Untertasse abstellte. Seine hellen Augen schauten sie wach an, als er sich zurücklehnte und laut ausatmete.
»Dann mal los, junge Frau. Fragen Sie mich, was immer Sie wissen wollen. Deshalb sind Sie ja hier und nicht, um Tee mit einem Tattergreis zu trinken.«
Nina wiegelte lächelnd ab. »Ich bitte Sie! Es ist mir eine Ehre, bei Ihnen eingeladen zu sein.«
»Ja, ja, lassen Sie es gut sein, schießen Sie los!«
Nina erzählte ihm von der Suche nach ihrer Ahnin und wie frustriert und ratlos sie der Besuch bei der Diözese vor zwei Tagen zurückgelassen hatte.

»Ich hatte die Hoffnung schon beinahe aufgegeben, bis ich in Ihrer ehemaligen Kanzlei den Rat bekommen habe, es bei Ihnen zu versuchen.« Sie sah ihn mit hoffnungsvollen Augen an. Mr. Peters verschränkte die knotigen Hände.

»Bitte nennen Sie mich James. Darf ich Sie Nina nennen?«

»Aber ja, sehr gerne!« Sie beugte sich interessiert vor, weil sie hoffte, dass James ihr etwas zu sagen hatte.

Der alte Mann ließ sich Zeit, bevor er auf den Grund ihres Besuchs einging.

»Wie Sie ja bereits wissen, habe ich die Kanzlei von Grainger übernommen. Er hat übrigens nicht für die katholische Kirche gearbeitet – ganz im Gegenteil! Seine Klientel waren Kleinkriminelle, Melbournes Halbwelt. Einmal sagte er zu mir, all die Diebe und Räuber wären ihm hundertmal lieber als das Pack im heiligen Rock.« James tippte sich dabei verschmitzt an die Seite der Nase, um anzudeuten, dass er über Insider-Wissen verfügte. Er sah Nina erwartungsvoll an. Sie schenkte ihm ein anerkennendes Lächeln, doch war sie viel zu ungeduldig, um nicht direkt nachzufragen.

»Wusste Grainger etwas über Irene? Hatte er eine Ahnung, wer ihre Mutter war?«

James griff langsam nach seiner Teetasse, was Nina fast um den Verstand brachte. Nach einer gefühlten Ewigkeit redete er endlich weiter: »Nun, Mr. Grainger wusste so einiges, von dem andere keine Ahnung hatten und auch nicht haben durften. Das war sozusagen seine Geschäftsbasis, wenn man bedenkt, für wen er arbeitete. Ich denke, er bewahrte die meisten Informationen nicht auf Papier, sondern in seinem Kopf auf. Eine Art Super-Safe, unknackbar.« James, der eine Vorliebe für dramatische Gesten zu haben schien, unterstrich das Gesagte, indem er sich mit dem Zeigefinger mehrfach an die Stirn tippte.

Nina konnte ihre Enttäuschung nicht verbergen und stieß einen Seufzer aus. »Das heißt also, es gibt nichts Schriftliches? Hat er Ihnen wenigstens etwas über Irene erzählt? Jedes bisschen hilft mir weiter, James!« Ihre Stimme hatte einen flehentlichen Ton angenommen.

»Jetzt mal langsam mit den jungen Pferden«, entgegnete er väterlich. »Sie müssen mir schon die Chance geben, auszureden.« Nina fuhr sich mit der Hand durchs Haar.

»Natürlich, entschuldigen Sie bitte!«

»Grainger hat ein geheimes Archiv angelegt, auf das ich Zugriff habe. Wenn Sie wollen, könnten wir beide gerne dort mal nachsehen, ob er nicht doch irgendwelche windigen Geschäfte mit der Kirche unterhielt, die Ihre Irene betreffen.«

»Oh ja!«, entfuhr es Nina, und die Aufregung stand ihr ins Gesicht geschrieben. »Wann immer es Ihnen passt!« James konnte sich ein Grinsen nicht verkneifen.

Wenig später folgte Nina James und seiner Haushälterin Marjorie im Schneckentempo über den Flur in die Küche. Dort stützte sich James schwer atmend auf eine Stuhllehne und beobachtete, wie Marjorie sich bückte, um einen kleinen Läufer zur Seite zu ziehen. Nina erkannte die quadratischen Umrisse einer Falltür im alten Dielenboden. Knarzend ließ sie sich öffnen, nachdem Marjorie den Schlüssel aus einer Blechdose hervorgeholt hatte. Sie hielt die Tür auf, während James sich umständlich daranmachte, rückwärts die Kellerstufen hinabzuklettern.

»Passen Sie bloß auf! Wenn Sie fallen, brechen Sie sich bestimmt die Hüfte, und Sie wissen ja, was das für alte Leute bedeutet. Einmal im Krankenhaus, kommen Sie da nie wieder lebendig heraus«, warnte Marjorie ihn.

»Ja, ja.« James fuchtelte genervt mit einer Hand in der Luft. Marjorie fixierte die Falltür mit einem langen Haken, der aus der Küchenwand ragte. Wenig später hörte Nina, wie unten ein Schalter umgelegt wurde, und der düstere Schacht erstrahlte im Licht.

»Nun kommen Sie schon«, rief James, »oder haben Sie etwa Angst vor Spinnen? Worauf warten Sie?«

Auf diesen Hinweis hätte Nina gerne verzichtet. Ja, sie hatte Angst vor Spinnen, und ganz besonders vor den australischen, unter denen eine Spezies giftiger war als die andere. Nina holte kurz Luft und folgte James.

Allzu oft schien sich James tatsächlich nicht im Keller aufzuhalten. Es roch muffig. Die ganze rechte Seite des niedrigen Raumes wurde von Aktenschränken eingenommen, über die James einen Zeigefinger gleiten ließ. Er verzog das Gesicht, als er sich seine Fingerkuppe besah, und wischte sie an seiner Weste ab.

»Marjorie, wann haben Sie zuletzt hier unten Staub gewischt?«, rief er nach oben.

Marjories Gesicht schob sich über die Öffnung. »Als ich das letzte Mal nichts mit meinem Leben anzufangen wusste. Und wenn Sie nicht bald Ruhe geben, sperre ich Sie da unten ein und kündige!«

Bevor James etwas erwidern konnte, stapfte Marjorie so energisch davon, dass Staub auf sie herabrieselte.

James zog die oberste Schublade des mittleren Schranks auf. »Alle Akten sind alphabetisch nach Namen sortiert. Fangen wir doch der Einfachheit halber mit dem Namen Ihrer Großmutter an. Wie war der doch gleich?«

»Katharina Neubacher.« Nina buchstabierte den deutschen Namen.

James' Finger wanderten die Hängeordner entlang.

»Hm. Nichts. Sie wissen nicht zufällig den Nachnamen von Irene?«

»Wenn ich den wüsste, wäre ich nicht hier«, sagte Nina.

»Richtig, Sie sagten es ja vorhin schon.« Er schob die Schublade wieder zu und öffnete die oberste Lade eines anderen Schranks. »Aha – wer sagt's denn? Dann schauen wir uns doch mal die Investmentfonds der katholischen Kirche an.«

»Sie haben die Fonds gefunden?«, sagte Nina ungläubig. »Aber sagten Sie nicht, Grainger hat aus Prinzip keine Geschäfte mit der Kirche gemacht?«

»Prinzipien, ja mein Gott! Wenn die Kirche sich nicht wesentlich von der Unterwelt unterscheidet, passt es doch wieder. Hier, halten Sie mal.«

James löste nach und nach ungefähr zwanzig Ordner aus ihrer Halterung und drückte sie Nina in den Arm. Sie kämpfte mit der Last, bis James ihr schließlich bedeutete, sie auf dem Tisch abzulegen, der hinter ihnen stand.

»Setzen Sie sich!«, befahl er, und Nina zog zwei Hocker hervor, die sich unter dem Tisch befunden hatten. James ließ sich auf den anderen Hocker fallen und nahm einige Ordner vom Stapel. »Der Rest ist für Sie. Schauen Sie nach allem, was mit den Sisters of Mercy zu tun hat.«

Er setzte die Brille ab und öffnete die oberste Akte. Nina schlug ebenfalls einen der Ordner auf. Die Papiere waren stark vergilbt, und sie musste sich konzentrieren, um die getippten Worte der Testamente, Schenkungen und Verträge zu entziffern. Sie war bei ihrem dritten Ordner angelangt, als James' rechter Zeigefinger in die Höhe schoss.

»Gefunden!«, rief er freudig aus. Nina sah auf das Papier, das James ihr triumphierend entgegenhielt. Sie nahm ihm das

Blatt aus der Hand. Es handelte sich um einen handgeschriebenen Brief mit dem Briefkopf der Sisters of Mercy. Nina begann zu lesen.

Sehr geehrter Herr Grainger,
ich bedaure, Ihnen mitteilen zu müssen, dass ich nicht
die richtige Person bin, um Ihnen in Ihrer Sache behilf-
lich zu sein. Was den MacKillop-Fond anbelangt, müssen
Sie sich direkt an die katholische Kirche wenden, die
diese Gelder seit Jahren verwaltet. Unsere geliebte
Schwester Mary hat über einen langen Zeitraum hinweg
zahlreiche Spenden aus dem ganzen Land erhalten, um
arme Kinder in ihrer Ausbildung zu unterstützen. Sie
hat mit ihrer hingebungsvollen Arbeit viele Herzen
berührt: die von Großgrundbesitzern, Politikern, aber
auch von ganz gewöhnlichen Menschen, die selbst nicht
viel hatten. Einige Spender wollten ungenannt bleiben,
darunter auch skrupellose Menschen, die auf unlautere
Weise zu Reichtum und Macht gekommen sind. Warum
diese Leute Marys Werk überhaupt unterstützt haben,
ist mir nicht klar. Vielleicht sorgten sie sich um ihr
Seelenheil oder ihr nächstes Leben, wollten sich damit
vom Bösen loskaufen? Hätte Mary das Gold des Teufels
für unsere Zwecke annehmen dürfen? Ich kenne die
Antwort nicht, und es steht mir auch nicht zu, darüber
ein Urteil abzugeben.
Mary wurde exkommuniziert, und das Geld, das man
uns für die Kinder gegeben hat, wurde von der Kirche
eingezogen. Schwer zu sagen, was seither aus den
Spenden geworden ist. Der Grund für ihren Ausschluss
aus der Kirche war, dass Mary sich gegen einen Priester

*in Kapunda ausgesprochen hatte, der in der Folge nach
Rom versetzt wurde.
Meine einzige Hoffnung ist, dass Gott dafür sorgen
wird, dass sein Wille geschehe.
Gelobt sei der Name des Herrn,
Schwester O'Malley*

Melbourne, Dezember 1886

Mary MacKillop trug ein schlichtes schwarzes Cape, dessen Kapuze ihr Gesicht verbarg. Sie stand am Hintereingang des *Madame Brussels* und klopfte zum wiederholten Mal energisch gegen die Tür, doch niemand öffnete. Resigniert trat sie vom Eingang zurück und setzte sich auf die steinerne Bank im Hinterhof. Sie könnte warten, bis einer von Madames besonderen Gästen auftauchte. Es war längst kein Geheimnis mehr, dass die höchsten Ehrenbürger dieser Stadt einen privaten Zugang zu diesem Sündenpfuhl hatten, für den sie teuer bezahlten. Mary MacKillop bekreuzigte sich. Jene Männer aus dem verfaulten Inneren der Gesellschaft waren jedoch nicht ihr Anliegen.

Sie sorgte sich um ihren Orden. Ihre Hand tastete suchend nach dem Brief, den sie unter ihrem Umhang verbarg. Sie hörte, wie eine Kutsche jenseits der Mauern des Hinterhofs hielt, und stand auf. Männerstimmen, joviales Lachen, dann das Schnalzen einer Peitsche, und die Droschke fuhr wieder davon. Mary MacKillop drückte sich an die Hauswand, in den Schatten des schwachen Gaslichts, das über dem Eingang brannte. Zwei Männer mit Zylindern betraten den Hof.

»Nun sei so gut, und lass uns für dieses eine Mal tauschen. Du tust ja gerade so, als wärst du mit der Schwarzen verheiratet«, hörte sie den einen sagen. Erneutes Gelächter. Die Oberin hielt die Luft an, als die beiden an ihr vorbeischritten. Der Größere öffnete die Tür, doch noch bevor die beiden eintreten konnten, näherte sie sich und ging furchtlos auf die Männer zu. Der Kleinere griff sich ans Herz.

»Was willst du, Alte? Du hättest mich beinahe zu Tode erschreckt.«

Noch bevor sich die beiden Männer von ihrer Verblüffung erholt hatten, drückte sie sich an ihnen vorbei in den Flur.

»Hey, alte Hexe, was soll das?« Sie setzten ihr nach, doch MacKillop war längst zum Salon vorgedrungen, wo sie Liz in die Arme lief. Liz musterte sie erstaunt von oben bis unten.

»Was machen Sie hier?«

»Ich will zu *Madame Brussels*. Sie kennt mich.«

»Ihr Name?«

»Der tut nichts zur Sache.«

Liz warf ihr einen Blick zu, der Mary MacKillop erstarren ließ.

»Warten Sie hier, und rühren Sie sich ja nicht von der Stelle«, befahl sie, ließ MacKillop stehen und stieg die Treppe hinauf. Wenige Minuten später erschien sie wieder an der oberen Stufe und winkte die Oberin zu sich. »Madame erwartet sie.« Sie ging ihr voraus, öffnete die französische Tür und wartete, bis Mary eingetreten war, um sie wieder zu schließen. Caroline stand hinter ihrem Schreibtisch auf.

»Schwester MacKillop! Bitte setzen Sie sich.« MacKillop sah sich kurz in dem luxuriös ausgestatteten Raum um, bevor sie Platz nahm.

»Ich will keine langen Worte machen.« Mary MacKillop
schob die dunkle Kapuze zurück und zog den Brief, den sie
mit klammen Händen umfasst hielt, unter dem Cape hervor.
»Ich habe Ihnen vertraut, und nun habe ich erfahren, dass Sie
der eigentliche Grund sind, weshalb man mich aus meiner
Kirche ausgeschlossen hat.« Mit zitternden Händen hielt sie
ihr das Schreiben hin. Caroline stutzte, entfaltete das Papier
und begann zu lesen. Das Gelächter von Freiern und ihren
Huren drang in das Büro.

»Aber das ist doch Unsinn!« Caroline sah auf. Sie legte den
Brief zwischen ihnen auf den Tisch. »Ich habe niemandem
von unserem Treffen erzählt. Weshalb sollte ich das tun? Ich
habe Ihnen Kinder anvertraut. Mein Kind! Da werde ich Sie
doch nicht verraten. Schwester, überlegen Sie doch! Das war
der Bischof. Er will Ihnen und mir schaden, um seine eigene
Haut zu retten.«

Mary MacKillop fuhr sich nervös mit den Fingerspitzen über
die Stirn. »Woher weiß er, dass Sie bei mir waren? Weshalb
spricht er von einer Allianz des Teufels zwischen Hure und
Heiliger?«

Caroline ging um den Tisch herum und fasste die Schwester
bei den Händen.

»Der Bischof ist ein böser Mann, der einen Plan verfolgt.
Vielleicht hat er einen Lakaien auf Sie angesetzt, der Sie beob-
achtet, seit er weiß, dass Sie einen Verdacht gegen ihn haben?
Ich kann es nur vermuten, aber glauben Sie mir, ich habe kein
Wort gesagt – zu niemandem.«

»Was soll ich denn nun tun?« Die Schwester klang verzweifelt.

»Legen Sie Beschwerde ein. Streiten Sie alles ab. Vertrauen Sie
mir. Ich werde dafür sorgen, dass dieser Mann nie wieder

glücklich sein wird, und ich verspreche Ihnen, alles daranzu-
setzen, dass Ihre Exkommunikation rückgängig gemacht
wird.«

MacKillop schnaubte verächtlich. »Ich soll lügen? Wie stellen
Sie sich das vor? Sie stehen außerhalb der Kirche, was wissen
Sie schon von unserem Kodex? Sehen Sie doch ein, dass sich
mit Geld nicht alles auf dieser Welt kaufen lässt.«

Caroline fasste sie bei den Armen. »Nicht mit Geld allein,
nein. Ich bitte Sie, vertrauen Sie mir. Es dauert nicht lange,
und Sie sind wieder an dem Platz, wo Sie waren, und der Bischof kann den Staub fressen, über den Sie gewandelt sind.
Gehen Sie, fassen Sie Mut, und lassen Sie mich wissen, wo ich
Sie finden kann.«

London, im Herbst 1884

*Liebste Caroline,
ich werde Dich niemals vergessen, glaube mir das! Mein ganzes Leben lang werde ich innigst an Dich denken. Wäre ich aber geblieben, so hätte sich unsere Leidenschaft eines Tages verflüchtigt. So sind wir Menschen nun einmal. Wir wären einander überdrüssig geworden, daran zweifele ich nicht.
Wir hätten uns nie kennenlernen sollen! Warum bist Du so schön? Bin ich der Schuldige? Nein, nein! Wir müssen das Schicksal anklagen.
Ja, wenn Du eine leichtsinnige Frau wärst, dann hätte ich den Versuch wagen können, aus Egoismus. Ich habe zunächst auch gar nicht daran gedacht, wie unsere Liaison mit einiger Sicherheit enden wird, mich stattdessen in unser Märchenland geträumt und um die Folgen nicht geschert.
Die Welt ist grausam, geliebte Caroline! Man hätte uns doch nur Schwierigkeiten bereitet. Du hättest unverschämte Fragen und vielleicht Beleidigungen über Dich ergehen lassen müssen. Nun bestrafe ich mich selbst mit der Verbannung, weil ich Dir so viel Schlimmes angetan*

*habe. Lebe wohl! Und vergiss mich Unglücklichen nicht
ganz.*

*Wenn Du diese betrübten Zeilen lesen wirst, bin ich
schon weit weg, denn ich muss der Gefahr entrinnen,
Dich wiederzusehen! Wenn ich einmal nach Melbourne
zurückkehren sollte, werden wir vielleicht miteinander
wie alte Freunde von unserer verlorenen Liebe reden,
ganz ohne den Wahnsinn der Leidenschaft, vernünftig
und kühl.*

*In Liebe,
Dein treuer Freund*

Plumptons Brief erreichte Caroline wenige Wochen nachdem
er sie verlassen hatte. Sie las ihn immer wieder. Im Geiste hörte sie, wie der Geliebte die fürchterlichen Zeilen vorlas. Das
Herz schlug rasch und unregelmäßig in ihrer Brust. Sie lehnte
sich weit aus dem Fenster hinaus und starrte mit leerem Blick
hinab auf das vom Regen glänzende Straßenpflaster, das die
Last ihres Körpers förmlich in die Tiefe zog. Sie lehnte sich
noch ein Stück weiter hinaus. Der Himmel umgab sie, und
der Wind fuhr ihr durchs Haar. Sie schloss die Augen. Sie
müsste nur noch loslassen, sich nicht länger festhalten ...
In diesem Moment hörte sie von der Treppe aus Liz rufen:
»Caroline! Wo steckst du?«
Sie fuhr zusammen, als sie jemand am Arm fasste. Es war Liz,
die nach oben geeilt war, nachdem Caroline nicht auf ihre
Rufe geantwortet hatte.
»Das Essen steht auf dem Tisch. Kommst du runter?«
Wie in Trance folgte Caroline ihrer Schwägerin in die Küche
und setzte sich zu den Mädchen an den Tisch. Sie versuchte
zu essen, brachte aber keinen Bissen hinunter. Sie faltete ihre

Serviette auseinander, als ob sie sich die ausgebesserten Stellen ansehen wollte. Liz, die neben ihr saß, lud in Gänseschmalz gebratene Kartoffeln auf Carolines Teller.

»Nun iss schon, die magst du doch so gerne.«

Caroline suchte nach einem Vorwand, um die Tafel verlassen zu können. Liz und die Mädchen wussten natürlich längst, dass Plumpton mit einer wohlhabenden jungen Dame nach England durchgebrannt war, und obwohl keine mit Sicherheit hätte sagen können, welcher Art Carolines Beziehung zu dem Bohemien gewesen war, so spürte sie doch, dass sie sich im Zentrum des allgemeinen Interesses befand. Misstrauisch, wie sie war, befürchtete sie, Liz könnte heimlich Plumptons Brief an sie geöffnet und gelesen haben, und nun wartete sie förmlich darauf, dass eine der Frauen das heikle Thema ansprach. Und tatsächlich sagte jetzt Liz mit eigentümlicher Betonung: »Plumpton und die Cranston, wer hätte das gedacht?«

Die Worte bohrten sich wie vergiftete Pfeile in Carolines Brust, und sie hasste Liz dafür. Caroline starrte Liz entgeistert an.

»Du plapperst wohl jeden Tratsch nach. Woher willst du das wissen?«, fragte sie mit kalter Stimme, während sie innerlich zitterte.

»Woher ich das weiß?«, wiederholte Liz, ein wenig betroffen von dem harten Klang der Frage. »Na, von Plumptons Kutscher, dem ich vorhin auf dem Markt begegnet bin.«

Gegen ihren Willen schluchzte Caroline auf.

»Wundert dich das?«, fuhr Liz leichtherzig fort. »Er verdrückt sich doch immer wieder mal mit einem Mädchen. Um sich zu zerstreuen. Kann es ihm nicht verdenken. Wenn man das nötige Kleingeld hat und Junggeselle ist.«

Um sie herum verstummte das Tischgespräch. Den Mädchen war nur allzu bewusst, was Liz hier spielte. Eine Art Rachefeldzug, den sie zu genießen schien. Liz hielt Caroline eine Gabel Kartoffeln vor den Mund, als wäre sie ein kleines Kind, das man zum Essen überlisten musste.

»Ah!«, machte sie. »Koste mal!«

Caroline wehrte mit einer Handbewegung ab.

»So riech doch wenigstens. Hm!« Liz hielt ihr die Gabel direkt unter die Nase.

Caroline sprang auf, aber unter Aufgebot all ihrer Kraft beherrschte sie sich und gewann ihre Fassung wieder. »Es ist nichts. Nur meine Nerven.« Die Mädchen tauschten vielsagende Blicke und stocherten in ihrem Essen herum.

»Da fährt sein Kutscher gerade über den Markt«, sagte Camille, die dem Fenster am nächsten saß. Caroline stand auf und stieß dabei ihr Weinglas um. Sie lief zum Fenster und sah noch, wie die Droschke im flotten Trab den Markt verließ. Caroline schwankte. Eines der Mädchen sprang von der Bank auf und bekam ihre Chefin zu fassen, bevor sie auf den Boden aufschlug. Mit schnellen Händen nestelte sie Caroline die Kleider auf. Sofort war auch Liz bei ihr und hielt ihr ein Fläschchen mit Riechsalz unter die Nase. Caroline schlug die Augen auf.

»Damit kann man Tote erwecken«, sagte Liz und hatte ein verstohlenes Lächeln auf den Lippen. »Sag etwas!«, forderte sie ihre Schwägerin auf. »Erkennst du mich?«

Caroline jedoch wurde abermals ohnmächtig, und die Frauen trugen sie in ihr Bett. Sie lag mit geschlossenen Lidern, blass und regungslos wie aus Wachs. Schweigend standen Liz und die Mädchen um sie herum. Eine ganze Woche lag Caroline so, dann stand sie auf. Sie hatte ein Geschäft, um das sie sich kümmern musste, Menschen, die von ihr abhingen und die ihr vertrauten.

In den nächsten Wochen sprach sie kein Wort über Plumpton und verbot Liz, auch nur die geringste Andeutung über »jene Person« zu machen. Caroline hatte nie schöner ausgesehen. Sie hatte etwas Zartes, Zerbrechliches, das ihr selbst neu erschien und sie überraschte. Selbst ihre Stimme war weicher geworden. Neben ihrem Bett leuchtete im Halbdunkel die noch leere Wiege mit den weißen, bauschigen Vorhängen. War ihr Kind erst einmal auf der Welt, sollte es gut erzogen werden, etwas Ordentliches lernen, Klavier spielen. Sie wünschte sich ein Mädchen.

Kapunda, Südaustralien, 2014

Die Autofahrt von Melbourne nach Kapunda dauerte acht Stunden. Nina fühlte sich ziemlich erschöpft, als sie am Abend in dem ländlichen Städtchen ankam. Sie hatte sich online in einem hübschen B&B-Cottage eingemietet. Am nächsten Tag, gleich nach dem Frühstück, suchte sie den Konvent auf, den alten Brief von Schwester O'Malley in ihrer Handtasche. Eine Nonne, die sich als Schwester Jones vorstellte und nicht älter als Anfang dreißig sein konnte, empfing Nina und führte sie durch das Kloster. Am anderen Ende des Gebäudes geleitete sie ihren Gast in einen hübsch eingerichteten Raum und bat ihn, Platz zu nehmen. Nina reichte der Schwester den Brief. Die Schwester las mit zunehmend staunendem Gesichtsausdruck.

»Die gute, alte Schwester O'Malley! Sie war so eine beeindruckende Persönlichkeit«, rief sie schließlich aus.

»Können Sie mir etwas zum Inhalt dieser Zeilen sagen?«

Schwester Jones senkte betrübt den Kopf. »Sie schreibt hier über eine sehr dunkle Zeit in unserer Geschichte. Sie haben vielleicht in den Medien etwas über die Royal Commission und die Missbrauchsfälle innerhalb der Kirche gelesen …«

»Ja, ich war als Journalistin bei der Anhörung in Rom dabei.«

»Dann wissen Sie also Bescheid. Fürchterlich, nicht wahr? Die armen, armen Kinder! Ich weiß, diese Leute sind längst erwachsen, aber wenn ich an sie denke, kann ich nicht anders: Ich sehe sie immerzu als kleine, unschuldige Wesen vor mir.« Eine Träne löste sich aus ihrem Augenwinkel, die sie mit dem Handballen wegwischte. Nina erkannte, dass diese Frau auf ihrer Seite war. Nicht nur voller Mitgefühl für die Opfer, sondern gleichzeitig intelligent und interessiert. Daher wagte es Nina, die junge Nonne direkt auf ihr Anliegen anzusprechen. »Können Sie mir sagen, was Schwester O'Malley über die verschwundenen Gelder wusste?«

»Lassen Sie mich Ihnen zunächst eine Gegenfrage stellen. Wissen Sie, dass Schwester MacKillop aus der Kirche ausgeschlossen wurde, weil sie Missbrauchsfälle aufgedeckt und angeprangert hat?«

»Ja, das ist mir bekannt.«

»Dann wissen Sie vielleicht auch, dass der Bischof aus Melbourne damals seine Hand über viele dieser Priester gehalten hat. Was in dieser Zeit passiert ist, Ende des 19. und zu Beginn des 20. Jahrhunderts, ist immer noch so etwas wie ein Geheimnis. Die Royal Commission hat kaum an der Oberfläche gekratzt.«

Nina erzählte ihr von Irene und dass sie in Deutschland mit Mitteln der Kirche unterstützt worden war.

Die Schwester stand unvermittelt auf. »Entschuldigen Sie mich bitte für einen Moment.« Sie verließ den Raum und kehrte kurze Zeit später zurück, eine mit Intarsien geschmückte Kiste in der Hand. »Dieses Kästchen gehörte Schwester O'Malley. Darin finden sich einige Schmuckstücke und Erinnerungen, die Ihnen vielleicht etwas sagen. Sie dürfen gern einen Blick hineinwerfen. In Melbourne weiß man nichts davon, und so soll es auch bleiben, wenn Sie verstehen, was ich meine.«

Ninas Augen leuchteten, als die Schwester die Kiste öffnete und ihr hinhielt. Darin befand sich ein Sammelsurium an Dingen. Briefe, ein Rosenkranz und längst verblichene Fotos. Nina sah kurz auf. »Sind Sie sicher, dass ich dies hier sehen darf?«

Schwester Jones nickte.

»Ja, ich weiß, dass es in Schwester O'Malleys Sinn gewesen wäre.«

Nina nahm die Briefe und die Fotos heraus, betrachtete sie nach und nach und legte sie dann zur Seite. Sie stutzte, als sie in dem Kästchen etwas sah, das sie überraschte. Sie nahm einen kleinen Schlüssel in die Hand, an dem ein Ohrring befestigt war. Sie erkannte das Schmuckstück. Ihre Großmutter besaß das Gegenstück. Ninas Wangen wurden heiß. Hatte sie in diesem abgelegenen Kloster etwa gefunden, wonach sie suchte?

»Gibt es ein Gegenstück hierzu?« Sie hielt den Ohrring hoch, so dass die Nonne ihn genau betrachten konnte.

»Nicht, dass ich wüsste. Die Schwester hat natürlich keinen Schmuck getragen, aber alles, was sie aus ihrem Besitz bewahrt haben wollte, ist in dieser Kiste. Vielleicht ist er ja unter einen der Briefe gerutscht.«

Nina leerte den restlichen Inhalt auf dem Tisch aus und sortierte ihn vorsichtig, aber sie fand keinen zweiten Ohrring. Die Nonne hob die Schultern.

»Dann gibt es wohl tatsächlich nur diesen einen. Merkwürdig. Sie wird ihn doch nicht verloren haben?« Nina schloss ihre Hand um das Schmuckstück und brach plötzlich in Tränen aus. Bestürzt kniete sich die Schwester vor sie hin.

»Was ist mit Ihnen? Kann ich etwas für Sie tun?«

Nina schüttelte den Kopf.

»Nein, es ist nur … dieser Ohrring hier … meine Großmutter besitzt den gleichen.« Die Schwester sah sie verblüfft an.

»Ich verstehe nicht ganz. Was wollen Sie damit sagen?«

Nina öffnete die Faust, betrachtete den Ohrring.

»Dieser Ohrring und der meiner Großmutter bilden ein Paar.« Nina hielt den Gegenstand in ihrer Hand, der sie mit der mysteriösen Vergangenheit ihrer Urururgroßmutter verband. Der Fund war eine Überraschung, dennoch hätte sie nicht für möglich gehalten, wie sehr diese Tatsache sie emotional überwältigen würde. Die Schwester berührte sie sachte an der Hand, in der sie den Ohrring hielt.

»Darf ich?«, fragte sie und nahm ihn Nina ganz vorsichtig ab, so als wäre er zerbrechlich. Die Schwester betrachtete den Ohrring von allen Seiten, hielt ihn sich nah vor die Augen und stutzte. Nina sah sie fragend an.

»Stimmt etwas nicht?«

»Auf der Rückseite des Schlüssels sind winzige Nummern eingraviert. Und auf dem Ohrring steht, kaum sichtbar, ein Name.«

»Wie bitte? Zeigen Sie mal.« Nina wischte sich die Tränen ab und griff nach Ohrring und Schlüssel. Tatsächlich. Auf dem Schlüsselbart fand sie eine Zahlenkombination, die so fein und winzig war, dass man sie mit dem bloßen Auge kaum zu entdecken vermochte.

»Warten Sie.« Die Schwester zog eine Lade unterhalb des Tisches auf und beugte sich suchend darüber. »Wusste ich's doch«, sagte sie mehr zu sich selbst und entnahm der Schublade eine Lupe. »Unsere Lesehilfe für die älteren Semester im Konvent.«

»Oder für jüngere Besucher, die eigentlich eine Brille tragen sollten«, sagte Nina und lächelte. Sie legte sowohl Schlüssel als auch Ohrring so auf den Tisch, dass die Gravuren sichtbar waren, und hielt das Vergrößerungsglas zuerst über den Ohrring. Ein wunderbar gearbeitetes Stück aus Gold mit einem eingefassten blauen Stein.

»Irene«, las sie laut, dann untersuchte sie den Schlüssel. Er war klein, kein Türschlüssel und ebenfalls feinste Handarbeit. »47689«, identifizierte sie die Ziffern und legte die Lupe neben dem Schmuck ab. »Was hat das zu bedeuten? Die Nummer und der Name meiner Verwandten auf einem einzelnen Ohrring, dessen Gegenstück im Besitz meiner Großmutter ist?«

»Vielleicht geben die Fotos und die Briefe irgendwelche Hinweise darauf«, meinte Schwester Jones. Sie nahm einen der Briefe in die Hand.

»Aber wir können doch nicht einfach ihre Briefe lesen«, wandte Nina zweifelnd ein.

»Doch, das können wir. Glauben Sie mir, sie sind nicht sehr privater Natur. Schwester O'Malley hatte keine Familie. Die Fotos und die Briefe – das sind allesamt Dankesschreiben von ehemaligen Schülern. Ich weiß es, weil unsere Oberin es mir erzählt hat. Und wenn es Ihrer Familie helfen sollte, wäre die gute O'Malley mehr als einverstanden.«

Gemeinsam lasen sie nun die Briefe und sahen sich die Familienfotos ehemaliger Schützlinge des Klosters an, doch nichts deutete auf eine Verbindung zu Irene hin. Die beiden Frauen dachten nach. Wenn sie nur herausfinden könnten, was es mit diesem Schlüssel auf sich hatte? Ein Geheimfach im Kloster? Ein Schlüssel zu einem Bankfach? Aber was sollte eine Nonne mit einem Schlüssel für einen Safe?

»Nehmen Sie den Schlüssel und den Ohrring! Beides gehört Ihrer Familie«, sagte Schwester Jones auf einmal.

»Sind Sie sicher? Möchten Sie nicht erst mit Ihrer Mutter Oberin darüber sprechen?«

Schwester Jones schüttelte den Kopf. »Das brauche ich nicht. Wir vertrauen einander vollkommen.«

Nina war gerührt. »Das werde ich Ihnen nie vergessen.« Sie dankte der Schwester herzlich für ihre Hilfe und umarmte sie zum Abschied.

»Werden Sie mich benachrichtigen, wenn Sie das Geheimnis des Schlüssels und dieses Ohrrings gelüftet haben?«, fragte die Schwester.

»Aber natürlich. Das ist das mindeste.«

»Was immer Sie mit dem Schlüssel finden – es gehört Ihnen.«

»Danke.«

Melbourne, 1886

Bischof Heltor schlüpfte in Jacke und Hose. Zufrieden betrachtete er sich im Spiegel. Dieser Aufzug war weit entfernt von der im Alltag üblichen Soutane oder gar dem liturgischen Gewand eines Bischofs. Er wirkte wie jeder andere Gentleman, der sich teuren Stoff und einen guten Schneider leisten konnte. Dazu setzte er einen Hut auf, der über die Jahre zu einer Art Markenzeichen seiner nächtlichen Aktivitäten geworden war und der ihn, wie er fand, außerordentlich gut kleidete. Er hatte einige Bedenken, denn es war das erste Mal seit dem »Vorfall«, dass er sich in Verkleidung nach draußen wagte. Sein Drang nach sexueller Erfüllung verband sich mit dem starken Wunsch, sich von allen Zwängen zu befreien, die seine Berufung als Kirchenoberhaupt mit sich brachte. Der Säureanschlag auf die Dirne hatte entgegen seiner Erwartung ein tiefes Unbehagen in ihm zurückgelassen. Wenn dieses Gefühl überhandzunehmen drohte, sagte er sich, dass die Hure sowieso in der Hölle schmoren würde – mit oder ohne sein Zutun. Trotz der Gewissensbisse, die seit der Tat gelegentlich an ihm nagten, war der Akt der Verstümmelung an sich erregend gewesen. Viel mehr noch als die Entjungferung des widerspenstigen Mädchens. Er liebte es, wenn er ihnen weh tat. Sie hatten es verdient. Das Zischen, als sich die Säure durch ihre Haut fraß. Der Geruch verätzten Fleisches. Ihr Schmerzgebrüll. Es war ein Vorgeschmack auf die züngelnden Flammen der Hölle, die niemand löschen kann und die den Huren ewiges Leid bescheren würden. Vielleicht würde sie den Sündenweg verlassen, nun da ihr Gesicht von roten Narbengeschwülsten entstellt war, obwohl er nicht daran glaubte.

»Einmal Hure, immer Hure«, murmelte er, als er den Flur entlangschlich, um unbeobachtet von seinem Diener durch den Hinterausgang der Villa im Getümmel der Nacht zu verschwinden.

Endlich! Während des Tages war er ein guter Mann, tugendhaft, fleißig und gerecht. Die kleinen Freuden der Nacht ließen ihn die ungeheuren Anstrengungen seines Amtes durchstehen; gleichzeitig ermöglichten sie ihm, die Geheimnisse der Unterwelt zu erkunden. Sollte ein Mann der Kirche nicht wissen, wovor er seine Schäfchen behüten und warnen musste?

Diese Nacht war heikel. Die jüngsten Vorfälle hatten Caroline und ihre Hurenmädchen aufgebracht. Er würde sich mit äußerster Vorsicht im Bordell bewegen müssen, um keinen Verdacht zu erregen. Er ging die Seitengasse hinunter, bog bald nach rechts, bald nach links ab. Ein ausgeklügelter Umweg, der ihn, geschützt vor irgendwelchen Nachstellungen, zum *Madame Brussels* führte.

Als er die Hintertür erreichte und seinen Schlüssel zückte, schälte sich eine Gestalt aus dem Schatten des Hinterhofs und schritt langsam auf ihn zu. Das Herz des Bischofs rutschte für einen Moment in die Hose, doch dann erkannte er Paul Kennett, der ihm freundlich lächelnd die Hand entgegenhielt.

»Guten Abend, Justin«, sagte Kennett. »Wir haben Sie schon erwartet.« Der Bischof verlor ein wenig die Fassung. Es war nicht normal, dass er von einem der Gentlemen aus dem inneren Zirkel vor der Tür überrascht wurde. Trotzdem schüttelte er Paul die Hand.

»Ihr habt mich erwartet?«, fragte er überrascht.

Kennett grinste. »Natürlich. Kein Mittwoch ohne Justin. Hab ich recht?« Der Bischof machte Anstalten, die Tür aufzuschließen, und als sie sich knarzend öffnete, setzte er einen Fuß auf die Schwelle. Doch mit seinem nächsten Satz versperrte ihm Kennett den Weg.

»Sie sind spät dran, Ehrwürden! Welche heiße Fotze soll's denn heute sein?«

Der Bischof hob die Brauen. Dieser vulgäre Ton war unter ihresgleichen unerhört, und Kennett war im Begriff, ihm den Abend zu verderben, den er seit Tagen minutiös geplant hatte. *Wahrscheinlich zu tief ins Glas geschaut,* dachte er und entschloss sich, Kennetts rüpelhaftes Betragen zu ignorieren. Er drückte sich ohne eine Erwiderung an ihm vorbei. Doch als der Bischof den Flur betrat, fasste ihn plötzlich eine Hand von hinten um die Schulter und drückte ihm ein feuchtes Taschentuch fest über Mund und Nase. Er wehrte sich, versuchte verzweifelt, sich aus dem Griff des Unbekannten zu befreien, doch ihm wurde schwarz vor Augen, und er sank bewusstlos in die Arme des Angreifers. Was danach passierte, bekam er nicht mehr mit.

Er lag mit geschlossenen Augen in einem Bett. Benommen versuchte er, sich daran zu erinnern, wo er sich befand und was mit ihm passiert war. Vorsichtig bewegte er seinen Körper. Sofort durchzuckte ihn ein Schmerz wie von einem Messerstich. Er stöhnte. In seiner Leistengegend pochte es dumpf.

Dann schlief er wieder ein.

»Bischof! Justin!« War das ein Traum, oder rief man tatsächlich nach ihm? Unter großer Willensanstrengung schlug er die Lider auf. Vor dem Bett, in dem er lag, standen Kennett und drei weitere Männer, die er seit Jahren kannte. Gemeinsam teilten sie viele Geheimnisse. »Sie sind also wach, Justin?« Der Bischof wollte Kennett antworten, doch seine Zunge klebte trocken am Gaumen und schien sich nicht lösen zu wollen. Sein Körper schmerzte, als hätte man ihn gesteinigt. Es dauerte eine Minute oder zwei, dann konnte er sprechen.

»Wo bin ich?«, stotterte er hilflos wie ein Kind, das noch nicht richtig sprechen konnte.

»Machen Sie sich keine Gedanken, man kümmert sich bestens um Sie.«

Stille breitete sich im Raum aus, nur das Piano aus dem Salon mit seinen gewohnt fröhlichen Tönen war zu hören. Kennett ging zum Kopfende des Bettes, zog einen Stuhl heran und setzte sich so, dass er dem Bischof in die Augen sehen konnte. Die Hände auf dem Rücken, verfolgten die anderen das Gespräch zwischen den beiden.

»Justin, Sie, ich und unsere Freunde hier haben dieses Bordell gefördert und aufgebaut. Und wir alle haben daraus unseren Vorteil gezogen. Persönlich und finanziell. Wir haben dicht gehalten, einander vor der Presse und den Moralpredigern geschützt.« Der Bischof atmete schwer. Kennett beugte sich über sein Gesicht, legte ihm den Arm um den Kopf. »Aber Sie waren niemals wirklich einer von uns, nicht wahr? Da gibt es diesen Zug an Ihnen, den wir nicht kannten, obwohl wir Sie sonntagmorgens von der Kanzel haben predigen hören und gesehen haben, wie Sie in derselben Nacht ins

Hurenhaus geschlichen sind. So manch einen gläubigen Katholiken würde Ihr Verhalten irritieren, habe ich recht? Uns nicht. Wir dachten, was Sie tun und lassen, ist etwas, das Sie mit sich und dem Herrn ausmachen müssen. Bedauerlicherweise haben wir unsere Meinung berichtigen müssen.« Der Bischof riss ängstlich die Augen auf. »Sehen Sie, was Sie mit Lilly und ihrem Gesicht angestellt haben, konnten wir nicht ignorieren. Und deshalb bin ich nach Melbourne zurückgekehrt. Wegen Ihnen, Justin! Sie sind ein abscheulicher und gefährlicher Widerling. Dieses Mal sind Sie zu weit gegangen.« Der Schweiß trat dem Bischof auf die Stirn. Seine Lippen öffneten und schlossen sich wie die eines Fisches, ohne dass sich ihnen ein Wort entrang. »In moralisch zweifelhaften Zeiten wie diesen braucht ein Mann einen Freund, der ihn wieder auf die richtige Spur bringt. Wir sind hier, um Ihnen zu helfen, Justin. Wir möchten, dass Sie wieder der Mann werden, als der Sie in der Gemeinde angetreten sind. Die Versuchungen des anderen Geschlechts haben von nun an ein Ende für Sie. Keine Qual, kein Ringen mit Ihren Dämonen.« Er wandte sich zu den Männern am Fußende um. »Dr. Sperling?«

Der Arzt reichte ihm ein blumenverziertes Schmuckkästchen. Kennett öffnete es, nahm ein Einmachglas heraus und hielt es dem Bischof vors Gesicht. Seine Augen weiteten sich vor Entsetzen.

»Eine Sache noch, Justin. Sie und einige Ihrer Freunde haben schmutzige Dinge mit Kindern getrieben, die in Ihrer Obhut sind. Für Sie sollte sich dieses Problem gelöst haben. Was Ihre Kumpel betrifft, sind wir uns da nicht so sicher. Daher hat unser Freund Mr. Langton einen Vertrag aufgesetzt, in dem es, kurz gefasst, heißt, dass wir reden werden, sollte uns ein weiterer Fall zu Ohren kommen. Lesen Sie die Papiere in Ruhe durch. Wenn Sie unterzeichnen, bleiben Sie Bischof, und alles ist gut.« Der Bischof nahm mit zitternden Händen den Vertrag an sich. »Ach, noch eine Kleinigkeit. Ihre Oberin, die gute Mary MacKillop, die nehmen Sie bitte wieder in ihre heilige römische Runde auf, ja?«

Melbourne, 2014

Es freut mich sehr, Sie so schnell wiederzusehen«, sagte James, als Marjorie Nina in den Salon führte. Er faltete die Zeitung zusammen, in der er bei einer Tasse Tee gelesen hatte, und legte sie auf dem Beistelltisch ab. »Sie verzeihen mir hoffentlich, dass ich nicht aufstehe, um Sie zu begrüßen, wie es sich eigentlich gehört, aber unsere Kellerkletterei hat mir ein Ziehen im Rücken beschert.«

»Oh, das tut mir sehr leid. Sie haben sich ja nur wegen mir dort hinunterbemüht.«

»Ach, papperlapapp!«, wiegelte er ab. »Ich wollte ohnehin schon längst mal wieder in die Akten schauen.«

Auf seine Aufforderung hin nahm Nina wie am Vortag im Sessel ihm gegenüber Platz.

»Ich nehme an, Sie sind in Kapunda auf etwas gestoßen, das Sie beschäftigt?«

»Ja, ich habe dort etwas gefunden, auf das ich mir beim besten Willen keinen Reim machen kann.« Sie nahm den Schlüssel und den Ohrring aus ihrer Jackentasche und reichte sie Peters, der beides eindringlich betrachtete. »Auf dem Schlüssel ist eine fünfstellige Zahl eingraviert, sehen Sie? 47689.« Peters legte grübelnd einen Finger an die Lippen, ohne seinen Blick vom Schlüssel abzuwenden. Ungeduldig beugte Nina sich vor. Er sah auf.

»Ich weiß, was das für ein Schlüssel ist.« Er wandte den Kopf in Richtung Tür. »Marjorie, holen Sie mir Hut und Mantel. Unser Besuch und ich, wir gehen aus!«

Nina und James betraten den Raum mit den Kundenschließfächern der State Bank of Melbourne. Der Bankangestellte bestätigte nach einem Blick auf Schlüssel und Gravur, dass James mit seiner Annahme recht hatte. Der Schlüssel gehörte tatsächlich zu einem ihrer Schließfächer. Der Angestellte forderte James auf, sich als Anwalt zu legitimieren. James legte die entsprechenden Papiere vor, die er für diesen Zweck mitgenommen hatte, und erhielt den passenden Bankschlüssel, der aus Sicherheitsgründen zum Öffnen des Fachs nötig war. Und nun standen sie vor dem Fach mit derselben Nummer, die auf dem Schlüssel eingraviert war.

James steckte ihn ins Schloss, und Nina tat dasselbe mit dem Schlüssel aus dem Kloster. Zusammen öffneten sie das Fach. Nina zog eine schmale, offensichtlich schon ältere Stahlkiste heraus und trug sie zum Tisch, der in der Mitte des Raumes stand. Ihre Hände zitterten, als sie den Deckel öffnete. Sofort fühlte sie sich an Schwester O'Malleys kleine Schatztruhe erinnert. Vergilbte Briefumschläge mit handgeschriebenen Adressen, deren Tinte am Verblassen war, dazwischen verschiedene Schmuckstücke unterschiedlicher Art und Qualität. Sie nahm den obersten Umschlag heraus: Darin stieß sie auf einen Vertrag, der von Caroline Hodgson und Schwester Mary MacKillop unterzeichnet war. Sie überflog den ihr teilweise unverständlichen Rechtstext, bis ihre Augen schließlich an einer Zeile hängenblieben:

»Zwei Drittel meiner Schenkung in Höhe von zwanzigtausend Pfund sollen auf die Fürsorge meiner Tochter Irene und ihre Protektorin Jenny Cleaves verwendet werden, an die alle sechs Monate die Summe von 500 Pfund an ein von Jenny Cleaves zu benennendes Konto einer Bank in Deutschland überwiesen werden soll.«

Nina gab den Brief James. »Ich denke, das sollten Sie sich ansehen.«

James, der gerade im Begriff war, den Schmuck in Augenschein zu nehmen, hörte ihr gar nicht zu.

»Schauen Sie mal, Nina. Das ist interessant. Ein Bischofsring samt Gravur und andere persönliche Gegenstände, die offensichtlich einmal einflussreichen Männern gehört haben.«

Nina nahm den Ring und drehte ihn zwischen ihren Fingern. »Ich frage mich, wie sie an diese Dinge gekommen ist«, sagte sie mehr zu sich selbst. James überflog nun doch den Vertrag und schnalzte anerkennend mit der Zunge.

»Wenn mich nicht alles täuscht, meine Liebe, dann könnten Sie sich im Besitz eines kleinen Vermögens befinden.«

Nina hörte kaum auf seine Worte. Sie hatte einen weiteren Umschlag aus der Box genommen, den sie trotz ihrer Ungeduld mit äußerster Vorsicht öffnete, um das alte Dokument nicht zu beschädigen. Kein Geschäftsbrief diesmal, sondern Zeilen von privater Natur, und Nina zögerte einen Moment, bevor sie weiterlas. Die Adressatin war Irene, und Ninas Herz schlug schneller. Sie begann zu lesen.

Liebe Irene, mein Kind,
dieser Brief ist für Dich oder vielleicht für Deine Tochter
oder Deinen Sohn. Je nachdem, wer diese Zeilen zuerst
lesen wird. Ich hoffe inständig, es ist jemand aus der

*Familie, der den Schlüssel zu diesem Schließfach findet,
denn so ist es gedacht.*

*Da sich unlängst ein Kerl hier herumgetrieben hat,
der mit allen Mitteln an das für Dich bestimmte Vermögen kommen wollte, habe ich einige Vorsichts-
maßnahmen getroffen. Ich habe den Schlüssel und
den zweiten Ohrring bei Schwester MacKillop in
Obhut gegeben. Den andren Ohrring hast Du ja, und
er wird Dich als rechtmäßige Besitzerin der Dinge im
Schließfach ausweisen. Niemand als die Schwester
erschien mir vertrauenswürdig genug, nicht einmal der
Anwalt.*

*Es tut mir so leid, dass ich so weit von Dir entfernt lebe.
Es war nicht anders möglich, auch wenn es für uns beide
eine schmerzhafte Trennung bedeutete. Ich hoffe, Dein
Leben ist gut, und es erfüllt Dich. Die unabdingbare
Voraussetzung dafür war, dass ich keinen Anteil daran
habe. Ich weiß, das hört sich kryptisch und sehr geheimnisvoll an, und auf gewisse Weise ist es das auch: Ich
kann Dir die Gründe für meinen Entschluss, Dich nach
Deutschland zu schicken, nicht nennen – wohl wissend,
dass ich Dich damit der Möglichkeit beraube, mich und
meine Handlungsweise zu verstehen. Sicherlich hast Du
mich deshalb schon viele Male verwünscht. Ich kann es
Dir nicht verübeln.*

*Mein Liebes, die Wahrheit ist, dass ich in meinem Leben
Entscheidungen getroffen habe, die es mir heute ermöglichen, für Dich ohne fremde Hilfe zu sorgen. Glaubst
Du mir, dass ich Dich sehr liebe und Dir nur das Beste
wünsche? Meine tiefe Liebe zu Dir ist der Grund,
weshalb ich mich von Dir trennen musste. Wüssten die*

Leute, dass ich Deine Mutter bin, wäre Dein Leben auf immer mit meinem Leumund verknüpft. Das will ich nicht für Dich. Ich will, dass Du Dir Deine eigene Welt erschaffst und danach beurteilt wirst, was Du nach Deinen Maßstäben im Leben erreicht hast.

Mein Liebes, ich nehme mir die Freiheit, für Dich auf immer ein Geheimnis zu bleiben. Es ist besser so, vertraue mir und meiner Liebe für Dich.

Ich halte es für angeraten, der Kirche hin und wieder auf die Finger zu schauen. Vertraue niemandem. Falls es Dir möglich ist, zeige meinem Anwalt Grainger bitte diesen Brief und weise auf den Vertrag hin. Er wird Sorge dafür tragen, dass entsprechende Wiedergutmachungen an Dich oder Deine Nachkommen geleistet werden. Es ist Dein Recht, so habe ich es verfügt.

Der Vertrag zwischen mir und Mary MacKillop muss dennoch mit größter Diskretion behandelt werden. Die Nonne hat viel für mich getan, und ich habe ihr mein Schweigen zugesichert, um sie zu schützen.

Ich habe außerdem eine rechtliche Vereinbarung mit dem Bischof von Melbourne getroffen, doch ich befürchte, er wird versuchen, diese auszuhebeln. Leider habe ich keine Kopie davon, denn jener herumschnüffelnde Kerl, von dem ich oben berichtet habe, hat sie an sich genommen.

Meine liebe Irene, wie gerne wäre ich bei Dir! Wenn Dir der Wind übers Gesicht streicht oder an Deinen Locken zerrt, ist das ein Zeichen, dass ich gerade an Dich denke. Du bist das Beste, was mir in meinem ganzen Leben passiert ist. Ich bin stolz auf Dich und werde Dich immer lieben.

Es ist nur eine Frage der Zeit, ehe Du – oder vielleicht einer Deiner Nachkommen – herausfindest, wer ich bin. Für diesen Fall habe ich eine Bitte: Glaube nicht alles, was Du hörst, und wisse, dass Du bis zu meinem letzten Atemzug in meinem Herzen bist. Du bist mein Alles, und dass es Dich gibt, ist meine Belohnung in diesem Leben.
Für immer,
Deine Dich liebende Mutter

Nina spürte eine Verbindung zu Caroline Hodgson, der Frau, die Irenes Mutter war und die damit auch zu ihr gehörte. Ob Plumpton, der Komponist, der Melbourne mit seiner Frau verlassen hatte, der Vater von Irene war, schien ihr nun nebensächlich. Er hatte sich aus dem Staub gemacht und sich nie um seine Tochter gekümmert.

Nina konnte es kaum erwarten, ihre Großmutter anzurufen, um ihr von ihren neuen Erkenntnissen zu erzählen. *Sie wird Caroline lieben,* dachte sie.

»Was für eine interessante Familie Sie da haben«, sagte James und legte Nina die Hand auf die Schulter. »Darauf können Sie richtig stolz sein.«

»Das bin ich«, antwortete sie.

Melbourne, 1907

Im April 1907 verlas Carolines Anwalt in ihrer Anwesenheit eine kurze Stellungnahme vor der Presse: »Meine Klientin hat ihr Etablissement geschlossen und alle für sie arbeitenden Frauen entlassen. Madame Hodgson gibt ihr Gewerbe aus gesundheitlichen Gründen auf.«

Caroline war von Diabetes und chronischer Pankreatitis entkräftet. Sie hatte schlechte Augen, war dünn und gebrechlich. Sie litt an lähmenden Unterleibsschmerzen, einer Folge der Bauchspeicheldrüsenerkrankung. Ihr Haus weiterzuführen wäre ihr unmöglich gewesen.

Caroline hob langsam den Netzschleier, der ihr Gesicht bedeckte. Sie setzte die Brille ab, nahm ein Spitzentaschentuch aus ihrem linken Ärmel und wischte sich sorgfältig die Tränen vom Gesicht.

The Truth, 20. April 1907
Das Ende von Madame Brussels
Madame von Diabetes niedergestreckt – Krokodilstränen im Gericht – Ihr Haus geschlossen
… sofern Madame Brussels' Wort für voll genommen werden kann, ist ihre Karriere, die sich an der Prostitution un-

glücklicher Geschöpfe gütlich getan hat, endlich zu einem Ende gekommen. Ihre Herrschaft dauerte schon viel zu lange, und ihr Ende bedeutet die Auslöschung des größten Sündenpfuhls der Stadt.

Auch wenn Caroline um sich selbst weinte – wegen der Beschwerden, an denen sie litt, wegen des Verlusts ihrer Existenz, wegen der Männer in ihrem Leben, die sie verloren hatte, aber hauptsächlich wegen ihrer Tochter –, die Tränen waren echt.

Geistig noch immer hellwach und stark, doch ohne die körperliche Kraft, um Gäste im Salon ihres einst glanzvollen Bordells zu empfangen, schrumpfte Carolines Welt auf die vier Wände ihres Zimmers zusammen. Sie erlebte noch einen weiteren Sommer – mit Hilfe von Opium, das ihr Arzt Dr. Sperling ihr in großzügigen Dosen verabreichte.

Im Juli rief sie Vertreter ihrer Anwaltskanzlei zu sich, die ihr Testament aufsetzten. Darin vermachte sie all ihr Linnen, ihre Spitzen, Kleider und ihren Schmuck sowie den größten Anteil am Verkauf ihrer Grundstücke ihrer Adoptivtochter Irene Hodgson. Liz, die sie im Testament als ihre Wirtschafterin bezeichnete, vermachte sie ein abbezahltes und hypothekenfreies Stadthaus im begehrten Viertel Middle Park.

Das Testament erwähnte nur einen Mann, und der lebte nicht mehr: Studholme. Sie wünschte sich, dass ihr Leichnam in einem glanzpolierten Eichensarg neben dem ihres Ehemannes auf dem Hauptfriedhof von St. Kilda zur letzten Ruhe gebettet werden sollte.

Caroline Hodgsons letzter Wille ist von unsteter Hand mit einem einfachen Kreuz unterzeichnet; die Signatur blass im Vergleich zu den schwungvollen Eintragungen der Männer, die gekommen waren, um ihre letzten Wünsche festzuhalten. Sie starb in ihrem ehemaligen Bordell in der Nacht vom 11. auf den 12. Juli 1908. Den Straßenlärm empfand sie als seltsam beruhigend. Sie hörte den Rhythmus des Regens, sein sanftes Klopfen an der Fensterscheibe.

Am nächsten Morgen gegen neun Uhr klärte sich der graue Himmel über Melbourne. Es war ein kalter, windiger Wintertag – geradeso wie der Tag von Carolines Ankunft, nur dass es nicht regnete. Niemand hatte etwas für die Zeitungen vorbereitet. Wen interessierte schon das Ableben von Melbournes meistgeschmähter Frau, einer Zuhälterin aus Deutschland, deren Glanzzeit längst vorüber war?

Stattdessen verließ Caroline diese Welt leise. An einem sonnigen und kühlen Dienstag trug man sie in einem einfachen Sarg nach St Kilda. Wunschgemäß wurde sie neben Studholme begraben.

Melbourne, 1. Advent 2016

Es war ein heißer Sommertag. Nina saß im Schatten auf der Terrasse ihres viktorianischen Weatherboards, einem einfachen Haus, dessen Außenwände mit waagrechten Brettern verkleidet waren. Es lag am ruhigeren Ende von St. Kilda und verfügte über den Luxus eines winzigen Hintergartens. Drinnen, hinter der geschlossenen Fliegengittertür, hörte sie ihre Großmutter mit dem Geschirr klappern, was nur bedeuten konnte, dass es bereits Mittagszeit war. Nina sah von ihrem Laptop auf, legte den Kopf zurück und massierte sich mit einer Hand den Nacken. Sie klappte den Laptop zu, schob den Stuhl zurück und trat an die Tür.

»Kann ich dir wirklich nicht helfen?«, rief sie durch die Fliegengittertür. Der vertraute Duft von Omas berühmter Sauce stieg in ihre Nase und ließ ihr das Wasser im Munde zusammenlaufen.

»Nein danke, Liebes. Bin schon so gut wie fertig.« Nina sah den gedeckten Tisch und beobachtete ihre Großmutter, wie sie auf der Arbeitsfläche neben der Spüle ein Baguette aufschnitt.

»Ich habe ein fürchterlich schlechtes Gewissen. Das ist doch kein Urlaub für dich! Ich sollte dich bewirten, und nicht du mich.«

Katharina Braumeister stellte den Brotkorb zu den anderen Schüsseln auf den Esstisch, wischte sich die Hand an ihrer Schürze ab und trat nach draußen zu Nina. »Lass mir doch die Freude! Du hast so viel zu tun, und ich bin froh, dass ich auf meine alten Tage noch ein wenig nützlich sein kann.«

Nina strich ihr dankbar über den Oberarm. »Du bist die Beste.« Katharina Braumeister deutete mit dem Kinn in Richtung Laptop. »Kommst du gut voran?«

Nina strahlte. »Ja, seit ich mich letzte Woche gemeinsam mit Craig durch die Unibibliothek gewühlt habe, bin ich ein gutes Stück weiter mit meiner Recherche. Er ist wirklich ein Experte, was die Geschichte Melbournes anbelangt.«

»Das hört sich vielversprechend an.«

»Ist es auch. So langsam nimmt Madame Brussels, beziehungsweise Caroline Hodgson, vor meinem inneren Auge Gestalt an, auch wenn es über sie selbst leider nur wenig Material gibt.«

»Wann musst du dein Manuskript denn abgeben?«

Caroline seufzte. »In sechs Wochen schon. Ich weiß, das hört sich nach einer Ewigkeit an, aber es ist mein erstes Buch, und ich habe einen Wahnsinnsrespekt davor.«

»Das kann ich verstehen. Ein Buch ist ja doch etwas anderes als ein Zeitungsartikel.« Katharina Braumeister sah auf ihre Uhr. »Entschuldige mich, in zwanzig Minuten kommen die Gäste. Ich mach mich schnell frisch, ja?«

Sie nahm ihre Schürze ab und ging den Flur hinunter zu ihrem Gästezimmer. Nina entschloss sich, ihre ausgebeulten Shorts gegen ein Sommerkleid zu vertauschen. Auf dem Weg ins Schlafzimmer machte sie vor einer geschlossenen Tür halt und drückte vorsichtig die Klinke herunter, um sie einen

Spaltbreit zu öffnen. Sie schlüpfte in den engen Raum und schlich leise zum Kinderbettchen, über dem sich ein Mobile aus bunten Blumen drehte. Lächelnd beugte sie sich über ihre Tochter, die in ihrem Schlafsack tief und fest schlummerte. Nina strich ihr zärtlich über den Schopf, dessen zarter Flaum wie elektrisiert in alle Richtungen abstand. Sie ließ die Tür offen, ging auf ihr Zimmer und war im Begriff, in ein helles Baumwollkleid zu schlüpfen, als sie hörte, wie die Haustür von außen aufgeschlossen wurde.

»Irgendwer zu Hause?«

Schnell eilte sie in den Flur. »Pst!«, machte sie und legte den Zeigefinger auf ihre Lippen. »Caroline schläft noch.« Morten hob entschuldigend die Hände, die jeweils eine Flasche Wein emporhielten. Er drückte Nina einen flüchtigen Kuss auf die Wange und stellte die Getränke auf den Tisch. »Sollte es uns vielleicht vergönnt sein, ungestört ein Gläschen zu leeren, bevor die Gäste kommen?«

»Haben wir denn etwas zu feiern?«, fragte Nina irritiert.

Morten grinste. »Sieht ganz danach aus.« Sie nahm zwei Weingläser vom Küchenbord, und Morten schenkte ein. Sie stießen an und tranken einen Schluck.

»Ich bin gespannt. Schieß los!«, sagte Nina.

»Abgesehen davon, dass meine wunderbare und talentierte Freundin demnächst ein Buch herausbringen wird, was man nicht oft genug feiern kann, hat der Vater ihres Kindes heute eine Beförderung erhalten. Darf ich vorstellen: Morten Allmers, Online-Chefkorrespondent für Ozeanien und Südostasien. Na, was sagst du nun?«

Nina war für einen Moment sprachlos, doch dann warf sie ihre Arme um ihn und drückte ihn an sich. »Wahnsinn! Das hast du verdient.«

»Du dir aber auch.« Sie nahm ein wenig Abstand und sah ihn unter hochgezogenen Brauen an.

»Wie meinst du das?«

»Du hast also tatsächlich noch nicht in deine Mails geschaut?« Nina schüttelte den Kopf. Morten verzog die Mundwinkel, als hätte er nichts anderes von ihr erwartet. »Die Verlagsleitung will, dass wir uns die Stelle teilen. Du könntest weiterhin deine Buchprojekte machen, und gleichzeitig das tun, weswegen du hierhergekommen bist.«

Nina schaute ihn ungläubig an. »Der Verlag hat sich tatsächlich auf unsere Bedingungen eingelassen? Das hätte ich nie für möglich gehalten.«

»Tja, die Zeiten ändern sich. Manchmal eben auch zum Besseren. Ist das nicht wunderbar?« Morten hob Nina hoch und drehte sich mit ihr um die eigene Achse. Dann drückte er sie fest an sich und küsste sie. Von den beiden unbemerkt, stand Katharina Braumeister im Türrahmen und beobachtete sie mit einem Lächeln auf ihrem Gesicht. Vielleicht hatte sich ihre Hoffnung bewahrheitet. Könnte Ninas Beschäftigung mit der Vergangenheit sie tatsächlich von ihrem Trauma befreit haben? Morten war ein wunderbarer Vater. Es war offensichtlich, wie sehr er Nina liebte. Ihre Enkelin hatte eine Familie. Wie glücklich sie aussah! Als es an der Haustür klingelte, räusperte sich Katharina und ging zur Tür. Nina befreite sich aus Mortens Umarmung. Er setzte sie sachte ab und gab ihr einen Klaps auf den Hintern, bevor sie Katharina folgten, um ihre Freunde zu begrüßen: Harry, den Nina während der Anhörung in Rom kennengelernt hatte und mit dem zusammen sie ein nächstes Buch plante, in dessen Mittelpunkt seine Geschichte stand; Chelsea, die Rezeptionistin der Redaktion, die Nina während ihrer zweieinhalb Jahre in Melbourne zu einer guten Freundin geworden war; und natürlich Craig, mit dessen Hilfe sie gerade an ihrem Buch über Madame Brussels arbeitete. Außerdem James Peters und seine Haushälterin Marjorie; die liebenswerte Künstlerin Meg, die gleich um die Ecke wohnte und die den verschrobenen Marxisten David mitgebracht hatte, den Nachfahren von Liz' Kindern.

Sie begrüßten einander, und Nina stellte ihre Großmutter vor. Morten schenkte derweil Wein ein, und als sich ihre Tochter lautstark über das Babyfon meldete, holte Nina die Kleine aus ihrem Bettchen und nahm sie mit in die Küche. Sichtlich genoss die kleine Caroline die geballte Aufmerksamkeit der Gesellschaft, als ihre Mutter sie voller Stolz am Tisch herumreichte.

Nachwort

Die Handlung des Romans ist frei erfunden, doch zum Teil an das Leben von Caroline Hodgson (geborene Lohman) und Mary MacKillop angelehnt.

Caroline Hodgson (1851–1908) war im Melbourne des 19. Jahrhunderts als Madame Brussels bekannt, wo sie es als Bordellbesitzerin zu zweifelhaftem Ruhm gebracht hatte.
In Potsdam geboren, heiratete sie 1871 in London Studholme George Hodgson, den Sohn eines Landadligen. Kurz nach der Hochzeit emigrierte das Paar nach Australien und ließ sich in Melbourne nieder. Ein Jahr später trat Stud der Victoria Police bei. Er wurde auf dem Land stationiert und ließ seine junge Frau allein in Melbourne zurück. Fortan lebte das Paar getrennt. Seit dem Jahr 1874 unterhielt Caroline unter dem Namen »Madame Brussels« mehrere Bordelle, die sie bis zu ihrem Tode im Jahr 1908 erfolgreich führte. Als ihr Mann 1892 an Tuberkulose erkrankte, nahm sie ihn trotz der Trennung zu sich in eines ihrer Häuser in St. Kilda, wo sie ihn bis zu seinem Tod im Jahr 1893 versorgte. Zwei Jahre später heiratete sie den deutschen Ingenieur Jacob Pohl, der fünfzehn Jahre jünger war als sie. Doch Pohl setzte sich, für Caroline

unerwartet, nach Südafrika ab, während Caroline 1896 ihre Familie in Potsdam besuchte. Das Ehepaar wurde 1907 geschieden. Caroline starb ein Jahr später und wurde auf ihren Wunsch hin neben ihrem ersten Ehemann auf dem Friedhof von St. Kilda begraben. Sie hinterließ eine Adoptivtochter namens Irene.

Die Gründe, weshalb Caroline Hodgson sich dafür entschied, ihren Lebensunterhalt mit dem Betrieb von Bordellen zu bestreiten, sind nicht bekannt, doch die Historikerin Leanne Robinson nimmt an, dass die Potsdamerin bewusst den finanziell vielversprechendsten Weg einschlug, um ihren Lebensunterhalt allein zu bestreiten. Hodgson unterhielt von Anfang an mehrere Bordelle im Slum-Distrikt von Melbourne, was die Vermutung nahelegt, dass sie finanzielle Unterstützung von einflussreichen Freunden erhalten hatte, um sich im Milieu zu etablieren.

Hodgsons bedeutendstes Bordell, das *Madame Brussels*, wo sie auch lebte, lag nicht weit vom Parlament entfernt. Das luxuriös ausgestattete Gebäude zog sofort Victorias herrschende Klasse an, für die das Bordell so etwas wie ein *Gentlemen's Club* wurde. Das Etablissement wurde zum erfolgreichsten Hurenhaus von Melbourne und war weit über die Landesgrenzen hinaus berüchtigt für seinen dekadenten Service. Trotz zahlreicher Anfeindungen, denen Caroline und ihre Häuser seitens religiöser Eiferer über die Jahre hinweg ausgesetzt waren, blieb ihr Unternehmen erfolgreich. Sie wurde zusammen mit ihren Mädchen mehrfach vor Gericht zitiert, doch niemals verurteilt.

Man sagte ihr eine Affäre mit Alfred Plumpton nach, einem Musiker und Komponisten, der angeblich der Vater ihrer Tochter Irene gewesen sein soll. Offiziell wurde das Mädchen jedoch von Caroline adoptiert – im 19. Jahrhundert eine gängige Vorgehensweise bei unehelichen Kindern.

Die heutige Stadt Melbourne hat eine Gasse und eine Bar nach dem Alter Ego von Caroline Hodgson benannt, und es wird eine Führung angeboten, die sich auf ihre Spuren begibt.

Im Alter von fünfundzwanzig Jahren gründete Mary Helen MacKillop (1842–1909) die Kongregation der »Schwestern des heiligen Joseph vom Heiligsten Herzen«. Die junge Frau aus bitterarmen Verhältnissen widmete sich hauptsächlich im ländlichen Australien der Erziehung der Armen und veranlasste andere Frauen dazu, sich ihrer ersten Frauenkongregation anzuschließen. Sie gründete Armenschulen, Waisen- und Krankenhäuser, Unterkünfte für Prostituierte, Obdachlose und unverheiratete Mütter.

Religiöse Orden wurden von den jeweiligen Bischöfen kontrolliert, doch Mary bestand darauf, ihren eigenen Orden unabhängig zu leiten, was stets für Reibung mit der Obrigkeit sorgte. Als Mary Anschuldigungen gegen einen Priester aus Kapunda wegen sexuellen Missbrauchs erhob, wurde sie exkommuniziert und zugleich ihres Amtes als Oberin enthoben. Fünf Monate später entschied Bischof Sheil auf dem Sterbebett, dass Mary wieder in die katholische Kirche aufgenommen werden solle und ihr Amt als Oberin weiterführen dürfe.

Am 19. Januar 1995 wurde Schwester Mary von Johannes Paul II. in Sydney seliggesprochen, ihre Heiligsprechung folgte im Dezember 2009 durch Benedikt XVI.

Ob Caroline Hodgson und Mary MacKillop einander jemals begegnet sind, ist nicht überliefert.

Literaturhinweise

Literaturhinweis zu Caroline Hodgson:

Robinson, L.M.: Madame Brussels. This Moral Pandemonium. Arcade Publishing, Australia 2009

Literaturhinweis zu Mary MacKillop:

Modystack, William: Mary MacKillop. A woman before her time. New Holland Publishers, Australia 2011

Dank

Wie immer gilt mein erster Dank meiner Lektorin Dr. Andrea Müller, deren untrügliches Gespür und Einfühlungsvermögen es möglich macht, dass aus meinem Manuskript ein Buch erwächst.

Vielen Dank an Franz Leipold für seine feinfühligen Korrekturen, die meinen Text unmittelbarer und lebendiger haben werden lassen.

Ich bedanke mich bei der Agentur bürosüd° für das lichtgeflutete Cover, das die Stimmung des Romans auf wunderbare Weise einfängt.

Mein besonderer Dank gilt der Herstellerin Michaela Lichtblau, bei der ich mich entschuldige, weil es zeitlich wieder einmal eng geworden ist.

Danke an Vertrieb und Marketing für ihren Einsatz, ohne den das Buch nicht in die Buchhandlungen gelangen würde.

Herzlichen Dank an die Presseabteilung, aus der sich zu meinem Bedauern Elke Virginia Koch verabschiedet hat, die mich dort bislang betreut hat. Ich werde sie vermissen und wünsche ihr alles Gute für ihren weiteren Weg!

Danke an die Agentur Schlück, insbesondere an Franka Zastrow, für die gute Zusammenarbeit.

Mein Dank gilt auch Holger Kreitling für den Einblick in die Arbeit einer Online-Auslandsredaktion.

Last not least: Danke John, Oscar und Holly!

Quellenangabe

Ich möcht für tausend Taler nicht,
dass mir der Kopf ab wär.
Da spräng ich mit dem Rumpf herum
Und wüsst nicht, wo ich wär.

Aus: Das deutsche Kinderbuch, herausgegeben von Karl Simrock, zweite vermehrte Auflage, Frankfurt am Main 1857, S. 16

*Zwei Frauen, getrennt durch ein Jahrhundert,
verbunden durch ein Geheimnis vom anderen Ende der Welt*

ANNETTE DUTTON

Die verbotene Geschichte

Roman

Die Kölner Ärztin Katja weiß zwar nicht, wie jene traditionelle Beerdigungszeremonie aussehen mag, zu der man sie nach Papua-Neuguinea eingeladen hat. Doch ihr Verhältnis zu ihrer Familie ist so angespannt, dass ihr jede Ausrede recht ist, um nicht zur Geburtstagsfeier ihres Großvaters fahren zu müssen. Katja kann nicht ahnen, dass ihre Reise in die Tropen nicht nur Licht auf die dunkelsten Geheimnisse ihrer Familie werfen, sondern ihr eigenes Leben für immer verändern wird …